사라진 도시
사라진 아이들

사라진 도시 사라진 아이들

낸시 파머 지음
김경숙 옮김

레스트헤이븐에서 태어난 (나의 아들) 대니얼 파머에게 바칩니다.

작가의 말

한동안 아프리카 짐바브웨에 있는 '대학출판
사'라는 곳에서 일한 적이 있다. 나는 그곳에서 아프리카 학생들에게 들
려줄 이야기를 창작하는 일을 하고 있었다. 그때 아이들은 어떤 이야기를
좋아하는지 알아보려고 헌책방에 가 보았다. 그 당시만 해도 짐바브웨에
는 무료 도서관이 없었고 새 책을 사기에는 책값이 너무너무 비쌌다. 학
생들은 여러 명이 돈을 모아 10센트짜리 헌책을 사기도 했다. 그렇게 산
헌책을 읽고 또 읽어서 책이 너덜너덜해질 정도였다. 나는 헌책방에서 아
이들이 공상 과학 소설을 좋아한다는 사실을 알게 되었다. 그 길로 곧장
집으로 달려가서 『사라진 도시 사라진 아이들』을 쓰기 시작했다.

이 이야기에 등장하는 많은 인물과 장소는 실제로 존재한다. 짐바브웨
의 마토포스 산맥에는 쇼나 부족 사람들이 쇼나의 으뜸 신 므와리를 모

시는 성스러운 동굴이 있다. 영혼 세계에서 메시지를 받아 전해 주는 '귀, 눈, 입'이라는 세 수호신이 그 동굴을 지키고 있다. 나는 입에 대한 꿈을 꾼 후 입을 팔로 바꾸어서 이야기를 썼다.

레스트헤이븐은 실제로 존재하는 곳이다. 담장으로 둘러싸여 있지는 않지만 하라레에서 멀지 않은 골짜기에 자리 잡은 비밀스럽고 평화로운 옛마을이다. 이곳은 인종과 종교를 넘어서 모든 사람들이 조화롭게 살 수 있는 곳을 꿈꾸던 어느 성직자 덕분에 세상에 드러나게 되었다. 그분은 레스트헤이븐을 발견한 다음날, 땅이 필요한 사람과 만나는 꿈을 꾸었다는 한 백만장자와 운명적으로 맞닥뜨렸다. 백만장자는 그 성직자에게 레스트헤이븐 골짜기를 주기로 했다. 수년 동안 사람들은 그곳에 개인 소유가 아닌 마을 공동 소유인 집을 지었다. 평화로움과 고요함이 필요한 사람이라면 누구나 거의 공짜로 그곳에서 지낼 수 있었다. 아마 세상에서 가장 평화로운 곳일 것이다.

이야기에 등장하는 쿠다는 그 당시 네 살이었던 나의 아들 대니얼과 많이 닮았다. 대니얼은 더없이 크고 성질이 나쁜 수고양이들과 이웃집 경비견들과 노는 것을 좋아했다. 데굴데굴 구르는 일도 거의 없고 쓰다듬어 주기만 기다리는 동물들은 따분하게 여겼다. 그러더니 자라서는 해군에 입대했다.

대니얼이 겪은 엄청난 모험 한 가지가 떠오른다. 대니얼이 아홉 살 되던 어느 해, 레스트헤이븐에 갔을 때였다. 대니얼은 레스트헤이븐에서 하라레에 있는 집까지 걸어갈 결심을 했다. 대략 25킬로미터쯤 되는 거리였다. 가는 길에는 드문드문 해묵은 광산의 땅굴이 있었고 자칼들, 표범들, 독사들이 우글우글했다. 대니얼은 걷고 또 걸었다. 나는 대니얼이 그렇게 오랫동안 집을 떠나 떠돌고 있는 줄 미처 몰랐다. 그저 마을 아이들과 놀고 있는 줄로만 알았다.

해가 진 뒤에야 우리 부부는 대니얼이 사라진 사실을 알게 되었다. 나는 레스트헤이븐에 있는 100명 남짓한 사람들과 대니얼을 찾아 나섰다. 남편 해럴드는 도시로 이어진 도로를 따라 대니얼을 찾아다녔다. 하지만 대니얼은 그 길로 가지 않았다.

시골 길을 따라 걷던 대니얼은 날이 어둑어둑해지자 덜컥 겁이 났다고 했다. 그때 멀리 떨어진 곳에서 모닥불을 보았다. 그 마을 아이들이 팝콘을 만들려고 움막집 바깥에서 피운 불이었다. 겁먹은 대니얼을 보자 아이들은 계속 '귀신 이야기'를 들려주었다. 그러다가 아이들은 늦게 집에 돌아온 할아버지한테 꾸지람을 듣고 나서야 이야기를 그쳤다. 할아버지는 대니얼에게 최근 내전으로 흑인의 손에 죽은 백인 이야기를 들려주었다.

차를 마시고 팝콘을 먹은 후 할아버지는 창을 들고 일어섰다. 할아버지는 대니얼을 큰 도로까지 데려간 뒤 깃발을 흔들어 지나가던 농장 트럭을 세웠다. 대니얼은 레스트헤이븐에서 걸어왔다는 말은 절대로 하지 않았다. 레스트헤이븐에서 노는 것이 매우 따분해서 도시의 집으로 가려고 했다는 말도 하지 않았다. 운전사에게 하라레로 데려다 달라고만 부탁했다.

대니얼이 십에 도착했을 때, 유감스럽게도 문이 잠겨 있었다. 대니얼은 친구 페시가 살고 있는 옆집으로 갔다. 고맙게도 페시의 보모가 우리에게 전화를 걸어 대니얼이 무사하다고 알려 주었다. 남편은 페시의 집으로 달려갔고 아들이 살아 있는 것을 확인하자 정말 기뻐했다. 그는 눈곱만치도 화내지 않았다. 남편은 대니얼을 태우고 레스트헤이븐으로 돌아와서 대니얼을 찾느라 몇 시간 동안 고생한 사람들에게 죄송하다고 말했다.

지금 읽어 보니 『사라진 도시 사라진 아이들』은 대니얼을 위해 쓴 책이기도 하다. 사실 대니얼이 이 책을 읽을 거라고는 기대하지 않는다. 아이들은 부모가 쓴 작품을 거북하게 여기는 일이 많기 때문이다. 대니얼이 읽든 읽지 않든 상관없다. 대니얼의 모험 정신은 이미 이 속에 들어 있고, 이제부터 내가 그 재미있고 흥미진진한 이야기를 들려줄 테니까.

제1장

누군가가 텐다이의 침대 옆에 서 있었다. 텐다이가 지금까지 만났던 사람들과 완전히 다른 모습이었다. 어스름한 새벽 녘이어서 그 남자의 생김새가 뚜렷하게 보이지 않았다. 등지고 서 있는 짙푸른 하늘보다 더 짙은, 하나의 형상일 뿐이었다. 그 남자에게서 냄새가 났다. 나무 태우는 연기 또는 새로 돋아난 잎 냄새 같기도 하고, 멀리 이름 모를 꽃에서 아련히 풍겨 오는 꿀 냄새 같기도 했다. 그 형상이 텐다이를 가리키며 소리를 냈다.

"너!"

텐다이는 벌떡 일어났다. 새벽 첫 햇살이 정원 벽돌담을 넘어 미끄러져 들어오고 있었다. 창문 앞에는 아무도 없었다. '뭐 이런 이상한 꿈이 다 있어!' 텐다이는 이불을 머리끝까지 덮어쓰고 꿈속 장면을 기억해 내려고

9

안간힘을 썼다. 하지만 꿈속 장면들은 모두 사라져 버렸고 곧 뭔가 중요한 일이 일어날 듯한 기분만 남았다. 중요한 사냥을 앞두고 옛 선조들이 느꼈을 법한 기분이랄까.

텐다이는 움막집 속 따뜻한 흙 위에 누운 채 땅이 흔들리는 걸 느끼는 선조들의 모습을 떠올려 보았다. 문 옆에는 방패와 창이 준비되어 있었다. '나하고는 달라.' 텐다이는 생각했다. 텐다이는 아프리카 짐바브웨 최고 저택의 아늑한 침대 속으로 파고들었다. 이 집은 넓은 정원과 담장으로 둘러싸여 있었다. 담장에는 이리저리 움직이며 먼 곳도 환하게 밝히는 탐조등에다가 경보장치까지 설치되어 있었다. 전자동 독일 경찰견 로봇 도베르만이 새벽 마지막 순찰을 돌며 으르렁거리고 있었다.

제아무리 운명적인 흔들림이라 해도 콘크리트로 기초 공사를 한 이 집을 통과하려면 온 힘을 다해야 할 것이다. 단단히 설치된 마룻바닥과 두꺼운 카펫도 통과해야 하고 웅장한 계단을 기어올라가 2층까지 도착해야 하니까. 그러다 보면 귀 기울이고 있는 텐다이에게 작은 속삭임만 전달될 것이다.

결국 텐다이의 귀에도 흔들림이 전해지긴 했다.

정원사 로봇이 보행로를 따라 풀을 깎는 소리였다. 자카란다 나무에서 오디새가 지저귀는 소리도 들렸다. 하지만 마이크로칩에서 흘러나오는 엄선된 새소리일 뿐이었다. 분명 아름다운 소리이기는 했지만, 텐다이는 살아 있는 새소리를 들을 수 없어서 무척이나 섭섭했다. 텐다이 집의 전용 멜로워(전통 찬양 시인과 심리 치료사를 겸하는 직업—옮긴이)가 밀수해 온 살아 있는 구관조가 새장에서 퍼덕거렸다.

"망과나니(쇼나 부족의 아침 인사—옮긴이)?"

구관조가 이렇게 인사하자 텐다이의 남동생 쿠다가 일어나 앉으며 대답했다.

"네가 잘 잤으면 나도 잘 잤어."

구관조는 쿠다의 예절 바른 대답 따위는 아랑곳하지 않았다.

"망과나니! 망과나니!"

구관조가 날카롭게 외치며 새장 문을 덜걱덜걱 건드렸다.

쿠다가 침대에서 폴짝 뛰어 내려와 새장 문을 열어 주었다. 구관조는 날개를 퍼덕거리며 탁자로 날아가더니 아이들이 어제 저녁 식사에서 남겨 온 딱딱한 빵 조각을 낚아챘다. 빵 부스러기가 책들 위로 소나기처럼 떨어져 내렸다. 텐다이는 햇빛을 가리려고 귓가까지 이불을 더 바짝 잡아당겼다. 마음이 들뜨며 행복한 기분이 들었다.

가정부 로봇이 윙윙거리면서 방방마다 홍차를 나르고 다녔다. 로봇은 텐다이의 방으로 들어와서 김이 모락모락 나는 홍차 두 잔을 탁자 위에 놓았다. 구관조가 옆으로 물러나며 깍깍거렸다.

"안녕히 주무셨습니까? 오늘은 2194년 9월 2일입니다. 지금 시각은 오전 6시 15분입니다. 아침 식사 시간은 7시입니다. 늦으면 야단맞는 것 아시지요?"

"저리 가 버려."

쿠다가 뜨거운 홍차를 후후 불며 투덜댔다.

"늦잠을 자는 사람은 피둥피둥 살찐 대머리가 됩니다."

로봇이 문밖으로 미끄러져 나가며 쏘아붙였다. 텐다이가 이불을 홱 젖히며 말했다.

"저렇게 말하도록 리타가 프로그램을 짠 거야."

"알아. 근데 형아, 물어볼 거야?"

쿠다가 의자에 앉아 짧은 다리를 앞뒤로 흔들며 물었다.

"아무런 약속도 안 할래."

"피, 겁쟁이."

텐다이는 굳이 맞대응을 하지 않았다. 아버지에게 뭔가를 물어보는 것이 얼마나 어려운 일인지 쿠다는 모른다. 그런 일은 온통 맏형의 몫이니까. 쿠다의 머릿속에 떠오른 생각을 쫓아내려면 지진이라도 일어나야 할 터였다.

"오늘 아침에 진짜 웃긴 꿈을 꿨어."

텐다이가 이야기를 시작했다. 그런데 쿠다가 끼어들었다.

"구관조가 형아 홍차를 쏟았어."

텐다이는 수건을 들고 가서 엎질러진 홍차를 닦았다. 그리고 재빨리 샤워를 하고 스카우트 단복을 입었다. 아침 식사 시간은 7시다. 1분이라도 빨리 가거나 늦으면 안 된다.

텐다이와 쿠다가 식당 문 앞에 이르렀을 때 리타가 도착했다. 리타도 스카우트 단복을 입고 있었다. 100년 전에는 보이 스카우트와 걸 스카우트가 서로 다른 단체였지만 지금은 하나로 합쳐졌다. 아버지는 스카우트 입단을 찬성했다. 왜냐하면 짐바브웨 사람들이 가장 숭배하는 덕목들인 충성, 용기, 친절은 물론 으뜸 신 므와리에 대한 숭배 정신을 스카우트에서 가르쳐 주기 때문이다.

쿠다는 겨우 네 살이었기 때문에 스카우트 단복이 없었다. 그래도 모래 빛깔 셔츠와 바지를 입어 나름대로 스카우트 단복을 입은 것 같은 모양을 냈다.

"아침 식사 시간입니다!"

종소리가 울리며 문이 열렸다. 세 아이는 줄지어 식당으로 들어갔다. 줄은 나이가 많은 순서대로 섰다. 열세 살 먹은 텐다이가 맨 앞이었고, 열한 살 리타가 두 번째였다. 텐다이는 리타와 키가 같다는 사실이 은근히 창피했다. 쿠다의 자리는 맨 끝이었다.

식탁에 자리를 잡고 앉아 있던 어머니가 웃으며 아이들을 쳐다보았다. 하얀 드레스를 입은 어머니의 모습은 멋지고 우아해 보였다. 어머니는 파란 접시 위에 놓인 멜론 조각을 가지고 깨지락거리고 있었다.

아버지가 말했다.

"전원 출석! 이상 무! 리타, 자세가 그렇게 꾸부정하면 안 돼."

아버지가 식탁 상석에 있는 커다란 의자에서 일어나 걸어오자 아이들은 되도록 커 보이려고 모두 허리를 쭉 폈다. 아버지는 늠름한 어깨에 금술이 달린 장군 제복을 입고 있었다. 가슴팍에는 훈장들이 주렁주렁 달려 있었다. 아침 식사 시간이었고 집 안인 데다가 날씨가 따뜻했기 때문에 모자는 모자걸이에 그대로 걸려 있었다.

"쿠다, 셔츠 자락이 삐져나왔구나. 팔 굽혀 펴기 다섯 번이다. 리타, 배를 집어넣어. 넌 수박이 아니야. 그리고 텐다이."

아버지는 말을 끊었다. 텐다이는 땀 때문에 가시로 찌르는 듯 이마가 따끔거렸다. 텐다이는 아버지를 사랑했다. 하지만 가끔은 아버지가 이러지 말았으면 좋겠다고, 이렇게 군대식으로 대하지 말았으면 좋겠다고 생각했다. 텐다이는 아버지가 우리가 서 있는 줄 맨 끝에 어머니도 세워 두고 싶을지 모른다는 생각이 들었다. 완벽한 차림새를 하고 말이다. 하지만 아무리 아버지라고 해도 어머니에게 팔 굽혀 펴기를 하라고 명령할 수는 없을 것이다. 어머니의 옷에 실밥이 풀려 있는 걸 발견하더라도 그러지는 못할 것이다.

"텐다이는 검열 합격!"

아버지는 그렇게 말하고 의기양양하게 의자 쪽으로 돌아갔다. 텐다이는 긴장이 풀렸다. 하지만 겉으로 드러내지 않았다. 아버지가 내린 검열 합격은 칭찬이나 마찬가지였다. 어쩌면 오늘은 텐다이가 그 질문을 꺼낼 수 있을지도 모른다.

아이들은 이제 자리에 앉을 수 있었다. 하지만 곧 일이 꼬이기 시작했다. 하녀 로봇이 수프를 그릇이 아닌 식탁보에 부어 버렸다. 하녀 로봇은 회로 재조정을 위해 부엌으로 보내졌다. 집사 로봇이 대신 음식을 날랐다. 집사 로봇에게는 설탕을 더 받을 수 없었기 때문에 리타가 샐쭉해졌다. 삼차원 홀로폰이 아버지의 의자 쪽으로 총총 다가가서 전화를 받을 때까지 울려 댔다.

업무 보고가 시작되었다. 소방차와 구급차들이 홀로폰 화면에 비쳤다. 텐다이는 멍하니 바라보았다. 마땅히 할 일이 없어서였다. 아버지의 범죄 소탕 작전에서 유일하게 살아남은 폭력 조직인 마스크 일당이 쇼핑센터를 폭파시켰다는 소식이 화면을 통해 전해졌다. 연기를 내뿜는 폐허에서 시체를 끄집어내고 있었다. 화면 아래쪽으로 통계 자료 문자가 지나갔다. 텐다이는 고개를 돌렸다. 텐다이에게는 상관도 없고 흥미도 없는 머나먼 이야기였기 때문이다.

"지긋지긋한 마스크 놈들! 경찰 총장 연결해!"

아버지가 홀로폰에 대고 소리를 질렀다. 전화기가 재빨리 고개를 끄덕이더니 전화를 걸었다.

아버지와 경찰 총장은 계획을 세웠다. 그러는 동안 접시에 놓인 오므라이스는 모두 식어 버렸다. 모두들 당연히 아버지가 먼저 수저를 들어야 한다고 생각했다. 나이가 가장 많았고 집안의 가장이었으니까.

"도마뱀 알이라니."

리타가 오므라이스를 포크로 쿡쿡 찌르며 투덜댔다.

"아직 먹으면 안 돼."

텐다이가 작은 소리로 말했다.

"닭은 파충류에서 진화된 거래. 책에서 읽었어."

"조용히 좀 해."

"태고 시절의 파충류 알은 구역질이 나."

"뭐 잘못된 거라도 있는 게냐?"

아버지가 불호령을 내렸다.

"아니요."

텐다이와 리타, 쿠다가 동시에 대답했다. 리타가 덧붙였다.

"전부 다 맛있어요. 특히 도마뱀 알이 최고예요."

"내 욕심이 지나치냐? 도시를 파괴하려는 하이에나 일당에게서 1,000만 시민을 보호하려고 내가 이렇게 애쓰는데 아침 식사 시간이라도 좀 평화롭고 조용했으면 좋겠다는 바람이 지나친 욕심이냐고?"

아버지는 수화기를 쾅 내려놓았다. 홀로폰이 울먹이며 벽 옆으로 가서 웅크렸다.

모두가 조용히 밥을 먹었다. 텐다이는 아버지가 시민들을 모두 한 줄로 세우는 장면을 머릿속에 그려 보았다.

"너는 팔 굽혀 펴기 10번, 넌 20번……."

아버지는 1,000만 명을 한 줄로 세워 놓고 검열하면서 으르렁댈 것이다. 텐다이는 터져 나오려는 웃음을 참으려고 어금니를 꽉 깨물었다.

"이게 뭐지?"

집사 로봇이 버터 없이 구운 식빵을 내려놓자 아버지가 물었다.

"혈압이 내려가기 전에는 버터를 못 드십니다. 의사 선생님의 지시입니다."

집사 로봇이 대답했다.

"버터 없이 구운 건 싫은데."

아버지는 빵에 블랙베리 잼을 듬뿍 발라서 먹었다. 텐다이는 정원에서 들려오는 새소리를 들었다. 지금은 스카우트 현장 체험 이야기를 꺼낼 수 없었다. 오늘도 집에 갇혀서 길고 지루한 하루를 보내게 될 것이다. 이게 다 아이들이 납치될까 봐 아버지가 내린 조치였다.

"멜로워가 올 시간이에요."

어머니가 온화한 목소리로 말했다. 모두 고개를 들었다. 아버지도 시간을 확인하는 척하며 고개를 들었다. 집사 로봇이 접시들을 싹 치웠다. 모두들 기대를 가지고 문 쪽을 바라보며 앉아 있었다.

"좀 늦네요."

어머니가 말했다. 그러자 아버지가 불만스러운 듯이 말했다.

"항상 늦지."

텐다이는 이러면 안 되지 하면서도 은근한 쾌감을 느꼈다. 멜로워만은 아버지가 군대식으로 가르치고 훈계할 수 없는 존재였다. 멜로워는 때 묻은 신발도 신고 단추가 떨어져 나간 셔츠도 입었다. 점심을 세 시간이나 먹었고, 숙제 검사하다가 그 종이로 종이비행기를 만들기도 했다. 텐다이와 리타 그리고 쿠다는 종종 그런 멜로워를 봤어도 아버지에게는 비밀로

해 주었다.

"집사를 보내서 데려오라고 해야겠어요."

어머니가 한숨을 쉬었다. 아버지도 지지 않았다.

"멜로워가 내 병사였다면 팔 굽혀 펴기 50번은 시켰을 거야. 아니지, 100번 감이야."

잔디 물뿌리개가 정원에 물을 뿌리기 시작했다. 창문으로 축축한 흙냄새가 풍겨왔다. 그 냄새를 맡고 텐다이는 인도양에서 불어오는 폭풍우를 떠올렸다. 고개를 들고 하늘을 바라보는 선조들의 얼굴도 떠올렸다. 비가 대지를 적시자 선조들이 웃음을 지었다. 으뜸 신 므와리와 땅의 신 음혼도로를 찬양하는 노랫소리가 천둥처럼 울려 퍼졌다.

"정신 차려, 오빠."

리타가 식탁 밑으로 텐다이의 발을 차며 속삭였다. 텐다이는 몸을 꼿꼿이 세웠다. 다행히 아버지는 식탁을 내려다보고 있었다.

복도 끝에서 멜로워의 목소리가 들려왔다.

"벌써 7시 30분이라니 말도 안 돼. 자명종을 맞춰 놓은 줄 알았더니만. 이거, 내가 봐도 너무했잖아."

멜로워는 서둘러 식당으로 들어왔다. 그리고 창백한 이마로 흘러내린 금빛 더벅머리를 쓸어 넘기며 외쳤다.

"이렇게 참고 기다려 주시다니 정말 훌륭하십니다! 제가 여기에서 일한다는 게 얼마나 행운인지 모릅니다. 다른 멜로워들에게 제가 훌륭하신 아마데우스 마치카 장군 댁에서 일한다고 하면, 모두들 굉장히 질투가 나는지 눈빛이 이글거린답니다."

멜로워는 아버지가 반응을 보일 틈도 주지 않고 곧바로 찬양 시를 읊기 시작했다.

텐다이는 지금껏 여러 방식으로 묘사되는 찬양 시를 들어왔다. 찬양 시를 낭송하는 것은 보이는 세상과 보이지 않는 세상의 힘을 불러내는 고대 관습이었다. 찬양 시는 음악이었다. 그리고 아름다운 시였다. 하지만 무엇보다도 중요한 것은 찬양 시가 마음을 치료해 주는 약이라는 점이다. 어떤 멜로워들은 일반인들을 상대하는 사무실에서 일했다. 많은 멜로워들이 병원에서도 일했다. 하지만 몇몇은 마치카 장군의 집 같은 대저택에서 아예 더부살이를 하고 있었다. 그 멜로워들은 아침 식사 시간만 되면 가족들 하나하나에게 칭찬을 하고 그들의 장점을 늘어놓았다.

오늘 이곳은 떠들썩함과 행복이 가득하노니.
장군의 통솔력이 거대한 나무처럼
우리를 지켜보누나. 근심 있는 자는 모두
장군의 전지전능한 그림자 아래에서 안식처를 구하리!

텐다이는 멜로워가 읊기 시작하는 구절이 전통 시가라는 사실을 알았다. 멜로워는 아버지를 푸른 들판에서 승리를 거둔 황소와 아버지의 숭배 신을 상징하는 사자에 비유했다.

그다음에는 현대식 웅변처럼 말투를 달리하여 아버지가 실제로 거둔 승리를 묘사했다. 곤드와나의 테러리스트들이 대통령 관저(官邸)를 공격했을 때 아버지가 여자 대통령을 구한 이야기며, 그 일을 계기로 대통령이 아버지를 짐바브웨의 국가 치안 대장으로 임명하게 된 이야기를 죽 늘어놓았다. 폭력 조직과 오랫동안 격렬하게 투쟁했던 아버지의 모습도 그림처럼 묘사했다. 멜로워가 찬양하는 동안 아버지의 얼굴에 자리 잡혀 있던 주름살이 펴졌다. 그리고 아버지의 눈이 게슴츠레해졌다. 곧 아버지는 꿈꾸는 듯한 표정을 지었다.

텐다이는 그 변화가 놀라웠다. 걱정과 흥분이 싹 사라지자 마치카 장군은 텐다이가 정말 바라던 아버지의 모습으로 변하였다.

이번에는 어머니가 발견한 화학 물질과 대학교수인 어머니의 지위에 대한 이야기로 넘어갔다. 어머니가 기뻐서 눈을 반짝였다. 그리고 리타가 전국 과학 경진 대회에서 상을 받은 이야기가 이어졌다. 또 리타가 통통해서 다행이라며 어릴 때 통통한 사람은 커서 굉장한 미인이 된다고 말했다. 리타의 심술 났던 표정이 눈 녹듯 사그라졌다.

쿠다는 말하는 게 또래 아이들보다 두 배로 똑똑하다고 칭찬했다. 아울러 다른 아이들과는 달리 겁이 없다고 말했다. 쿠다는 싸우고 싶어서 엄니가 근질근질한 용감한 아기 코끼리라고 했다. 훌륭한 마치카 장군처럼 말이다. 쿠다는 겁을 먹고 얼굴을 찌푸렸다. 마치 적군이 지금 이 방에 있기라도 한 듯이.

텐다이 차례가 되자 멜로워는 쩔쩔매기 시작했다. 멜로워는 언제나 텐다이를 맨 마지막 순서로 남겨 두었다. 어쩌면 텐다이가 저항하는 것을 멜로워가 아는지도 몰랐다. 텐다이는 칭찬을 듣고 자기도 모르게 우쭐해지는 것이 마음에 들지 않았다. 물론 텐다이는 멜로워를 믿었다. 멜로워만큼 텐다이에게 주의를 기울여 주는 사람도 없었으니까. 사실대로 말하면 텐다이는 아버지만큼이나 멜로워를 좋아했다. 하지만 가끔은, 아니 그보다는 자주, 텐다이는 멜로워가 한 말들을 정확히 기억해 내기가 힘들었다. 좀 듣고 있다 보면 졸리고 멍해졌다. 그래서 텐다이는 그 상태가 되지 않으려고 안간힘을 썼다.

대부분의 경우 텐다이는 극복해 냈다.

텐다이는 수영 경기에서 상을 받은 일과 스카우트에서 배지 받은 일에 대한 칭찬도 무관심하게 들었다. 리타가 보트 사고를 당했을 때 텐다이가 구해 준 일을 이야기할 때는 조금 흔들릴 뻔했다. 그때 멜로워가 들려주는 전통 찬양 시 순서로 되돌아갔다.

그는 탐험을 떠난다네. 언젠가 선조들이

강을 따라 새 땅을 찾아간 것처럼, 언덕에 올라섰을 때처럼,

선조들의 영혼이 번개처럼 용감하─.

텐다이는 지고 말았다. 어쩌면 그날 아침 꿈이 아직도 영향을 미치고 있는 것이리라. 텐다이는 나무 태우는 연기와 멀리서 풍겨 오는 꽃향기 섞인 냄새에 둘러싸였다. 그리고 어떤 흔적을 따라가고 있었다. 텐다이 앞에 흙먼지에 꽃 모양으로 꾹꾹 찍힌 사자 발자국이 나 있었다. 사자는 멀지 않은 언덕에서 텐다이를 기다리며 아름다운 갈기를 흔들고 있었다. 사자가 나지막이 말했다.

"나를 따르라."

텐다이는 정신이 번쩍 들었다. 얼마 동안이나 최면에 걸려 있었는지 알 수 없었다. 모두들 만족스런 웃음을 띠며 식탁에 둘러앉아 있었다. 정원에서 마이크로칩의 새소리가 사랑스럽게 들려왔다.

"흐음."

어머니가 한숨을 쉬며 팔을 앞으로 쭉 뻗었다. 리타는 하품을 하며 쿠

다들 국 씰렀다.

"자네는 팔 굽혀 펴기 없네."

아버지가 우렁차게 말했다. 멜로워는 예의 바르게 인사를 하고 물러갔다. 아주 천천히, 그 방이 되살아났다. 텐다이는 물속을 걷는 기분이었다.

아버지는 커다란 발을 앞으로 쑥 내밀고 의자에 편하게 기댔다. 그리고 가족들을 바라보며 인자하게 고개를 끄덕였다. 지금이야말로 텐다이가 스카우트 현장 체험 이야기를 꺼낼 수 있는 기회였다. 하지만 여느 때처럼 아버지에게 압도되어 기운이 빠져나가 버리고 말았다. 텐다이는 지금 입을 열어야 한다는 걸 알면서도 찬양 시를 들을 때 보았던 아름다운 환상 속으로 편안히 빠져들고 말았다.

홀로폰이 울렸다.

"서재에서 받지."

아버지가 의자에서 일어나며 지시했다. 아버지가 복도로 성큼성큼 걸어가자 홀로폰은 잽싸게 앞서 달려갔다. 서재 문이 닫혔고 결국 텐다이는 기회를 잃고 말았다.

"시간이 벌써 이렇게 되었네!"

복도에 있는 골동품 벽시계가 8시 30분을 알리자 어머니가 소리쳤다. 어머니는 정신없이 강의 자료를 챙겨 들고 아이들을 불렀다.

"수업 잘 들으렴. 무술 사부님이 9시에 온다는 걸 잊지 말고. 그리고 멜로워에게 전해 줘. 내가 요리 컴퓨터에 영양이 듬뿍 담긴 점심을 준비하도록 프로그램을 짰는데 너희들이 그걸 정말로 먹는지 반드시 지켜보라고 말이야."

그러면서 어머니는 리타를 슬쩍 흘겨보았다.

"쿠다, 이제 로봇 도베르만은 그만 놀리렴. 매어 둔 사슬이 거의 다 닳았더구나. 그러면 나빠! 텐다이, 동생들을 잘 돌보리라 믿는다."

버스만큼 기다란 리무진이 아까부터 반중력 착륙장에서 부릉거리고 있었다. 어머니는 아이들을 사랑스럽게 살짝 토닥이고 문밖으로 달려갔다.

텐다이와 리타 그리고 쿠다는 대학교 쪽으로 날아가는 리무진을 향해 손을 흔들었다. 리타가 투덜댔다.

"아, 짜증나. 무술 사부님이 벌써 오셨어."

제2장

텐다이와 리타 그리고 쿠다는 나이가 달랐기 때문에 당연히 같은 무술을 배우지 않았다. 하지만 수업을 시작하는 단계는 셋이 똑같았다. 중국 무술 태극권으로 시작해서 제자리 뛰기와 윗몸 굽혀 발 잡기와 같은 평범한 운동으로 이어갔다. 리타는 손이 발에 닿는 날이 단 하루도 없었다. 준비 운동은 기합 넣기로 마무리를 지었다. 쿠다는 기합 넣기를 아주 좋아했다.

"아주 잘했어."

쿠다의 우렁찬 소리에 대해 무술 사부님이 칭찬했다. 무술 사부님은 키는 작았지만 굉장히 단단한 체격을 가지고 있었다. 리타는 무술 사부님을 푹 고아서 뼈만 남은 들소 같다고 묘사했다.

준비 운동이 끝나자, 쿠다는 놀아도 좋다는 허락을 받았고 리타와 텐다이는 군사 전략에 대해 배웠다. 텐다이는 『손자병법』을 읽고 있었고 리타는 '가이우스 율리우스 카이사르'에 대한 글짓기를 하고 있었다.

"로마가 길을 만든 게 뭐 어쨌단 거야? 로마 인들은 온종일 집에서 파티만 하고 있었는데 길이 무슨 소용이람."

리타가 투덜댔다. 그러자 사부님이 말했다.

"지식이란 땅에서부터 쌓아 올려야 하는 집과 같단다. 우리가 지붕 만드는 방법을 안다고 해 보자. 지붕을 올리려면 그 아랫부분부터 공사를 해야 할 거야. 하지만 기초 공사 방법을 알지 못하면 어떻게 될까? 지붕 만드는 지식은 무용지물이 되지 않겠니?"

무술 사부님은 확실히 유머 감각이 없었다. 하지만 텐다이는 『손자병법』이 무기 연습보다 더 재미있다고 생각했다. 아이들은 활과 화살, 창, 쌍절곤 다루는 법을 배웠다. 아버지는 아이들이 현대 무기에 대해서도 배울 수 있도록 한 달에 한 번씩 경찰 사격 연습장에 보냈다.

텐다이는 복잡한 기술을 좋아했지만 상상력이 지나치게 활발했다. 정원에 있는 모래주머니에 창을 던질 때 텐다이는 이런 생각을 했다.

'창에 맞으면 기분이 어떨까?'

텐다이는 자신에게 그런 일이 일어날 것만 같았다.

"정신 차려! 그렇게 공상에 빠져 있으면 적이 코앞까지 오고 말 거다!"

무술 사부님이 소리쳤다. 텐다이는 부끄러워서 몸이 달아올랐다. 사부님은 보나 마나 아버지에게 보고할 것이다.

수업이 끝나면 30분 동안 쉬었다. 아이들은 잔디밭에 앉아서 간식으로 우유와 과자를 먹었고 그동안 무술 사부님은 수업 경과를 보고하러 갔다.

"이 수업이 일주일에 한 번이라서 정말 다행이야."

리타가 말했다. 텐다이도 동의했다.

"나도 그래."

"난 운동이 정말 싫어!"

"형과 누나는 둘 다 겁쟁이야."

쿠다는 그렇게 말하면서 로봇 도베르만의 집으로 작은 돌멩이를 던졌다.

아침이면 텐다이와 리타는 삼차원 홀로스크린으로 수업을 받는데, 쿠다는 가끔씩만 참석했다. 그들은 생물학, 아프리카 역사, 수학, 물리학, 외국어를 배웠다. 텐다이는 중국어를, 리타는 프랑스 어를 배웠다. 그리고 짐바브웨 공식 언어인 쇼나 어는 세 사람 모두가 배웠다. 숙제를 하다 보면 오후 시간이 다 흘러가 버렸다. 끝난 후엔 컴퓨터가 선생님들께 숙제를 보내고, 그사이에 아이들이 저녁을 먹고 나면 채점지가 도착했다.

텐다이는 아주 어릴 때부터 이렇게 지내 왔다. 그래서 시끄러운 학교 운동장에 발을 디뎌 본 적이 없었다. 다른 아이들과 단체로 운동을 하거나 북적이는 식탁에서 친구들과 점심을 먹어 본 적도 없었다. 아버지는 적들 때문에 걱정이 태산 같았다. 물론 아버지와 어머니의 손님들이 집에 오기도 했다. 가끔 아이들을 데리고 오는 사람도 있었다. 하지만 그런 만남은 참 어색했다. 몇 달 동안 다시 보지 않을 사람들과 친구가 되기란 쉽지 않았다.

"오빠, 스카우트 현장 체험에 대해 물어볼 거야?"

리타가 줄지어 선 개미들에게 과자 부스러기를 나눠 주며 물었다.

"적당한 때를 기다리고 있어."

텐다이는 정원 담장 위의 보안 장비를 쳐다보았다. 전기가 흐르는 전선,

경보장치, 기관총까지 있었다. 대문은 출입 카드가 있어야 열렸다. 가끔씩 아버지는 배달 온 물건을 들여놓도록 멜로워에게 카드를 주었다. 물론 일회용 카드일 것이다.

"드디어 약이 올랐어."

쿠다가 개집에 돌멩이를 하나 더 던지며 말했다. 도베르만이 금속으로 된 목털을 세우며 구멍 밖으로 돌진했다. 하지만 짧은 사슬 때문에 갑자기 몸이 휙 당겨지며 벌렁 넘어졌다. 도베르만은 발톱으로 바닥을 할퀴며 신경질적으로 짖었다. 쿠다가 깔깔거렸다.

보고 있던 리타가 말했다.

"언젠가 저 사슬이 끊어질 거야. 그럼 넌 가엾은 신세가 될 걸?"

"도베르만은 안 물어. 내 냄새를 안단 말이야."

도베르만은 개집으로 돌아가 잠깐 동안 으르렁거리더니 스위치를 껐다. '스카우트 모임조차 홀로스크린으로 하다니, 말도 안 돼.' 이런 생각에 텐다이는 시무룩해졌다. 공훈 배지들은 우편으로 왔다. 텐다이가 지금껏 모은 배지들은 모두 정원이나 아버지가 특별히 안전한 장소라고 믿는 곳에서 받은 것들뿐이었다. 하지만 텐다이가 이글 스카우트(21개 이상의 공훈 배지를 받은 보이 스카우트 단원—옮긴이)가 되려면 탐험가 배지가 필요했다.

아니, 정원에서 뭘 얼마나 탐험할 수 있다는 말인가?

"아버지가 뭐 하시는지 보고 올게."

텐다이가 일어서며 말했다. 쿠다가 리타에게 말했다.

"형아는 겁이 나서 꽁무니를 뺄 거야."

텐다이는 복도를 지나 서재로 걸어갔다. 아버지가 가장 좋아하는 '작업 장소'였다. 서재에는 홀로스크린이 설치되어 있어서 바깥세상과 계속 접촉할 수 있었다. _그_곳은 아름답기도 했다. 천장까지 닿는 책꽂이에는 가죽 냄새와 먼지 냄새를 풍기는 낡은 책들이 가득 꽂혀 있었다. 바닥에는 페르시아산 카펫이 깔려 있었다. 스테인드글라스 갓이 달린 전등들은 집 안의 다른 전등과 다르게 따뜻한 불빛을 비춰 주었다. 텐다이는 서재에 올 때마다 아버지의 이런 예술적인 취향에 놀랐다. 평소에는 기계 장치에만 관심이 있어 보였기 때문이다.

서재에 들어갈 수 있는 사람은 손에 꼽을 정도로 적었다. 아마도 아버지가 안전하다고 느끼는 몇 안 되는 곳이기 때문일 것이다. 서재는 집의 한가운데에 있었다.

서재 문이 조금 열려 있었다. 무술 사부님이 아직 서재에 있다는 뜻이었다. 텐다이는 멈춰 섰다. 안에서 무술 사부님의 목소리가 들렸다.

"그 아이는 마음이 딴 데 가 있습니다. 몇 년 동안 가르쳐 왔습니다만, 솔직히 바뀔 것 같지가 않습니다. 무의식 중 자꾸 딴 세계로 빠져드는 듯합니다."

"꿀밤을 맵게 한 대 쥐어박아서 정신을 차리게 해야지."

아버지가 쩌렁쩌렁한 목소리로 말했다.

"물론 저도 해 봤습니다. 하지만 그 아이는 생각이 너무 많습니다. 겨루기 할 때만 빼면 늘 공상 속에서 삽니다."

"무슨 말을 하자는 건가?"

"군대 쪽 진로는 맞지 않다는 이야기입니다. 이런 이야기는 듣고 싶지 않으실 텐데 죄송합니다. 반면에 막내 아드님은 제대로 타고났습니다. 진정한 '꼬마 사자'랄까요."

아버지가 의자에서 벌떡 일어나는 소리가 들렸다.

"자네 지금 내 아들이 겁쟁이라는 소린가?"

무술 사부님이 멈칫했다. 텐다이는 숨을 죽였다.

"꼭 그런 뜻은 아닙니다. 그 아이는 다른 사람의 고통을 느낍니다. 군인에게는 맞지 않는 기질이지요."

텐다이는 벽에 기대섰다. 무술 사부님이 우둔해서 눈치 못 챌 줄 알았는데 이미 다 알고 있었다.

아버지는 한숨을 깊이 내쉬며 자리에 앉았다.

"생각 좀 해 봐야겠어."

"꼭 그러시길 바랍니다. 이번에는 완전히 다른 분야 쪽 문제를 말씀드릴까 합니다."

"완전히 다른 분야 이야기라면 환영이지."

"곤드와나와 맺은 무역 협정에 대해 많은 사람들이 걱정하고 있습니다. 곤드와나 사람들이 우리나라의 너무 많은 분야에 들어올 여지를 줄 거라고 우려하는 것이지요."

텐다이는 더 이상 듣지 않았다. 곤드와나 사람들은 모두에게 골칫거리였다. 모두가 그 사람들의 일거수일투족에 대하여 비난했다. 짐바브웨는 몇 년 전에 곤드와나와 평화 협정을 맺었다. 하지만 과거 일은 과거로 흘려보내자고 할 사람은 없는 듯했다. 텐다이는 곤드와나 이야기라면 지긋지긋했다. 왜들 그러는지 이해가 안 되었다. 곤드와나 사람들도 머나먼 북쪽 지방에서 짐바브웨 사람들처럼 따분하게 살아가는 보통 사람들일 뿐이었다.

'사부님은 아버지에게 무슨 볼일이 있어서 온 거지?' 텐다이는 주먹을 불끈 쥐며 생각했다.

'지금은 적당한 때가 아니야. 무술 사부님은 정말 싫어. 숙제 잘하라고 하기만 해 봐. 창으로 확.'

하지만 텐다이는 생각만으로도 선생님의 가슴에 꽂힌 칼날의 서늘한 감촉이 느껴졌다. 텐다이도 같이 아팠다.

'이런 느낌이 나를 겁쟁이로 만든다고?'

텐다이는 머릿속이 복잡해졌다.

"저는 산 제물을 바치는 곤드와나의 관습을 절대로 받아들이지 못 합니다."

무술 사부님의 목소리가 서재에서 흘러나왔다.

"우리도 동물을 제물로 바치지 않나. 우리가 채식주의자도 아니고 말일세."

"방법이 문제라는 말입니다. 우리는 동물을 자비롭게 죽입니다. 하지만 곤드와나 사람들은 고통에 중점을 둡니다. 잠든 신을 깨우기 위해서는 메신저를 보내야 한다고 믿습니다. 즉 살아 있는 제물을 써야 한다는 말입니다. 메신저가 참아야 할 고통이 크면 클수록 그 노여움으로 영혼의 세계에 닿을 불빛이 더 밝게 타오른다고 보는 것이지요. 신들이 메신저에게 아주 익숙해져 있으면 자신들의 소원을 많이 들어준다는 논리입니다."

"별스럽군."

"별스럽고 터무니없죠. 문제는 곤드와나 사람들이 짐바브웨 영토 안에서도 그렇게 한다는 점입니다."

"내가 금지시키겠어."

아버지가 이를 갈며 말했다.

"예를 하나 들어 보겠습니다. 곤드와나 사람들이 불라와요에서 염소를……."

무술 사부님의 설명은 이랬다. 염소가 주인을 따라 곤드와나 사람이 기다리는 안뜰로 간다. 거기서 염소는 주인이 준 풀을 먹고 있고 그사이 사람들은 칼을 간다. 텐다이는 듣고 싶지 않았다. 하지만 듣고 싶지 않으면서도 이야기에 끌렸다. 텐다이에게 깊은 인상을 준 것은 안심하고 있던 염소의 모습이었다.

사부님은 그 짐승이 무슨 일을 당하는지 묘사하기 시작했다. 하나도 빠짐없이 모조리 이야기했다. 외과 의사의 보고서만큼 적나라했다. 하지만 텐다이는 그 밖에 자세한 부분들까지 상상되었다. 피 냄새, 염소 울음소리…….

"뭐지?"

아버지가 말했다. 아버지와 무술 사부님이 즉시 문으로 다가왔다. 텐다이가 바닥에 앉아 두 사람을 쳐다보고 있었다. 다리에 힘이 빠지면서 쓰러진 것이다.

"왜 여기 앉아 있는 거냐?"

아버지가 천둥소리 같은 고함을 질렀다. 텐다이는 허겁지겁 일어났다.

"바, 방해하려던 건 아니었어요."

"엿듣고 있었니?"

"저는…… 네, 그렇게 됐어요. 엿들으려던 건 아닌……."

"과연 여기 얼마나 서 있었을까요."

무술 사부님이 무미건조하게 말했다. 아버지가 냅다 소리를 질렀다.

"내 집에서 스파이 짓을 허락할 수는 없어! 문 앞에서 엿듣는 건 겁쟁이들이나 하는 짓이란 걸 모두에게 가르쳐야겠어. 호기심이 생기면 질문을 해. 슬그머니 숨어들지 말고! 마이웨이(슬프도다, '오호통재'라는 뜻—옮긴이)!"

아버지는 홱 돌아서서 성큼성큼 서재로 걸어갔다. 무술 사부님이 따라 들어갔고 문이 쾅 닫혔다.

열이 확 올라 텐다이의 온몸을 휘감았다. 아버지의 쩌렁쩌렁한 목소리가 아직도 귀에서 윙윙거렸다. 텐다이는 한참 동안이나 아무것도 할 수 없었다. 간신히 방으로 돌아간 텐다이는 앉아서 눈을 감았다. 눈물이 뺨을 타고 흘렀다. 하지만 울음소리는 내지 않았다. 리타와 쿠다에게 우는 모습을 들키기는 싫었다. 이윽고 쓰라린 절망의 찌꺼기만을 남겨 둔 채 눈물이 멎었다. 텐다이에게 군대 쪽 진로가 맞지 않다면 어떤 일이 맞는 다는 것일까? 그리고 겁쟁이는 타고나는 것일까? 툭 튀어나온 귀처럼?

리무진이 반중력 착륙장에 이륙하며 윙윙거렸다. 텐다이는 실눈을 뜨고 밝은 하늘을 쳐다보았다. 운전사와 무술 사부님과, 아버지가 타고 있었다. 점심시간에 엄마를 만나러 가는 모양이었다. 정원에서 리타와 쿠다가 리무진을 향해 손을 흔들었다.

뭔가가 퍼덕거리며 텐다이의 주의를 끌었다. 구관조가 창문 밖으로 나가려고 전기 방충망을 건드리고 있었다.

"너도 갇혔구나."

텐다이는 구관조를 천천히 탁자에 내려놓았다. 그리고 주머니에서 남겨 온 과자를 꺼내 주었다. 구관조는 자꾸만 창문을 쳐다보았다. 텐다이는 구관조의 날개를 살펴보았다. 큰 깃털들이 다시 자라나 있었나. 시난번에 멜로워가 깃펜으로 쓰려고 오른쪽 날개에서 몇 개 뽑아내는 모습을 본 적이 있었다. 그래서 구관조는 균형이 맞지 않아 한동안 날지 못했다.

멜로워는 대부분의 일을 잊고 산다. 당연히 그 일도 깜빡깜빡했다. 이제 구관조는 완벽하게 날 수 있었다. 텐다이는 전기 방충망 스위치를 끄고 기다렸다. 구관조는 텐다이 쪽을 흘끗 쳐다보더니 창문 쪽으로 날아갔다. 이번에는 가로막고 있던 전기 창살이 없었다. 새는 밖으로 날아오르며 놀라움에 거억거억 크게 울었다. 그리고 행운이란 걸 알아챘는지 위로 더 위로 리무진 길을 따라 계속 날아올랐다.

새는 더운 공기를 타고 올라 정원 담장을 넘어 찰칵거리는 전선과 깨진 유리 조각과 기관총을 뒤로하고 미끄러지듯 날아갔다. 쏜살같이 날아올라 뜨거운 파란 하늘에 찍힌 까만 점이 되더니 이내 사라져 버렸다.

텐다이는 어쩐지 좀 후회스러운 마음이 들었다. 새가 들어 있던 새장을 닫아 벽장 속에 넣었다. 이제 구관조는 자유로워졌다. 그 녀석은 날아가면서 단 한 번도 뒤돌아보지 않았다.

제3장

텐다이는 정원으로 나왔다. 리타와 쿠다가 멜로워를 일으키려 하고 있었다. 멜로워는 자카란다 나무 아래에 놓인 의자에 누워 있었다. 멜로워의 몸에 쌓인 보라색 꽃잎들로 보아 그리 오래 누워 있었던 건 아닌 듯했다. 리타가 재촉했다.

"멜로워, 일어나요. 요리 컴퓨터 좀 열어 줘요. 프로그램 다시 짜야 한단 말예요."

"누나, 의자를 뒤집어 엎자."

쿠다가 의자 다리를 잡고 들어 올리려고 낑낑댔지만 의자는 꿈쩍도 하지 않았다. 그때 텐다이는 문득 멜로워를 자극할 만한 말이 떠올랐다.

"아버지는 나가셨어요."

역시나 멜로워가 눈을 떴다. 텐다이가 덧붙였다.

"어머니도 마찬가지죠."

멜로워가 일어나 앉더니 기지개를 켜며 읊었다.

"정말 멋진 날씨가 아닌가! 저 파란 하늘을 보라! 자카란다 꽃이 초록색 풀 위에 훌륭한 카펫을 만드누나."

"빨리요. 요리 컴퓨터가 요리를 시작하기 전에 얼른 프로그램을 다시 짜야 한단 말예요."

리타가 멜로워의 한 손을 잡았고 쿠다가 다른 손을 잡았다. 그리고 함께 멜로워를 부엌으로 이끌었다. 잠긴 유리문 안에 커다란 조작판이 있었다. 멜로워가 엄지손가락으로 자물쇠를 누르자 자물쇠가 윙 소리를 내며 지문을 인식했다. 띵, 하는 소리가 나더니 문이 벽 쪽으로 스르르 열렸다.

"만세!"

쿠다가 소리를 질렀다. 리타가 조작판을 만지기 시작했다. 텐다이는 장남으로서 자신이 리타를 말려야 한다는 사실을 알고 있었다. 하지만 서재에서 들었던 이야기 때문에 아직도 기분이 우울했다. 이렇게 부모님 없이 아이들만 집에 남았던 적은 별로 없었다. 곁에 붙어 있지 않아도 아버지나 어머니 중에 한 사람은 반드시 집에 있었다. 그러니 멜로워가 하루 일과를 바꾼다는 것은 꿈도 꾸지 못할 일이었다. 하긴 찬양 시 낭송 시간 때문에 뜻하지 않게 일과가 바뀐 적은 있었다.

"점심은 뭐야?"

쿠다가 물었다. 리타가 입력된 목록을 불렀다.

"간장 소스 햄버거, 미나리 수프, 현미밥."

"우웨에에엑!"

"추천할 거 있어?"

"소시지와 포테이도칩! 핫케이크, 잼, 생크림!"

쿠다가 외쳤다. 멜로워도 소리쳤다.

"아이스크림과 초코 시럽!"

"난 튀김옷이 바삭바삭한 닭튀김 그리고 새우튀김! 그리고 '파라이 아줌마'표 치즈 케이크."

리타가 손이 안 보일 정도로 빠르게 입력하며 말했다. 지켜보던 텐다이가 물었다.

"채소는 안 먹어도 돼?"

"텐다이 오빠가 먹을 토마토."

리타가 입력을 끝냈다.

"됐어!"

리타는 요리 컴퓨터가 윙 하고 가동되며 깜빡이자 한 걸음 물러섰다. 몇 분 뒤, 맛있는 냄새를 솔솔 풍기며 접시에 음식이 수북하게 담겼다.

멜로워는 부엌 창문을 활짝 열었다. 에어컨이 발끈하며 윙윙거리기 시작했다. 리타가 에어컨을 꺼 버렸다. 막 베어 낸 풀 냄새를 실은 따뜻한 바람이 집 안으로 들어왔다. 꽃가루, 먼지, 공해 물질들은 필터가 걸렀고, 좀 무미건조한 공기 속으로 인조 향수가 뿜어져 나왔다. 집 안의 공기도 좋았지만 자연의 공기는 좀 더 흥미로웠다. 그래서 어머니와 아버지가 나갔을 때마다 아이들은 창문을 열었다.

쿠다가 닭 뼈를 바닥에 휙 던지자 집사 로봇과 하녀 로봇이 허둥지둥 달려와 그것을 주웠다. 멜로워는 무슨 할 말이 그리 많은지 들고 있던 숟가락에 놓인 아이스크림이 녹아 셔츠에 떨어지는지도 모르고 있었다. 위대한 짐바브웨의 역사와 선조들이 남쪽 도시를 멸망시킨 이야기, 쇼나 제국을 세운 모노마타파에 관한 이야기들이었다.

멜로워가 이야기를 해 주는 동안 텐다이는 고대 왕의 모습을 떠올려 보았다. 모노마타파 왕이 행차를 할 때면 전투 도끼와 날 넓은 사냥 창을 든 호위병들이 앞장을 섰다. 두 병사가 장대에 메고 가는 의식용 북이 그 뒤를 따르며 행진하는 내내 둥둥 울렸다. 왕은 찬양 시인들과 악단과 무희들에 둘러싸여 가마를 타고 갔다.

"태양과 달의 왕, 밤을 다스리는 사자께서 행차하신다!"

모두들 손 피아노와 철재 방울, 무희들의 조개 발찌 소리에 맞춰 노래를 불렀다. 붉은 먼지가 일어 올라 하늘로 먼지 기둥을 날려 보내며 사람들에게 왕의 행차를 알렸다.

왕의 살림살이를 든 여자들과 왕의 가구를 짊어진 신하들과 많은 병사들이 악단 뒤를 따랐다.

행차 북소리가 들려올 때마다 마을 사람들은 농기구를 던지고 달려 나가 왕에게 머리를 조아렸다. 왕이 시장할 때는 빈터에 자리를 잡고 음식을 마련했다. 여자들이 음식을 들고 왕 앞으로 가서 무릎을 꿇었다. 왕이 좋은 평을 하면 둥글게 둘러앉아 있던 사람들이 멀리 앉은 사람들을 위해 복창했다.

"내가 왕이면 좋겠다."

쿠다가 한숨을 쉬었다. 하지만 리타는 딱 잘라 말했다.

"글쎄, 나라면 그 시대에 살고 싶지 않을 거야. 무릎을 꿇고 다른 사람 비위나 맞춰야 한다고 생각해 봐."

"이야기를 어떻게 그렇게 실감나게 하죠? 정말 그 자리에 있는 기분이었어요."

텐다이는 잠깐 동안 정말 그 빈터에 앉아 있는 기분이었다. 여자들이 높은 목소리로 환영해 주는 외침이 들리는 듯했다.

"샤베가 들어와서 이야기해 준 거란다."

멜로워가 설명했다. 텐다이는 고개를 끄덕였다. 샤베는 떠돌이 혼령을 일컫는 말이다. 샤베는 사람의 머릿속에 들어가 특별한 기술을 가르쳤다. 멜로워가 영국 부족이고 샤베가 쇼나 부족이라고 해서 문제될 것은 없었다. 사람이 자신에게 들어올 샤베를 선택할 수 있는 것은 아니었다. 보통은 여자 샤베든 남자 샤베든 들어가고 싶은 사람을 직접 선택했다. 만약 사람이 저항하면 샤베가 그 사람의 몸을 아프게 했다.

리타는 지금 자신의 기술을 계속 전하기로 결심한 타고난 수학자였던 증조할머니가 또렷하게 보였다. 증조할머니는 무드지무, 즉 가족 혼령이었다. 죽은 가족이 자손을 축복하는 일은 흔히 있었다. 그에 비해 샤베는 드문 편이었지만 그렇다고 전혀 없지는 않았다. 누군가 자손 없이 죽었거나 적절한 장례식을 치르지 못하면 그 혼령이 샤베가 되어 알맞은 주인을 찾을 때까지 떠돌아다녔다.

쿠다는 너무 어려서 혼령이 들어오지 못했다. 쿠다가 자라면 분명 용맹한 전사 샤베가 기꺼이 쿠다에게 들어갈 것이다. '그럼 나는?' 하고 텐다이는 생각했다. 텐다이는 특별한 재주도 없었다. 엄청 우둔하고 평범한 사람들은 샤베에게 별로 인기가 없었다. 그럴 가치가 없었으니까. 텐다이는 한숨을 쉬었다.

"오빠, 토마토 안 먹어?"

"먹기 싫어."

"그럼, 나 줘!"

쿠다가 냉큼 토마토를 집어 집사 로봇에게 던졌다. 토마토는 집사 로봇의 짙푸른 옷에 맞고 터졌다. 리타가 소리를 질렀다.

"쿠다!"

"음식 던지기 하자! 음식 던지기!"

쿠다가 포테이토칩을 한 움큼 쥐더니 리타에게 던졌다. 리타는 즉시 쿠다의 머리에 아이스크림을 쏟아부었다. 쿠다는 남은 닭 뼈를 무기 삼아 휘둘렀다.

"불공평해! 난 무기로 쓸 만한 게 없단 말이야."

리타가 볼멘소리를 했다. 멜로워가 리타에게 설탕 통을 건넸다. 리타가 쿠다 머리에 묻어 있던 아이스크림 위에 설탕을 뿌리자 효과 만점이었다. 다음은 나무딸기 잼, 홍차, 우유가 날아다녔다. 멜로워도 한패가 되어 초코 시럽을 뿌리고 날쌔게 닭 뼈를 피했다. 부엌 바닥과 벽이 음식 얼룩으로 엉망이 되었다. 리타, 쿠다, 멜로워는 의자를 쓰러뜨리고 젖은 바닥에 미끄러졌다가 일어나서는 청소하느라 정신없는 로봇과 부딪히며 식탁 주위를 뱅글뱅글 돌았다.

"형아도 이리 와!"

"고맙지만 사양하겠어!"

"피, 겁쟁이!"

텐다이는 구석으로 물러서서 세 사람이 식당을 뒤죽박죽으로 만든 모습을 짜증스럽게 바라보았다. 마침내 모두가 기진맥진하여 숨을 헐떡이며 한곳에 쓰러졌다.

"아! 재밌다!"

리타가 숨을 가쁘게 쉬며 말했다. 자동 막대 걸레가 어질러진 것들을 치우려고 벽장에서 나왔다. 쿠다가 말했다.

"접시 하나가 깨졌어. 그만하면 괜찮은 걸?"

"엄마한테는 너무 뜨거워서 쏟았다고 말할게. 손에서 미끄러졌다고 말이야."

리타는 우유가 쏟아져 철퍽철퍽한 바닥에 드러누웠다. 자동 막대 걸레가 막 걸레질을 하려던 자리였다.

"다들 옷 갈아입어야겠어."

텐다이가 말했다.

"뭐 하러? 누가 신경 쓴다고 그래? 세탁기나 신경 쓸 일이겠지."

"음식을 버리는 건 나쁜 짓이야. 하라레의 가난한 사람들을 생각해 봐."

"아, 두 손 들었어! 우린 재밌게 놀지도 못 해. 오빠가 늙은 독수리처럼 노려보며 훈계를 해야 하니까. 까악까악, 어디 딴 데 가서 울지 그래!"

"까악까악!"

쿠다가 흉내 냈다. 그러자 멜로워가 애처롭게 말했다.

"텐다이가 옳아. 내가 모범을 보였어야 했는데. 장군님이 알면 나를 다시 거리로 돌려보낼 거야. 이 일을 어찌 하리오! 난 굶어 죽을 것이오! 아, 슬프도다!"

"이것 봐, 결국 오빠가 멜로워를 울렸잖아."

리타는 멜로워에게 휴지를 가져다주었다.

"걱정 말아요. 우리가 지켜 줄게요. 요리 컴퓨터 프로그램을 다시 짤 거예요. 그럼 소름 끼치는 미나리도 먹었다고 나와요. 가정부 로봇들도 고자질하지 않을 거예요. 원래 고자질은 못하게 만들어졌거든요."

멜로워는 고마운 마음에 코를 한 번 훌쩍이더니 금세 기운을 차렸다.

텐다이만 빼고 모두가 옷을 갈아입으러 갔다. 텐다이는 갈아입을 필요가 없었다. 조금 뒤 다 함께 보드게임을 하고 나무도 탔으며 수영장에서 수영도 했다. 그리고 돌아가며 로봇 도베르만을 괴롭히면서 놀았다.

"정말 따분해."

리타가 담장 옆 그늘에 기대며 말했다. 텐다이, 쿠다, 멜로워도 축 늘어진 채 옆에 기댔다. 찌는 듯 더운 오후였다. 게다가 담장의 면도날 철사에 전기가 흘러서 주위의 공기가 마구 떨렸다.

"오빠, 아버지에게 스카우트 현장 체험 가도 되는지 물어봤어?"

"아니."

"물어보라고 했잖아."

쿠다가 핀잔을 주었다. 그러자 텐다이가 갑자기 화를 내며 소리쳤다.

"너더러 하라고 하면 그렇게 빈정대지 못할 걸. 한마디 할 때마다 고함소리를 듣는 기분이 어떤지, 네가 알 턱이 있겠어? 아버지가 너한테야 다정하게 대하시지. 넌 아기니까! 위험을 무릅쓰고 그런 질문을 해야 할 때까지 어디 기다려 보라고!"

"난 아기 아니야!"

"아기 맞아! 아직 낮잠도 자잖아!"

"아기 아냐! 아기 아냐! 아기 아냐!"

쿠다는 텐다이에게 덤벼들어 작은 주먹으로 마구 때렸다.

"어휴, 그만들 둬."

리타가 짜증난다는 듯이 말했다. 텐다이는 쿠다를 잡고 팔을 쭉 뻗었다. 그리하여 어렵지 않게 쿠다를 떼어 놓을 수 있었다. 쿠다는 팔이 짧아서 헛주먹질을 해 대다가 분에 못 이겨 눈물을 터트렸다.

"난 이해해."

멜로워가 조용히 말했다.

"뭘요?"

텐다이가 멜로워에게 고개를 돌렸다. 쿠다는 땅바닥에 주저앉아 울었다. 먼지 묻은 얼굴에 눈물이 흘러 줄무늬가 생겼다.

"입을 채 떼기도 전에 고함 소리를 듣는 기분이 어떤 건지 난 알아. 소름 끼치도록 싫지."

텐다이는 어쩐지 듣기 거북했다. 상식적으로 어른들은 자신의 문제를 아이들에게 이야기하지 않는 법이다.

"계속 현장 체험, 현장 체험 하는데 그게 뭐니?"

"이글 스카우트가 되려면 탐험 배지가 필요해요. 어떤 아이들은 동물 보호 구역을 걸어서 통과해서 받아요. 그 방법이 가장 좋아요. 하지만 아버지는 절대 허락하지 않을 거예요. 나도 도시를 횡단하면 배지를 받을 수 있을 거예요."

"나도 할 수 있어요."

리타가 덧붙였다.

"나도 참가할 수 있댔어요."

쿠다도 재빨리 끼어들었다.

"잠깐, 잠깐만. 걸어서 하라레 시를 횡단한다고? 80킬로미터도 넘어."

멜로워는 일어나 앉아서 머리카락에 붙은 지푸라기를 떼어 냈다. 떼어 낸 지푸라기가 멜로워의 셔츠에 다시 붙었다. 하지만 멜로워는 지푸라기 따위는 안중에도 없었다.

"버스를 타고 가도 돼요. 음바레 무시카에 있는 버스 정류장으로 가서 마일하이 맥일웨인 호텔 행 버스를 타고 하라레 끝에 있는 베아트리체로 가면 돼요. 그러고 나서 돌아오면 돼요."

텐다이가 설명했다. 리타가 잽싸게 덧붙였다.

"용돈도 몇 달 동안 모았어요."

"형아는 적을 죽일 주머니칼도 가지고 있어요."

"조용히 해!"

리타가 쿠다를 찰싹 때렸다.

"어디 생각 좀 해 보자."

멜로워가 풀 줄기를 씹으며 멍한 눈으로 먼 곳을 바라보고 있는 동안 아이들은 애타게 대답을 기다리며 멜로워를 쳐다보았다.

"아침에 출발해서 저녁 먹기 전에 돌아온다는 거지?"

"네, 맞아요!"

리타가 신이 나서 대답했다.

"낯선 사람과 이야기하지도 않고 옆길로 새지도 않을 거고?"

"물론이죠."

텐다이가 믿음을 주었다.

"그렇다면……."

멜로워는 다시 팔베개를 하고 풀 더미에 누웠다. 리타가 나무에 묶어 놓은 자동 잔디 깎이는 불쌍하게 헛돌고 있었다.

"사실은 말이야, 내일 아침에 너희 부모님이 두 분 다 일찍 나가서 어두 워질 때쯤 돌아온다는 사실을 우연히 알게 됐거든."

"정말요?"

리타가 물었다. 그때 텐다이가 끼어들었다.

"하지만 허락은 받아야 해요. 아버지 몰래 나가지는 않을 거예요."

리타가 따지려 들자 멜로워가 손을 들어 올려 막았다.

"내가 부탁하면 허락해 주실 거야."

"어째서요?"

텐다이는 의아했다. 멜로워는 아버지 앞에만 서면 늘 움츠러들지 않았던가.

"찬양 중에 부탁하면 돼."

그제야 텐다이는 이해가 되었다. 찬양이 끝나고 나면 늘 졸리고 판단력이 흐려졌던 기억이 났다. 멜로워는 아버지에게 최면을 걸 작정인 것이다!

"그건 속임수잖아요."

텐다이가 안 될 일이라는 듯 말했다. 하지만 리타가 나섰다.

"아냐, 그렇지 않아! 어쨌든 아버지가 허락하긴 하는 거잖아. 어떻게 허락했냐가 무슨 상관이야? 어유, 오빠! 밖으로 나가려면 이 방법밖에 없다는 걸 모르겠어? 턱수염이 숭숭 나고 나서야 버스 타는 법을 배우고 싶냐고!"

"형아, 그렇게 하자! 제발!"

쿠다가 텐다이를 쳐다보며 졸랐다.

텐다이는 먼 곳을 바라보며 생각에 잠겼다.

'과연 어떤 기분이 들까? 우리끼리 경호원도 경찰도 아버지도 없이 다른 사람들처럼 평범하게 밖에 나가서 지금껏 가 본 적 없는 마법의 장소로 간다면?'

그런 생각이 들자 텐다이는 몸이 달아오르고 설레면서 그날 아침에 느꼈던 기분이 되살아났다. 선조들이 정원의 그늘에서 기다리고 있었다. 한

43

사람이 일어나 속이 빈 쿠두 뿔을 입술에 대고 불었다. 사냥꾼들에게 용기를 주기 위해서였다.

"오빠, 정신 차려. 또 공상에 빠졌네."

텐다이가 고개를 흔들며 말했다.

"그래야지."

오후 시간은 쏜살같이 흘러갔다. 리타는 컴퓨터 프로그램을 숙제 완료로 바꾸려고 했지만 텐다이가 단호하게 안 된다고 했다. 리타는 투덜대면서 개구리 해부 내용을 외우기 시작했다. 쿠다는 글짓기를 했다. 텐다이는 대수학을 공부했다. 그 과목을 공부할 때면 늘 마음이 차분히 가라앉았다. 수학에서 정답을 찾았을 때 드는 그 기분, 아마 누구나 알 것이다.

이튿날 아침에 텐다이, 리타, 쿠다 세 아이들은 되도록 실수하지 않으려고 애썼다. 리타는 아버지에게 검열을 받는 내내 배에 힘을 주고 꼿꼿이 자세를 유지했다. 아침 식사 시간은 무사히 지나갔다.

"오늘은 아무래도 너희들끼리 지내야 될 것 같구나."

하녀 로봇이 접시를 치우는 사이 어머니가 말했다.

"난 중국에서 오신 손님들을 맞이해야 하고, 아버지는 대통령과 약속이 있단다. 저녁에는 엄마도 대통령을 만나러 가서 함께 저녁 식사를 할 거야. 너희들은 못 데려가게 돼서 미안하구나."

"괜찮아요."

리타가 즐겁게 말했다.

"그리고 뭐더라. 요리 컴퓨터 프로그램을 입력할 때 보니 문 옆 바닥이 끈적끈적하더구나. 왜 그런지 혹시 아니?"

"전자동 막대 걸레의 비누가 다 떨어졌나 봐요. 제가 확인해 볼게요."

리타는 눈을 동그랗게 뜨고 순진한 표정으로 어머니를 쳐다보았다.

"그래, 오늘은 내가 확인할 시간이 없구나. 여보, 오늘 아침에는 멜로워의 찬양을 건너뛰어야 할까요?"

아버지는 골동품 벽시계를 흘끗 보았다. 텐다이, 리타, 쿠다는 식탁보 밑으로 손을 꽉 움켜쥐고 있었다.

"45분 남았군."

아버지는 집사 로봇에게 고개를 끄덕였다. 집사 로봇은 멜로워를 찾으러 스르르 복도로 미끄러져 나갔다.

'계획대로 되어 가는데?' 텐다이는 생각했다. 멜로워는 오늘 아침처럼 중대한 날에도 늦었다. 골동품 벽시계가 15분을 알렸다. 한참 후(사실은 5분 밖에 안 지났지만) 멜로워가 굽실거리며 들어섰다. 그리고 자신은 '나쁜 녀석'이라며 사과했다.

텐다이는 '멜로워가 시간을 잊었다면 아마 그 약속도 잊었을 거야.'라고 생각했다. 그리고 정말로 멜로워는 찬양 시 첫 부분을 다른 날과 똑같이 토씨 하나 다르지 않게 읊었다. 그러나 아버지와 어머니가 그 마법에 걸리자 찬양 시가 바뀌었다. 텐다이는 죄책감을 느꼈나. '부모님이 우리 마음을 조금만 헤아려 줬더라면 우리도 이렇게까지 하지 않았을 텐데.' 하는 마음이 들었다.

멜로워는 차츰차츰, 치밀하게 아버지라면 아이들의 용기를 시험해 볼

의무가 있다며 관심을 끌었다. 멜로워는 아버지에게 자립은 연습보다 실전이 중요하다고 말했다. 아버지는 눈을 반쯤 감은 채 고개를 끄덕였다. 멜로워가 스카우트 여행 허가서를 부모님께 내밀었다. 아버지가 사인을 했다. 멜로워는 대문 출입 카드를 두 개 받았다. 하나는 나갈 때 또 하나는 들어올 때 쓰는 카드였다. 멜로워는 아버지에게 버스 요금을 낼 돈이 없다는 말까지 했다. 모든 이야기는 시의 운율 하나 흐트러짐 없이 술술 흘러나왔다. 멜로워가 던진 시의 반짝이는 실이 부모님을 휘감았다. 텐다이는 소스라치게 놀랐다.

마침내 실이 풀리고, 실은 원래의 마법 영역으로 사라졌다. 어머니는 기지개를 켜며 말했다.

"흐음."

골동품 벽시계가 정각을 알렸다.

"마이웨에! 늦었어!"

아버지가 외쳤다. 긴 리무진이 반중력 착륙장에서 윙윙거렸다. 리무진이 얼마나 오랫동안 대기하고 있었을까? 텐다이는 궁금했다. 아버지와 어머니 모두 문으로 달려갔다. 어머니는 잠시 멈춰 서서 아이들에게 방긋 웃어 주었다. 리무진이 곧 출발했다. 이제 집은 아이들만의 것이었다. 게다가 탁자 위에 출입 카드, 허가서, 돈까지 놓여 있었다! 멜로워가 아버지 의자에 앉아 발을 탁자에 올려놓았다. 텐다이는 어쩐지 얼떨떨했다.

"자넨 팔 굽혀 펴기 없어!"

쿠다가 아버지 흉내를 내며 부엌을 뛰어다녔다.

"멜로워가 우리 편이라서 정말 기뻐요."

리타가 냅킨을 접어 식탁 위에 깔끔하게 올려놓으며 말했다.

"오빠, 공상에서 그만 좀 빠져나오지? 이제는 여기서 빠져나길 궁리를 하자고."

"돈은 주머니에다 핀으로 고정시켜 줄까?"

멜로워가 물었다. 그러자 텐다이가 정색을 했다.

"싫어요!"

"아! 내가 어리석었구나! 널 어린애 취급했어. 너희 모두 그럴 나이가 아니지. 쿠다마저도."

텐다이는 쿠다를 바라보았다. 쿠다는 자기가 가장 좋아하는 반바지와 셔츠를 입고 있었다. 조금 전에는 허리띠에 스테이크 칼도 꽂고 있었는데 리타가 빼 버렸다.

"쿠다는 안 가는 게 낫겠어."

텐다이가 천천히 말했다. 그러자 쿠다가 소리쳤다.

"약속했잖아!"

"알아, 하지만 어떤 곳은 위험할 수도 있단 말이야."

"스카우트는 약속을 지켜야 해! 형아는 약속했어."

"스카우트가 아니면 스카우트 현장 체험에 갈 수 없어."

"나도 내년에 컵 스카우트(보이스카우트 가운데 여덟 살에서 열 살에 해당하는 단원. 2194년 짐바브웨에서는 다섯 살에 들어갈 수 있다고 설정되었다—옮긴이)가 된단 말이야. 나도 형아만큼 용감해. 멜로워, 이야기 좀 해 줘요."

"넌 꼬마 사자지!"

멜로워는 쿠다를 안아 올려 빙그르르 돌렸다. 쿠다가 사납게 으르렁댔다. 두 사람은 계속 빙빙 돌았다. 리타가 환호를 지르며 용기를 북돋워 주었다. 멜로워는 쿠다와 함께 바닥 깔개 위에 쓰러졌고 리타가 그 위를 덮쳤다.

"더 할래! 더 할래!"

쿠다가 소리쳤다. 텐다이는 심장이 쿵 내려앉는 것 같았다. 멜로워가 텐다이 편이 되어 주길 바라는 건 꿈도 못 꿀 일이었다. 텐다이는 이런 일을 할 때 늘 지고 말았다.

"내가 시키는 대로 해야 해."

텐다이가 쿠다에게 말했다.

"네! 알겠습니다!"

쿠다는 완벽하게 아버지의 병사 흉내를 냈다. 멜로워는 지쳐서 헐떡대며 바닥에서 몸을 일으켰다.

"전원 출석! 이상 무!"

리타가 차렷 자세를 하고 서서 소리쳤다.

"여행 가방 검사 완료! 지도, 나침반, 식량, 모두 정리 완료! 군대, 정렬!"

리타는 팔을 내저으며 식당 둘레를 행진했다.

텐다이는 더 이상 손을 쓸 수 없는 상황이 되자 한숨을 쉬었다.

"좋아. 갈 길은 지도에 표시해 두었어. 먼저 음바레 무시카로 갈 거야. 리타, 너는 쿠다에게서 눈을 떼지 마. 아무래도 쿠다는 그냥 집에 있는 게 좋을 것 같은데……. 겨우 몇 시간이니까 괜찮겠지."

텐다이는 배낭을 멨다.

울타리가 깔끔히 정돈된 정원과 잘 다듬어진 보행로에 햇빛이 가득 내리쬐었다. 텐다이는 저도 모르게 정원을 구석구석 눈으로 훑어보았다. 텐다이는 '찬양 시간 동안에 한 일을 아버지가 기억하지 못하면 좋겠어.'라고 생각했다. 기억하지 못할 거라고 멜로워가 장담했시만 혹시 모를 일이다.

멜로워는 출입 카드를 대문에 밀어 넣었다. 그리고 무기 탐지기의 보류 버튼을 눌러 텐다이가 스카우트 주머니칼을 가지고 지나갈 수 있게 해 주었다. 그 주머니칼은 붉은 용들이 칼자루를 휘감고 있고 칼날은 금도금 이 된 멋진 것이었다. 아버지가 중국에서 가져다 준 칼이었다.

"아주 멋진 시간을 보내고 오렴!"

멜로워가 소리쳤다. 텐다이는 멜로워를 향해 뒤돌아보았다. 멜로워는 액자 속 사진처럼 대문 틀 안에 서 있었다. 텐다이는 아주 잠깐 담장으로 둘러싸인 안전한 정원으로 다시 달려가고 싶다는 생각이 들었다. 그런데 그때 멜로워가 대문을 닫았다. 이제 아이들만 남았다. 바람이 불었다. 인 도에 늘어선 나뭇잎들이 팔랑거렸다.

"이제 우리 힘으로 가야 해."

텐다이는 리타와 쿠다를 버스 정류장 계단 쪽으로 이끌고 갔다.

제4장

　　마치카 부인은 긴 리무진의 창문을 밝게 조절하고 도시를 내려다보았다. 오른쪽으로 마운트 햄프던(햄프던 산을 중심으로 형성된 교외 지역―옮긴이)이 보였다. 태양열 에너지를 흡수하여 전기를 만드는 태양 전지판이 반짝이고 있었다. 마치카 부인은 '참 살기 좋은 곳이야.'라고 생각했다. 마조에는 아직 흠잡을 데 없는 곳이었고 범죄율도 확실히 낮았다. 뇌가 절반밖에 없는 사람이 아니고서야 어찌 마치카 장군을 성가시게 할 것인가. 마치카 부인은 다정하게 마치카 장군을 바라보았다.

　　멜로워가 뭐라고 했던가? 장군은 거대한 나무여서 가지로 사람들을 보호한다고 하지 않았던가. 마치카 부인은 전용 찬양 시인과 함께 지낼 수 있어서 참 운이 좋았다. 처음에 장군은 탐탁지 않게 생각했다. 칭찬은 남자답지 않고 여자 같은 남자들에게나 필요하다고 생각했다. 하지만 몇 번 들어 보고는 마음을 바꾸었다.

리무진이 대학교 쪽으로 방향을 돌렸다. 중국 대표단은 로켓이 지체되는 바람에 한 시간 후에나 도착할 것이다. 여유롭게 홍차 한 잔을 마실 시간이 생겼다. 마치카 부인은 만족스럽게 한숨을 내쉬었다.

지금 리무진은 '죽은 자의 땅'의 잿빛 폐허 위를 지나가고 있었다. 마치카 부인은 고대의 쓰레기 산을 안타깝게 바라보았다. 도시 한가운데에 버려진 땅이 저렇게 많다니 얼마나 부끄러운 일인가. 하지만 무엇을 할 수 있으랴. 그곳은 100년 전에 유독성 화학 물질로 오염된 곳인 것을.

죽은 자의 땅에는 사람들이 살고 있다고 했다. 그러나 마음씨 고운 사람들도, 마치카 부인이 홍차를 마시자고 마조에 초대할 만한 사람들도 아니었다. 마치카 부인은 멍하게 앉아 아이들이 무엇을 하고 있을지 생각해 보았다. 더운 날씨에도 아이들은 쉴 새 없이 움직였다. 텐다이는 스카우트 현장 체험을 보내 달라고 계속 졸라 댔다.

잠깐, 하고 마치카 부인은 멈칫했다. 오늘 아침 멜로워의 찬양 시간에 무슨 일인가 일어났다. 멜로워가 한 말을 기억해 내기 힘들다는 건 이상했다. 물론 기분은 좋았다. 마치카 부인은 하루 종일 찬양 시를 듣고 있을 수도 있었다. 하지만 행복한 기분이 드는 이유가 기억나지 않는 날이 많았다.

스카우트 현장 체험. 스카우트 현장 체험에 대한 일이었다. 마치카 부인은 장군을 쳐다보았다. 장군도 뭔가 기억해 내려고 애쓰는 듯이 얼굴을 찡그리고 있었다. 마치카 부인의 머릿속에 식탁 위에 놓인 카드 두 개가 보였다. 장군이 올려놓은 것이었다. 맙소사! 그건 출입 카드였다.

마치카 부인과 장군은 동시에 서로를 쳐다보았다. 마치카 장군이 소리쳤다.

"빌어먹을 멜로워. 리무진을 즉시 돌려!"

운전사는 화가 나서 펄펄 뛰는 장군의 목소리를 듣고 8자 모양으로 차를 돌렸다. 그리고 일직선으로 날아 곧장 마조에로 향했다. 장군은 리무진에 설치된 컴퓨터로 긴급 메시지를 보냈다.

'대문을 봉쇄하라!'

텐다이, 리타 그리고 쿠다는 아주 힘들게 버스 정류장의 계단을 내려가고 있었다.

"꽉 잡아!"

텐다이는 많은 사람들이 웅성거리는 소리에 묻히지 않으려고 크게 외쳤다. 쿠다는 리타에게 착 달라붙었다. 텐다이는 리타가 텐다이의 손을 아주 꽉 잡는 바람에 움찔했다.

"오빠, 이렇게 많은 사람은 처음 봐! 아얏! 방금 저 여자가 내 발을 밟았어."

텐다이는 마구잡이로 사람들을 헤치고 동생들을 이끌고 갔다. 사람들은 머리에 식료품 자루를 이고 균형을 잡으며 아이들 옆을 지나갔다. 자루에 담겨 머리만 내민 닭이 아이들 옆을 지나가며 애처롭게 바라보았다.

"콩나물시루 같아."

리타가 가쁘게 숨을 내쉬었다.

마침내 계단 맨 아래에 도착하자 아이들은 승강장 안쪽의 빈 공간으로 갔다. 햇볕은 피할 수 있었지만 고기 시장에서 나온 찌꺼기와 썩은 채소 때문에 지독한 냄새가 났다. 커다란 쥐 한 마리가 까만 눈을 들어 올려 기운 없이 아이들을 살펴보더니 뼈를 갉아먹으려고 다시 고개를 수그렸다. 리타가 기뻐서 소리쳤다.

"쥐다! 쥐는 책에서만 봤단 말야. 길들여진 쥐일까?"

"손대지 마!"

텐다이가 리타의 손을 찰싹 때리며 소리쳤다.

"심술쟁이! 왜 때려?"

"저건 길들여진 동물이 아니야. 뼈를 갉아먹은 자국을 보라고."

쥐는 뼈에 붙은 살점과 힘줄을 조금이라도 더 갉아먹으려고 계속 우둑거리고 있었다. 그러다가 주둥이를 들고 아이들을 보며 찍찍거렸다.

"네가 자기 먹이를 빼앗을 거라고 생각하나 봐."

텐다이가 말했다.

"그것 참 별일이네."

리타는 배낭에서 빵 한 덩이를 꺼내 쥐에게 던졌다. 쥐는 마파람에 게 눈 감추듯 빵을 먹어 치우더니 더 주기를 기다리고 있었다.

"저것 봐. 길들여진 쥐 맞잖아."

리타는 한 덩이를 더 던졌다. 쥐는 그것도 냉큼 먹어 치우고 또 기다렸다. 음식이 더 나오지 않자 쥐는 리타에게 천천히 다가왔다. 텐다이는 리타를 뒤로 잡아끌려고 했다. 하지만 리타는 한 걸음도 물러서지 않았다. 갑자기 쥐가 리타의 신발 위로 벌썩 뛰어올랐다. 그러너니 화가 난 듯 찍찍거리며 발톱으로 리타의 다리를 슥 할퀴었다.

"아악! 도와줘!"

리타가 미친 듯이 발길질을 하며 비명을 질렀다. 텐다이가 배낭을 휘둘러 쥐를 위협했다. 쥐는 시멘트 바닥으로 뛰어내려 기둥 뒤로 달아났다. 하지만 다시 냅다 뛰어와 리타에게 덤벼들었다. 텐다이가 다시 쥐를 내리쳤다. 쥐가 배낭에 매달렸다. 텐다이는 벽에 대고 배낭을 쳐서 쥐를 기절시켰다. 쥐가 양배추 잎 더미로 쓰러졌다.

텐다이는 쥐가 죽었는지 기절한 건지 알 수 없었고 관심도 없었다. 더 불길한 일이 벌어지기 전에 얼른 리타와 쿠다를 데리고 시끌벅적한 사람들 틈으로 갔다. 칠리바이트를 파는 거리 가게 뒤쪽으로 조용하고 막다른 골목이 보였다. 리타는 충격을 받아서 벌벌 떨고 있었다.

"동물들은 원래 저렇지 않아. 그 쥐는 길들여진 쥐였어. 내가 먹이를 줬단 말이야."

리타가 울부짖었다. 그러자 텐다이가 다독였다.

"우리가 야생 동물에 익숙하지 않아서 그래."

"누나는 겁쟁이야."

"시끄러워. 넌 커다란 쥐가 다리에 붙으면 오줌을 싸고 말 걸?"

"나라면 스카우트 주머니칼로 그 쥐를 죽여 버렸을 거야."

텐다이는 쿠다의 말을 못 들은 체했다. 말로는 용감한 듯 떠들어 대지만 지금 쿠다는 리타의 팔에 매달려 있었다. 본드로 착 붙여 놓은 듯이 말이다.

"리타, 야생 동물 관찰 보고서를 쓰고 배지를 신청하면 되잖아."

리타는 눈물범벅이 된 얼굴을 들었다.

"집에서 나온 지 겨우 몇 분밖에 되지 않았는데 넌 벌써 배지를 따냈어. 집에 도착할 때쯤이면 배지가 얼마나 많아질지 생각해 봐. 칠리바이트 먹을래?"

리타는 눈물을 닦았다. 가게에서 튀김 냄새가 솔솔 풍겨 나왔다.

"음."

리타는 머뭇거렸다. 그때 쿠다가 소리쳤다.

"으악! 형아 가방 좀 봐."

텐다이는 깜짝 놀랐다. 가방에 쥐가 이빨로 물어뜯은 자국이 있었다. 가방에 난 축축한 얼룩은 쥐 오줌이 틀림없었다. 텐다이는 한숨을 쉬었다.

"공중 화장실에서 빨아야겠어. 이리 와. 다 같이 기운 내자."

아이들은 가게 앞으로 갔다. 가게 주인이 기름이 끓고 있는 솥을 지켜보고 있었다. 기름기 많은 칠리바이트가 신문지 위에서 식고 있었다.

"만드는 것 좀 봐도 돼요?"

텐다이가 물었다.

"물론이지. 얼마나 살 거냐?"

"많이요."

리타가 대답했다.

그래서 텐다이는 열두 개들이 두 상자를 주문했다. 가게 주인이 숟가락으로 반죽 덩이를 기름 솥에 떠 넣었다. 반죽이 칙, 하더니 거품을 내면서 요란하게 부글거렸다. 튀김 거름망을 들고 주인이 돌아섰다. 칠리바이트에는 매운 고추가 약간 들어 있었고 대부분 양파로 채워져 있었다. 냄새가 끝내줬다. 가게 주인이 신문을 씌운 쟁반에 튀김을 담았다.

"저 나무 아래에 있는 게 우리 탁자야. 다 먹으면 쟁반을 가시고 오너라."

주인이 텐다이에게 돈을 받으며 말했다.

세 아이들은 그늘에 앉아 뜨거운 튀김을 게걸스레 먹었다. 기름 때문에 얼굴은 번들번들해졌고 매운 고추 탓에 눈물범벅이 되었다.

"이런 게 사는 재미 아니겠어? 오빠, 뭐 좀 마시자."

리타가 말했다.

텐다이가 가서 막 짜낸 파인애플 주스를 사 왔다. 아이들은 몸이 좀 찌뿌듯했지만 만족스러운 기분으로 나무 아래에서 잠시 쉬었다. 텐다이는 칠리바이트 가게 수도꼭지를 틀어 가방 얼룩을 씻었다. 음바레 무시카의 거대한 시장이 더 이상 무서워 보이지 않았다. 시장은 대규모 파티라도 여는 듯 웃음소리와 고함 소리로 왁자지껄했다. 센트럴 데포(고유명사로 '중앙 터미널'이라는 뜻—옮긴이)에서 출발해서 도시 구석구석을 거쳐 북쪽의 모잠비크, 케냐, 곤드와나까지 가는 버스들이 잇따라 떠나갔다.

가지각색의 상가에는 햇빛 가리개가 길게 쳐져 있었다. 거리마다 과일, 채소, 옷, 질그릇, 비누 등 각기 다른 가게들이 몰려 있었다. 정육점 주인이 파리를 쫓으려고 쇠고기를 철썩철썩 때리며 보기 좋게 진열했다. 전통 민간요법 치료사인 응강가들은 약초와 뿌리 더미 앞에 쪼그리고 앉아 있었다. 머리에는 살쾡이 털로 테를 두른 깃털 꽂힌 모자를 쓰고 입에는 긴 파이프 담배를 물고 뻐끔거리며 더운 날씨 속에서 꾸벅꾸벅 졸고 있었다. 일반인들을 위한 멜로워들도 몇 명 눈에 띄었다.

멜로워마다 편안한 소파가 딸린 자기 칸막이를 갖고 있었다. 누군가 우울해져서 서둘러 찬양 시가 필요하다 싶으면 멜로워에게 찾아와 자신의 장점을 간단히 이야기해 주고 소파에 눕는다. 그러면 멜로워가 적당한 시를 지어 읊어 주었다.

텐다이, 리타 그리고 쿠다는 용기를 내어 가까이 다가가서 바라보았다. 시는 일반적인 내용으로 시작되었지만 멜로워가 속도를 내기 시작하면서 손님이 듣고 싶어 하는 찬양의 말이 덧붙여졌다. 텐다이는 '찬양 시가 꼭 사실일 필요는 없지, 뭐.'라고 생각했다. 일단 마법 주문에 걸려들면 모든 말을 있는 그대로 받아들였다. 배가 불룩 나온 남자들에게는 날씬한 몸과 단단한 근육에 대해 찬양해 주었다. 깡마르고 까다로워 보이는 여자들에게는 통통한 몸과 친절한 성격에 대해 찬양해 주었다.

놀라운 점은 찬양을 받은 사람들이 멜로워가 말한 것처럼 보이기 시작한다는 사실이다. 적어도 몇 분 동안은.

"따분해. 다른 일은 없나?"

리타가 말했다. 쿠다도 심심한 모양인지 한마디 했다.

"우리 집 멜로워만큼 잘하지는 못해."

텐다이는 동생들을 데리고 과일 가게와 채소 가게가 늘어선 곳으로 갔다. 해가 좀 더 높이 떠 있었다. 음바레 무시카에서 보낸 시간이 적어도 한 시간은 된 것 같았다. 베아트리체에 갔다가 어두워지기 전에 돌아오려면 곧 떠나야 했다. 하지만 텐다이는 떠나고 싶지 않았다. 음바레 무시카는 생생하게 살아 숨 쉬는 곳이었다.

텐다이는 지금껏 얼마나 행복하게 살아왔는지 깨달았다. 아울러 얼마나 슬프게 살아왔는지 모르고 있었다는 사실도 깨달았다. 텐다이는 모든 게 좋았다. 시끌벅적한 분위기, 다양한 냄새와 얼굴들……. 좋은 냄새든 나쁜 냄새든 상관없이 좋았다. 순수하든 교활하든 모든 얼굴이 좋았다. 텐다이는 사람들에게 둘러싸여 있는 것이 좋았다. 그냥 사람들의 모습과 행동들이 다 좋았다. 모두 사람이었으니까. 기세가 아니라 사람.

"저기 봐."

세 사람이 동물 우리를 따라 걷고 있는데 쿠다가 소리쳤다. 가게 주인들이 염소와 닭 값을 흥정하고 있었다. 곡예단 고양이들이 밀려드는 사람들의 시선은 아랑곳하지 않고 하품을 했다. 그런데 끄트머리쯤에 놓인 탁자 위에 기상천외한 동물이 오롯이 앉아 있었다.

파란색이었다. 얼굴 주변의 균형 잡힌 털이 밖으로 뻗쳐 있었고 꼬리는 아래로 쭉 뻗어 땅에 닿을락 말락했다. 가죽 목걸이에 사슬이 매여 있었다. 그 동물의 주인은 놀라우리만치 많은 붕대를 온몸 구석구석에 감고 앉아서 시무룩하게 담배를 피우고 있었다.

"유전자 조작 원숭이잖아?"

텐다이가 놀라며 말했다. 리타가 의심스러운 듯이 물었다.

"불법 아냐?"

"맞아."

파란 원숭이는 긴 팔을 뻗어 주인의 입에서 담배를 낚아챘다. 주인은 다시 담배를 가로채려고 하다가 원숭이가 허연 이빨을 드러내 보이자 이내 포기해 버렸다. 원숭이는 조용히 담배를 피우기 시작했다.

"뭘 쳐다보냐, 얼간이들아."

원숭이가 냅다 소리쳤다.

"원숭이가 말을 해!"

리타가 화들짝 놀라며 소리를 질렀다.

"당연하지. 이야기할 가치가 있는 사람에게만 해서 그렇지. 저 사람은 아냐."

파란 원숭이는 자기 주인 쪽으로 침을 뱉었다. 탁자에는 남자 둘이 더 있었다. 한 사람이 파란 원숭이에게 땅콩을 던져 주었다.

"땅콩이 먹고 싶었으면 시장에 가서 사 먹었지! 햄버거를 줘. 이 구두 쇠야!"

파란 원숭이가 화가 나서 큰 소리를 쳤다. 남자들이 웃었다.

텐다이는 곁눈질로 슬쩍 쳐다보았다. 한 사람은 격투기 선수처럼 건장한데 한 사람은 호리호리한 데다가 좀 언짢은 표정을 짓고 있었다. 하지만 텐다이는 파란 원숭이에게 훨씬 더 호기심이 생겨 그 남자들은 그다지 주의 깊게 보지 않았다. 텐다이가 원숭이를 보며 말했다.

"유전자 조작 원숭이는 불법인 줄 알았는데."

"지금이야 그렇지. 하지만 이미 만들어진 원숭이를 멸종시킬 수는 없지."

파란 원숭이의 주인이 말했다. 그러자 원숭이가 모질게 말했다.

"멸종시키려고 시도는 해 봤잖아. 얘들아, 주인이 나 먹으라고 주는 이 음식 꼬락서니를 봐. 까매진 이 바나나는 시장에 내다 팔지도 못할 수준이야."

"얼씨구! 네가 나보다 나은 줄이나 알아."

"이 거짓말쟁이! 사기꾼!"

원숭이가 악을 써 댔다.

"재주는 내가 부리고 돈은 몽땅 주인 술값으로 들어가. 밤마다 곤드레만드레 취해 도랑에서 곯아떨어지면 난 쥐들을 쫓아내느라 밤새 바쁘다고!"

"불쌍하기도 해."

리타가 외쳤다.

"바로 그거야, 예쁜아. 난 현존하는 가장 불행한 동물이야. 숲에 있는 내 사촌들에 비하면 너무 똑똑하지. 당나귀 똥 더미에서 지내기에도 난 너무 똑똑해. 아가야, 날 좀 사 주지 않겠니? 너는 미음씨가 고운 아이 같아."

"우아! 오빠, 어떻게 안 될까?"

리타의 말에 텐다이는 입버릇 나쁜 이 동물을 보고 아버지가 어떤 반응을 보일지 생각해 보았다. 하지만 어머니의 고상한 홍차 파티를 떠올려 보면 파란 원숭이가 환영받을 것 같기도 했다.

"형아, 제발! 정원에서 살면 되잖아."

쿠다도 들떠서 졸라 댔다.

"그래, 정원 좋지."

파란 원숭이가 초롱초롱한 눈으로 텐다이를 쳐다보며 말했다.

만약 파란 원숭이를 산다면 곧장 집으로 가야 할 것이다. 원숭이를 데리고 도시를 돌아다닐 수는 없는 일이었다.

"나는 온순해. 하모니카도 불 수 있어. 웃음도 굉장히 많아. 저 뒤로 가서 흥정을 좀 해 볼까."

파란 원숭이가 텐다이의 소매를 잡아당겼다.

텐다이는 벽 뒤쪽으로 이끌려 갔고, 주인이 어정쩡한 표정으로 따라왔다. 리타와 쿠다는 파란 원숭이를 따라가며 기뻐서 날뛰었다. 벽 뒤쪽은 리타가 쥐와 마주쳤던 장소처럼 어스름했다.

"잠깐만. 왜 이런 데서 이야기해야 하죠?"

텐다이가 이렇게 말하는 순간 파란 원숭이가 이빨로 텐다이의 손을 덥석 물었다. 아악! 리타와 쿠다가 비명을 질렀다. 조용히 뒤따라왔던 두 남자가 리타와 쿠다에게 와락 덤벼들어 헝겊으로 입을 덮었다. 텐다이는 파란 원숭이와 계속 옥신각신하고 있었다. 그때 주인이 텐다이의 목에 팔을 두르고 얼굴에 헝겊을 가져다 댔다. 텐다이는 허파가 타들어 가는 듯이 아프더니 다리에 힘이 풀려 버렸다.

'클로로포름이야.'

이런 생각을 하는 순간 텐다이는 쓰레기 더미 위로 쓰러졌다.

제5장

        파란 원숭이가 탁자에 앉아서 몸을 긁고 있었
다. 주인이 옆에 있는 의자에 털썩 앉았다. 격투기 선수처럼 생긴 남자가
곡식 자루 두 개를 가져왔고, 족제비같이 생긴 작은 남자도 하나를 가져
왔다.

  "나도 10퍼센트 줘."

  파란 원숭이가 말했다.

  "암코끼리가 저 애들을 팔면 주지."

  작은 남자가 말했다.

  "너무 오래 기다리게 하지는 마. 그리고 잊지 마. 신고를 해도 난 감옥
에 가지 않아. 난 말 못하는 동물일 뿐이거든."

  "실험실에 가겠지."

61

작은 남자가 쾌활하게 말했다.

"하하하. 선불금은 나한테 줘. 그래야 이 양반이 술통에 빠지는 걸 막지."

파란 원숭이가 앞발로 주인을 쿡 쥐어박았다. 작은 남자가 주머니에서 50달러짜리 지폐를 꺼냈다.

"마취에서 깨기 전에 얼른 가자."

큰 남자가 다그쳤다. 파란 원숭이는 주인이 돈을 빼앗으려 하자 얼른 그 돈을 자기 목줄에 쑤셔 넣고 이빨을 딱딱 부딪쳤다. 두 남자는 자루를 어깨에 짊어지고 가장 가까운 버스 정류장으로 향했다. 그리고 음바레 무시카를 순찰하는 경찰이 오기 전에 떠나려고 부랴부랴 마지막 버스를 탔다.

마치카 부인은 젖은 손수건을 손가락으로 비비 꼬며 앉아 있었다. 식탁 위에는 컴퓨터만 덩그러니 남고 모두 깨끗이 치워져 있었다. 경찰 총장이 컴퓨터로 정보를 찾으면서 얼굴을 찡그렸다.

"부하 직원들에게 자기 근무 위치로 그만 돌아가라고 해야겠네."

경찰 총장이 마치카 장군에게 말했다.

"내 아이들이 실종됐어!"

마치카 장군이 고함을 질렀다.

"부디 이해해 주게. 수백만 명이 매일 대중교통을 타지 않나. 아이들에게는 아무 일도 없을 걸세. 물론 걱정이야 되겠지. 우리도 모든 버스를 샅샅이 조사할 걸세. 하지만 벌써부터 그렇게 걱정할 필요는 없지 않나?"

"자넨 이해 못 해! 이 아이들은 보통 아이들이 아니야. 미스크 일당이 그 애들을 잡아가려고 쫙 깔릴 거야. 게다가……."

마치카 장군은 부끄럽다는 표정을 지었다.

"그 애들은 버스를 타 본 적이 없어."

경찰 총장은 놀랍다는 듯이 마치카 장군을 쳐다보았다.

"큰애가 열세 살이잖나!"

"알아. 나도 안다네. 내가 자유를 주지 않았다는 뜻일세. 무슨 뜻인지 자네도 알잖나. 처음에는 아기라서 그랬고 걷기 시작했을 때는 수영장에 빠질까 봐 걱정이 되어서 그랬고 계속 그런 식이었지. 아이들을 집에 가두어 두기는 아주 쉬웠다네. 가정교사를 고용했지. 그런 눈으로 날 보진 말게! 날 노리는 적들이 아주 많단 말이야."

"비난할 뜻은 없었네."

경찰 총장은 조심스럽게 말했다.

"내가 어렸을 때는 폭력 조직이 곳곳에 활개를 치고 다녔지. 형제들이 마당에서 총에 맞아 쓰러지는 모습을 내 두 눈으로 봤어. 내 아이들은 절대로 그런 위험에 노출시키지 않을 걸세."

"폭력 조직이 소탕된 거야 자네는 물론이고 동네 꼬마 녀석들도 다 아는 사실이잖나."

마치카 장군은 일어나서 방 안을 서성였다. 범죄와 오랜 전쟁을 벌이던 젊은 장교 시절을 떠올리는 모습이 마지카 부인 눈에 비졌다. 마치가 부인은 '당신은 직접 나서서 뭐라도 해야 하는 사람이라는 게 문제예요.'라고 생각했다. 가만히 앉아서 아이들이 집에 돌아오기를 기다리는 일은 마치카 장군의 성미에 맞지 않았다.

"내가 텐다이를 약하게 만들었어."

마치카 장군이 자신을 꾸짖 듯이 말했다. 경찰 총장이 장군을 위로했다.

"텐다이는 자네가 생각하는 것보다 훨씬 강할 걸세."

마치카 부인은 창밖을 바라보았다. 경찰관 몇 명이 구아바 나무 둘레에 모여 있었다. 나뭇가지가 부르르 떨렸다. 경찰관들은 목이 쉬도록 고함을 질렀고 서서히 인내심을 잃어 갔다. 경찰관들이 나무 둘레에 둥글게 서서 나무 기둥을 붙잡고 세차게 흔들기 시작했다. 잘 익은 구아바가 잔디밭으로 툭툭 떨어졌다.

"빌어먹을 저 멜로워 탓이야. 아이들이 해 달라는 대로 다 해 줬어. 날 속였다고!"

경찰관들이 나무둥치를 정말 세게 흔든다 싶더니 나무에서 우지끈 하는 소리가 들렸다. 갑자기 날카로운 비명 소리가 나더니 멜로워가 바닥으로 떨어졌다.

"멜로워가 나무에 올라가기 전에 뭐 단서가 될 만한 말은 하지 않았나?"

경찰 총장이 물었다. 마치카 장군이 당황하는 기색을 보였다. 마치카 부인은 바닥 깔개 위에 놓인 깨진 유리잔, 벽 근처에 흩어져 있는 부서진 의자 조각들을 흘끗 쳐다보았다. 마치카 부인은 장군이 냉정하게 일을 처리하지 못했다고 생각했다. 멜로워가 겁에 질려 꽥꽥거리는 소리를 그치기까지 한 시간이 걸렸다.

"저 사람을 어쩔 작정인가?"

경찰 총장이 물었다.

"사자 공원에 던져 버려야지. 사자들은 분명 시를 좋아할 거야."

머리가 제멋대로 헝클어진 멜로워가 경찰관들 손에 질질 끌려오고 있었다. 셔츠가 찢어지고 손이 긁힌 멜로워를 본 마치카 부인은 충격을 받았다. 멜로워의 아랫입술은 부풀어 올라 부루퉁한 표정을 짓고 있는 것처럼 보였다.

"여보, 아이들은 절대—."

마치카 부인이 말을 시작했다. 하지만 마치카 장군이 버럭 소리를 질렀다.

"저런 사람을 동정하는 건 쓸데없는 짓이오! 이건 당신의 홍차 파티가 아니오! 저 녀석에게 쿠키라도 주라는 거요? 불쌍한 멜로—워."

마치카 장군은 애처로운 듯한 말투로 빈정댔다.

"저 자가 풀이 죽기라도 할 것 같소? 걱정은 할까? 악어 농장에 악어 먹이로 던져져서 우둑우둑 씹히는 게 평생소원인가? 자네! 해가 뜨는 걸 보고 싶거든 내 아이들을 찾아!"

마치카 장군은 멜로워의 발이 바닥에서 떨어질 정도로 번쩍 들어 올린 후 마구 흔들었다. 멜로워는 울먹이기 시작했다.

"에잇!"

마치카 장군이 멜로워를 내팽개쳤다.

"못 해 먹겠군. 강아지를 발로 차는 기분이야."

마치카 부인은 '정말 그랬어요. 카펫을 더럽혔다고 꾸지람을 듣는 강아지 같았어요.'라고 생각했다.

"멜로워는 겁에 질리면 아무 생각도 못 해요. 제가 멜로워와 둘이서 이야기 좀 해 볼게요."

마치카 부인이 조용히 말했다.

"당신은 늘 사람들을 감싸서 탈이지."

마치카 장군은 그게 나쁜 버릇이라는 투로 말했다. 하지만 경찰 총장과 경찰관들을 앞마당으로 데리고 나갔다.

마치카 부인은 멜로워가 울음을 그칠 때까지 참고 기다렸다. 마치카 부인은 집사 로봇에게 크림과 설탕을 넣은 홍차를 가져오라고 말했다. 멜로워가 홍차를 마시는 동안 컵이 컵 받침에 닿아 달가닥거렸다.

"자, 심호흡을 해 봐요. 아무도 당신을 해치지 않아요. 나와 이야기가 끝나면 낮잠 자러 방에 가도 돼요. 우리만큼이나 당신도 이번 일에 안절부절못하고 있을 테죠."

"정말 친절하시군요. 제가 아는 사람 중에 가장 친절한 분이십니다. 더운 날 창문으로 들어오는 신선한 산들바람처럼, 가뭄의 단비처럼—."

"그만! 제발 찬양 시는 읊지 말아요! 지금은 그럴 때가 아니에요. 아이들이 집을 나서기 전에 무슨 일이 있었는지 나한테 다 말해 봐요."

"저, 저는 노력했습니다."

"노력했다는 거 알아요."

마치카 부인이 멜로워의 기운을 북돋아 주며 말을 이었다.

"다들 좀 흥분했어요. 이제 진정이 되었으니 기억해 내기 쉬울 거예요. 전부 다 말해 줘요. 사소하다고 생각하는 부분들도 모두."

멜로워가 설명하기 시작했다. 쿠다를 잡고 빙글빙글 돌던 일, 리타와 기뻐 날뛴 일. 마치카 부인은 가까스로 침을 삼켰다. 아직은 아이들이 위험에 빠진 것 같지 않았다. 하지만 어디 있는지 모른다는 것은 무척이나 걱정스러운 일이었다.

"처음에는 쿠다를 데려가지 않으려고 했습니다. 텐다이는 쿠다가 너무 어리다고 생각했거든요. 하지만 쿠다와 리타가 박박 우겼습니다. 그리고…… 그리고 음바레 무시카로 간다고 했어요. 맞아요! 거기에요! 음바레 무시카! 거기서 베아트리체로 간다고 했어요."

"훌륭해요! 또 생각나는 건 없나요?"

멜로워는 더 이상 기억해 내지 못했다. 마치카 부인이 나가려고 자리에서 일어서자 멜로워가 수줍게 말했다.

"저, 이러면 어떨까요?"

이제 멜로워는 성공적으로 공을 되찾아 온 강아지처럼 보였다. 꼬리라도 흔들 것만 같았다

"옛이야기 속에서는 만약 누군가 실종되면 사람들이 탐정을 고용한답니다."

"탐, 뭐라고요?"

"형사나 탐정이요. 사립 탐정 말입니다."

"그런 단어는 처음 들어 봐요."

"어린이 책에 나오는 말들이지요. 제가 아이들 책을 많이 읽었거든요."

마치카 부인은 '그래, 그럴 테지.'라고 생각했다.

"아무튼 언젠가 제가 딱히 할 일이 없을 때 탐정 연락처가 있나 하고 홀로폰 주소록을 뒤져 본 적이 있습니다. 하라레 시에는 딱 한 곳뿐이더군요. '귀 눈 팔 명탐정 사무소'라는 곳이지요. 사무소는 카우즈 구츠에 있습니다."

멜로워는 되찾아 온 공을 가지고 앉아 무언가 기대하는 강아지의 표정을 지었다.

"고마워요. 정말 영리하군요. 멋진 생각이에요."

멜로워는 의기양양하게 웃으며 자리에서 일어났다. 마치카 부인은 '정

말 애 같아.'라고 생각했다. 하지만 다른 사람들처럼 멜로워에게도 칭찬이 필요했다. 지금껏 그런 생각을 못했을 뿐이었다.

마치카 부인은 장군에게 음바레 무시카에 대해 말했다. 그리고 서재로 들어가 귀 눈 팔 명탐정 사무소에 전화를 걸었다.

텐다이는 악몽을 꾸었다. 비좁은 공간에 꽉 끼여 있어서 아프고 어지러웠다. 뜨겁고 따끔따끔한 물건들이 주위를 감싸고 있었다. 토할 것만 같았다. 그러나 이미 자신이 토했다는 사실을 깨닫고 겁에 질렸다.

바깥쪽 어딘가에서 목소리가 들려왔다.

"이 버스는 여기까지만 운행합니다."

"자, 50달러면 되겠수?"

다른 목소리였다.

"천만에요. 죽은 자의 땅으로 차를 몰고 가느니 차라리 당신네들한테 버스를 넘겨주고 말지요. 비상벨 누르기 전에 여기서 내리슈."

텐다이는 공중에 매달려 흔들리는 느낌이 들었다. 그래서 다시 아파 왔다. 정신이 들었을 때 텐다이는 바닥에 내려져 있었고, 버스는 덜커덩거리며 빠른 속도로 가고 있었다.

"목을 확 베어 버릴 걸 그랬어."

세 번째 목소리가 들렸다. 그러자 텐다이를 운반한 사람이 말했다.

"입 닥쳐, 나이프. 우리 머리 위에는 너희 할머니 머리 위의 파리들처럼 경찰이 우글댄다고."

세 번째 목소리, 나이프가 덤빌 듯이 소리쳤다.

"우리 할머니를 모욕하지 마! 이 세상 최고의 여자란 말이야."

"할머니는 왜 아직도 우리를 신고하지 않을까?"

"그게 바로 할머니가 좋은 사람이라는 증거야, 피스트. 할머니는 비겁한 놈들을 싫어하거든."

"넌 정말 이해할 수가 없어."

피스트가 고개를 저었다.

텐다이는 음바레 무시카에서 마지막으로 기억나는 순간을 떠올려 보았다. 이 사람들은 파란 원숭이에게 땅콩을 던지던 남자들이 분명했다. 재수 없는 파란 원숭이 녀석! 텐다이는 쥐가 리타를 공격했을 때 리타가 어떤 기분이었을지 이해가 되었다. 리타는 어디 있을까? 쿠다는?

텐다이는 천천히 자루 주변을 더듬어 보았다. 리타의 몸 크기쯤 되는 자루 뭉치가 손에 닿았다. 텐다이는 아직 스카우트 주머니칼을 가지고 있었다. 텐다이는 조심스럽게 작은 구멍을 뚫어 바깥을 내다보았다. 오른쪽 옆에 피스트가 등에 짊어지고 있는 자루 하나가 보였다. 좀 떨어진 곳에서 나이프도 자루 하나를 짊어지고 있었다.

다행히 동생들은 곁에 있었다. 텐다이는 자루를 잡아 찢고 살려달라고 소리를 질러 볼까, 하고 생각했다. 그런데 구멍으로 내다보니 사람이나 건물이 하나도 보이지 않았다. 텐다이가 지금 지나가는 곳은 거대한 쓰레기장이었다. 지저분한 잿빛 언덕들이 길 양쪽으로 우뚝 솟아 있었다. 피스트가 무거운 몸으로 철퍽거리며 땅을 밟고 지나가면 그 발자국에 흙탕물이 가득 고였다. 모든 풍경이 지칠 대로 지쳐 보였고 실망하여 풀이 죽은 것처럼 느껴졌다.

여기가 '죽은 자의 땅'인 모양이었다. 텐다이는 이곳에 대해 아는 것이 없었다. 아는 것이라고는 버스 운전사가 여기 오지 않으려 했다는 사실뿐이다.

'이제 어쩌지? 리타와 쿠다를 두고 갈 수는 없어. 역시 아버지가 옳았어. 집을 나선 순간 납치되어 버렸으니까. 아버지가 이 사실을 알면 화가 나서 펄펄 뛰실 거야. 아버지는 나를 비난하시겠지. 피스트와 나이프가 우리를 데려가는 이유가 뭘까.'

텐다이는 아버지에게 혼날 생각을 하자 목이 콱 메였다.

지금까지 그 남자들은 어디로 가고 있다는 말을 한 번도 하지 않았다. 텐다이는 궁금했다. 몸값을 받아 내려고 잡아가는지도 모른다. 어쩌면 노예가 될지도 몰라! 멜로워가 잠잘 때 들려주던 동화에서 그런 이야기를 들은 적이 있었다.

'노예 시장은 한때 아프리카에서 활발했단다. 곤드와나에는 아직도 있지. 양치기로 팔려 간 아이들은 악마 같은 상인들에게 매질을 당하고 낙타에 실려 먼 도시로 보내진 뒤 거기서 끔찍한 고통을 받으며 산단다.'

멜로워의 이야기는 언제나 아이들이 도망을 쳤고 부자가 되어 행복해지는 것으로 결말이 났다. 정말 흥미진진한 이야기였다. 하지만 지금은 그 이야기의 첫 부분이다. 즉 고통 받는 부분이다. 이 부분에 있을 바에야 차라리 집에서 지루한 시간을 보내는 게 더 낫겠다는 생각이 들었다.

그래도 진짜 모험에 대한 생각은 텐다이의 용기를 북돋아 주었다. 텐다이는 자루에 구멍을 하나 더 냈다. 피스트의 허리띠 옆이었다. 텐다이는 천연 사이잘삼(잎에서 섬유를 뽑아 로프 등의 직물을 짜는 데 사용하는 열대 식물─옮긴이)을 꼬아 만든 그 허리띠를 실 몇 가닥만 남겨 두고 잘라 냈다.

"암코끼리가 안 보여."

나이프가 말했다. 텐다이는 깜짝 놀라서 하마터면 허리띠를 완전히 잘라 버릴 뻔했다.

"쉬빈(밀주를 만들어 파는 곳—옮긴이)에서 밀주를 만들고 있어. 파인애플 냄새 안 나?"

피스트가 말했다. 자루 안에 있는 텐다이에게도 농익은 과일의 악취가 풍겨왔다.

"이리 오라, 그대여! 그대 눈짓이 땅콩버터가 낀 잇몸처럼 내 마음에 달라붙는구나!"

피스트가 소리쳤다. 그러자 나이프도 외쳤다.

"우리가 어떤 선물을 가져왔나 보시오. 오, 아름다운 그대여. 목에 붙은 이 한 마리가 쉬지 않고 기어오를······."

"허튼소리 집어 쳐!"

땅속 어딘가에서 나오는 듯한 언짢은 목소리가 들려왔다.

"쫑알쫑알! 쫑알쫑알! 내가 자리에 앉기만 하면 그래. 한순간도 평화가 없어. 기다려, 이 깡패들."

나이프와 피스트는 웃으며 자루를 털었다. 텐다이, 리타, 쿠다가 땅으로 떨어져 내렸다. 텐다이는 정신을 잃은 척했다. 하지만 리타는 비틀비틀 일어서며 비명을 질렀다.

"바보 같은 아저씨들! 조금만 기다려 봐요! 우리 아버지가 아저씨들을 붙잡아서 혼내 줄 테니까! 로켓 정도는 있어야 도망칠 수 있을 걸요."

"거 되게 찍찍거리는데! 안 그래?"

피스트가 말했다.

"내가 쥐라면 아저씨는 썩은 고기 뼈 더미에 있는 더럽고 늙은 시궁쥐라고요! 당장 우리를 집으로 데려다 줘요!"

리타가 악을 썼다.

텐다이는 실눈을 뜨고 보았다. 쿠다가 일어나 앉아 손으로 머리를 감싸고 있었다. 너무 어지러워서 말이 안 나오는 듯했다. 리타는 쿠다를 일으켜 세우며 소리쳤다.

"내 동생에게 무슨 짓을 했는지 보라고요! 아저씨들은 평생 감옥에서 살게 될 거예요!"

"말하는 게 꼭 우리 할머니 같은데?"

피스트가 말했다. 나이프가 마뜩하지 않은 표정이었지만 맞장구를 쳐 주었다.

"그러게."

텐다이는 일부러 리타와 쿠다 쪽으로 쓰러졌다. 그러더니 힘이 없어서 못 일어나는 척했다.

"오빠한테 어떻게 한 거예요?"

리타가 다그쳤다.

"우리 오빠한테 살살해야 할 걸요? 손가락 하나라도 건드리면 아버지가 가만히 있지 않을 거예요. 사자가 먹이 다루듯이 아저씨들을 물어뜯어 버릴 거예요!"

"계속 찍찍대는데 네 아버지가 도대체 누구기에 그러냐?"

나이프가 심드렁한 목소리로 물었다.

"안 돼. 말하지 마."

텐다이가 리타의 발목을 잡으며 작은 소리로 말했다. 하지만 리타는 화가 나서 발을 쿵쿵 굴렀다.

"마치카 장군님이라고요. 아저씨들이 얼마나 멍청한 짓을 했는지 이제 알겠어요?"

두 남자는 이 말을 듣고 소스라치게 놀란 듯했다.

"아이고 어머니."

피스트가 말했다.

"아이고 할머니."

나이프가 웅얼거렸다.

텐다이가 피스트에게 돌진해 바지를 홱 잡아당겼다. 허리띠가 끊어지면서 그의 바지가 흘러내렸다. 바지를 잡느라 버둥거리는 피스트를 텐다이가 다리를 걸어 넘어뜨렸다.

"뛰어!"

텐다이가 리타와 쿠다에게 소리쳤다. 리타는 바로 뛰기 시작했다. 쓰레기가 산처럼 쌓여 있는 죽은 자의 땅 위를 포동포동한 몸에 비해 놀랍게 빠른 속도로 훌쩍 뛰어 올라갔다. 나이프가 쫓아가기 시작했다.

쿠다는 뛰려고 안간힘을 썼지만 다리가 짧아 그들을 계속 따라잡을 수 없었다. 뒤따라가던 텐다이가 동생을 낚아채어 겨드랑이에 끼웠다. 그 무게 때문에 텐다이의 달리는 속도가 엄청나게 줄었다.

피스트는 또 바짓가랑이에 걸리면서 철퍼덕 땅바닥으로 넘어졌다. 그 바람에 머리를 돌에 부딪혀서 꼼짝도 하지 못했다. 작고 다부진 체격의 나이프는 리타를 쫓아 지그재그형으로 달렸고 리타는 나지막한 언덕과 관목 숲을 돌아 달려갔다. 나이프는 리타에게 멈춰 서라고 으르렁거렸고, 리타는 마구 욕을 해 댔다. 텐다이는 쿠다를 데리고 간신히 도망가면서 생각했다.

'저래 가지고는 절대 리타 혼자 어디 내보내지 못 하겠어.'

리타가 뒤돌아보고 비명을 지를 때마다 리타와 나이프의 거리가 좁혀졌다.

그후 두 사람의 모습은 언덕에 가려서 텐다이의 시야에서 사라져 버렸다. 텐다이는 골짜기로 내려갔다가 다시 올라왔다. 옆구리가 무언가에 찔린 듯이 아팠다. 숨이 턱까지 차올랐고, 다리는 금방이라도 꺾여 주저앉을 것 같았다. 텐다이는 언덕을 돌아 땅에 있는 구멍으로 뛰어들었다. 쿠다는 무서워서 눈을 휘둥그레 뜨며 비명을 지르려고 했다.

"안 돼."

텐다이는 헐떡이며 손으로 동생의 입을 막았다.

"숨어."

쿠다는 알아들은 것 같았다. 입을 앙다물고 진지하게 텐다이를 쳐다보았다. 바람이 쓰레기 더미를 스쳐가는 소리가 들렸다. 한숨 돌리고 나자 텐다이는 언덕과 땅바닥이 모두 쓰레기 더미로 꽉 차 있다는 사실을 알았다. 땅바닥이 좀 푹신한 이유가 다 그 때문이었다. 그의 주변은 쌓이고 쌓인 엄청나게 많은 비닐봉지와 플라스틱 천지였다. 텐다이는 기가 막혔다.

플라스틱은 이미 100년 동안이나 쓰이지 않았다. 21세기 에너지 고갈 때문만은 아니었다. 텐다이는 플라스틱 접시와 컵을 박물관에서나 보았는데 그 원료들이 여기 사방에 널브러져 있었다. 찢어지고 때 묻고 진흙 범벅이 되어 있지만 그래도 플라스틱이었다.

숨소리가 가라앉자 텐다이는 일어서서 쿠다를 일으켰다.

"가자."

텐다이는 이 말을 꺼내고 바로 얼어붙어 버렸다. 우뚝 솟은 언덕 위에서 여자의 목소리가 바람에 실려 왔다.

"아이들을 잡아라."

그 소리가 땅속 깊은 곳에서도 올라왔다. 사방이 우르르 울렸다.

"아이들을 잡아라. 잡아서 내게 데려와아아아아."

바람이 소리를 실어가 버렸다. 텐다이는 쿠다를 등에 업었다. 쿠다는 조그만 양팔로 형의 목을 꽉 둘렀다.

"잡아서 내게 데려와아아아아."

훨씬 굵은 목소리가 울려왔다. 텐다이는 비틀거렸다. 다리가 아파 왔지만 꾹 참았다.

쿠다가 비명을 질렀다.

"땅이 움직여!"

텐다이는 너무너무 무서워서 하마터면 쓰러질 뻔했다. 쓰레기라고 생각한 땅이 꿈틀꿈틀 일어섰다. 일어선 쓰레기들이 사방에서 텐다이에게 걸어왔다. 방금 텐다이가 숨어 있던 구멍조차 여러 뭉치로 나눠지면서 기어 올라왔다.

"엄마! 엄마!"

쿠다가 소리 질렀다. 텐다이는 필사적으로 주위를 둘러보았다. 빠져나갈 곳을 찾아보려고 했지만 온 사방에 그 생명체가 있었다. 그리고 텐다이 쪽으로 구물구물 계속 다가왔다. 그 형체 속에 눈이 있었다.

그들은 사람이었다. 텐다이는 그 사람들이 말로 표현할 수 없을 만치 소름끼치는 모습에서 서서히 텐다이 같은 인간의 모습으로 바뀌는 광경을 보았다.

"괜찮아, 쿠다. 우리처럼 사람이야."

"저건 토콜로셰스야! 악마라고!"

쿠다가 흐느껴 울었다.

"아니야. 괜찮다니까."

텐다이는 동생을 땅에 내려놓으며 중얼거렸다.

"잘 봐. 몸이 진흙투성이라서 그렇게 보일 뿐이야."

쿠다는 형에게 매달렸지만 무시무시한 공포에서는 조금 벗어난 것 같았다. 텐다이는 주머니칼을 꺼내 가장 가까이 있는 사람에게 겨누었다. 땅바닥과 같은 색, 같은 질감의 챙 넓은 모자를 쓴 늙은 남자였다.

"손대지 마세요."

텐다이가 조용히 말했다.

"고분고분 따라갈 테니까 손은 대지 마세요."

제6장

귀 눈 팔 명탐정 사무소에 홀로폰이 울리자 세 사람 모두 전화를 받으려고 벌떡 일어섰다. 늘 그렇듯 '긴 팔'이 빨랐다. 그의 길고 구불구불한 까만 팔이 다른 사람보다 더 멀리 뻗어나가기 때문이었다. 게다가 손가락 끝은 조금 끈적이기까지 했다.

"여보세요! 명탐정 사무소입니다. 뭘 잃어버리셨나요? 저희가 찾아 드리겠습니다. 남편 뒤를 밟아 드리는 건 저희 전문 분야랍니다."

긴 팔이 큰 소리로 전화를 받았다. '밝은 귀'가 자신의 민감한 귀를 접었다. 괴로운 표정이 얼굴을 스쳐 갔다.

"미안해."

긴 팔이 목소리를 낮추어 밝은 귀에게 말했다.

"나, 난 당신들의 도움이 필요해요."

마치카 부인이 홀로폰 화면에 나타났다.

"제대로 찾으셨습니다. 다른 사람들은 저희만큼 못 한답니다. 저희는 지하실에서 박쥐가 트림하는 소리도 들을 수 있지요. 안개가 자욱한 밤에 모기의 배꼽도 볼 수 있습니다. 신발에 붙은 껌처럼 이 몸에 착 달라붙어 있는 예리한 직감도 자랑거리랍니다. 요즘 남편 행동이 좀 이상한가요?"

"천만에요! 내 남편은 아마데우스 마치카 장군이에요!"

마치카 부인이 매우 놀라 큰 소리로 말했다.

"아얏."

밝은 귀가 나팔꽃처럼 귀를 접으며 투덜댔다. '멀리 보는 눈'이 다른 사람들에 비해 매우 느릿느릿하게 눈을 깜박였다.

"전화로는 설명할 수 없어요. 많이 바쁘지 않으면 제가 기다란 리무진을 보내도 될까요? 제발 바쁘지 않으면 좋겠네요."

마치카 부인이 안달을 냈다. 긴 팔이 인심 쓰는 말투로 냉큼 말했다.

"분부만 내리십시오. 저희가 일정을 조정하도록 하겠습니다."

"아, 고마워요."

마치카 부인이 소리쳤다. 그리고 전화를 끊었다.

탐정들이 서로를 바라보며 빙그레 웃었다. 홀로폰이 비치는 자리에는 서류들이 깔끔하게 쌓인 책상과 회전의자가 놓여 있었고 벽에는 면허증이 걸려 있었다. 사실 가까이에서 보면 '목마름 맥주 집'에서 준 감사장이었다. 홀로폰 화면에 비치지 않는 곳에는 싱크대 가득 쌓인 더러운 접시들, 음식이 뒤죽박죽 담긴 그릇, 푹 꺼진 소파가 놓여 있었다. 그나마 벽에 걸려 있는 것이 사무소에서 유일하게 값나가는 물건들이었다. 그건 바로 탐정들이 사무소를 개업했을 때 엄청난 돈을 주고 산 니어바너 총 세 자루었다. 딱 한 번 경찰 순찰 구역에서 쏘아 본 석이 있는 총이었다.

"일정을 조정하라고?"

멀리 보는 눈이 물었다. 긴 팔이 고개를 끄덕였다. 멀리 보는 눈은 일정표를 가져와서 '세탁기에 빨래 넣기'를 지웠다. 그리고 그 자리에 '마치카 장군의 중요한 사건'이라고 썼다.

"비용이 얼마냐고 묻지도 않았어. 그건 좋은 징조지."

밝은 귀가 기대하는 목소리로 말했다. 듣고 있던 긴 팔이 말했다.

"그런데 마치카 장군도 구할 수 없는 게 대체 뭘까? 경찰, 군대, 첩보 기관에 연락할 수도 있잖아. 그 장군이 헛기침만 해도, 도시 반대편에 있는 강도가 지갑을 떨어뜨릴걸."

"힘이 너무 강한 게 문제겠지."

멀리 보는 눈이 밖에 나갈 준비를 하느라 색안경을 끼며 딱 잘라 말했다.

"무슨 뜻이야?"

밝은 귀가 거리의 소음에서 귀를 보호하려고 귀덮개를 쓰며 물었다.

"무슨 뜻이긴. 개미가 사자의 발을 물면 어떻게 돼? 사자는 으르렁거리고 개미는 허둥지둥 구멍으로 들어가겠지? 사자는 개미를 찾을 수 없어. 너무 크니까."

"그러니까 네 말은, 아무리 마치카 장군이라도 발이 미치지 못 하는 세상이 있다는 거구나."

밝은 귀가 더러운 접시에 기울여 놓은 깨진 거울을 들여다보며 말했다. 귀덮개는 여기저기 털이 빠져 있었다.

"바로 그거야. 카우즈 구츠만 봐도 알잖아."

멀리 보는 눈이 침착하게 말했다. 긴 팔이 두 사람을 재촉했다.

"서둘러. 이러다 리무진 놓치겠어."

세 사람은 니어바너 총을 찬 뒤 문단속을 세 번이나 했다. 긴 팔은 거리에서 밀려들 온갖 종류의 감각의 습격을 피하려고 바짝 긴장했다. 긴 팔은 자신을 보호할 수 없는 유일한 사람이었다. 그나마 사무소 안에서는 두꺼운 벽돌담 덕분에 그럭저럭 견뎌 내고 있었다. 밝은 귀와 멀리 보는 눈이 호위라도 하려는 듯 그의 양쪽에 서서 걸었다. 하지만 두 사람이 해 줄 수 있는 것은 하나도 없었다. 문이 열리고 뒤엉킨 감정들이 밀려오자 긴 팔은 거의 비명을 지를 뻔했다.

밝은 귀는 닳아빠진 귀덮개로 귀를 안전하게 보호하고 있어서 고통 없이 바깥세상의 소리를 들을 수 있었다. 멀리 보는 눈도 자신만만하게 세상을 둘러볼 수 있었다. 색안경으로 시야를 95퍼센트쯤 막았기 때문이다. 긴 팔은 카우즈 구츠라는 마을 곳곳에서 뒤끓는 미움, 욕심, 노여움을 고스란히 느껴야 했다. 아주 가끔씩 시들어 가는 창백한 꽃처럼 친절한 마음이 어느 골목에서 흘러나와 긴 팔의 고통을 누그러지게 했다. 밝은 귀와 멀리 보는 눈은 어설프게 긴 팔을 이끌고 갔다. 공사장 착암기 소리도 자꾸 들으면 익숙해지듯이 그가 느끼는 고통이 차츰 적응이 되었다. 하지만 정말로 편안한 것은 절대 아니었다.

세 사람은 리무진이 도착할 착륙장에 서서 카우즈 구츠를 바라보았다. 도로가 온 사방으로 구불구불 뒤틀려서 혼란스러웠다. 새로 온 사람들은 늘 길을 잃어서 강도들에게 즐거움을 주었다. 카우즈 구츠에서는 훔친 물건들이 거리낌 없이 팔렸다. 마약도 바나나만큼이나 쉽게 팔렸다. 맥주 집에서 흘러나오는 커다란 음악 소리에 사람들이 갈비뼈를 들썩거리긴 했지만 여기저기서 기회를 노리는 소매치기와 상인들 틈에서 살아남으려고 발버둥을 치는 가족들도 있었다. 그 가족들은 먹고살기 어려워져서 마을을 떠나 이곳으로 왔다. 아이들은 악취가 나는 도랑에서 배를 타거나 맥주 집 간판 사이로 연을 날리며 놀았다.

부유한 교외에서 하루 일을 마친 집 없는 사람들도 있었다. 두 다리가 없는 사람이 작은 수레에 올라타 손으로 바닥을 밀며 돌아다녔다. 우윳빛 눈을 가진 여자들은 아이들의 손을 꼭 잡고 걸어갔다. 그 모습은 마치 그들의 어깨에서 날개가 펼쳐진 것처럼 보였다. 어두워지면 사람들은 골목마다 자리를 잡고 모여서 장작불을 피워 음식을 끓였다. 그리고 그 주변에서 노래하고 춤도 추었다.

밝은 귀와 멀리 보는 눈 그리고 긴 팔은 이 장작불을 보자 아득한 어린 시절에 살았던 마을로 돌아간 듯한 기분이었다.

그때 갑자기 카우즈 구츠의 거리가 하나둘 비어 가기 시작했다. 사람들이 마법에라도 걸린 듯이 재빨리 출입구 쪽으로 사라졌다. 멀리 보는 눈은 반중력 착륙장을 가리키며 웃었다. 마치카 장군의 리무진이 도착하고 있었다. 초록색과 빨간색 배경 위에 검은색으로 짐바브웨 새가 그려진 정부 상징 마크가 차 옆면에 선명하게 인쇄되어 있었다.

"사람들이 불시 단속인 줄 알았나 봐. 조용하니까 정말 좋다."

밝은 귀가 말했다. 운전사가 리무진의 문을 열며 물었다.

"탐정 분들이신가요? 맞는 것 같군요. 그 총들은 허가증이 있습니까?"

긴 팔은 허가증을 보여 주었다. 그래도 무기들은 운전사가 보관하도록 넘겨주어야 했다.

"마치카 댁에는 어떤 무기도 가지고 들어갈 수 없습니다. 저, 뒷자리에 앉으시겠습니까? 좀 섬뜩해서 말이지요. 나쁜 뜻으로 한 말은 아닙니다."

밝은 귀와 멀리 보는 눈 그리고 긴 팔은 기분 나쁘게 듣지 않았다. 기분이 나쁘다고 해도 아주 약간쯤이랄까. 자신들을 보고 깜짝 놀라는 사람들에게 이미 익숙했기 때문이었다. 카우즈 구츠에서만 예외였다. 카우즈 구츠에서는 초록 날개를 가진 사람이나 보라색 뿔을 가진 사람이 지나간다 한들 손톱만큼도 놀라운 일이 아닐 것이다.

마치카 부인은 이미 홀로폰 화면으로 탐정들을 본 적이 있는데도 가까이에서 실제로 보자 깜짝 놀라고 말았다.

"미, 미안해요. 당신들처럼 생긴 사람을 본 적이 없어서요."

마치카 부인이 말을 더듬었다.

"우리처럼 생긴 사람들은 어디에도 없죠."

긴 팔이 말했다. 그리고 팔을 쭉 늘여 마치카 부인에게 내밀었다. 마치카 부인은 잠깐 멈칫하다가 악수했다. 마치카 부인은 팔의 손가락들이 닿았을 때 정말 이상한 느낌을 받았다. 손가락이 끈적끈적했기 때문만은 아니었다. 마치 전기 발전기를 만지는 기분이었다. 몸속 어딘가에서 에너지가 윙윙거렸고, 그 에너지가 언제라도 펄쩍 뛰어오를 것만 같았다. 마치카 부인은 긴 팔이 손을 놓았을 때에야 마음이 진정되었다.

멀리 보는 눈은 색안경을 벗고 밝은 귀는 귀덮개를 벗고서 마치카 부인 앞에 섰다. 그리고 마치카 부인이 물끄러미 바라보는 동안 가만히 있었다. 하얀 피부의 밝은 귀가 귀를 펼쳤다. 거의 투명색에 가까운 분홍색 두 귀가 커다란 꽃처럼 활짝 펼쳐졌다. 갈색 피부의 멀리 보는 눈이 흰자위가 거의 없이 온통 눈동자만 있는 거대한 눈을 껌뻑거렸다. 긴 팔은 차라리 다리라고 불려도 될 것 같은 까맣고 기다란 팔을 쭉 뻗었다. 그 모습을 보자 마치카 부인은 거미가 떠올랐다.

"어떻게, 어떻게 된 일이죠?"

마치카 부인이 묻자 긴 팔이 대답했다.

"저희는 황게라는 마을에서 태어났습니다. 핵무기 단지 근처지요."

"아, 거기요. 식수에 플루토늄이 유입된 곳이었죠."

"저희 어머니들이 그 물을 마시고 말았지요."

마치카 부인은 세 탐정을 쳐다보았다. 물론 마치카 부인도 대강이나마 그 사고에 대해 알고 있었다. 죽은 사람도 있었다. 병을 앓은 사람도 있었다. 하지만 그 사건은 아주 오래전에 일어난 일이었다. 저런 모습의 아기가 태어난 원인은 무엇일까. 마치카 부인은 아주 예쁜 아기를 낳았건만.

"저희의 능력을 알아내자 부모님들도 기뻐하셨어요."

"저는 날아가는 독수리의 깃털에 붙어 있는 벼룩을 볼 수 있어요. 제 어머니는 잃어버린 물건이 하나도 없을 정도지요."

멀리 보는 눈이 안절부절못하며 천천히 눈을 깜박였다. 밝은 귀도 너스레를 떨었다.

"저는 설탕 통을 기어올라가는 개미 소리도 들을 수 있어요."

"그럼 당신은 뭘 할 수 있죠?"

마치카 부인이 이 별난 사람들 때문에 얼떨떨해하며 긴 팔에게 물었다.

"저는 직감을 가지고 있어요. 개코원숭이들이 농장을 습격할 계획을 세울 때마다 알아냈어요. 보시다시피 저희는 명탐정이 되기에 아주 이상적인 조건을 갖추었습니다."

"이 사람들은 대체 누구요?"

현관에서 마치카 장군이 천둥소리를 냈다. 멀리 보는 귀가 즉시 귀를 닫았다. 긴 팔은 한 대 맞은 듯 뒤로 비틀거렸다.

"탐정들이에요. 아이들을 찾아 올 거예요."

마치카 부인이 대답했다.

"흠."

마치카 장군은 밝은 귀, 멀리 보는 눈, 긴 팔을 훑어보며 거실을 걸어 다녔다. 그리고 결론을 내렸다.

"군대에는 들어가지 않겠군."

"특별한 능력이 있어요."

마치카 부인이 허둥지둥 세 사람의 능력을 설명했다.

"흠."

이 두 '흠'의 차이는 마치카 부인만이 알 수 있었다. 두 번째 '흠'은 그 사람들이 아주 흥미롭다는 뜻이자 그 사립 탐정을 써 볼까 궁리하고 있다는 뜻이었다.

"일을 맡겨 보기로 하지."

마치카 장군이 불쑥 내뱉었다. 그리고 재빨리 아이들 사진, 신용 카드, 경찰서 전화번호가 표시되어 있는 도시 지도, 밤과 낮에 쓰는 마치카 장군의 개인 전화번호를 주었고 엄청나게 많은 조언을 했다.

밝은 귀, 멀리 보는 눈, 긴 팔은 번갯불에 콩 볶아 먹듯 설명을 듣고 니어버너 총을 돌려받은 뒤 리무진을 타러 몰려갔다.

"행동할 때는 버스를 이용하시오. 리무진이 돌아다니면 증거들이 달아 날 테니까. 보고는 하루에 여섯 번. 행운을 빌겠소."

마치카 장군은 세 탐정들과 악수를 했다. 긴 팔과 악수를 할 때는 멈칫하며 눈썹을 추켜올렸다.

리무진이 출발했다. 마치카 장군은 마치카 부인에게 돌아섰다.

"유감스럽지만 나쁜 소식이 있소. 칠리바이트 가게에서 아이들 흔적을 찾았소. 가게 주인이 원래 가격의 세 배를 불렀는데 다 주더라는군. 그곳 말고는 아무도 아이들을 모르오. 밖에 나가면 아기나 다름없어! 왜, 왜 난 아이들이 자유롭게 자라도록 내버려 두지 않았을까?"

마치카 장군은 눈을 비비고 주위를 날카롭게 둘러보았다. 감정을 억누르지 못하는 자신을 부하 장교들이 보고 있지 않나 확인하기 위해서였다.

"애들은 괜찮을 거예요."

마치카 부인이 말했다. 하지만 마치카 부인도 장군이 뿜어 대는 침울한 분위기에 휩쓸리기 시작했다. 해가 서쪽으로 옮아갔다. 정원에 그늘이 길게 드리웠다. 아이들이 곧 돌아오지 않는다면…….

"그, 긴 팔이란 탐정과 악수하는 기분은 아주 별나더군."

잔디에 드리운 그늘이 슬금슬금 영역을 넓히는 걸 보며 마치카 장군이 말을 이었다.

"보기보다 강했어."

제7장

텐다이는 '암코끼리'라고 불리는 누군가가 있는 곳으로 끌려가는 동안 되도록 쿠다를 옆에 바짝 붙이고 걸었다. 주위에서 슬픔에 잠긴 사람 모습의 형상들이 땅바닥에서 솟아나거나 구멍에서 나타났다. 죽은 자의 땅은 결코 텅 빈 곳이 아니었다.

'마치 나방 같아.' 텐다이는 생각했다. 그 사람들은 배경에 맞춰 몸을 위장했다. 텐다이는 그 사람들이 왜 그렇게 조용한지 궁금했다. 전혀 웃거나 말하지 않았고, 땅바닥을 밟고 터벅터벅 걸으면서도 거의 소리를 내지 않았다. '죽은'이라는 말로 이곳을 부르는 이유가 있구나, 하고 생각하자 텐다이는 소름이 쫙 돋았다.

언덕에 둘러싸인 커다랗고 평평한 땅이 나왔다. 가운데에는 음식 만드는 곳인지 장작불과 국솥이 있었다. 탁자 몇 개와 낡은 소파 네댓 개도 있었다. 한 할머니가 흔들의자에 앉아서 차를 홀짝이고 있었다. 나이프가 리타의 팔을 꽉 붙든 채 그 할머니 옆에 섰다. 피스트가 텐다이를 노려보며 옆을 지나갔다.

"쥐새끼 같은 놈들."

할머니가 단조롭게 의자를 흔들며 혀를 찼다.

"오빠! 뭉개진 바나나처럼 생긴 이 사람들한테 우리를 놓아 달라고 좀 해 봐!"

리타가 소리쳤다. 그리고 팔을 빼내려고 흔들었지만 나이프가 고집스럽게 계속 잡고 있었다. 그때 소파에 앉아 있는 어떤 여자가 텐다이의 눈에 들어왔다. 덩치가 하도 커서 텐다이는 그 여자가 소파인 줄 알았다. 그 여자가 일어서더니 햄처럼 생긴 손을 허리에 얹었다. 그리고 굵고 호탕한 목소리로 말했다.

"찍찍찍찍, 새로운 쥐새끼들이 왔군. 이리 데려와 봐. 잡아먹을 만큼 컸는지 어디 보자!"

텐다이와 쿠다는 죽은 자의 땅에 사는 조용한 거주민들에게 밀려 앞으로 나아갔다.

"내 동생한테 손대지 말아요. 아직 아기라고요."

텐다이가 쿠다를 걱정하며 말했다. 그러자 쿠다가 냅다 소리를 질렀다.

"아기 아니야!"

리타가 기다렸다는 듯이 독살스럽게 소리쳤다.

"우리 아버지가 당신들을 1,000년 동안 감옥에 가둘 거야!"

암코끼리가 하늘이 떠나갈 듯 크게 웃었다.

"마치카의 꼬마 녀석들이로군. 흥, 잘 들어, 이 쥐방울들아. 여긴 내 나라야. 너희 아버지가 와서 기웃거리면 기차로 확 밀어 버릴 거야. 내가 시키는 대로만 잘 해. 그러면 우린 사이좋게 지내게 될 테니까. 자, 이제 저 땅굴로 들어가서 옷을 갈아입어."

암코끼리가 리타를 번쩍 들어 올리자 리타가 암코끼리의 커다란 등을 세차게 때렸다. 두 사람은 땅굴 안으로 사라졌다. 텐다이와 쿠다도 피스트와 나이프에게 끌려 다른 땅굴로 갔다. 두 사람은 어느 어두컴컴한 땅바닥에 아이들을 내동댕이친 뒤, 입은 옷을 억지로 벗기고 누더기를 던져 주었다. 나이프는 스카우트 주머니칼을 발견하자 칼자루의 용무늬를 황홀하게 바라보더니 자기 허리띠에 꽂았다.

텐다이는 충격과 분노로 벌벌 떨었다. 하지만 쿠다 앞에서 모범을 보이려고 애써 침착한 척했다.

"쿠다, 옷 갈아입는 거 도와줄게. 으악! 이 옷들 너무 더러워."

쿠다도 누더기를 샅샅이 살펴보았다. 어른 셔츠에서 소매를 뜯어낸 옷이었다.

"멋지다."

쿠다가 말했다. 쿠다는 텐다이가 단추를 채워 주고 벨트를 매 주자 생긋 웃었다.

"멜로워가 해 줬던 옛날이야기와 비슷하지?"

텐다이도 쿠다를 보고 웃으며 말했다. 하지만 멜로워 이야기를 꺼낸 걸 금세 후회했다. 쿠다가 얼굴을 찌푸리며 말했다.

"멜로워가 보고 싶어. 여기 있는 사람들은 싫어."

"옛날이야기랑 비슷한 거야. 잊지 마. 우리는 수많은 모험을 하고 나서 집으로 돌아갈 거야."

"집으로 돌아가는 거, 맞지?"

"그럼, 맞지. 재미있을 거야."

사실 텐다이는 무척 걱정스러웠지만 그런 마음이 겉으로 드러나지 않기를 바랐다. 쿠다는 형의 약속을 믿는 것 같았다. 이내 땅굴 안을 탐색하러 다녔다. 그곳은 땅에서 움푹 들어가 있었고 다른 땅굴로 이어지는 길이 사방으로 나 있었다. 가벼운 바람이 일자 촛불 하나가 살며시 떨렸다. 벽과 바닥은 비닐, 먼지, 풀뿌리, 돌들로 뒤범벅이었다.

"이리 나와!"

피스트가 땅으로 이어진 통로 저편에서 소리쳤다. 텐다이는 쿠다가 경사진 곳을 올라가게 도와주었다. 누더기 옷은 말도 못할 정도로 더러웠다. 옷에서 나는 퀴퀴한 냄새는 오래된 냉장고를 떠오르게 했다.

땅 위에 올라와 보니 리타가 암코끼리 의자 옆에 쭈그리고 앉아서 훌쩍이고 있었다. 리타는 누덕누덕 기워서 볼품없는 회갈색 옷을 입고 있었다. 한쪽 뺨이 부어올라 있었고 손과 머리카락은 먼지투성이였다.

리타가 당하고만 있을 리 없었다. 그녀는 받은 만큼 돌려주는 성미였다. 암코끼리의 팔뚝에 할퀸 자국이 여러 개 있었다.

"자, 받아. 카우즈 구츠에 가서 이걸 팔아 와."

암코끼리가 아이들의 좋은 옷을 피스트에게 던졌다. 그리고 원숭이에게 물린 텐다이의 상처를 끓인 물로 씻어 내고 소독약을 발라 주었다.

"누가 그 짐승에게 아기 지아 발육기를 마련해 줘야겠군."

암코끼리가 고개를 절레절레 흔들었다.

"얘들아, 탁자로 와서 앉아. 일하기 전에 뭘 좀 먹어야지."

텐다이와 쿠다는 탁자 옆에 있는 의자에 앉았다. 리타는 계속 훌쩍이며 두 사람 맞은편에 앉았다. 암코끼리는 솥 앞에서 바삐 움직였다. 물이 펄펄 끓고 있는 솥에서 금속 접시 세 개를 부젓가락으로 건져 탁자 위에 뎅그렁하고 놓았다. 접시들은 오후 햇살에 김을 내며 건조되었다. 암코끼리는 접시에 사드자(되직한 옥수수 죽—옮긴이)를 한 국자씩 떠 주고, 세 번째 솥에서 소스를 퍼서 얹어 주었다.

텐다이는 음식을 먹지 않을 작정이었다. 옛날이야기의 영웅들은 적에게 잡히면 늘 그렇게 했다. 하지만 소스에서 정말 맛있는 냄새가 났다. 토마토를 듬뿍 넣어 먹음직스러운 붉은색을 냈고 양파와 마늘로 향긋한 냄새를 풍겼으며 넉넉히 들어간 고추가 텐다이의 코를 얼얼하게 했다.

'몸이 약해지면 좋을 게 없지. 게다가 내가 안 먹으면 쿠다도 안 먹을 거야. 어린아이가 굶는 건 좋지 않아.'

텐다이는 이렇게 생각하고 숟가락이나 포크가 보이지 않자 손가락으로 사드자를 푹 찔러 쪽 빨아 먹었다. 쿠다가 곧바로 따라 했다.

"맛있다."

쿠다는 사드자를 입 안 가득 퍼 넣고 오물거렸다.

"더 먹을래!"

암코끼리는 쿠다가 다 먹자 한 국자 더 주었다.

텐다이는 며칠 굶은 사람처럼 사드자를 먹었다. 토마토는 그 맛이 잘 살아 있었고 양파도 맛이 진했으며 심지어 소금까지도 짭조름한 게 맛있었다. 거기에 암코끼리의 장작불에서 나온 연기가 조금 섞인 탓도 있었다. '밖에서 먹으니 맛있는 거겠지.' 텐다이는 생각했다. 이유가 무엇이 되었든, 텐다이는 쿠다처럼 접시를 내밀며 더 달라고 부탁하고 있었다.

텐다이는 두 번째 접시까지 비우고서야 리타를 쳐다보았다. 리타는 음식에 손도 대지 않고 있었다.

"먹어 봐. 맛있어."

텐다이가 속삭였다. 하지만 리타는 코웃음을 쳤다.

"난 손으로는 못 먹어. 그리고 손도 안 씻고 어떻게 먹어. 난 짐승이 아니라고."

"여긴 집이 아니잖아. 리타, 제발 먹어. 기분이 좀 나아질 거야."

"쓰레기에 둘러싸여 있다고 해서 내 수준을 낮출 수는 없어."

"쓰레기? 쓰레기라 이거지? 거울로 네 꼴을 좀 봐야겠구나."

암코끼리가 엄청나게 즐거워하며 말했다.

"겉모습은 어쩔 수 없지만 내면은 가치 있는 사람이라고요. 난 다르다고요."

"입 다물어, 리타."

텐다이가 나직이 말했다. 텐다이는 말다툼이 이어지고 있는 상황을 바라보며 심장이 철렁 내려앉았다. 리타는 아무도 못 말리는 쇼오페르('말다툼을 계속하려는 의도로 한마디를 내뱉는 것'이라는 쇼나 어—옮긴이)꾼이었다. 쇼오페르꾼이 선택한 한마디면 사이좋게 주고받던 토의는 언제나 싸움으로 기울었다. 모두가 지쳐 화해하려고 하면 쇼오페르꾼이 다시 말다툼의 도화선이 되는 한마디를 꺼냈다.

"쉰견히 써었어."

리타가 빈정댔다.

"나 말이니, 이 쥐방울아?"

암코끼리가 으르렁거렸다.

"저야 모르죠. 제가 어떻게 그 비계 덩어리를 뚫고 속을 볼 수 있겠어요?"

암코끼리는 리타의 접시를 잡아채서 사드자 솥에 쏟아부었다.

"쥐를 잡아먹든 뭘 먹든 내 알 바 아니야! 이제 의자에서 일어나. 여기서는 누구든 먹고살려면 일을 해야 해."

암코끼리는 리타를 의자에서 끌어내려 자신의 거대한 한쪽 겨드랑이에 끼웠다. 텐다이는 쿠다를 감쌌다. 당장 텐다이와 동생들이 무슨 일을 당할지 알 수 없었다.

갑자기 텐다이는 뭔가 느꼈다. 사드자를 먹고 있는 동안 죽은 자의 땅 사람들이 말없이 살금살금 아이들 쪽으로 기어오고 있었던 것이다. 땅에서 밀물처럼 밀려들어 왔다.

"착한 아이들이야."

그 사람들 중에 하나가 아련한 목소리로 말했다.

"불쌍한 아기들인 걸."

늙은 여자가 한숨을 쉬며 수줍게 손을 뻗어 쿠다의 손을 잡으려고 했다.

"저리 가, 저리 가란 말야!"

쿠다가 비명을 지르자 암코끼리가 소리쳤다.

"오후 교대 시간이 아직 안 끝났어. 돌아가서 일하지 않으면 저녁밥은 없을 줄 알아!"

죽은 지의 땅 사람들은 섭섭해하며 올 때처럼 조용히 물러갔다. 그리고 양쪽으로 갈라져 주변 풍경 속으로 녹아들어 갔다. 죽은 자의 땅은 곧 달에 있는 분화구만큼이나 고요하고 쓸쓸해졌다. 쓰레기 언덕들 위로 바람이 을씨년스럽게 일었다.

제8장

암코끼리가 아이들을 땅굴 속으로 떠밀었다. 아래로 아래로 텐다이와 쿠다가 옷을 갈아입은 곳보다 더 멀리 내려갔다. 땅바닥이 점점 질퍽해지더니 나중에는 발자국도 생기지 않을 정도로 물이 흥건해져서 모두가 물살을 헤치며 걸어가야 했다. 암코끼리가 리타를 내려놓고 손전등을 켜며 말했다.

"계속 걸어."

텐다이는 쿠다를 등에 업고 따라갔다. 땅속 길은 나뉘고 또 갈라져서 어리둥절할 정도였다. 천장에서 물이 떨어졌다. 천장에 매달린 풀뿌리 뭉치도 지나갈 때 얼굴을 쓸었다.

"여기는 우기(雨期)에는 쓰지 않는 곳이야. 돌아다니려면 지느러미가 있어야 하거든. 여기서 위로 가."

암코끼리는 전등으로 위쪽 땅굴을 가리켰다. 다시 마른 땅을 디디자 텐다이는 안심이 되었다. 텐다이는 쿠다를 내려놓았다. 아까 죽은 자의 땅에서 기를 쓰고 달렸던 탓에 아직도 다리가 아팠다.

모두가 도착한 곳은 커다랗고 둥근 방이었다. 암코끼리는 벽에 걸린 선반에서 램프를 내려 아이들에게 주었다. 텐다이는 호기심이 생겼다. 역사책에서 이런 램프를 본 적이 있었다. '등유 램프'였다. 암코끼리는 쇠 하는 소리가 날 때까지 펌프질을 하여 연료량을 조절했다. 그리고 불을 붙였다. 심지 주변 유리 덮개에 불이 닿지 않도록 조심했다. 놀라우리만치 기운찬 불빛이었다.

암코끼리는 텐다이가 흥미로워하는 모습을 보더니 말했다.

"그래. 램프에 어떻게 불을 붙이는지 잘 배워 둬. 나를 도와줄 수 있을 테니까."

암코끼리는 램프를 하나 더 켜 보였다가 다시 끄고 텐다이에게 직접 해 보라고 시켰다.

"잠시 뒤에 연료가 다 닳을 거야. 그러면 식을 때까지 기다렸다가 등유를 채워 넣고 다시 켜."

암코끼리는 벽 옆에 있는 연료 통과 성냥 상자를 가리켰다.

텐다이는 암코끼리가 보기만큼 나쁜 사람은 아닐지도 모른다는 생각이 아주 조금 들었다. 하지만 그다음 행동을 보자 그 생각은 말끔히 사라져 버렸다. 암코끼리는 아이들을 아래쪽 땅굴로 데리고 내려가다가 쓰레기 벽 앞에서 우뚝 멈춰 섰다.

"일 시작해."

암코끼리가 곡괭이와 삽을 넘겨주었다.

"파낸 흙은 수레에 담아서 저쪽 땅굴로 옮겨. 거기 놔두면 다른 사람이 치워 주니까."

"삽으로 파라고요?"

텐다이가 물었다.

"광산이잖아, 바보야. 여긴 플라스틱 광산이라고. 쓰레기를 파내서 체로 쳐. 그릇이나 컵처럼 흥미로운 물건들이 나오면 한쪽에 모아. 오래된 유리 그릇도 좋아. 나머지는 모두 수레에 담아. 아, 그리고 삽질은 장난이 아니야. 땅굴이 무너질 수도 있어. 그리고 램프가 밝게 타고 있는지 잘 지켜봐. 불꽃이 빨갛게 변하기 시작하면 공기가 나빠진다는 뜻이니까."

암코끼리는 텐다이의 발목에 사슬을 묶어 자물쇠로 채웠다. 사슬 끝에는 시멘트 덩이가 붙어 있었다. 리타에게도 똑같이 족쇄를 채웠다.

"나가는 길을 찾지도 못 하겠지만, 만에 하나 길을 찾더라도 이게 속도를 늦춰 줄 거야. 특히 깊은 물속에서 효과가 좋지."

"싫어요! 우린 아무 일도 안 할 거라고요!"

리타가 바락바락 악을 썼다.

"어디 한번 빈둥거려 보려무나. 여기서 일하는 사람들을 보니 내가 주는 밥으로 양이 차지 않으면 쥐덫을 놓더구나. 맛있는 풀뿌리도 제법 있다더군. 알아서 해."

암코끼리는 아까 그 둥근 방으로 쿵쿵 걸어갔다.

텐다이가 몇 발짝 뒤따라 가다가 멈췄다. 시멘트 덩이 때문이었다. 텐다이는 사슬을 잡아당겼다. 시멘트 덩이가 조금 움직였다. 텐다이는 땅바닥에 앉아 생각에 잠겼다. 리타가 소리를 질렀다.

"더럽고 끔찍해서 미치겠어! 어떻게 빠져나가야 하지?"

"엄마가 보고 싶어."

쿠다가 울먹였다.

"괜찮아. 이건 놀이야."

텐다이가 쿠다에게 말했다.

"다시는 어머니, 아버지를 못 볼 거야. 쥐가 들끓는 진흙투성이 땅속에서 죽게 될 거야."

리타가 울음을 터트렸다. 쿠다도 울부짖기 시작했다.

"리타!"

텐다이는 리타를 흔들며 소리쳤다.

"만약 저 사람들이 우리를 해칠 생각이었으면 벌써 그렇게 했을 거야. 이건 놀이라고. 너 때문에 쿠다가 겁먹잖아."

리타는 무릎을 감싸고 앉아 몸을 앞뒤로 흔들었다. 마침내 리타의 울음소리가 훌쩍임으로 바뀌었다.

"오빠 말이 맞아. 내가 바보같이 굴었어. 이건 보물찾기야, 쿠다. 우린 땅에서 장난감을 파낼 거야."

"네 마음대로 삽질하면 돼."

텐다이는 쿠다가 삽의 손잡이를 잡도록 도와주었다. 쿠다의 눈이 둥그레졌다.

"와, 크다!"

"광산에서 쓰는 것과 똑같은 거야. 자, 저 자리부터 시작하자."

리타는 눈물을 닦았다.

"어쩌면 값진 물건을 찾을지도 몰라. 난 사람들이 거실에 장식해 둔 플라스틱 접시가 늘 부러웠어. 그런 게 어디서 나나 했지."

"바로 그거야! 누가 뭐라고 하든, 우리는 스카우트잖아. 어떤 일도 해낼 준비가 되어 있어야지."

"오빠, 이걸로도 배지를 받을 수 있겠지?"

"물론이지. 지질학 자연 체험쯤 되겠네."

"탐험도 되겠지."

리타가 씁쓸하게 말했다.

"스카우트 단장님도 분명 이런 장소는 모르실 거야."

텐다이는 고대 비닐봉지 유물 더미에서 삽질을 하기 시작했다. 벽에 붙어 있는 비닐봉지를 잡아당겼다. 오래된 탓인지 비닐봉지가 다 뜯겨 나왔다. 텐다이는 무지개 색 소용돌이가 얼룩덜룩한 낡은 유리 조각과 도자기 파편을 발견했다. 이상한 기분이 들었다. 여기는 선조들이 살았던 곳이다. 어쩌면 그들은 지금 여기에서도 자신들이 남긴 삶의 찌꺼기를 잡아당기는 텐다이를 보고 있을지도 모른다. 이래도 되는 걸까?

"여기 안 깨진 병이 있어."

리타가 말했다. 높이가 10센티미터 조금 안 되는 유리병이었다.

"표면이 울퉁불퉁하네."

텐다이가 표면을 만지며 말했다. 그리고 불빛을 가까이 비추었다.

"영어로 적혀 있어!"

텐다이는 틀리게 해석하지 않으려고 기억을 더듬었다. 텐다이는 영어가 좀 서툴렀다.

"핏기 없는 피부를 위한 핑크 알약."

리타가 웃었다.

"오래된 거겠지? 지금은 핏기 없는 사람들이 별로 없잖아. 식민지 시대 물건일 거야. 그 부족 이름이 뭐였더라?"

"영국."

"맞아, 영국이 짐바브웨를 지배하던 때 물건인가 봐. 야, 재미있다! 이거 국보급일지도 몰라. 이것도 좀 봐. 플라스틱 오리야."

리타는 빨간색 플라스틱 오리를 쿠다에게 주었다. 쿠다는 오리를 땅바닥에 대고 꽥꽥거리며 가는 시늉을 했다.

"낡은 퀼트 천도 있네."

텐다이가 살짝 잡아당기자 습기와 세월에 썩은 퀼트 천이 갈기갈기 찢어져 버렸다. 텐다이는 찢어진 조각에 그나마 남아 있는 선명한 사각형 부분을 보려고 흙덩어리를 떼어 냈다. 그리고 불빛에 비춰 보았다. 아름다운 작품이었다. 보석 같은 작은 재료들을 꼼꼼히 이어 붙이느라 누군가 몇 시간을 보냈을 것이다. 땅속에서 빼내 주려던 것이 그만 그 천을 땅과 다름없는 부식토로 만들어 버렸다.

또다시 텐다이는 기분이 언짢아졌다.

"죄송합니다."

텐다이는 참을성 있게 그 퀼트를 만들었을 이름 모를 선조에게 사과했다. 그리고 땅굴 한쪽에 작은 구멍을 파서 그 선조의 추억을 기리며 그 천을 묻었다.

"이 밑에는 값진 물건들이 아주 많아. 우리는 백만장자가 될 거야."

리타가 신이 나서 말했다. 선조들에게 방해가 된다는 점에는 아무런 양심의 가책도 느끼지 않는 듯했다. 텐다이는 아무리 값진 물건을 발견한다 해도 분명 암코끼리가 가로채 갈 거란 걸 알았지만 말하지 않았다.

수레가 흙 찌꺼기로 가득 차자 리타와 텐다이가 중간 땅굴로 수레를 끌고 갔다. 발목에 달린 시멘트 덩이를 실질 끌고 가야 했다. 다행히 쿠다 발에는 사슬이 묶여 있지 않았다. 쿠다는 최선을 다해서 형과 누나를 도 왔다. 중간 땅굴에 갈 때마다 빈 수레가 놓여 있어서 두 사람은 그걸 다 시 천천히 끌고 왔다.

한번은 텐다이가 뒤를 돌아보니 죽은 자의 땅 사람 하나가 벽에서 분 리되어 나와 비틀거리며 수레 쪽으로 갔다. 텐다이는 그 사실을 동생들에 게 말하지 않았다.

세 사람이 얼마 동안 일했는지 알 수 없었지만 암코끼리가 아이들을 데리러 왔을 때에는 지칠 대로 지쳐 있었다.

"꼬마 녀석들치곤 나쁘지 않군."

암코끼리가 보물 더미를 보며 말했다. 쿠다는 암코끼리가 빨간 오리를 가져가자 울음을 터뜨렸다.

"그건 장난감이잖아요! 애한테 줘요!"

리타가 외쳤다.

"진흙으로 만들어서 가지고 놀아."

암코끼리가 쿠다의 손을 쳐내며 텐다이와 리타의 사슬을 풀려고 몸을 숙였다.

"야비한 늙은 돼지 같으니."

암코끼리가 중얼대는 리타를 꼬집자, 리타는 '꺄악!' 하고 비명을 질렀다.

아이들은 암코끼리를 따라 갖가지 모양의 방굴들을 지니 샘물이 흘러 드는 땅속 연못에 도착했다.

"여기서 손을 씻으시죠, 공주."

암코끼리가 놀리듯 리타에게 말했다.

세 사람은 무릎을 꿇고 얼굴과 손을 씻었다. 물은 차가웠고 식물들 때문에 거의 까맣게 보였다. 마시는 차 같았다. 텐다이는 맛을 보았다. 차가운 액체가 혀 속으로 스며드는 것 같았다.

"마셔도 되는 물이야. 흘러나오는 물이 더 좋지."

암코끼리가 알려 주었다.

텐다이는 까만 물줄기가 흘러나오는 바위 옆에 앉아 두 손 가득 물을 받아 쭉 들이켰다.

"병에 걸릴 거야. 연못 물은 세균을 제거하기 위해 5분 동안 끓여야 해. 스카우트 지침서에 나와 있다고."

리타가 몸서리를 치며 말했다. 하지만 텐다이는 상관없었다. 차갑고 까만 물을 마시자 온몸에 힘이 솟았다. 마조에서 텐다이를 깨웠던 그 속삭임을 들었을 때와 같은 힘이 솟아났다. 그건 선조로부터 온 것이었다.

"졸지 마!"

암코끼리가 텐다이를 홱 잡아당겨 일으켰다. 그리고 땅 위로 아이들을 데려갔다. 텐다이는 별이 반짝이는 까만 하늘을 보니 무척 반가웠다. 우지직거리는 붉은 불꽃 위에서 솥이 부글거렸다. 탁자마다 램프가 켜져 있었다. 램프 불빛이 유령 같은 죽은 자의 땅 사람들의 얼굴을 비추었다.

암코끼리가 국자로 저녁 식사를 떴다. 더 달라는 사람이 있으면 더 주었다. 암코끼리는 구두쇠는 아니었다. 나이프는 할머니의 흔들의자 옆에 앉아 있었다. 그릇에서 사드자를 남김없이 훑어 내어 이빨 없는 할머니 입에 넣어 주었다.

"너희는 모두 악한이야. 감옥 쥐새끼들."

할머니가 구시렁거렸다. 듣고 있던 암코끼리가 대꾸했다.

"그래 맞아, 할머니. 우리는 아주 너럽고 치사해. 차 좀 줄까?"

할머니는 달각거리며 의자 손잡이에 컵을 올렸다. 암코끼리가 차를 따랐다.

피스트는 그곳 사람 몇 명과 앉아서 산더미 같은 음식에 열중하고 있었다. 나머지 사람들은 대부분 땅의 그림자 속에 숨어 있는 것을 더 좋아했다. 입맛 다시는 소리로 보아 그 사람들도 다른 사람들만큼이나 식사를 즐기고 있는 듯했다.

음식은 훌륭했다. 리타마저도 단식 투쟁을 포기했고, 더 달라고 하기까지 했다. 힘들게 일을 한 덕분이리라. 산들바람이 불어 불꽃이 춤을 추고 밝은 별들이 하늘 가득 수를 놓은 덕분일지도 몰랐다. 하지만 텐다이 생각에는 음식 맛이 환상적이라서 그런 듯했다. 지금껏 이렇게 맛있는 음식은 처음 먹어 보았다! 요리 컴퓨터가 만들어 준 음식과는 차원이 달랐다.

저녁을 먹고 나자 텐다이는 비틀거리며 광산 입구로 가서 맥없이 쓰러졌다. 암코끼리는 리타와 쿠다를 땅속 방으로 데리고 갔다. 그러면서 못 미더운지 텐다이를 시멘트 덩이가 달린 사슬에 묶어 두었다. 텐다이는 곧바로 잠이 들었다. 나중에 텐다이가 잠깐 잠에서 깨었을 때 보니 거칠거칠한 담요가 몸에 덮여 있었다. 텐다이는 하늘을 쳐다보았다. 이토록 경이로운 풍경은 지금껏 본 적이 없었다. 집에서는 커다란 안전등이 별빛을 가려 버렸지만 이곳 별들은 놀라우리만치 강렬하게 텐다이를 내려다보고 있었다.

나이프와 피스트가 장작불에 흙을 덮는 소리가 들렸다.

"우리는 지금 딱한 신세가 됐어."

나이프가 낮은 목소리로 피스트에게 말했다. 그러자 피스트가 단호하게 말했다.

"난 폭력 조직과 거래하기 싫어. 특히 마스크 일당. 내가 들은 이야기가
좀 있거……."

"누군 귀 없는 줄 알아? 이 솥 옮기게 좀 도와줘."

물이 찰랑거리다가 장작불 위로 몇 방울 떨어지며 칙 하는 소리를 냈
다. 텐다이는 어느덧 잠에 빠져들기 시작했다.

텐다이는 마조에를 떠올려 보려고 했지만 실패하고 말았다. 텐다이의
예전 삶은 지금 겪고 있는 일과 비교하면 온통 희미하고 아득했다. 텐다
이는 갑자기 기억이 가물가물해져서 깜짝 놀랐다. 하지만 피곤에 지쳐 그
생각은 금세 떠나갔다. 그리고 깨어나면 기억조차 나지 않을 깊은 잠 속
으로 빠져들었다.

제9장

　　카우즈 구츠에 돌아와서 멀리 보는 눈은 마치
카 장군의 신용카드를 컴퓨터에 넣었다. 마치카 장군이 준 의뢰비가 얼마
나 큰돈인지 눈으로 확인하자 멀리 보는 눈은 기절할 뻔했다.

　　"괴, 굉장해. 엄청난 액수야."

　　밝은 귀가 어깨너머로 보고 있다가 좋아서 소리쳤다. 그러자 긴 팔이
찬물 끼얹는 소리를 했다.

　　"우린 그 대가로 일을 해야 한다고. 장군을 화나게 해서 쫓겨 다니며
살기는 싫어."

　　밝은 귀와 멀리 보는 눈은 정신이 번쩍 들었다.

　　멀리 보는 눈은 100달러를 인출했다. 컴퓨터가 윙, 찰칵찰칵 소리를 냈
다. 돈 나오는 곳의 뚜껑이 끼익 열리며 천천히 100달러가 나왔다. 뚜껑

이 열려 본 지가 하도 오래되다 보니 먼지가 수북했다.

멀리 보는 눈이 돈을 들고 초록색 잉크 냄새를 맡으며 말했다.

"이번 사건을 논리적으로 생각해 보자고. 아이들은 음바레 무시카로 갔고, 거기서 베아트리체로 향했어. 남쪽 방향이지."

"아마 지하철을 탔을 거야."

밝은 귀가 말했다.

"설마 그렇게 바보 같은 행동을 했을라고."

멀리 보는 눈이 이렇게 말하자 긴 팔이 입을 열었다.

"그 아이들은 바깥세상에 대해 잘 몰라. 경찰에서 웬만한 가능성은 모두 짚어 봤지. 우린 흔히 일어나지 않는 일들을 생각해 내야 해. 네가 지루하고 답답한 집에서 막 도망쳐 나온 아이라고 생각해 본다면……."

"정말 멋진 집이었어."

멀리 보는 눈이 끼어들었다. 긴 팔이 계속 말했다.

"멋져 보이긴 했지. 이봐, 친구. 보는 게 네 전문이란 건 나도 알아. 그런데 난 그 집에서 불행이 느껴졌다고. 거긴 사람보다 기계가 훨씬 많은 집이었어. 게다가 부모님은 늘 바쁘고, 아버지는 아무도 긴장을 늦출 수 없도록 모든 것이 완벽하길 바라지."

"정말이야?"

멀리 보는 눈이 놀란 듯 물었다.

"그게 내 전문 분야잖아."

긴 팔은 하라레 시의 지도를 펼쳐 놓고 신중히 살펴보았다.

"내가 그 아이들이라면, 나는 재미있는 일을 찾아다니겠어. 집에서 못 먹게 하는 음식들도 먹고 싶어. 칠리바이트 같은 거. 베아트리체로 곧장 가고 싶지도 않을 거야. 옆길로 새서 '새의 뜰'이나 '사자 공원'에 가든지 '마일하이 맥일웨인'에서 엘리베이터를 타고 싶을 거야."

탐정들은 오후 내내 지도에서 재미있어 보이는 장소들을 모두 불러 가며 헛되이 시간을 보냈다. 마침내 밤이 되자 마치카 장군의 걱정이 옳았다는 사실을 알게 되었다. 마치카 장군에게서 아이들이 아직도 집에 오지 않았다는 전화가 온 것이다.

"음바레 무시카에서 납치된 게 분명해. 거긴 그런 일이 자주 일어나잖아."

긴 팔이 너덜너덜한 소파에 기다란 팔을 축 늘어뜨리며 말했다. 밝은 귀가 전자레인지에 합성 음식을 넣었다. 잠시 뒤 메스꺼운 냄새가 사무소에 퍼졌다.

"난 박테리아 버거 싫어."

긴 팔이 얼굴을 찡그리며 말했다.

"네 초능력에 맛이 포함되지 않은 거나 고맙게 여겨."

밝은 귀가 귀로 뜨거운 접시를 부채질하며 말했다. 세 사람은 흔들거리는 카드놀이용 탁자에 둘러앉아 케첩과 머스터드소스를 듬뿍 뿌려서 박테리아 버거를 먹었다.

"음바레 무시카에 가 봐야겠어."

긴 팔이 설거지가 잔뜩 쌓인 싱크대에 접시를 올려놓으며 말했다.

"뭘 찾으러 가는지는 우리도 몰라. 하지만 뭔가가 우리를 찾아올 거야."

몇 분 뒤 탐정들은 버스 맨 뒷자리에 앉았다. 다른 승객들은 모두 앞자리로 옮겨 갔다. 그들은 늘 겪는 일이라 눈길도 주지 않았다. 고소공포증이 있는 멀리 보는 눈은 눈을 감고 밝은 귀와 긴 팔 사이에 앉았다.

그 버스는 노선이 아주 길었다. 마일하이 맥일웨인 건물에서 멈추더니

200층에 한 번 서고, '별빛 공간' 레스토랑이 있는 두 층 아래에 한 번 섰다. 접시닦이 두 사람이 버스에서 내렸다. 버스는 우르르 몰려드는 외교관 리무진을 피하느라 급히 방향을 바꾸어야 했다. 그 리무진들은 곤드와 나의 깃발을 펄럭이며 사이렌을 요란하게 울리고 있었다. 창문은 짙은 색으로 코팅해서 안이 들여다보이지 않았다.

밤 10시였다. 거대한 도시 하라레에는 보석 바다가 펼쳐져 있었다. 건물들 꼭대기에서 교통신호등이 깜박였다. 버스, 택시, 리무진들이 하늘 도로를 따라 날아다녔고, 칠흑같이 까맣고 아무 빛도 반사되지 않는 경찰차가 순찰을 돌고 있었다. 마치 난폭하고 시끄러운 교통 흐름 틈에서 어둠의 조각들이 움직이는 것 같았다.

마침내 버스가 음바레 무시카에 섰다. 탐정들은 무슨 일이 일어나길 기다리며 돌아다녔다.

"가끔, 아기를 못 낳는 여자들이 아이들을 훔쳐 가는 경우가 있더라고."

어떤 여자가 끊임없이 불평을 늘어놓는 걸 엿들으며 밝은 귀가 말했다.

"그래도 부모님을 기억할 만큼 자란 아이들은 안 데려가지."

멀리 보는 눈이 말했다.

"데려가서 구걸이나 소매치기를 가르칠지도 몰라."

긴 팔이 동물 시장 거리를 내려다보며 말했다. 사람들이 거의 없었다. 하지만 상인 몇몇이 끈덕지게 손님을 기다리고 있었다. 뭔지는 모르겠지만 지금껏 느껴 왔던 것과는 다른 느낌의 파동이 긴 팔에게 밀려왔다. 동물들이 보내는 것은 아니었다. 염소들은 염소다운 흐릿한 꿈을 꾸며 우리에서 졸고 있었다. 순종 고양이 한 마리는 적대감을 품고 웅크리고 있었다. 상인들은 배가 고파 축 늘어진 인상을 보이고 있었다. 하지만 그런 느낌은 풍경에서 오는 것이 아니었다. 뭔가 다른 게 있었다. 그것은 필사적으로 위험과 억울함을 알리고 있었다.

호기심이 생긴 긴 팔은 거리로 내려가기 시작했다. 거리 끝에는 팔목에 가죽 끈을 감고 있는 한 남자가 의자에서 자고 있었다. 탁자 위에는 파란 원숭이 한 마리가 웅크리고 있었다. 파란 원숭이는 사나운 눈빛을 번뜩이며 탐정들을 바라보았다. 남들이 보면 귀엽다고 할지 모르겠지만 긴 팔의 예감은 달랐다.

"안 돼."

긴 팔이 얼른 말을 꺼냈지만 너무 늦어 버렸다. 밝은 귀가 파란 원숭이를 쓰다듬으려고 손을 내민 것이다. 파란 원숭이가 튀어 올라 밝은 귀의 귀를 물어 버렸다.

"도와줘!"

밝은 귀가 비명을 질렀다. 멀리 보는 눈이 파란 원숭이의 턱을 벌리려고 했지만 보기보다 힘이 훨씬 셌다. 긴 팔이 달려들어 파란 원숭이의 목에 긴 손가락을 두른 뒤 꽉 졸랐다. 파란 원숭이가 입을 벌리며 비명을 질렀고, 밝은 귀와 멀리 보는 눈은 잡고 있던 손을 놓았다. 파란 원숭이는 탁자 반대편으로 뛰어가 털을 곤두세우고 앞뒤로 날뛰었다. 주인이 몸을 웅크리며 모른 척했다.

"저 녀석은 우리에 가둬야 해!"

긴 팔이 밝은 귀의 귀에서 흐르는 피를 손수건으로 지혈시키며 소리쳤다. 그러자 파란 원숭이가 비명을 질렀다.

"너! 썩 꺼져, 이 고무줄 팔뚝아!"

"원숭이가 말을 해!"

긴 팔이 깜짝 놀라며 말했다.

"물론이지. 몰랐냐, 이 바보 돌대가리야? 야, 코끼리 귀! 넌 어느 소굴에서 기어 나왔냐? 그 밝은 귀로 박자는 맞출 수 있냐?"

"닥쳐! 너 때문에 귀가 엄청 다쳤잖아!"

"무슨 상관이람."

파란 원숭이가 놀리듯 엉덩이를 내밀며 말했다.

"내가 잡아 버릴까?"

밝은 눈이 말했다. 긴 팔이 말렸다.

"그러다 물리기만 할걸?"

긴 팔은 인사불성이 되어 가는 밝은 귀를 부축했다.

"난 더 맛있는 것도 깨물어 봤어. 오늘 아침에 물었던 꼬마 녀석은 저 녀석에 비하면 딸기 맛 같았지."

파란 원숭이가 빈정거렸다.

"꼬마? 어떤 꼬마?"

긴 팔이 물었다.

"닥쳐."

주인이 원숭이의 꼬리를 당기며 혀를 찼다.

"한 번만 더 내 꼬리를 당기면 입을 확 뒤집어 버릴 줄 알아."

파란 원숭이가 이빨을 드러내고 으르렁거렸다.

"꼬마 세 명이었지. 사람들이 다 그렇듯 그 녀석들도 못생겼더군. 암코끼리가 데리고 있어. 으악!"

파란 원숭이와 주인은 사납게 몸싸움을 하며 바닥으로 떨어졌다.

긴 팔은 정신을 잃고 체온도 떨어지고 있는 밝은 귀가 매우 걱정되었다.

"구급차를 불러 줘. 그리고 마치카 장군에게 연락해."

긴 팔이 멀리 보는 눈에게 낮은 목소리로 말했다. 다른 사람에게는 안 들릴 정도로 작게 말했다고 생각했는데, 파란 원숭이가 머리를 멈칫하더니 비명을 질렀다.

"마치카! 경찰이다! 도망치자."

눈 깜짝할 새에 거리가 텅 비었다. 동물을 파는 상인들은 어둠 속으로 사라졌다. 파란 원숭이와 주인은 즉시 싸움을 멈추고 어둠 속으로 내달렸다.

"으이그, 입이 웬수야."

긴 팔이 앓는 소리를 냈다. 긴 팔은 밝은 귀를 탁자로 부축해 가서 눕혔다. 상처가 심하지는 않았지만, 밝은 귀는 다른 사람들보다 훨씬 민감한 사람이었다. 지금 거의 쇼크 상태에 빠져들고 있었다. 멀리 보는 눈이 응급 대원과 경찰관들을 이끌고 돌아왔다. 경찰관들은 파란 원숭이를 찾으려고 시장으로 흩어졌다. 응급 대원은 밝은 귀의 상처를 소독하고 쇼크를 멈추도록 혈관에 혈장을 주입했다.

"내가 일을 다 망쳤어."

밝은 귀는 긴 팔과 멀리 보는 눈의 도움으로 사무실 소파에 앉으며 말을 이었다.

"절대 야생 동물을 쓰다듬지 말아야 했는데 말야. 그런데 내가 꿈을 꾼 거야, 아니면 그 원숭이가 정말 말을 한 거야?"

"말한 거 맞아."

긴 팔이 마치카 장군에게 들은 이야기를 해 주었다.

"파란 원숭이는 유전자 조작 생물이래. 박사 과정에 있는 어떤 연구원이 만들었지. 원숭이 기본 조직에 투견용 개 핏불과 인간의 유전자를 접합시켰어. 원래는 이상적인 경비견이 나오리라 기대했는데, 너도 봤듯이 그런 생물이 된 거지."

"사실대로 말해 줘. 내 상처, 회복 불가능한 거야?"

"하루 이틀이면 좋아질 거래."

밝은 귀가 안심하며 한숨을 내쉬었다.

마치카 장군이 보내 준 경찰 기록을 훑어보던 멀리 보는 눈이 말했다.

"경찰은 암코끼리에 대해서 특별히 알아낸 게 없어. 하라레 인구는 1,000만 명이나 돼. 게다가 '암코끼리'는 생각보다 흔한 별명이야."

"고대 스와지 부족 여왕들이 즐겨 쓰던 이름이었어. 범죄 기록이 없는 걸 보면, 아마 시시한 좀도둑일 거야."

그렇게 말하고 긴 팔은 사무실 창밖을 바라보았다. 새벽 3시였지만 카우즈 구츠는 한창 바쁜 시간이었다. 무도장의 커다란 유리 벽 안에는 쿵쾅거리는 음악에 맞춰 소용돌이치는 사람들이 가득했다. 마치 심각한 병에 걸려 발작하는 것 같았다. 탐정 사무실의 이중 유리창은 밖의 시끄러운 소리를 거의 막아 주었다. 길 건너 목마름 맥주 집에서 덩치 큰 누군가가 손님 하나를 대형 쓰레기통에 집어넣었다. 골목 안에는 거지들이 장작불 가에 둘러앉아 팔이 없거나 다리가 없는 남자들의 이야기를 듣고 있었다.

"마치카 장군의 아이들을 미끼로 암코끼리가 할 수 있는 건 뭐가 있을까?"

긴 팔이 중얼거렸다.

제10장

텐다이도 같은 생각을 하고 있었다. 하지만 1주가 지나고 2주째 지나면서 차츰 그런 생각을 하는 시간이 줄었다. 한번은 그곳에 온 지 얼마 되지 않았을 때 탈출을 시도한 적이 있었다. 그때까지는 암코끼리와 그 친구들이 아이들을 해치지 않을 것 같았다. 텐다이는 8킬로미터쯤 떨어진 곳에 있는 시가지를 보며 생각했다. '저 불빛들까지만 갈 수 있다면 경찰을 부를 수 있을 거야.' 리타와 쿠다는 경찰이 구해 준 것이다

텐다이는 아침에 사슬에서 풀려날 때 피스트를 피해 냅다 달렸다. 피스트는 텐다이를 따라올 생각조차 하지 않았다. 텐다이는 '이상한데.'라고 생각했다. 하지만 곧 이유를 알아냈다. 암코끼리의 굵은 목소리가 언덕 아래에서 울려 퍼졌다. 그러자 죽은 자의 땅 사람들은 언덕에서 떨어져 나

111

와 텐다이를 둘러쌌다. 텐다이는 얼마 못 가서 잡히고 말았다.

그 뒤로 텐다이는 땅굴들이 만나는 커다란 둥근 방으로 끌려갔다. 중앙에 있는 확성기에서 무전기 소리가 흘러나왔다. 암코끼리의 목소리였다.

"아아, 내 말이 들리나. 이제 죽은 자의 땅 전체에 소리가 전달된다. 그러니 도망칠 생각은 말아. 삽질을 하려면 힘을 아껴."

텐다이는 큰 통로 안에서 어둠 속으로 이어진 철로를 발견했다. 피스트와 나이프가 고대 수레를 철로로 재빨리 움직여 가고 있었다. 죽은 자의 땅은 아주 오랫동안 사람들이 살아온 것이 확실했다. 텐다이는 그 수레를 써서 도망칠 수 있을지 곰곰이 생각해 보았다. 하지만 텐다이는 철로가 어디로 이어지는지도 알지 못했다. '몇 킬로미터는 되겠지?' 이런 생각이 들자 무서워서 오싹해졌다. 만약에 기적이라도 일어나서 텐다이가 도망친다면 암코끼리 녀석은 리타와 쿠다를 깊숙이 숨겨 아무도 찾아내지 못하게 할 것이다.

서서히 자신도 모르게 텐다이는 판에 박힌 그곳의 하루 일과에 빠져들었다. 새벽이 오기 전에 담요를 흠뻑 적시는 차가운 이슬을 맞고 일어나 광산에서 종일 고생했다. 아주 가끔씩 신선한 공기를 쏘이며 차 한잔 마시는 휴식 시간을 얻기도 했다. 밤이 되면 사흘을 굶은 사람처럼 저녁을 먹고 약에 취한 듯 잠들었다.

밤에 잠이 깬 적도 있었다. 살을 에는 듯한 간절함이 비수가 되어 마음을 찔렀다. 어머니와 아버지가 그리웠다. 그리고 멜로워도 그리웠다. 하지만 시간이 흘러가면서 마조에의 추억들은 희미해졌다. 무엇보다도 그 사실이 텐다이를 섬뜩하게 했다. 쿠다는 훨씬 심했다.

리타는 쿠다에게 기억 훈련을 시켰다.

"쿠다, 집을 잊으면 안 돼. 어머니는 편안한 드레스를 입고 있는 날이 많았어. 갈색이랑 파란색 옷, 기억 안 나? 그리고 머리카락은 리본으로 묶고 계셨지. 아버지는 제복을 입고 계셨고. 걸으면 옷에 달린 훈장이 짤랑 짤랑 소리가 났잖아."

"알아, 누나."

텐다이는 쿠다가 리타의 말을 더 듣지 않으려고 그렇게 대답한 건 아닐까 하는 생각이 들었다. 쿠다는 드레스와 제복을 입은 어머니와 아버지의 얼굴을 떠올리는 일 자체를 힘겨워했다. 하지만 리타는 훈련을 포기하지 않았다. 아울러 암코끼리를 괴롭히는 일도 포기하지 않았다.

리타의 쇼오페르 능력은 대단했다. 가끔씩 암코끼리는 이유 없이 짜증을 내며 리스트와 나이프를 싸움에 붙이기도 했다. 리타가 사이좋게 지내는 사람은 할머니뿐이었다.

할머니는 적대감으로 속을 끓이며 날마다 흔들의자에 앉아 있었다.

"내 가족이 지금 날 보면 총으로 쏘아 버릴걸? 맞아. 그럴 거야. 얼마나 고상한 사람들인데. 내 손자 녀석만 빼고 말이지. 뼈가 썩어 버릴 놈."

텐다이는 할머니의 삶이 그다지 나쁘지 않다고 생각했다. 나이프는 노예처럼 할머니 시중을 들었다. 음식을 가져다주고, 이야기책을 읽어 주고, 늘 똑같은 불평을 들어 주었다.

"할머니는 예전에 이보다 좋은 것들을 누리고 사셨어. 진정한 숙녀였지."

나이프가 텐다이에게 이야기해 주었다.

텐다이는 그렇게 생각하지 않았다. 할머니를 보면 아무도 물지 못하게 똬리를 틀고 있는 뱀이 떠올랐다. 할머니와 나이프는 한때 모잠비크와 앙골라를 다스렸던 포르투갈 부족이었다. 할머니는 나이프에게 이 사실을 계속 되뇌었다.

"우리 부족은 귀족이었어. 범죄자와 인연을 맺느니 목숨을 끊는 게 더 낫다고 생각했지. 너는 개망나니일 뿐이야."

"할머니 말씀이 옳아. 나는 순 도둑놈이야."

나이프가 말했다. 텐다이는 자존감이 낮은 나이프의 모습이 역겨웠다.

하지만 리타는 할머니를 좋아했고, 할머니는 마지못해 리타를 받아 주었다. 리타가 포르투갈 이름이라 그렇기도 했고 함께 일할 때 두 사람이 욕을 마구 퍼부어 댈 수 있기 때문이기도 했다.

"저 암코끼리를 좀 봐. 사향고양이처럼 취했어."

할머니는 코웃음을 쳤다.

"입도 헤 벌렸어요. 어휴, 침까지 흘리고 있어요."

리타가 편한 의자에 다리를 펴고 앉아 있는 암코끼리를 가리키며 말했다.

"염소처럼 냄새가 고약해!"

"돼지처럼 먹어요!"

"하이에나처럼 웃어!"

술에 취했다는 이야기만 빼고는 모두 사실이 아니었다. 암코끼리는 땅속에 커다란 양조장을 가지고 있었다. 거기서 파인애플 와인과 기장 맥주와 '카차수'라는 이름의 톡 쏘는 알코올 음료수를 만들었다. 이 술은 맥주 집에도 팔려 가고 죽은 자의 땅 사람들도 마셨다. 그곳의 많은 사람들은 치료를 받아야 할 만큼 심각한 알코올 중독자였다.

오후 3시쯤 되면 사람들은 낮잠을 잤다. 모두가 도마뱀 떼처럼 햇볕을 쬐면서 빈둥빈둥 시간을 보냈다. 할머니는 흔들의자에서 졸았고, 리타는 그 옆 땅바닥에 웅크리고 있었다. 텐다이는 리타가 주변 환경에 섞여 들어가는 것을 보고 점차 걱정이 많아졌다.

낮잠 시간 동안 텐다이와 쿠다는 쓰레기 언덕 사이에 뒤죽박죽 일구어 놓은 채소밭에서 일했다. 그동안은 텐다이에게 쇠사슬을 매 놓지 않았다. 하지만 피스트가 옆에서 지켰다. 피스트는 텐다이 때문에 허리띠가 끊겨서 창피당한 일을 잊지 못했다. 그래서 잠시도 마음을 놓지 않았다.

텐다이와 쿠다는 토마토, 단호박, 옥수수, 호박에서 벌레를 골라내어 땅굴 입구 우리에 있는 당닭에게 먹이로 주었다. 텐다이는 하루 중에서 이 시간을 참 좋아했다. 만약 피스트가 잠깐 졸기라도 한다면 더없이 좋을 것이다.

어느 날 아침, 평소와 다른 일이 일어났다. 텐다이, 리타, 쿠다는 언덕에 앉아 우유와 설탕을 넣은 홍차를 마셔도 된다는 허락을 받았다. 그날의 첫 번째 쉬는 시간이었는데 사람들이 바쁘게 움직였다. 죽은 자의 땅 사람들은 물 양동이를 옮겼다. 나이프와 피스트는 감자를 벗겼다. 할머니는 잇몸에 담뱃대를 물고 초조해하고 있었다. 암코끼리는 닭 목을 자른 뒤 끓는 물을 끼얹어 깃털을 뽑았다.

아이들을 언덕 꼭대기로 보내 다른 일을 시킨 데에는 이유가 있었다. 아이들이 아침 산들바람을 즐겁게 쐬고 있을 때였다. 어디서 이상한 소리가 들렸다.

처음에는 윙윙거리다가 여러 명이 한꺼번에 웅얼거리는 말소리처럼 들렸다. 낄낄대는 웃음소리와 몇 마디씩 낮어지는 노랫소리도 들렸다. 언덕 기슭을 따라 난 길로 남자 한 명이 왔다.

그 남자는 맨발에 낡은 곡식 자루로 만든 옷을 입고 있었다. 지치거나 좌절한 낌새가 하나도 보이지 않는다는 점만 빼면 죽은 자의 땅 사람이라고 불러도 될 만했다. 나이는 스무 살쯤 되어 보였다. 그 사람은 걸어오면서 텐다이 눈에는 보이지 않는 누군가와 이야기를 나누고 있었다.

이야기는 말소리처럼 들렸지만 말이 아니었다. 텐다이는 예전에 키웠던 구관조가 떠올랐다. 구관조는 혼자 있을 때면, 앞서 들었던 소리들을 흉내 내고는 했다. 남자 목소리, 여자 목소리, 아이들 목소리를 흉내 낼 수 있었지만, 알아들을 만큼 또렷하게 들리지는 않았다. 이 남자의 목소리가 그랬다.

남자가 언덕에 올라와 앉았다. 그리고 리타가 가지고 있는 컵을 가리켰다. 리타는 머뭇거리지 않고 그 컵을 주었다. 정말 놀라운 일이었다. 리타는 자기 컵으로 다른 사람이 마시는 걸 몹시 싫어했다. 남자는 차를 벌컥벌컥 마신 뒤 텐다이에게 뭐라고 웅얼거렸다.

"점심 먹으러 왔다는데."

쿠다가 통역했다. 그러자 텐다이가 의심스럽다는 듯 말했다.

"너도 못 알아듣잖아."

"알아들을 수 있어."

쿠다가 팔을 내밀자 남자가 쿠다를 일으켰다. 두 사람이 서로를 보며 웃었다.

"햇빛이 반짝인대."

남자가 다시 웅얼거리자 쿠다가 말했다. 리타가 무시하듯 말했다.

"지어내지 마."

"아니거든. 잘 가!"

남자는 쿠다를 내려놓은 뒤 뒤돌아보지 않고 걸어서 탁자 쪽으로 내려갔다. 암코끼리가 그 남자에게 앉을 자리를 주려고 닭 머리 더미를 옆으로 밀치며 투덜댔다. 피스트가 남자에게 날감자를 주었고 남자는 하얗고 튼튼한 이로 감자를 아삭아삭 깨물었다. 할머니까지도 우물거리던 담배를 빼고 관심 있게 지켜보았다.

아이들은 호기심이 생겨 언덕에서 내려왔다.

"누구예요?"

텐다이가 닭 머리를 안 보려고 눈길을 돌리며 물었다. 암코끼리가 대답해 주었다.

"트래시맨이야. 황소처럼 튼튼하지만 정신 연령은 네 살이지. 기억력이 1분을 못 넘겨."

암코끼리는 수프를 한 그릇 떠서 트래시맨에게 주었다. 중참으로 먹으려고 끓인 수프였다. 트래시맨은 쩝쩝거리며 수프를 먹어 치운 뒤 배를 두드렸다. 나이프는 할머니 몫으로 남겨 둔 초콜릿을 꺼내 트래시맨에게 하나 주었다.

할머니는 인자하게 웃었다. 평소에 짓던 못마땅한 표정만큼이나 매우 끔찍한 표정이었다.

"착하지. 할미한테 오렴."

할머니는 만족스러운 듯이 말했다.

트래시맨은 흔들의자 옆에 앉았다. 할머니가 머리를 쓰다듬었다. 트래시맨은 가만히 있었다.

"착한 녀석. 정직한 녀석."

할머니는 작은 소리로 중얼거렸다.

"소매치기는 하지 마. 사람들 뇌를 먹어 치우는 위스키도 팔면 안 돼. 에구, 순하고 얌전한 녀석."

트래시맨은 웃으며 자신이 커다란 개라도 된 듯 할머니가 머리를 쓰다 듬게 놔두었다.

피스트는 그 장면을 언짢게 바라보았고, 나이프는 부루퉁하게 감자 껍질을 깎았다. 갑자기 나이프가 칼을 집어던졌다. 탁! 칼이 할머니의 의자 등받이로 날아가 꽂혔다. 텐다이는 소리를 질렀다. 리타도 비명을 질렀다. 하지만 칼은 나이프가 겨냥한 대로 나무 부분에 제대로 꽂혔다. 나이프는 끓어오르는 화 때문에 몸을 부르르 떨며 어디론가 느릿느릿 걸어갔고 피스트는 걱정스러운 표정을 지으며 나이프를 따라갔다.

할머니는 가만히 트래시맨의 머리카락을 쓰다듬었다.

"불쌍한 늙은이를 죽이려고 하면 쓰나. 지은 죄라고는 친절하게 대해 준 일뿐인 걸. 그런 사람을 도덕의 시궁창으로 억지로 끌어들이면 안 돼."

"도덕의 시궁창, 그건 우리로군. 할멈이 시궁창 쥐새끼들이 주는 음식을 목도 안 메이고 먹는 걸 보면 놀라울 뿐이야."

암코끼리가 닭털을 자루에 채워 넣으며 말했다.

할머니는 암코끼리를 한 번 노려보고는 계속 트래시맨을 칭찬했다. 텐다이는 토할 것 같아서 돌아섰다.

하지만 트래시맨을 싫어하기란 불가능했다. 엄마 고양이가 핥아 주는 걸 새끼 고양이가 기꺼이 받아들이듯 트래시맨은 애정을 쉽게 받아들였다. 그리고 금세 잊어버렸다. 식사 시간이 되면 트래시맨은 배를 긁으며 솥 옆에 가서 섰다. 그러면 암코끼리가 먹을 것을 주었다. 죽은 자의 땅 사람들이 일하러 가면 트래시맨도 따라갔다. 트래시맨만은 세상과 동떨어져서 지내는 죽은 자의 땅 사람들을 반겼다. 저녁이 되면 자연 그대로의 나무 골대와 물렁물렁한 공을 가지고 축구 경기를 시작했다. 트래시맨은 즐겁게 구경했다. 누군가 골을 넣으면 손으로 무릎을 두드렸다. 텐다이는 사람들이 트래시맨을 기쁘게 해 주려고 축구 경기를 한다는 사실을 알게 되었다.

나이프는 질투를 하면서도 트래시맨에게 먹을 음식을 더 가져다주었다. 피스트는 트래시맨의 손가락에 꿀을 발라 닭털을 붙여 주었다. 트래시맨은 한참 동안 재미있게 깃털 붙이는 놀이를 했다. 처음에는 한 손에만 붙였다가 나중에는 두 손에 다 붙이고 놀았다. 보기엔 끔찍했지만 그런대로 사랑스러웠다.

트래시맨은 텐다이, 리타, 쿠다를 볼 때마다 처음 만나는 사람에게 하듯이 열렬하게 반겨 주었다. 당연했다. 그 전에 만났던 기억이 머릿속에 없으니까.

하지만 가장 놀라운 일은 트래시맨과 쿠다가 말이 통한다는 점이었다. 트래시맨이 말에 가까운 이상한 소리를 웅얼거리면 쿠다가 통역했다.

"땅이 차갑대."

"사드자가 맛있다는데?"

쿠다가 트래시맨의 말을 그대로 옮기는 것은 불가능할 텐데 말이다. 리타는 그 점을 못마땅하게 여겼다. 저녁때마다 트래시맨과 쿠다는 축구 경기를 보며 똑같이 즐거워했다. 텐다이는 두 사람이 축구 경기에 대해 이야기하고 있다고 굳게 믿었다. 하지만 두 사람은 죽은 자의 땅에 둥지를 튼 새들처럼 서로 쩍쩍대고만 있을지도 모를 일이었나.

"저 사람은 어디서 왔어요?"

어느 날 저녁, 끓는 물에 더러운 접시를 넣고 있는 암코끼리에게 텐다이가 물었다. 암코끼리는 절대로 세제를 쓰지 않았다. 금속 플라스틱이 물속에서 부딪히며 끓었고 음식 찌꺼기와 기름기가 둥둥 떠올랐다. 잠시 뒤 암코끼리가 부젓가락으로 그릇들을 꺼내서는 마르도록 탁자 위에 올려놓았다.

"그게 무슨 상관이야? 어느 날 나타나서는 잠시 머물렀다가 떠나지. 그리고 몇 달씩 떠돌아다녀."

암코끼리가 딱 잘라 말했다.

"어디로요?"

"몰라, 궁금하지도 않아. 그만 재잘거려라. 너 때문에 골치가 아프구나."

텐다이는 암코끼리가 그날 오후에 새로 만든 카차수를 맛보느라 두통이 생겼다는 사실을 알고 있었다. 텐다이는 자리에서 일어나 무거운 시멘트 덩이를 질질 끌며 돌아다녔다. 어둠이 내리고 있었다. 리타는 더 이상 쇠사슬을 매지 않아도 되었지만, 한 번 도망치려 했던 텐다이는 피스트가 용서하지 않았다. 어느 날 밤에는 쇠사슬에 묶인 것을 참기 힘들었다. 텐다이는 자유롭게 달리고 달리고 또 달리고 싶었다. 다시 자유를 느낄 수만 있다면 어디라도 상관없었다.

텐다이는 친구가 될 사람을 찾아보았다. 리타와 할머니는 서로 죽이 잘 맞는 사이였다. 할머니는 생일에 도시로 나가서 식사를 할 계획이었다. 할머니가 리타에게 말했다.

"두고 봐. 나이프는 나를 술집이나 돼지껍질 집에 데려갈 거야. 그 녀석은 품위 있는 장소가 있다는 사실도 모르거든."

"어머나, 세상에!"

쿠다와 트래시맨은 축구 경기를 구경했다. 텐다이는 눈에 보이지 않는 것들이 궁금해졌다. 죽은 자의 땅 사람들은 그늘 속에 녹아들어 있었고 탐지되는 것이라고는 감상에 젖은 울음과 발을 철벅거리는 소리뿐이었다.

텐다이는 천천히 언덕에 올라가서 죽은 자의 땅 너머를 바라보았다. 멀리 불빛이 보였다. 거기가 어떤 마을인지 알 수 없었다. 스카우트 주머니칼을 뺏길 때 지도도 같이 빼앗겼다. 주머니칼을 떠올리자 텐다이는 마음이 무척 아파 왔다. 그 칼은 텐다이와 아버지를 이어 주는 유일한 물건이었다. 텐다이는 오래전에 그 칼을 건네주던 아버지의 손이 떠올랐다. 그리고 손에서 팔로 기억이 옮겨 갔다. 팔은 칙칙한 올리브색 군복에 싸여 있었다. 그 팔은 훈장이 잔뜩 장식된 몸통에 달려 있었고 몸통 위로 장군 모자가 떠 있었다. 그러나 그사이에는……?

텐다이는 아무도 보지 못하는 곳으로 가서 손으로 얼굴을 감싸고 조용히 울었다.

제11장

단서가 될 만한 것은 없었다. 아이들의 자취에 대한 정보는 파란 원숭이에게 들은 내용이 전부였다. 경찰은 끝내 파란 원숭이를 찾지 못했다. 어느 날 아침에 걸어 나간 세 아이가 흔적도 없이 사라져 버렸다. 어쩌면 아이들은 이미 긴 팔의 긴 손가락에 들린 사진들 속에서만 존재하는지도 모른다. 목마름 맥주 집에서 긴 팔은 콜라가 흘러내린 흔적을 손가락으로 쭉 더듬었다. 파리가 기어 왔다.

"내가 잡아도 되지?"

밝은 눈이 말했다. 밝은 눈은 컵으로 파리를 덮쳐서 잡는 걸 좋아했다. 컵 안에 벌써 열 마리를 잡아 두었다. 잡은 파리를 하나도 놓치지 않고 또 한 마리를 잡는 게 밝은 눈의 묘기였다.

"아, 그냥 놔줘 버려."

긴 팔이 지친 듯 말했다. 멀리 보는 눈이 컵을 뒤집자 파리 열 마리가 컵 중간에서 동그라미를 그리며 잽싸게 빠져나왔다.

누군가가 음악상자에 동전을 넣었다.

"으악! 안 돼!"

강렬한 리듬이 바닥을 울리기 시작하자 밝은 귀가 소리쳤다. 밝은 귀는 얼른 귀덮개를 집었다. 깡마르고 울대뼈가 툭 튀어나온 목마름 씨가 긴 카운터 뒤에서 유리잔이 반짝반짝 빛나도록 닦고 있었다. 오전 11시였지만 가게는 벌써 손님들로 붐볐다. 이제 곧 밝은 귀, 멀리 보는 눈, 긴 팔은 자리를 떠야 할 것이다. 탐정들은 술을 마시지 않았고 법과 질서를 잘 지키는 사람들이었다. 목마름 씨는 세 사람이 가게 분위기를 흐린다고 말했다.

"우리는 명탐정이잖아! 그런데 여기서 뭘 하고 있지? 아이들을 찾으러 다녀야 할 거 아냐."

긴 팔이 말했다. 그러자 밝은 귀가 부루퉁하게 말했다.

"직감을 가지고 있는 건 너잖아."

"그래도 난 파란 원숭이와 한바탕하지는 않았어."

"네가 그 입방정으로 쫓아 버렸지."

"그만해! 싸워서 남는 게 뭐 있어."

멀리 보는 눈은 희미한 불빛 아래서 눈을 껌뻑였다. 그는 자신도 모르게 가게에 있는 사람들을 살펴보았다. 술집에서 싸움을 몇 번 겪어 본 뒤로 생긴 직업적인 습관이었다. 구석 자리에서 어떤 나이 든 부인이 모든 것에 질색을 하며 끝없이 불평을 늘어놓고 있었다. 폭력 조직의 일원 같아 보이는 남자 둘이 공손하게 듣고 있었다. 멀리 보는 눈이 밝은 귀를 슬쩍 찔렀다. 밝은 귀가 시끄러운 음악 소리에 묻힌 대화 소리를 들으려고 귀덮개를 슬쩍 들었다.

"왜 나를 밖으로 데려온 게야. 이쯤에서 마무리 지어야 한다는 걸 내가 왜 진작 몰랐을까. 미술 전시회 같은 곳에 데려가면 좀 좋아. 그런데 이게 뭐냐. 이런 돼지우리 같은 데서 얼쩡거리고 있어야 하다니. 여기가 너희들이 만든 뇌를 마비시키는 독을 가져다 파는 곳인 모양이지?"

나이 든 부인이 말했다.

"할머니 뭐 좀 드실래요?"

두 남자 중에서 '작은 남자'가 말했다.

"아, 그래. 점심 먹게 맥주 집으로 데려가다오. 정말 멋진 생일 파티지 뭐냐! 이 사람들을 봐. 죄악에 푹 빠졌어. 뇌 크기가 호두만 해."

"칼두베르데를 사 줄 수도 있어요. 진정한 포르투갈 수프죠."

작은 남자가 꿋꿋하게 말을 이었다.

"나이프, 네가 정말로 아는 건 대체 뭐가 있니? 유독성 폐기물 한 그릇이라고 불러야 더 어울릴 게다. 그래, 계속해 봐. 네가 버터 광산에 네 삶을 바친다 한들 내가 무슨 상관이겠니? 그저 늙으면 죽어야 해."

"피스트, 네가 갔다 올래?"

나이프가 '큰 남자'에게 물었다.

"가족 나들이가 보기 좋네."

밝은 귀가 방금 들은 말을 그대로 들려주며 말했다. 멀리 보는 눈과 긴 팔이 낄낄거렸다. 이윽고 피스트가 종이 그릇과 숟가락을 가지고 돌아왔다. 음악상자에서 나오던 소리가 그쳤다. 어떤 남자가 음악상자에 돈을 더 넣으려고 비틀거리며 자리에서 일어났다. 긴 팔이 긴 다리를 뻗어 그 남자의 다리를 걸었다. 그 남자는 바닥에 나뒹굴며 힘없이 투덜댔다. 이제 탐정들 모두가 대화를 들을 수 있었다.

"기름기가 너무 많아. 이런 것도 수프라고 부르니? 죽은 자의 땅에서 파낸 물건도 이보다는 낫겠구나."

할머니가 말했다. 하지만 할머니는 입맛을 쩝쩝 다셔 가며 칼두베르데를 맛있게 먹었다. 긴 팔은 푹 익힌 양배추와 마늘 냄새를 맡을 수 있었다.

할머니가 느닷없이 숟가락을 벽에 집어던지며 비명을 질렀다.

"악, 불결해! 내 이럴 줄 알았어. 수프에 파리가 있잖아!"

"네가 잡았던 그 파리인가 봐."

긴 팔이 밝은 귀에게 중얼거렸다.

"네가 넣었지! 시치미 떼지 마! 이렇게 생각했을 테지. '할머니를 데리고 점심을 먹으러 나가자. 그리고 할머니한테 못된 짓을 해야지.' 이런, 이 아무짝에도 쓸모없는 깡패 녀석아! 암코끼리도 이렇게 나쁘지는 않아!"

탐정들이 즉시 일어났다. 이번에는 긴 팔도 입을 꾹 다물고 있었다. 긴 팔은 공중 홀로폰 쪽으로 달려갔다. 아까 긴 팔의 발에 걸려 넘어졌던 남자가 긴 팔의 발목을 움켜쥐었다. 밝은 귀가 문 쪽으로 냉큼 달려갔지만 피스트는 벌써 자리에서 일어난 상태였다. 피스트는 밝은 귀를 탁자 쪽으로 밀치며 나이프와 할머니에게 미친 듯이 신호를 보냈다. 세 사람은 앞을 다투어 자리에서 빠져나왔다.

멀리 보는 눈이 나이프에게 달려들었다. 하지만 할머니가 손가방으로 멀리 보는 눈의 머리를 쳤다.

"내 손자를 놔라, 이 녀석아!"

할머니는 비명을 질렀다. 멀리 보는 눈은 쥐고 있던 손을 놓쳤고 나이프는 가게에서 빠져나가려고 발버둥을 쳤다. 할머니가 나이프에게 이끌려가며 마지막으로 한 번 더 멀리 보는 눈을 내리쳤다. 멀리 보는 눈은 목마름 씨가 유리잔을 닦고 있는 카운터 쪽으로 비틀거리며 밀려났다.

할머니와 두 남자가 문에 이르렀다. 피스트는 할머니를 어깨 위에 짊어졌다. 그런데 나이프가 독사 맘바처럼 느닷없이 돌아서더니 주머니칼을 멀리 보는 눈에게 던졌다. 멀리 보는 눈은 카운터에 배를 댄 채 기대고 있었다. 눈 깜짝할 사이에 일어난 일이라 누가 소리 지를 틈도 없었다. 주머니칼은 멀리 보는 눈의 심장을 향해 곧장 날아갔다. 하지만 목마름 씨가 내민 놋쇠 쟁반에 뗑그렁 하고 부딪혔다. 멀리 보는 눈은 바닥으로 쿵 쓰러졌다.

마침내 전화가 연결되자 긴 팔이 외쳤다.

"마치카 장군님! 카우즈 구츠를 봉쇄하세요. 암코끼리를 찾았습니다!"

'마치카'라는 말을 듣자 맥주 집에 있던 손님들이 모조리 빠져나가 버렸다. 온 거리가 혼란의 도가니에 빠졌다. 경찰이 아무리 빨리 출동해도 언제나 악한들이 더 빠른 법이다. 그곳은 태풍이 휩쓸고 가기라도 한 듯 순식간에 유령 마을이 되어 버렸다. 지붕에서 수탉 몇 마리가 쓰레기통을 뒤지고 있는 앙상한 개 몇 마리를 내려다보고 있을 뿐이었다.

"일 처리하는 게 정말 서툴군."

목마름 씨가 다시 유리잔을 닦기 시작하면서 말했다.

"고, 고마워요. 멀리 보는 눈의 목숨을 살려 줬어요."

밝은 귀는 말을 더듬으며 멀리 보는 눈에게 상처가 있는지 살펴보았다.

"나도 이 정도는 해 줘야지. 자네들이 지난달에 외상값을 갚았으니 말이야."

목마름 씨가 말했다.

칼은 쟁반을 뚫고 반대편으로 튀어나와 있었다. 칼끝이 멀리 보는 눈의 셔츠에 꽂혀 있었지만 멀리 보는 눈의 상처는 아주 가벼웠다. 하지만 그는 너무 놀라서 정신을 잃고 말았다. 밝은 귀가 멀리 보는 눈을 바닥에 눕혔다. 긴 팔은 목마름 씨가 준 물수건으로 그의 얼굴을 닦았다.

"방금 그 사람들 알아요?"

긴 팔이 목마름 씨에게 물었다.

"물론이지. 나이프와 피스트는 우리 가게에 카차수를 대주는 걸. 그 할머니는 처음 봤지만 말야."

"암코끼리라고 들어 본 적 있어요?"

"당연하지. 카차수를 만드는 사람이 바로 암코끼리야."

긴 팔이 몹시 흥분하면서 이를 바드득 갈았다.

"왜 진작 말해 주지 않았어요?"

"언제 물어봤나?"

목마름 씨는 반짝이는 유리잔들을 선반에 죽 세우고 놋쇠 쟁반들을 그 뒤에다 꽂았다. 그리고 뒤로 물러나 그것들을 황홀한 눈빛으로 바라보았다.

"이렇게 말끔히 정돈된 걸 볼 기회는 별로 없지. 어때? 분위기가 품위 있게 확 바뀌지 않나?"

"암코끼리는 어디 살죠?"

"미안하네. 거래처에서 주소까지 알려 주지는 않거든. 이 사람들, 다시는 안 올 테지. 안타깝군. 암코끼리가 만든 카차수는 정말 훌륭한데 말야. 하긴 지난번에는 좀 떫긴 했어."

그때 응급 대원이 도착했다. 응급 대원은 조심스레 맥주 집에 들어왔다가 사람들이 거의 없는 것을 보고 긴장을 풀었다.

"아니, 당신은? 귀는 좀 어때요?"

응급 대원이 명랑하게 소리쳤다.

밝은 귀는 파란 원숭이가 물어서 다쳤던 귀를 펼쳐 보였다. 응급 대원은 고개를 살짝 끄덕이고 멀리 보는 눈의 상처를 살펴보았다.

"아주 조금 긁혔어요. 반창고를 붙일게요. 당장 임무 수행하러 가도 될 정도예요. 당신들은 좀 위험한 직업을 가졌나 보군요."

응급 대원이 의자가 뒤집히고 맥주병이 나뒹구는 가게를 돌아보았다.

"서둘러 주세요."

긴 팔이 말했다. 밖에서 무슨 일인가 벌어지고 있었다. 긴 팔의 특별한 감각이 노여움으로 펄럭였다. 경찰은 카우즈 구츠 주민을 볼 수 없겠지만 긴 팔은 그 사람들을 느낄 수 있었다. 누군가 막 도착했다. 그 사람은 썰물 빠진 듯 조용한 거리의 모습이 실망스러운 모양이었다.

"마치카 장군이야."

긴 팔이 속삭였다. 목마름 씨는 탁자를 닦다가 멈추었고 응급 대원은 멀리 보는 눈의 등에 바르고 있던 소독약을 엎지르고 말았다.

마치카 장군은 출입구에 서 있었다. 긴 팔은 생각했다. '후광을 받고 서 있으니 제복 위에 모자가 둥둥 떠 있는 것 같잖아.' 장군의 얼굴은 어둠 속으로 사라진 것 같았다. 긴 팔은 마치카 장군의 독특한 분위기에서 풍겨 나오는 힘 때문에 정신을 잃을 뻔했다. 이것이야말로 힘이었고 하라레 군대를 지휘하는 에너지였다. 떳떳하지 못하고 사악한 환상 뒤를 늘 따라다니는 법과 질서의 상징이었다. 응급 대원은 얼굴이 백지장처럼 하얗게 질려서 문을 뚫어지게 바라보았다. 쏟아진 소독약이 바닥에 흥건히 고였다. 목마름 씨의 울대뼈가 재빠르게 위아래로 움직였다. 모두가 놀란 상황이 아니라면 목마름 씨의 그런 모습은 아주 재미있었을 것이다.

마치카 장군이 불을 켰다. 갑자기 얼굴이 나타났다.

"그 깡패들은 어디 있지?"

장군은 굵은 목소리로 다그쳤다.

긴 팔이 정신을 차리려고 고개를 흔들었다.

"서로를 피스트와 나이프라고 부르더군요. 어떤 할머니와 함께 있었어요."

"어디서들 왔지?"

"모르겠습니다."

"크게 말하게!"

긴 팔은 목청을 가다듬었다.

"사람들은 흔적을 남기지 않고 왔다 가곤 합니다. 보통 다들 카우즈 구츠는 거쳐서 간다더군요."

"얼토당토않은 소리!"

마치카 장군이 카운터로 다가갔다.

"당신!"

목마름 씨가 접시 행주를 떨어뜨렸다. 장군은 목마름 씨의 멱살을 잡고 들어 올렸다.

"당신이 여기 주인이지. 아는 대로 다 말해! 벽을 다 뜯어내 뭘 숨겼나 찾아보기 전에!"

목마름 씨는 입을 달싹였지만 아무 소리도 나오지 않았다.

"주인도 처음 본 사람들이라더군요."

긴 팔이 말했다. 그렇게 말해 놓고서 자신의 행동에 깜짝 놀랐다. 왜 거짓말을 했을까? 긴 팔은 거짓말을 좋아하는 사람이 아니었다. 장군은 잡았던 멱살을 놓고 가게를 둘러보았다.

"아아!"

장군이 마치 뭔가에 찔린 것처럼 소리쳤다. 그리고 무릎을 꿇고 앉았다. 긴 팔은 장군이 왜 놀랐는지 보러 달려갔다. 나이프가 멀리 보는 눈에게 던진 주머니칼이 바닥에 떨어져 있었다. 붉은 용들이 칼자루를 휘감고 있고 칼날은 금도금이 된 보기 드문 칼이었다. 칼끝에 피가 묻어 있었다. 긴 팔은 속이 울렁거렸다.

"텐다이의 칼이야."

장군이 작은 목소리로 말했다. 긴 팔은 곁눈질로 장군을 보고는 깜짝 놀라고 말았다. 출입구에 서 있을 때 발산되어 나오던 힘들은 모두 어디론가 사라지고 없었다. 끔찍이도 자기 아이들을 걱정하는 평범한 아버지처럼 보였다. 눈에는 눈물이 가득 고여 있었다. 긴 팔은 뒷걸음질 쳤다. 하지만 장군이 눈치를 채고 돌아보았다. 긴 팔을 보자 장군은 다시 자신감과 힘을 갖춘 표정으로 돌아왔다. 눈물은 멀리 보는 눈이 다 삼켜 버린 것 같았다.

"현미경으로 이 방을 샅샅이 조사해."

마치카 장군은 복도에 우르르 몰려 있는 경찰관들에게 명령했다.

"이 칼에 묻은 지문을 채취해. 잡을 수 있는 사람은 모조리 잡아서 조사해. 아 그리고 창고에 있는 카차수 통을 쏟아 버려. 그 속에 죽은 개가 얼마나 많이 들어 있는지 보고 싶으니까."

목마름 씨는 경찰관 두 명에게 끌려 나가며 신음 소리를 냈다.

긴 팔은 창밖으로 길 건너편 골목을 내다보았다. 거지들이 피운 장작불은 다 타들어 가서 재만 남아 있었다. 헝겊 보따리들이 장작불 근처에 뒤죽박죽 쌓여 있었다. 술집들조차 평소와 달리 조용했고, 목마름 맥주집은 완전히 컴컴했다.

"단서가 될 만한 걸 다시 짚어 보자고."

긴 팔이 돌아서며 말했다. 밝은 귀는 탁자 위에 놓인 콩 수프에 고개를 처박고 있었고, 멀리 보는 눈은 눈꺼풀이 반쯤 감긴 채 소파에 누워 있었다.

"그 할머니의 생일인 것 같았어. 나이는 여든 살쯤 되어 보였고 포르투갈 부족이라고 했어. 컴퓨터에 등록된 시민 명단에 그런 사람이 몇이나 될까?"

"106명. 경찰이 전부 연락해 봤대."

밝은 귀가 대답하며 하품을 했다. 밝은 귀는 계속 고개를 숙이고 있다가 귓불 한쪽이 수프에 빠지자 화들짝 잠에서 깨며 고개를 들었다. 긴 팔이 또 물었다.

"이 깡패들은 밀주를 팔아서 먹고 살잖아. 그런 사람이 몇이나 될까?"

"네 생각보다는 많을 거야."

소파에 기댄 채 멀리 보는 눈이 말했다.

"블레이(쓰레기 매립지―옮긴이)는 어때?"

131

"블레이는 하라레에 수백 개나 있잖아."

누군가 문을 두드렸다. 탐정들은 즉시 경계 태세가 되었다. 긴 팔이 니어바너 총에 손을 뻗었다.

"뭐 들리는 소리 있어?"

긴 팔이 조그맣게 물었다. 밝은 귀가 귀를 펼쳐 열쇠 구멍에 댔다.

"문 때문에 잘 안 들리지만 한 사람뿐인 것 같아."

긴 팔은 안전 사슬 하나만 남겨 두고 자물쇠 일곱 개를 모두 풀었다. 그리고 문을 조금 열었다.

누군가 밖에서 침을 꿀꺽 삼켰다.

"목마름 씨야."

밝은 귀가 속삭였다. 긴 팔은 문을 활짝 열었다. 부스스한 차림의 목마름 씨가 서 있었다. 목마름 씨의 울대뼈가 올라갔다 내려왔다. 긴 팔이 기다란 팔로 그 남자를 사무실 안으로 끌어당기고 문을 쾅 닫았다.

"쏘지 말게!"

목마름 씨가 말했다.

"우리가 아저씨를 해칠까 봐서요? 아저씨가 멀리 보는 눈의 목숨을 구해 줬는데 왜 그러겠어요."

긴 팔은 니어바너 총을 벽에 걸었다.

"그렇지. 그래."

목마름 씨는 초조하게 침을 삼키며 긴 팔에게 말했다.

"자네도 날 살려 줬어. 그 장군은, 아, 마치카 장군이 강제로 밀어붙이는 데는 아무도 못 당하겠어. 우격다짐이 따로 없지 뭔가. 하지만 자네가 날 감싸 준 덕분에 나를 믿어 줬어."

"어차피 아는 정보도 없었잖아요, 안 그래요?"

"그게, 조, 조금 있어. 하지만 자네들, 다른 사람에게 이야기하면 안 되네. 그랬다간 난 완전히 파리 목숨이 될 거야. 어디서 들었는지 기억은 안 나지만 마스크가 입양할 아이들을 구하고 있다더라고."

"무슨 말이에요?"

"아, 좀 복잡해! 마스크 일당이 시가전에서 조직원 하나를 잃었거든. 그래서 새 마스크 조직원을 뽑아 훈련시키려는 거지. 어릴 때부터 훈련시키면 더 낫지 않겠어? 안 그래?"

"말씀 계속해 보세요."

"암코끼리가 아이를 구해다 주는 일도 하거든. 아이를 못 낳는 사람들에게 말야."

"이런 흉악한 납치범!"

밝은 귀가 주먹을 치켜들며 소리쳤다. 목마름 씨가 뒤로 물러났다. 긴 팔이 두 사람 사이에 섰다.

"그냥 사업일 뿐이야. 아이 하나둘 가지고 뭘. 어쨌든 마스크 일당은 조직을 완성시킬 속셈으로 아이 두셋을 구하고 있었어. 한 녀석이 실패할 때를 대비해 예비 인원이 필요…… 때리지 말게!"

밝은 귀가 다시 주먹을 들어 올리자 목마름 씨가 소리쳤다.

"마스크의 우두머리는 누구죠?"

긴 팔이 조용히 물었다. 목마름 씨가 손사래를 치며 벌벌 떨었다.

"그런 질문은 아무도 하지 않아. 날 믿어 주게. 만약 아이가 그 녀석들 손에 넘어갔다면 잊어버리는 게 나아. 하지만 마치카 장군의 아이들은, 장담할 수는 없지만 아직 암코끼리가 데리고 있을 거야."

"아저씨는 암코끼리가 어디 사는지 알죠?"

긴 팔은 그 조그만 남자를 역겹게 쳐다보지 않으려고 애썼다.

"글쎄. 안다고도 할 수 있고 모른다고도 할 수 있지. 헛소문인지도 모르지만, 암코끼리가 죽은 자의 땅에 산다고들 하더라고."

"거긴 유독성 폐기물을 버리는 곳이잖아요!"

"예전에는 그랬지."

목마름 씨는 초조하게 주위를 돌아보며 문과 창문, 홀로폰을 확인했다.

"100년 전에는 그랬어. 하지만 세월이 지나면서 정화되었어. 지금도 수백 명이 옛 쓰레기 더미에서 살며 채굴을 한다네. 암코끼리는 그곳의 여왕이지. 하지만 암코끼리를 쉽게 찾아내리란 생각은 버리는 게 좋을 거야. 죽은 자의 땅은 벌집 모양으로 땅굴이 나 있지. 여기저기를 오르고 내리고 돌아서 300킬로미터도 넘게 걸어야 한다더군. 위험이 닥치면 알려주는 알림 장치들도 많아. 마치카 장군이 거길 간다면 암코끼리는 다시는 태양을 볼 수 없는 먼 곳으로 아이들을 데려갈 거야."

목마름 씨는 침을 꿀꺽 삼키며 긴 팔을 쳐다보았다. 긴 팔은 목마름 씨가 그저 좀도둑일 뿐이란 사실을 알았다. 아이들을 훔치거나, 유독성 폐기물 더미에서 위스키를 만들어 파는 사람들. 그들은 아이들을 파는 일이 나쁜 일인 줄도 몰랐나. 긴 팔은 갑자기 호기심이 생겼다.

긴 팔은 목마름 씨의 어깨에 손을 올렸다. 목마름 씨는 움찔했지만 이내 기쁜 표정을 내비쳤다. 긴 팔의 에너지가 생쥐 같은 목마름 씨에게 전해져 찌리릿 흐르는 기분이 들었다. 카우즈 구츠에서 멀리 떨어진 어느 집이 어렴풋이 보였다. 그 집에서는 세 딸이 아버지가 일터에서 집으로 돌아오기를 기다리고 있었다.

"기분이 좋아. 세상에, 선행이란 이런 기분이겠지? 누가 알았겠어? 세상에!"

목마름 씨가 경이롭다는 듯이 말했다.

긴 팔은 손을 치웠다. 그리고 목마름 씨가 어리벙벙한 웃음을 띠며 서 있는 동안 사무실 문을 열었다. 목마름 씨는 허둥지둥 밤의 어둠 속으로 나가서 뒤돌아보며 손을 흔들었다. 그리고 문이 닫혔다.

"이런 일은 처음이야. 내가 저 사람의 마음을 들여다봤어."

긴 팔이 중얼거렸다. 밝은 귀가 인상을 찌푸렸다.

"으으."

"그런데 그 마음속에 있는 착한 마음을 내가 일깨운 것 같아."

"착한 마음? 점점 사라질 거야."

멀리 보는 눈이 쌀쌀맞게 말했다.

"그렇겠지. 아무튼 할 일이 생겼어. 마치카 장군이 출동하면 틀림없이 암코끼리가 알게 될 거야. 장군은 늘 사이렌을 울려 대며 다니니까. 하지만 우리가 다가가는 건 모를 거야."

"우리? 죽은 자의 땅에 가자고? 이 밤중에?"

멀리 보는 눈은 얼굴에 핏기가 싹 가시며 소파에 털썩 주저앉았다. 밝은 귀도 걱정스럽게 말했다.

"무서운 걸."

"나도 마찬가지야."

긴 팔은 굳게 결심한 듯 니어바너 총을 찼다.

"하지만 유감스럽게도, 무섭다고 달라질 건 없어."

제12장

할머니가 칼두베르데에서 파리를 발견하던 날 아침 일찍, 텐다이는 암코끼리의 쉬빈에서 노예처럼 일하고 있었다. 텐다이가 지금껏 해 왔던 일들 중에서 가장 험한 일이었다. 텐다이는 갑자기 머리가 어지러웠다. 발효된 과일에서 풍기는 악취, 카차수 통 밑의 불꽃에 의한 산소 연소, 참을 수 없을 만큼 올라간 실내 온도 탓이었다. 그 방이 지성에서 깊이 들어가 있었다면 텐다이는 산소 부족으로 죽었을 것이다. 그나마 위안이 되는 점은 쇠사슬에 묶여 있지 않다는 것 한 가지였다.

그렇다고 도망칠 기회가 생기는 것은 아니었다. 다른 지하 방들과 달리 이 방은 땅굴이 두 개만 연결되어 있었다. 하나는 땅속 연못으로 가는 길이었고, 하나는 땅으로 나가는 길이었다. 땅으로 나가는 길은 암코끼리의 의자에 가로막혀 있었다.

텐다이는 술통 안쪽에 붙은 파인애플 찌꺼기를 긁어냈다. 바퀴벌레들이 손 위로 기어올라왔다. 텐다이는 얼굴을 찌푸렸다.

'불공평해. 지금은 밖에 나가 있어야 하는 시간인데. 하지만 피스트와 나이프가 감시를 하지 않아서 좋긴 하군. 할머니 골머리나 썩였으면 좋겠군.'

텐다이는 '분명 그럴 거야.'라고 생각했다. 나이프는 할머니를 마일하이 맥일웨인에 있는 '별빛 공간'에 데려갈 수도 있겠지만, 그렇다 해도 할머니는 반드시 불평거리를 찾아낼 것이다.

"할머니도 참. 그냥 여기 있으면 될 텐데, 나가 봐야 고생만 할 텐데 뭐 하러 나가려고 할까."

텐다이가 혼잣말로 중얼거렸다.

지금은 암코끼리가 그다지 철저하게 감시하지 않았다. 암코끼리는 카 차수 병을 팔에 걸친 채 몸을 쭉 펴고 의자에 기대앉아 있었다. 눈이 거 슴츠레해졌지만 아직 감기지는 않았다. 조만간 그 눈으로 텐다이 쪽을 휙 쳐다볼 것이다.

"물을 가져와."

암코끼리가 어눌하게 말했다. 그리고 발로 양동이를 차서 텐다이 쪽으로 굴렸다.

텐다이는 양동이를 반갑게 집어 들고 물을 가지러 통로를 내려가기 시 작했다. 공기가 훨씬 상쾌해졌다. 텐다이는 어두운 통로에 손전등을 비추 었다. 통로를 따라 아래로 아래로 계속 내려갔다. 빽빽한 쓰레기 층을 지나자 자연 그대로의 땅과 바위가 나타났다. 거기서부터는 내려간 흔적이 없었다. 그리고 놀랍게도 주위가 환해지기 시작했다. 얼마 안 가서 텐다이는 손전등을 껐다. 그리고 거무스름한 색을 띤 연못에 도착했다. 연못은 조그만 땅굴의 바닥에 있었다. 땅에서 퐁퐁 솟아오르는 샘물 같았다. 연못 위로 나지막한 천장 쪽은 둥그런 벽이 하늘까지 쭉 이어져 있었다.

오래된 우물 같았다. 우물 벽면은 돌로 차곡차곡 쌓여 있었고, 한참 위의 높은 하늘에서 빛이 내려와 연못을 스산한 분위기로 채웠다. 텐다이는 우물 쪽으로 도망갈 수 있을지 궁금했다. 하지만 물이 아주 깊었다. 만약 수영해서 나가려 한다면 텐다이의 손은 우물 입구 3분의 1 지점에도 닿을락 말락 할 것이다.

텐다이는 양동이에 물을 채운 뒤 앉아서 쉬었다. 너무 오래 있으면 암코끼리가 때릴 것이다. 하지만 암코끼리는 어쩌면 잠들었을 수도 있다. 그렇다면, 아, 그렇다면 그때는······.

자유에 대한 열망이 텐다이를 사로잡았다. 깊은 땅속에 있을 때 가장 심했다. 어떤 목소리가 텐다이를 부르는 것만 같았다.

'달아나! 지금 달아나!'

텐다이는 긴장을 풀려고 땅굴 벽에 손을 문질렀다. 흙 속에 뭔가 딱딱한 것이 손에 닿았다. '바위인가.' 텐다이는 생각했다. 그냥 지나치려는데 하얀 조각이 눈길을 끌었다.

텐다이는 손전등을 비추어 보았다. 보기 드문 광택이 났다. 파 보았다. 지름이 5센티미터쯤 되고, 홈이 파인 평평한 원반 모양이며 유리잔 바닥처럼 두툼한 조각이 나왔다. 텐다이는 흥분되어 마음이 내달리기 시작했다. 파낸 조각을 물에 씻었다. 먼지가 떨어져 나갔다. 아직 이끼 자국이 남아 있기는 했다.

은도로였다. 혼령과 인간을 이어주는 영매들이 쓰는 물건이었다. 요즘 영매들도 은도로를 몸에 걸고 다녔지만, 보통 노사기 새질로 만들어진 것이었다. 정말 오래된 것은 바다 연체동물의 껍질로 된 것도 있었다. 그런 것은 무척 희귀했다. 지금 텐다이 손에 있는 것은 굵은 소용돌이 모양의 하얀 조개껍질이었고 중간에 구멍이 있어서 끈을 꿰어 목에 걸 수 있었다. 모노마타파의 그림에서 본 적이 있었다.

텐다이는 두 손으로 은도로를 감싸고 그것의 원래 주인이 느꼈을 기분을 느껴 보았다. 누구인지는 몰라도 숲 빈터에서 벌집에 붉은 광석을 녹이며 서 있는 사람이 보였다. 그 남자는 금속을 바위에 대고 망치질했고, 그 소리가 나무들 사이로 울려 퍼졌다. 그리고 연한 나뭇가지로 만든 창대에 잎 모양의 칼날을 대고 구리선으로 똘똘 감아 묶었다. 무기를 들어 균형을 맞춰 보고 자신의 팔과 하나가 되는 기분을 느꼈다. 그리고 은도로를 만지며 신에게 기도했다.

"이런 바보 녀석!"

암코끼리가 통로 끝에서 으르렁댔다. 텐다이는 깜짝 놀라 벌떡 일어났다. 그 바람에 그만 양동이를 발로 건드려 넘어뜨렸다. 텐다이는 허둥지둥 연못 가장자리 진흙에 은도로를 묻고 다시 거무스름한 물에 양동이를 담가 물을 펐다. 그리고 양동이를 들고 되도록 빨리 통로를 올라갔다. 하지만 입구로 다가가면서 그 호통이 텐다이를 향한 게 아니라는 사실을 확실히 알게 되었다. 텐다이는 쉬빈 가까이에서 걸음을 멈추고 귀를 기울였다.

"이 바보 녀석! 이 하이에나 똥 덩어리 같은 녀석! 그 칼을 두고 오면 어떻게 해!"

"그 사람이 할머니를 공격했다고요."

나이프가 핑계를 대려고 하자 암코끼리가 말을 가로챘다.

"그럴 땐 할머니를 두고 왔어야지! 더러운 냄새만 풍겨 대는 늙은 돼지 할망구를 뭐하러 구해! 이제 우리가 애들을 데리고 있다는 걸 마치카가 알아 버렸잖아!"

암코끼리는 고래고래 소리를 질렀다. 나이프가 되받아쳤다.

"우리 할머니를 모욕하지 말아요!"

"입 닥쳐! 마치카는 카우즈 구츠를 모두 불살라 버릴 거야. 자기가 원하는 걸 손에 넣을 때까지 말야. 불도저 백 대를 끌고 여기로 몰려올 거라고!"

피스트도 할 말이 있는 듯 벌떡 일어났다.

"우리가 처리하면 돼요. 전에도 잘했잖아요. 그리고 이곳 사람들은 카멜레온처럼 눈에 잘 띄지도 않는다고요."

"더 늦기 전에 아이들을 없애 버려야겠어."

암코끼리가 으르렁거렸다. 그러자 나이프가 물었다.

"무슨 뜻이에요?"

"우리가 줄곧 생각해 온 것처럼 아이들을 팔아 치워야지. 마스크 일당에게."

"아, 싫어요. 그건 안 돼요."

피스트가 깜짝 놀라며 말했다.

"왜 안 돼? 마스크는 새 조직원이 필요하단 말이야."

"정말요?"

"들어 봐. 마스크의 우두머리에게, 마치카의 아들을 넘겨받아 범죄자로 만드는 일보다 더 기쁜 일이 어디 있겠어. 솔직히 나도 기쁘긴 마찬가지야."

"텐다이는 그렇다고 치고, 다른 아이들은요?"

피스트가 물었다.

"마스크의 우두머리는 아내가 넷이지만 아이는 없어. 쿠다를 넘겨주면 5만 달러는 기꺼이 줄 거야."

"리타는요?"

나이프가 물었다.

"그 애를 뭐하러 걱정해? 할머니처럼 자라겠지. 그 버릇없는 말투를 들어 보면 훤히 알 수 있지. 뭐, 곤드와나에는 노예 시장도 잘된다더군."

"안 돼요!"

나이프가 외쳤다.

"그러게 칼을 던지기 전에 생각을 했어야지. 자, 술이나 한잔 따라 봐. 오늘밤에 그 쥐방울만 한 불평꾼들에게 약을 먹여야겠군. 그만! 그 이야기는 이제 그만!"

술 따르는 소리가 들렸다. 초치(깡패, 폭력배를 이르는 말—옮긴이)들과 암코끼리는 거나하게 한잔 마시려고 자리를 잡고 앉았다. 물병에서 술이 꼴꼴 흘러나오는 소리와 누군가 트림하는 소리만 가끔씩 들려왔다. 텐다이는 벽에 기대어 뒤죽박죽된 생각을 정리해 보았다.

마스크에 대해서는 모르는 사람이 없었다. 담장에 둘러싸인 정원 안에서만 지내는 사람도 알 수 있는 존재였다. 마스크 일당은 느닷없이 나타나 연기처럼 지하철을 넘나들며 열차를 공포의 도가니로 몰아넣었다. 여자들의 목걸이를 잡아 뜯었고 반지를 가로채려고 손가락을 잘랐다. 아버지는 마스크 일당을 소탕하기 위해 스파이들을 고용했다. 그 스파이들은 흔적 없이 사라져 버렸고 그 뒤로는 아무도 스파이가 되려고 하지 않았다.

마스크의 뒤를 밟기 힘든 큰 이유는 행동반경이 확실하지 않기 때문이었다. 마스크는 마약에도 관심 없었고 욕심 때문이라기보다는 취미 삼아 도둑질을 했다. 열 명 남짓의 사람을 죽여 놓고 모욕하듯 그 위에 지갑을 쌓아 놓기도 했다. 혹시 훔쳐 갔다 해도 그 물건들은 장물 시장에 나타나지 않고 그대로 사라져 버렸다.

아버지는 마스크 일당이 권력을 가지고 싶어 한다고 말했다. 자신이 남들보다 권력이 세다고 느낄 수 있는 가장 쉬운 방법은 다른 사람들을 위협하는 것이었다. 아버지는 마스크를 미워했고 마스크도 아버지를 미워했다. 마스크가 적의 아들을 악마로 바꾸고 싶어 한다는 말은 충분히 믿을 만했다.

"하지만 난 그렇게 되지 않을 거야."

텐다이는 혼잣말을 했다. 쿠다가 강인한 정신을 지녔다고는 해도 적과 맞서기에는 아직 너무 어렸다. 그리고 리타는 어떤가. 텐다이가 리타를 어떻게 보호할 수 있겠는가.

텐다이는 거무스름한 연못으로 돌아가서 앉았다. 뭘 해야 할지 몰랐다. 텐다이는 고개를 들어 우물 입구를 쳐다보았다. 텐다이가 용케 거기까지 헤엄쳐 간다고 해도 입구에 손이 닿지 않을 것이다. 텐다이는 필사적으로 이 계획 저 계획들을 떠올려 보았다. 쉬빈으로 달려가 양동이로 어른 셋을 두들겨 패서 쓰러뜨리기? 파리처럼 천장을 따라 기어가서 우물 입구에 닿기? 모두 말도 안 되는 계획들이었다.

결국 텐다이가 할 수 있는 일이라고는 진흙에서 은도로를 다시 파내는 일뿐이었다.

싸늘하던 조개껍질이 텐다이의 손바닥 체온으로 따뜻해졌다.

"도와주세요."

텐다이는 은도로의 주인이었던 이름 모를 선조에게 말했다.

"저는 당신의 자손이에요. 저는 혼자 어두운 곳에 있어요. 그리고 뭘 해야 할지 모르겠어요. 제발, 제발 좀 도와주세요."

텐다이는 고대 은도로를 들고 기도했다. 어쩐지 주위가 서서히 밝아지는 기분이 들었다. 머리카락이 쭈뼛 섰지만 계속 은도로를 잡고 기도했다. 빛이 우물 기둥을 타고 내려와 곧장 거무스름한 물로 쏟아졌다. 햇빛이었다! 어쩌면 1년에 한 번쯤 해가 우물 바로 위를 지나가며 깊숙한 이 방에 빛을 내리는지도 모를 일이었다. 밝은 빛줄기가 물로 쏟아져 내려 물속까지 비추었는데…….

연못 속 바닥에 평평한 바위가 보였다. 텐다이는 놀라서 숨이 가빠 왔다. 물속에 바위가 있을 줄은 정말 몰랐다! 1년에 단 하루 우물로 쏟아져 내린 햇빛 덕분에 그 모습이 드러난 것이다. 햇빛은 조금씩 옮겨 가서 점점 희미해지더니 이내 사라져 버렸다. 하지만 텐다이는 이제 해야 할 일을 찾았다.

"감사합니다."

텐다이는 이름 모를 선조에게 속삭였다. 셔츠를 길게 찢어 은도로를 꿰어 목에 걸었다. 그리고 물속으로 들어가 바위가 있는 곳까지 자신 있게 헤엄쳐 갔다. 바위 위에 서서 우물 벽으로 손을 뻗었다. 사다리 용도로 우물 벽에 박힌 철 가로대가 손에 잡혔다.

텐다이가 처음 죽은 자의 땅에 왔을 때만 해도 우물 벽을 타고 기어올라갈 만큼 힘이 세지 않았다. 하지만 힘든 일을 해 오면서 힘이 아주 세졌다. 텐다이는 우물 벽으로 기어올라가기 시작했다. 가로대가 하나 더 손에 잡혔다. 텐다이는 한 손을 재빨리 옮겨 두 번째 가로대를 잡으려고 손을 뻗었다. 우물 벽에서 몸이 떨어지면서 울퉁불퉁한 돌에 등이 부딪혔다. 눈물이 찔끔 났다.

텐다이는 다리를 뻗어 맞은편 우물 벽에 댔다. 그리고 조금씩 위로 몸을 밀어 올렸다. 셔츠가 찢어졌다. 돌이 피부를 긁었다. 마침내 두 발 모두 첫 가로대에 올려놓고 두 손으로 두 번째 가로대를 잡았다. 텐다이는 등을 가로대 반대편 벽에 댔다. 숨을 헐떡이는 소리가 거의 울음소리처럼 들렸다.

심장박동이 정상으로 돌아오자 텐다이는 조금씩 위로 올라갔다. 가로대는 규칙적인 간격으로 박혀 있었다. 하지만 이미 부러진 것들도 있었고, 그렇지 않은 것도 발을 디디면 부러져 버려 그때마다 텐다이는 우물 벽에 부딪혔다. 텐다이는 등을 대고 올라가야 했다. 한쪽 벽에 등을 대고 다른 쪽 벽에 발과 손을 짚었다. 굉장히 힘든 방법이었다. 가로대 두 개가 잇따라 부러지면 꼭대기까지 못 갈지도 모른다.

마침내 주위가 점차 환해졌고 암코끼리의 장작불 냄새도 났다. 다음 가로대는 빠져 있었다. 그다음 가로대도! 텐다이는 파란 하늘을 올려다보았다. 희망이 없었다. 나갈 방법이 없었다.

우물 입구 위로 그림자가 지나갔다. 죽은 자의 땅에 사는 사람이 지나간 것이다. 텐다이는 깜짝 놀라서 하마터면 손을 놓칠 뻔했다. 하지만 그 두려움이 다시 도전할 충분한 에너지를 충전해 주었다. 텐다이는 우물 벽에 몸을 기댄 채 필사적으로 계속 버티며 몸을 밀어 올렸다. 셔츠가 다 찢겨 나갔고 살갗이 날카로운 돌에 베였다. 텐다이는 이를 악물고 계속 올라갔다.

드디어 손가락 끝에 우물 테두리가 느껴졌다. 텐디이는 몸을 당겨 올려 우물에서 빠져나왔다. 그리고 반쯤 기절한 상태로 땅바닥에 드러누웠다. 몇 분 동안 꼼짝도 할 수 없었다.

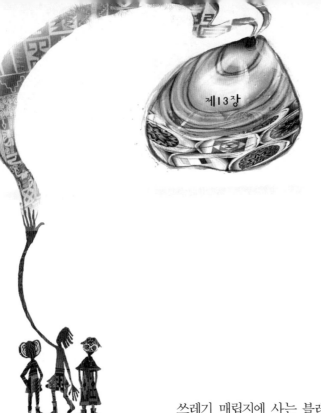

제13장

쓰레기 매립지에 사는 블레이 사람들이 황량한 일터 쪽으로 가면서 텐다이 곁을 지나갔다. 하지만 텐다이에게는 눈길조차 주지 않았다. 어쩌면 텐다이를 못 봤을지도 모른다. 쿠다와 리타는 이제 주위 배경에 잘 어우러져서 두드러져 보이지 않았는데 아마 텐다이도 그런 모양이었다.

하지만 계속 이렇게 쉬고 있을 수만은 없었다. 곧 암코끼리가 텐다이를 기억해 내고 찾아다닐 것이다. 텐다이는 몸을 일으켰다. 하지만 다시 쓰러졌다. 다리가 아직도 후들거렸다. 독하게 마음을 먹고 한 번 더 몸을 일으켰다. 일단 걸음을 내딛자 다시 기운이 났다.

리타와 쿠다는 채소밭에 있었다. 채소밭에 놓인 할머니의 의자 옆에 앉아 있었다. '운도 지지리 없네.' 텐다이는 생각했다.

"그 녀석들을 봤어야 해. 하나는 귀가 코끼리 귀만 했고, 하나는 개구리처럼 눈이 불룩 튀어나왔고, 하나는 거미처럼 생겼어. 어휴, 세상에! 놀라서 죽을 뻔했단다. 내 손자가 날 괴물이 득시글대는 장소에 데려갈 줄누가 알았겠니. 난 미술관에 가고 싶었는데 말이다."

텐다이는 리타와 쿠다를 손짓으로 불렀다.

"이리 와, 중요한 일이 있어."

"싫어. 할머니가 정말 재미있는 이야기를 들려주고 있단 말야. 할머니, 계속해 주세요. 그 개구리가 나이프 아저씨를 잡았을 때 할머니가 어떻게 했어요?"

"손가방으로 그 녀석을 내리쳤지. 그리고 실은, 내 손가방은 가볍지가 않아. 내가 그 안에 못을 잔뜩 넣어 다니거든. 그래. 사실 나도 내 손자 녀석처럼 평소에 연구를 많이 하는 성격이야."

"이리 와."

텐다이가 리타의 손을 잡아당겼다.

"이거 놔, 이 심술쟁이 오빠!"

"이 멍청한 여동생아!"

리타는 할머니의 의자에 매달렸다. 하지만 할머니가 리타를 밀치며 작은 목소리로 말했다.

"오빠 말을 들으렴. 날 노망난 할망구라고만 여기지는 마. 다들 그런 실수를 하지. 다 늙은 할머니가 정신이 이상해져서 몰아낸다고 생각해. 하지만 나도 알 건 다 알아. 동생한테 해 줄 이야기가 마스크에 대한 거지, 안 그래?"

텐다이가 놀라서 입을 떡 벌리고 쳐다보자 할머니가 웃었다. 어찌나 세차게 웃는지 흔들의자가 뒤집어질 지경이었다.

"마, 마스크?"

리타가 놀라서 물었다. 할머니가 낄낄거리며 말했다.

"그래 이 바보 멍텅구리야. 나이프와 피스트가 너희들을 왜 여기로 데려왔겠니? 광산에서 일 시키는 게 목적이 아니야. 그건 블레이 사람들이나 할 일이지. 너희를 마스크에게 팔아 치우려고 데려온 거야. 지금!"

할머니는 앞으로 몸을 숙였다. 흰머리가 얼굴 위로 흘러내렸다.

"나이프가 바보 같은 일을 저질렀어. 그 녀석 하는 일이 늘 그렇지. 너한테 빼앗은 칼을 그 개구리에게 던지고는 그냥 놔두고 와 버렸어. 네 아버지가 그 칼을 보면 어쩔 것 같니?"

할머니는 몸을 뒤로 기대고, 이 하나 없는 잇몸을 드러내며 웃었다.

"우리를 마스크에게 판다고요?"

리타가 외쳤다.

"목소리를 낮춰."

텐다이가 주의를 주었다.

"마스크가 누구야?"

쿠다가 땅바닥에 앉은 채 물었다.

"끔찍하고도 끔찍한 범죄 조직이야! 사람 귀도 막 자른다고!"

리타는 손가락으로 머리카락을 마구 꼬았다. 머리카락이 거의 뽑힐 지경이었다.

"그만해! 쿠다가 겁먹잖아."

"겁 좀 먹어야 해. 마스크는 우리를 토막토막 잘라 버릴 거야."

"엄마한테 갈래!"

"네가 한 짓을 좀 보라고!"

텐다이는 동생을 일으켰다. 하지만 쿠다는 바닥에 나뒹굴며 고래고래 소리를 질렀다.

"엄마한테 갈래!"

"암코끼리가 쿠다 소리를 들으면 우리는 끝이야."

텐다이가 말했다. 리타가 쿠다를 흔들었다.

"입 다물어. 안 다물면 정말 혼날 줄 알아!"

하지만 쿠다는 더 크게 울부짖을 뿐이었다. 언덕 부근에서 쿵쿵 발소리가 들렸다.

"저 소릴 들어 봐. 결국 이렇게 되고 말았어."

텐다이가 불만스럽게 내뱉었다. 하지만 이쪽으로 온 사람은 암코끼리가 아니고 트래시맨이었다. 트래시맨은 괴로운지 얼굴을 찡그린 채 걱정스럽게 웅얼거렸다.

"엄마한테 갈래!"

쿠다가 소리쳤다. 트래시맨은 명령이라도 받은 사람처럼 허리를 곧게 폈다. 그리고 쿠다를 번쩍 안아 들고 달리기 시작했다.

"기다려! 기다려!"

리타가 소리쳤다. 하지만 트래시맨은 동물의 왕 사자가 쫓아오기라도 하는 듯 꽁지 빠지게 달렸다.

"어쩌지?"

텐다이가 소리쳤다. 그러자 할머니가 조용히 말했다.

"나라면 따라갈 게다. 너희가 가 버린 걸 알면 암코끼리는 흥분해서 혈관이 터져 버리겠지. 볼 만하지 않겠어? 미쳐 날뛰는 암소 꼴을 한 암코끼리라니. 그리고 암코끼리는 내게 아무것도 묻지 않을 거야. 이 불쌍한 늙은 할망구는 노망이 들어서 정신이 오락가락하니까."

할머니는 심술궂게 웃으며 의자를 앞뒤로 흔들었다.

텐다이는 할머니가 정말로 감싸 주려는 건지 아닌지 감을 잡을 수 없었다. 하지만 그건 중요한 문제가 아니었다. 텐다이는 리타의 손을 잡아끌었다. 리타는 깜짝 놀라 일어나서 사슴처럼 뛰었다. 블레이 사람들이 지나가는 텐다이와 리타를 흘끗 쳐다보았다. 하지만 암코끼리가 명령을 내리지 않아서인지 도망치는 아이들을 소가 닭 쳐다보듯 무관심하게 바라보았다.

열심히 달아나던 텐다이와 리타는 숨이 턱에 차올라서 쉬려고 멈추었다. 멀리 트래시맨이 보였다. 트래시맨은 쿠다를 목말 태우고 일부러 들썩거리려고 성큼성큼 걷고 있었다. 텐다이와 리타는 걷기 시작했다. 아직까지 아무도 암코끼리에게 알리지 않았다.

텐다이는 움푹 팬 곳에서 잠시 쉬면서 속삭였다.

"이해가 안 돼. 할머니는 모든 사람을 싫어한다고 생각했거든. 왜 암코끼리에게 알리지 않았을까?"

리타는 배경에 감쪽같이 섞여 들었다. 리타가 움직이지 않으면 텐다이는 리타가 어디 있는지 모를 정도였다.

"오빠는 몰라. 무엇보다도 할머니는 범죄를 아주 싫어해. 할머니는 수녀원에서 자랐다잖아. 어렸을 때 이야기를 해 줬는데 엄청나게 재미있었어."

텐다이는 눈을 감고 리타의 이야기 속에 빠져들었다. 할머니에 대해 텐다이가 모르던 부분이었다. 솔직히 텐다이는 할머니 곁에 다가갈 수 있었으면서도 그렇게 하지 않았다.

"할머니의 가장 큰 소원은 다시 수녀원에 들어가서 너무 늦기 전에 나이프의 영혼을 위해 기도하는 거야. 할머니는 나이프를 정말로 사랑해."

텐다이는 코웃음이 나오려는 걸 꾹 참았다.

"리타, 너 안 움직이면 안 보인다."

"오빠도 마찬가지야. 우리도 블레이 사람이 다 됐지 뭐야. 조만간 발을 질질 끌고 돌아다니며 신음 소리를 낼 걸?"

텐다이는 섬뜩한 기분이 들었다. 리타가 옳았다.

"행운이 사라져 버리기 전에 일어나는 게 낫겠어."

이제 블레이의 끄트머리가 바로 코앞이었다. 높은 건물들과 거리가 보였다. 빨간 글자로 '바이노나 식품점'이라고 쓴 간판의 슈퍼마켓도 보였다. 코앞에 다가온 세상이 꿈만 같았다. 음악소리, 자동차 소리, 잔디 깎는 기계소리도 들렸다. 수동 착암기조차 딱따구리가 멀리서 나무를 쪼듯이 두두두두 소리를 냈다. 모든 것이 이루 말할 수 없이 아름다웠다! 텐다이는 하마터면 눈물을 흘릴 뻔했다.

"오빠, 저 소리는!"

리타가 텐다이에게 팔짱을 끼며 소리쳤다.

블레이 너머로 아련히 고함 소리가 들렸다. 무슨 말인지 알아들을 수 없었지만 짐작할 수는 있었다.

"뛰어!"

텐다이가 소리쳤다. 두 사람은 발부리가 걸려 비틀거렸다. 고힘 소리는 땅속으로 빠르게 퍼지고 광산 통로에서부터 울려 나오며 서서히 두 사람에게 다가왔다.

"당장……! 찾아서……! 데려와아아아!"

리타가 넘어졌다. 텐다이가 일으켜 세워 주었다. 바이노나 거리는 겨우 몇 미터 앞이었다. 암코끼리의 명령이 땅 위로 터져 나왔다. 언덕이 조각조각 갈라지며 텐다이와 리타 뒤로 뻗어 왔다.

"당장 아이들을 찾아! 당장 데려와아아아!"

텐다이와 리타는 마을을 둘러싸고 있는 시멘트 보도에 도착했다. 텐다이는 얼른 리타를 끌어당겼다. 두 사람은 바닥으로 미끄러졌고 손과 무릎을 이용하여 계속 기어갔다. 리타는 공포에 떨며 울먹이고 있었다. 텐다이는 리타를 초록빛 잔디밭으로 계속 몰고 갔고 두 사람은 가장자리가 데이지로 장식된 풀밭 위로 쓰러졌다. 더 이상 움직일 수 없었다. 만약에 암코끼리가 여기까지 쫓아온다면 꼼짝없이 잡힐 것이다. 텐다이는 자포자기한 심정으로 멍하게 블레이를 쳐다보았다.

블레이의 가장자리가 부풀어 올랐다. 블레이 사람들이 뭉치고 흔들렸다가 뒤집혔다. 자신들의 영토 밖으로 나가는 게 영 내키지 않는지 그들은 아이들을 바라보기만 한 채 잿빛 물결을 일으키며 맴돌고 있었다. 그러더니 서서히 사라져 버렸다. 텐다이는 블레이 사람들이 가만히 숨어서 기다리고 있는지, 아니면 땅굴로 돌아갔는지 알 수 없었다. 리타는 이제 선명하게 모습을 드러냈다. 끔찍한 진흙투성이 옷을 입고 멋진 잔디밭 위에 누워 있었다.

"이 거지 나부랭이들! 내 땅에서 꺼져!"

어떤 여자가 소리를 질렀다. 텐다이와 리타가 일어나 앉았다. 그 여자는 현관에 서서 아이들에게 빗자루를 휘둘렀다. 꽃무늬 도에크, 즉 스카프로 머리를 깔끔하게 묶고 있었다. 어찌나 단정한지 텐다이와 리타는 기뻐서 웃음이 나왔다.

"개를 풀기 전에 일른 꺼져!"

텐다이와 리타가 잔디밭에서 나오자 그 여자는 혼자 중얼거렸다.

"웃기는 왜 웃어. 별 미친 녀석들을 다 보겠네."

"오빠, 저기 쿠다가 있어."

리타가 버스 정류장을 가리켰다. 타원형 정류장 둘레를 따라 꾸민 꽃밭에 백일홍이 피어 있었다. 정류장 한쪽 끝에는 장미 덩굴 그늘 아래에 벤치가 있었다. 반대쪽에는 분수대가 있었다. 쿠다와 트래시맨이 교대로 서로 물을 뿜으며 장난을 치고 있었다. 텐다이와 리타가 달려가자 트래시맨이 신나게 웅얼댔다.

"버스가 오고 있대."

쿠다가 통역했다. 정말 버스가 왔다. 하늘에 있던 은회색 점이 착륙장에 내려왔다. 버스에서 두 사람이 내리며 자기 동네에 들어온 떠돌이들을 보고 인상을 찌푸렸다. 버스는 이제 텅 비어 있었다.

"이봐, 트래시맨."

버스 기사가 불렀다.

"저 애들은 누구야? 네가 저 아이들 아빠가 되기엔 너무 젊잖아."

"저와 제 동생들은 암코끼리에게 납치됐었어요. 부탁 좀 드릴게요. 여기서 떠나고 싶은데 돈이 없거든요."

"암코끼리는 추잡한 장사를 한다고 들었어. 앗! 저기 암코끼리가 온다!"

암코끼리가 나이프와 피스트를 데리고 블레이 뷔으로 돌격하고 있었다. 수동 철도 수레를 타고 따라온 것 같았다. 암코끼리는 술에 취해 고함을 지르고 있었고 도끼를 휘두르며 비틀비틀 거리로 내려섰다.

"이 더러운 녀석들. 거기 서라!"

텐다이, 리타, 쿠다, 트래시맨은 버스에 뛰어올랐다. 도끼가 버스 앞 유리로 날아들었다. 유리가 두 동강이 났다. 운전사가 버스를 이륙시켰다. 암코끼리가 문으로 달려들었지만 이내 시멘트 바닥에 쿵 하고 곤두박질했다.

"저런, 가엾기도 하지!"

운전사는 숨을 헐떡이며 건물들 사이로 곡예비행을 했다.

"긴급 버튼을 눌렀단다. 경찰이 금세 달려올 거야."

텐다이는 경찰이 도착했을 때는 아무것도 발견하지 못할 거라는 생각이 들었다.

"그래, 너희들이 납치됐었다고? 이름이 뭐니?"

운전사가 물었다.

몇 주 전이었다면 텐다이는 별 생각 없이 이름을 알려 주었을 것이다. 하지만 이제 더 이상 바깥세상을 믿을 수 없었다. 파란 원숭이가 괴한으로 돌변했다. 상냥해 보이는 할머니들이 심술쟁이로 변했다. 게다가 마스크가 언제 들이닥칠지도 모른다. 누가 같은 편인지 어떻게 알겠는가? 텐다이는 흔한 이름을 댔다.

"저는 이리 은들로부예요. 쟤는 제 동생 로제 그리고 야부예요. 트래시맨은 아시죠?"

"트래시맨이야 항상 만나지."

버스 운전사가 웃었다.

"얘들아, 트래시맨이 늘 가는 곳에 너희를 내려 줄까? 거기 사람들이 트래시맨을 잘 돌봐 준다. 그러니 분명 너희들에게도 친절하게 대해 줄 거야. 특별히 레스트헤이븐 바로 앞에 세워 주마."

텐다이는 트래시맨을 바라보았다. 트래시맨은 커다란 곰 인형을 안듯 쿠다를 안고 있었다. 트래시맨이 웃으며 말했다.

"엄마."

텐다이가 알아들은 첫 번째 단어였다.

제14장

운전사는 높은 회색 담장 옆에 버스를 세웠다.

"사실 버스는 여기 서면 안 돼. 저기 봐. 여기는 택시 타는 곳이지. 하지만 레스트헤이븐으로 가기에는 가장 가까운 곳이라서 내가 특별히 세워 주는 거란다."

"고맙습니다. 암코끼리가 아저씨한테 해코지하지 않기를 빌게요."

댄다이가 말했다.

"걱정 말아라. 내일이면 나도 휴가란다. 오늘 남은 일정은 다른 동료한 테 대신해 달라고 부탁해야겠어."

운전사는 문을 닫고 날아올랐다. 아이들은 좁은 택시 착륙장을 빠져나가 곡예비행을 하는 버스를 쳐다보았다.

담장이 아주 인상적이었다. 담장은 텐다이가 안을 넘겨다볼 수 없을 만큼 높았다. 바로 앞에 있는 문짝 하나만 빼고는 작은 틈이나 창문 하나 없이 높이 둘러쳐져 있었다. 텐다이가 물었다.

"여기 누가 살아요?"

"엄마."

트래시맨이 대답했다. 그리고 문 옆에 걸린 사슬을 잡아당겼다. 안쪽 어디선가 종소리가 들렸다. 홀로폰 소리 같은 기계음이 아니라 진짜 금속으로 된 종소리였다. 강하게 울리다가 부드러워지더니 은은한 음악처럼 사라졌다.

"와! 한 번 더 해 봐요."

리타가 말했다. 트래시맨이 사슬을 계속 잡아당겼다. 결국 텐다이가 트래시맨의 팔을 붙잡아야 했다.

"그러다 사람들이 화내겠어요."

그때 문에 달린 작은 구멍이 열렸다. 화난 듯한 얼굴이 정말 그 구멍에 나타났다.

"뭐야? 썩 꺼져!"

하지만 트래시맨을 알아보자 기쁜 목소리로 외쳤다.

"체두!"

"엄마."

트래시맨이 말했다. 한참 빗장 풀리는 소리가 나더니 문이 열렸다. 덩치가 어마어마한 여자 문지기가 나타났다. 암고*씨리만큼이나 덩치가 크긴 했지만 블레이 사람들이 섬기던 야비했던 여왕과는 달리 이 여자는 위엄이 있었다. 대충 옷 모양을 낸 나무껍질 천을 두른 여자는 맨발이었지만 초라해 보이지 않았다. 얼굴도 아름답고 총명해 보였다.

"체두, 어떻게 지냈니?"

문지기가 묻자 트래시맨은 뭐라고 즐겁게 웅얼거리며 쿠다를 슬쩍 밀었다.

"정말 귀여운 애구나. 하지만 우리 부족이 아니야. 안에는 데리고 들어오지 못 해."

"어머님, 부탁입니다. 저희는 납치됐었는데 트래시맨이 구해 주었어요. 지쳐서 쓰러질 것 같아요. 잠깐만 쉬게 해 주시면 안 될까요?"

텐다이가 공손하게 말했다.

"체두야 늘 환영하지만 낯선 사람은 꺼린단다. 오염될 수가 있거든."

"저희가 지저분한 건 알아요. 하지만 씻으면 돼요."

리타가 간절하게 말했다. 문지기가 리타를 바라보았다.

"씻으면 떨어지는 먼지 같은 것에 오염된다는 뜻이 아니야. 너희는 도시의 사악한 습성을 들여온단 말이야."

"제발 부탁이에요."

리타가 눈물을 흘리며 외쳤다. 리타의 괴로운 마음이 옮겨 갔는지 쿠다도 울기 시작했다. 쿠다가 슬퍼하는 걸 보자 트래시맨도 얼굴을 찡그렸다. 그리고 시멘트 바닥에 주저앉아 울부짖었다.

"그만! 그만해!"

문지기가 귀를 막으며 외쳤다.

"그래 알았어, 체두! 들여보내 주마. 하지만 잠깐 동안만이야."

트래시맨은 곧바로 눈물을 그쳤다. 그리고 언제 그랬냐는 듯 얼굴이 환해지며 행복한 표정을 지었다.

문지기가 투덜투덜 푸념을 하며 아이들을 들여보내고 문을 닫았다. 그리고 많은 자물쇠를 채우기 시작했다. 하지만 그런 건 텐다이 눈에 들어오지 않았다. 담장 안의 풍경을 보고는 너무나 놀라 버렸기 때문이다.

방금 전까지만 해도 2194년의 아파트 건물들 틈에 있었는데 지금은 과거에서 온 사라진 세상에 발을 디디고 있었다. 음사사 나무들이 늘어선 언덕이 보였고 그 너머의 작은 마을까지 오솔길이 나 있었다. 골짜기를 따라 시냇물이 흘렀다. 시냇물 양옆으로 습지에 울타리를 친 목장이 있었다. 염소와 소들이 풀을 뜯고 있었다. 작은 소년들은 채찍을 들고 그 옆을 지키고 있다. 누군가 멀리서 북을 치고 있었다. 가까운 곳에서 아기에게 자장가를 불러 주는 여자 목소리도 들렸다.

텐다이는 지금껏 이토록 평화로운 모습을 본 적이 없었다.

"도시에 무슨 일이 생긴 거지?"

텐다이가 속삭였다. 지금껏 알고 있던 세상의 모든 흔적들이 자취 없이 사라졌다. 담장마저도 사라진 것 같았다. 안에서 본 담장은 거대하게 둘러진 거울이었다. 덕분에 땅이 끝없이 계속 이어지는 것처럼 보였다.

"여기선 도시 이야기는 하지 않아. 경고하건데 너희들도 그렇게 해야 한다. 바깥세상과 소통하는 사람은 나쁜이야. 로봇과 자동차는 잊어버려. 범죄와 약물도⋯⋯. 여기는 레스트헤이븐이야. 아프리카의 심장이지."

문지기가 말했다. 그리고 아이들을 오솔길로 이끌었다. 트래시맨은 쿠다를 트로피처럼 들어 올리고 뭐라고 기분 좋게 웅얼대며 길을 따라 뛰어다녔다.

"멋지구나, 체두."

문지기가 흐뭇하게 말했다. 리타는 궁금했다.

"저 사람 이름이 체두인가요? 전 트래시맨인 줄 알았어요."

"우리는 체두라고 불러."

"당신이 어머니인가요?"

문지기가 웃었다.

"체두는 여기 있는 모든 사람을 엄마라고 불러. 저 애가 문밖에 버려져 있는 걸 발견했을 때부터 체두는 마을 전체 소속이 되었지. 처음에는 모두가 체두를 꺼려 했어."

"왜요?"

"체두는 무람위와, 즉 엄마가 버린 아이였으니까. 체두의 선조 영혼이 우리에게 걱정거리를 가져다줄지도 모를 일이거든."

"그 말은, 아기가 죽게 그냥 내버려 두었을지도 모른다는 말이에요? 세상에!"

"선조의 영혼을 무시하는 건 정말 어리석은 짓이야. 어디 너희들이 사는 세상을 한번 생각해 보렴. 조직 폭력, 마약, 범죄, 가족 붕괴. 사람들은 선조들을 잊어버렸어. 그리고 영혼들도 세상에 대해 화가 났지. 하지만 네가 보다시피……."

문지기와 아이들은 예절 바르게 박수를 치며 환영해 주는 어린이 무리를 지나갔다.

"우리는 체두가 죽게 내버려 두지 않았어."

어린이들은 손님들이 길을 지나가도록 공손하게 옆으로 물러섰다. 텐다이는 이곳 아이들의 예의 바른 모습에 충격을 받았다. 마조에에서는 낯선 사람을 대할 때 의심부터 했다. 물론, 의심하지 않는 경우도 있었다. 하지만 상대가 무서운 존재일 경우에만 그랬다.

문지기는 계속 말을 이어 갔다.

"우리는 어느 한 사람이 체두를 입양해서는 안 된다고 결정했어. 체두가 들어오면 우리 모두가 함께 돌보자는 뜻이었지. 하지만 체두에게는 방랑벽이 있어. 어디서든 며칠 이상 머물지 못해. 어머니한테 버림을 받았기 때문인 것 같아."

문지기는 한숨을 쉬었다. 리타가 꼬집어 말했다.

"제 생각은 여기 있을 때 이 집 저 집 옮겨 다녀야 했기 때문에 그런 것 같아요."

그들은 깔끔한 뜰로 둘러싸인 움막집이 옹기종기 모여 있는 곳에 도착했다. 텐다이는 역사책에서 본 것과 완전히 똑같은 마을을 보게 되어 정말 기뻤다. 움막집과 나무들 사이에는 대지가 넓게 뻗어 있었다. 사람들은 아침마다 땅에 설치류의 발자국이나 뱀이 기어간 흔적이 있는지 살펴보았다. 기둥들을 세워 둥글게 벽을 둘렀고 그 위에 마른 풀을 이어 초가지붕을 얹었다. 넉넉한 처마 덕분에 아주 운치 있는 그늘이 생겼다.

문은 모두 서쪽을 향하고 있었다. 문짝은 나무판에 쇠가죽 끈을 묶어 달아 두었다. 버팀목이 한낮의 더위 때문에 활짝 열어 둔 문짝들을 받쳐 주고 있었다. 움막집 벽들은 검정, 빨강, 황토색 무늬들로 장식되어 있었고 문짝에는 격자무늬가 새겨져 있었다.

가장 크고 좋은 움막집은 부엌이었다. 하지만 여름이라 요리에 쓸 장작불은 움막 밖에 있었다. 불 옆에는 나무 그릇을 넣어 말리는 선반이 놓여 있었다. 무엇보다도 텐다이를 놀라게 한 것은 냄새였다.

암코끼리의 장작불은 늘 모호하게 불쾌한 기운을 머금고 있었다. 매립지인 블레이의 비틀어진 덤불과 토탄(땅속에 묻힌 시간이 오래되지 않아 완전히 탄화하지 못한 석탄—옮긴이)을 섞어서 연료로 썼기 때문일 것이다. 아니면

161

장작불 아래의 흙에 플라스틱이 잔뜩 섞여 있었을지도 모른다.

이곳 장작불은 나무를 태워 지핀 불이었다. 그 냄새가 텐다이에게 깊이 묻혀 있던 뭔가를 불러냈다. 그런 불가에 앉아 온몸을 휘감는 연기를 쐬며 즐기던 선조들의 기억이었다. 리타도 그 냄새에 빠져들었다.

"와아. 이 냄새 좀 맡아 봐. 정말 제대로다."

리타가 숨을 한껏 들이쉬었다. 정말 옳은 말이었다. 장작불은 이래야 한다는 생각이 들었다. 텐다이는 생각했다. '이 사람들은 선조들의 말씀에 귀를 기울인 게 분명해.'

작은 몸집의 임산부가 힘겨운 모습으로 부엌 움막에서 나오더니 소리쳤다.

"어서 오세요, 바코마."

그러자 문지기가 대답했다.

"안녕, 무능구나(아우님) 치포! 여길 봐. 멀리서 손님들이 오셨어."

문지기는 우리가 담장 밖 도시에서 왔다는 말은 하지 않았다.

"어서들 와요."

치포가 반가워서 손뼉을 치며 말했다. 그리고 웃으며 아이들에게 다가갔다가 코를 찡그렸다.

"미안다, 손님들이 목욕을 좀 해야 하지 않을까요?"

문지기의 이름이 미안다였다. 미안다가 웃었다.

"정말 좋은 생각이야, 치포. 그리고 깨끗한 옷도 필요하겠지. 저 누더기들은 용광로에나 넣어 버려. 요리 장작불에 넣을 배짱은 없으니까."

"여기서 지낼 건가요?"

치포가 물었다. 묘한 말투로 '지낼'을 강조했다. 미안다는 눈썹만 추켜올릴 뿐 아무 말도 하지 않았다.

미안다는 리타를 여자 목욕 움막으로 데려갔다. 그리고 치포는 텐다이를 갈대밭 옆에 지은 개울가 오두막으로 데려갔다. 치포는 때를 벗기는 데에 쓰는 수세미처럼 생긴 로오파 덩굴과 옷 한 벌을 텐다이에게 주었다.

고약한 냄새가 나는 누더기를 벗어던지고 개울물에 뛰어드는 기분은 정말 멋졌다. 텐다이는 물살을 헤치며 흰 물풀을 넘어 평평한 바위 옆으로 철벅거리며 갔다. 바위 옆 얕은 물에 까만 올챙이 수천 마리가 헤엄치고 있었다. 텐다이는 로오파 덩굴을 이용하여 살갗이 닳을 정도로 문지르고 또 문질러 죽은 자의 땅에서 묻혀 온 절망을 씻어 냈다. 발목에 둘렀던 쇠사슬의 느낌도 지워 버렸다. 텐다이는 은도로를 풀어서 조심스럽게 헹궜다. 그리고 이름 모를 선조에게 말했다.

"여기 사람들은 당신 자손이에요. 여기로 데려다 주셔서 고맙습니다."

텐다이는 은도로를 목에 단단히 다시 걸고, 옷으로 아랫도리를 폼나게 둘렀다. 입고 온 낡은 누더기는 벌써 사라지고 없었다.

텐다이는 행복감에 젖어 숨을 휴 내쉬며 평평한 바위 위에 누웠다. 그리고 구름 낀 하늘에서 쏟아지는 햇빛에 얼굴을 맡겼다.

텐다이에게 레스트헤이븐의 계곡은 무척 친숙했다. 하지만 레스트헤이븐에 대하여 책에서 배운 적은 없었다. 아버지나 어머니에게 들은 적도 없었다. 텐다이는 부모님 생각이 들자 죄책감으로 마음이 아파 왔다. 미안다를 보자마자 곧바로 홀로폰 이야기를 꺼냈어야 했나. 하지만 그때는 죽은 자의 땅에서 탈출하느라 녹초가 되어 있었기 때문에 잠시 쉬고 싶은 마음뿐이었다.

'그래, 한숨 돌리는 일이 우리에게는 가장 시급했어. 우리는 실종된 지

오래됐으니까 몇 시간 더 늦게 연락한다고 해서 문제되지는 않을 거야. 이따가 저녁 먹고 나서 전화 이야기를 꺼내 봐야지.'

따뜻한 바위 위에 누워 산들바람에 살갗을 말리자 엄청나게 기분이 좋아졌다. 어딘가 멀지 않은 곳에서 북소리가 들려왔다. 둥둥 울리는 소리로 보아 금속 북이 내는 소리가 아니라 자연 재료로 만든 북소리였다. 통나무를 파내고 거기에 동물 가죽을 팽팽하게 씌워 만든 북 같았다.

텐다이가 그 북의 생김새를 어떻게 알았을까? 당연히 멜로워에게 들은 적이 있기 때문이었다.

밤이면 밤마다 멜로워는 먼 옛날의 이야기를 해 주었다. 집을 짓는 법과 무기를 연마하는 법은 물론 무기를 길들이려면 며칠 동안 솥을 뜨거운 석탄에 올려 두어야 한다는 것도 말해 주었다. 하지만 그건 끝없이 엮어지는 방랑 이야기의 시작일 뿐이었다. 이야기는 찬양 시일 때도 있고 역사일 때도 있었지만 대부분은 순수한 판타지였다. 판타지라고 해도 꼭 진짜로 일어났던 일처럼 이야기가 전개되어서 아이들은 모두 실화라고 믿었다. 그리고 멜로워도 그렇게 믿는 것 같았다. 아이들은 멜로워의 눈을 보고 알 수 있었다. 이야기꾼이 듣는 사람만큼이나 이야기에 푹 빠져 있을 때 최고의 이야기가 나오는 법이니까.

놀라운 일은 멜로워는 백인이라는 점이었다. 영국 부족 출신이었다. 멜로워의 선조는 완전히 다른 방식으로 살았는데 텐다이의 선조에 대해 어떻게 그렇게 이해가 쏙쏙 되도록 이야기해 줄 수 있었을까?

텐다이는 한참 동안 우물을 기어올라간 데다가 죽은 자의 땅을 가로질러 날다시피 달린 탓에 다리가 욱신거렸지만 그 아픔마저도 기분 좋게 여겨졌다.

'대답은 간단해. 멜로워에게는 쇼나 부족 샤베가 들어가 있었어. 쇼나 부족 혼령이 멜로워를 선택한 건 우리에게 굉장한 행운이 아닐까? 나도 어느 혼령이 선택해 준다면 좋을 텐데……'

하지만 텐다이는 지금 너무나도 만족스러워서 그런 걱정을 붙들고 있을 수가 없었다. 텐다이는 두 손을 은도로에 얹은 채 꿈도 꾸지 않고 단잠에 빠져들었다.

제15장

　　날이 어두워지자 탐정들은 죽은 자의 땅으로
데려다 줄 택시를 잡느라 애를 먹었다. 결국 다 찌그러진 낡은 택시를 잡
아타게 되었다. 그것도 택시 요금의 네 배를 주기로 하고 겨우 잡았다. 날
강도나 다름없었다.

　　"우리가 나올 때까지 기다려 주면 여덟 배를 드리다."

　　긴 팔이 말했다. 그러자 운전시기 대답했다.

　　"말도 안 되는 소리 마슈. 죽으면 돈도 다 소용없수다."

　　탐정들은 도시 위를 날아가는 동안 니어바너 총을 확인했다.

　　"이 총은 효과가 얼마나 가는 거야?"

　　밝은 귀가 물었다.

　　"15분. 그 뒤엔 누가 총을 맞았든 다 깨어나 버려. 그리고 총알이 몇 발

없다는 거 잊으면 안 돼."

긴 팔이 보안 훈련을 떠올려 보며 총을 겨누었다.

멀리 보는 눈은 딱딱하게 굳은 자세로 두 사람 사이에 앉아 있었다. 바깥 풍경에는 눈길도 주지 않았다. 밝은 귀가 멀리 보는 눈을 끌어들이려 했다. 멀리 보는 눈이 다급하게 말했다.

"야, 이러면 나 멀미난다고. 그러면 너도 후회할 걸?"

택시는 도시에 즐비한 50층짜리 아파트 위를 날아갔다. 몇몇 지붕 위에서 사람들이 파티를 하고 있었다. 밝은 귀의 귀에 음악소리가 들렸다. 긴 팔은 죽은 자의 땅에 가지 않고 저기서 파티나 하면 좋겠다고 생각했다.

불빛들이 점점 드문드문해지더니 곧 칠흑같이 어두운 땅이 보였다.

"저기가 바이노나로군."

긴 팔이 황무지의 가장자리를 가리켰다. 택시 운전사는 즉시 착륙한 뒤 문을 열었다.

"아니, 이 양반이. 죽은 자의 땅 안까지 데려다 준댔잖소. 여기까지 올 거면 버스를 탔지!"

멀리 보는 눈이 소리쳤다.

"내리든 말든 맘대로 하슈."

"좀 기다리기라도 해 주시오."

긴 팔이 돈을 세며 말했다.

"시간 낭비하기 싫수. 냑들은 나오시도 않을 테니까."

운전사는 돈에 손전등을 비추어 위조지폐인지 아닌지 확인했다. 그리고 이륙했다. 탐정들은 희미하게 꼬리를 남기고 멀리 사라져 가는 택시를 쳐다보았다.

"바이노나는 이 시간에 나다니는 사람이 없군."

멀리 보는 눈이 말했다. 집들은 문이 굳게 닫힌 채 잠겨 있었다. 잔디밭도 비어 있었고, 심지어 개집까지 자물쇠로 잠겨 있었다.

"아침까지 기다려야 할 것 같은데?"

밝은 귀가 말했다.

"조만간 마치카 장군이 알아낼 거야. 우리가 뭘 알고 있고 여기 뭐하러 왔는지를 말야. 그러면 아이들 목숨이 위태로워져. 장군은 뭐든 조용히 처리하는 게 불가능하니까. 아무래도…… 우리 손에 달린 것 같아."

긴 팔이 한숨을 쉬었다.

탐정들은 조심스럽게 황무지로 걸어갔다. 시멘트 바닥이 끝나고 푹신한 흙, 돌, 키 작은 덤불, 도랑, 언덕이 나왔다. 바이노나의 아늑한 불빛들은 물러나고, 죽은 자의 땅에는 어스름한 어둠이 주위를 둘러쌌다.

"왜 그런지 모르겠지만 여긴 뭔가로 꽉 차 있는 느낌이 들어."

긴 팔이 말했다. 그러자 멀리 보는 눈이 울상을 지으며 말했다.

"하지 마. 지금도 긴장돼서 미치겠단 말야."

"경험해 보지 못했던 느낌이야. 카우즈 구츠처럼 사방에 흩날리는 수천의 생각들이 아니라 한 가지 마음이야. 개미집에서 느꼈던 기분과 가장 가깝다고나 할까. 여왕개미가 중심에 있고 일개미들은 모두 여왕개미의 생각을 따르고 지지해 주는 개미 소굴 말이야."

"너, 날 극도의 신경과민으로 몰아가고 있어."

밝은 귀가 울상을 지으며 말했다.

"너희가 재미있어 할 줄 알았는데? 그런데 이곳은 우리를 전혀 반기지 않는 느낌인데. 3미터 진흙 속에 우리를 파묻고 싶어 할 거야."

"그만 좀 해."

멀리 보는 눈이 말했다.

탐정들은 언덕에 앉아서 기다렸다. 밝은 귀가 귀를 펼치자 산들바람이 불어 왔다. 밝은 귀의 귀가 펄럭였다. 멀리 보는 눈은 눈꺼풀을 한껏 들어 올려 언덕과 구멍들을 훑어보았다. 긴 팔은 손가락으로 땅을 눌러 진동을 느꼈다. 세 탐정은 한참 동안 이렇게 앉아 있었다.

"여기에는 사람들이 있어. 코 고는 소리가 들려."

밝은 귀가 말했다. 멀리 보는 눈도 한마디 했다.

"작은 모닥불이 보여. 어떤 노인네가 흔들의자에 앉아 있어."

"그때 그 할머니로군. 다른 사람은?"

긴 팔이 중얼거렸다.

"길에 덤불이 너무 많아."

멀리 보는 눈이 머리를 이쪽저쪽으로 움직였다. 긴 팔은 멀리 보는 눈이 그런 행동을 할 때마다 주변을 두리번거리며 망을 보는 코브라가 늘 떠올랐다. 긴 팔은 긴 손가락을 흙 위에 펼치며 말했다.

"여러 사람 목소리가 느껴지는데 무슨 말인지는 모르겠어. 더 가까이 가야겠어."

탐정들은 자리에서 일어나 언덕 아래로 내려갔다. 멀리 보는 눈이 맨 앞에서 머리를 좌우로 돌리며 망을 보았고, 그다음에 밝은 귀가 레이더 안테나처럼 귀를 펼치고 걸어갔으며, 맨 뒤에 긴 팔이 따라갔다. 올빼미들이 부엉부엉 울다가 횃대에서 날아 내렸다. 검은 땅 위로 희미한 날개를 펼치자 쥐들이 허둥지둥 구멍으로 들어갔다. 탐정들의 발 아래에서 나방들이 펄럭거렸고 진드기 몇 마리가 먹이를 찾으러 덤불에서 뛰어내렸다.

탐정들이 사이렌과 불빛으로 요란한 마치카 장군의 경찰차만큼이나 눈에 잘 띌 것 같아도 정상적인 사람들 사이였다면 어둠 속을 지나가는 그림자처럼 지나갔을 것이다. 탐정들은 장작불 가까이에 와서 멈추어 섰다. 그리고 불가에 앉아 있는 네 사람을 바라보았다.

"그 녀석들을 잡아야 해. 젠장! 트래시맨, 이 녀석도 잡히기만 해 봐."

암코끼리는 손가락으로 목을 자르는 시늉을 했다.

"트래시맨 잘못이 아니에요. 트래시맨은 분명 쿠다와 축구하는 줄 알았을 걸요."

피스트가 말했다. 암코끼리가 못마땅하게 쳐다보았다.

"관대하기도 하군. 그만하면 죽을 때까지 감옥에서 살 자격이 있어."

"감옥. 조오오오치. 딱 너희가 가야 할 곳이야. 죄인들! 범죄자들! 모조리 지옥으로 떨어질 거야."

할머니가 혀를 찼다.

"그만 좀 해."

암코끼리가 지친 듯 말했다.

"바이노나 행 마지막 버스가 언제지요?"

나이프가 물었다.

"20분쯤 있으면 와. 그 저녁 교대 운전사가 다시 지나가는 시간이지. 그놈 눈이 튀어나올 때까지 비틀어 버리겠어. 가만! 저게 뭐야."

긴 팔은 좀 더 편안하게 자세를 바꾸면서 거리낌 없이 발을 뻗었다. 어떤 사람이 긴 팔의 발목을 꽉 깨물었다. 긴 팔이 비명을 질렀다. 멀리 보는 눈이 니어바너 총을 쏘았다.

"침입자다! 잡아!"

암코끼리가 으르렁거렸다. 사방에서 쓰레기 더미들이 살아났다. 밝은 귀와 멀리 보는 눈은 사방으로 총을 쏘며 긴 팔을 끌어당겼다.

악몽 같은 여행이었다. 긴 팔은 절룩거리며 아픔을 잊으려고 안간힘을 썼다. 탐정들은 덤불에 걸려 넘어지고 구멍으로 미끄러지면서 바이노나의 불빛까지 비틀거리며 달려갔다. 때로는 발밑에서 뭔가 물컹한 것이 '아악' 소리를 내며 탐정들을 물어뜯으려고 하기도 했다. 멀리 보는 눈은 목마름 맥주 집을 떠올리며 나이프가 뭘 던지기 전에 얼른 총을 쏘았다. 피스트는 밝은 귀가 쏜 총을 맞고 쓰러졌지만 암코끼리는 몇 번을 쏘고 또 쏘아도 끄떡도 하지 않았다.

"저 여자는 강철로 만들어졌나 봐!"

멀리 보는 눈이 숨을 몰아쉬며 말했다.

암코끼리는 화가 머리끝까지 뻗쳐서 탐정들을 쫓아왔다. 암코끼리의 검은 드레스와 피부가 밤의 어둠 속에 완벽히 녹아들어 모습이 전혀 보이지 않았다. 쫓아오는 발소리만 묵직하게 들려왔다. 마침내 총 열 방을 정면으로 맞고서야 암코끼리는 신음 소리를 내며 쓰러졌다.

"암코끼리는 회복도 빠를 거야."

밝은 귀가 헐떡이며 말했다. 그러는 사이 사람들이 땅굴에서 쏟아져 나와 탐정들에게 달라붙으려고 했다. 탐정들만큼 빨리 움직일 수는 없었지만, 수가 훨씬 많았고 깊은 굴에서 계속 나오고 있었다.

"허둥대면 안 돼, 친구!"

긴 팔이 소리쳤다. 긴 팔은 계속 정신 차려야 한다고 자신의 마음을 추슬렀다. 아까 죽은 자의 땅 주민들이 잠들어 있을 때보다 훨씬 더 강한 적대감이 밀려왔다. 그 느낌은 불꽃처럼 긴 팔의 정신을 태웠다. 죽은 자의 땅 주민들이 정상적인 도시 이웃에게 받은 모진 수모와 굴욕들이 하나가 되어 뜨거운 용암처럼 부글부글 끓어올랐다. 그것은 증오심이었다. 발목의 상처보다 더 고통스럽게 긴 팔을 압도해 오고 있었다.

밝은 귀와 멀리 보는 눈이 바이노나를 둘러싼 시멘트 길을 몇 미터 앞두고 긴 팔을 잡아끌고 갔다. 그리고 긴 팔을 일으켜 멀지 않은 버스 정류장까지 달려갔다.

"도와주세요! 도와주세요! 경찰을 불러 주세요!"

멀리 보는 눈이 외쳤다. 하지만 집들은 아무도 없는 달의 분화구처럼 조용했다.

"전화라도 있어야 말이지!"

밝은 귀가 소리쳤다. 긴 팔의 다리에서 피가 엄청나게 흘러나왔다. 밝은 귀와 멀리 보는 눈은 긴 팔을 잔디밭에 내려놓았다. 밝은 귀가 옷을 찢어 팔의 발목에 감아 응급조치를 했다.

"난 총알 다 떨어졌어."

멀리 보는 눈이 작은 목소리로 말했다.

"내 총도 마찬가지야. 긴 팔의 총을 써야겠어."

밝은 귀가 긴 팔의 니어바너 총을 빼 갔다. 긴 팔은 말할 힘도 없었다. 그래서 밝은 귀와 멀리 보는 눈이 방호벽으로 쓰려고 버스 정류장 의자를 끌고 오는 걸 하릴없이 쳐다보았다. 쓰레기통이 휘파람 소리를 내며 지나가더니 천둥처럼 큰 소리를 내며 벽에 부딪혔다. 죽은 자의 땅 주민들이 바이노나 가장자리에 몰려 서 있었다. 몇 사람이 어둠에 용기를 내어 시멘트 보도로 흘러들었다. 그리고 거리에 얼룩덜룩한 그림자를 만들었다. 더 많은 사람들이 경계선을 넘어 앞사람을 밀치며 뒤따라 왔다.

밝은 귀와 멀리 보는 눈은 서로 등진 채 유일하게 무기를 가진 긴 팔을 둘러싸고 섰다. 그리 멀지 않은 길에 시멘트 덩이가 쿵 하고 떨어졌다.

"조심해! 길을 잡아 뜯고 있어!"

멀리 보는 눈이 외쳤다. 시멘트 길 밑으로 파고 들어온 사람들이 땅을 뚫고 올라왔다. 시멘트가 산산조각이 났다. 그들은 덩어리를 부서뜨려 탐정들에게 던졌다. 죽은 자의 땅에서 으르렁거리는 소리가 메아리쳤다.

"암코끼리다."

밝은 귀가 말했다. 멀리 보는 눈이 밝은 귀의 어깨를 꽉 쥐었다.

"잘 가게, 친구. 나중에 기회가 없을지도 모르니까 지금 말할게. 네가 설거지 당번 때 안 하고 버틴 거 다 용서해 줄게."

"난 네가 쓰레기 내다놓지 않는 거 용서해 줄…… 저게 뭐지!"

밝은 귀가 고개를 들고 하늘을 쳐다보았다.

"버스다!"

버스가 브레이크를 밟고 정류장에 착륙했다. 밝은 귀와 멀리 보는 눈은 당장 문을 열어젖히고 긴 팔을 안으로 끌고 갔다.

"쏘지 말아요! 난 돈은 안 가지고 다녀요!"

운전사가 소리쳤다. 멀리 보는 눈은 문을 쾅 닫으며 외쳤다.

"우리는 탐정이에요! 좋은 일을 하고 싶으면 당장 출발해요!"

운전사는 즉시 이륙했다. 암코끼리가 막 죽은 자의 땅을 달려 나왔다. 암코끼리는 떠나는 버스에 대고 주먹질을 했다.

"우린 도둑이 아니에요. 자, 경찰이 준 신분증명서가 있어요."

멀리 보는 눈이 신분증을 내밀었다. 밝은 귀는 긴 팔을 안정시키려는 중이었다. 죽은 자의 땅으로부터 멀어지자 긴 팔의 정신이 좀 맑아졌다.

운전사는 흥미롭게 신분증을 훑어보았다.

"책에서 탐정 이야기를 읽은 적이 있어요. 아직도 탐정이 있는 줄은 몰랐어요. 저기요, 저는 이제 집에 갈 시간인데, 파리리니아트와 병원에 내려 드려도 될까요?"

"네, 그래 주세요! 그리고 혹시, 오늘 길 잃은 아이들을 본 적 있어요?"

밝은 귀가 물었다.

"오늘 다른 운전사와 노선을 바꿨어요. 아이들 이야기는 없었지만 암코끼리가 자기를 쫓고 있다는 말은 했어요. 난 옛날 여자 친구를 말하는 줄 알았어요."

"아까 버스가 이륙할 때 주먹을 휘두르던 여자예요."

"저런 세상에! 하긴 사람마다 취향이 다르니까요."

버스가 파리리니아트와 병원에 서자 응급 대원들이 달려 나와 긴 팔을 살펴보았다.

"또 당신들이군요!"

어떤 사람이 소리쳤다. 밝은 귀와 멀리 보는 눈이 그 남자를 알아봤다. 전에 치료를 해 준 응급 대원이었다.

"잔소리같이 들리겠지만, 집에서 홀로비전이나 보고 쉬면 안 돼요?"

응급 내원이 긴 팔을 부축하여 들것에 눕히고 응급실로 밀고 갔다. 밝은 귀와 멀리 보는 눈은 날아가는 버스를 향해 손을 흔들었다.

제16장

치포는 어두워지자 텐다이를 데리러 왔다. 저녁 먹을 시간이 된 것이다.

"아주 기분 좋게 자더라. 그래서 자게 내버려 뒀어."

치포가 말했다. 텐다이는 일어나서 뒤뚱거리며 숲길을 걸어가는 치포를 따라갔다. 임신하기에는 치포가 매우 어려 보인다 싶었지만 텐다이는 원래 여자들 나이를 잘 가늠하지 못했다. 두 사람은 마을로 왔다. 마을에는 모닥불이 여러 개 피어오르고 있었다.

리타는 나무껍실 사동(말레이 반노 사람들이 허리에 감는 천—옮긴이)을 입고 좋아서 웃음을 참지 못하고 싱글벙글거리고 있었다.

"멋지지 않아? 우리는 자유야! 몸도 깨끗하고."

"하지만 일을 해야 해."

미안다가 라포코(rapoko, '수수'의 쇼나 어—옮긴이) 솥 옆의 풀 돗자리에 무릎을 꿇고 앉은 채 말했다 .

"미안다가 쿠다를 씻겨 줄 때 쿠다가 얼마나 소리를 질렀는지 오빠가 들었어야 해."

리타가 말했다. 쿠다는 또래 아이 여럿과 앉아 있었다. 그리고 골이 난 표정으로 미안다를 쏘아보았다.

"쿠다는 이제 독수리에게 흥미를 잃었을 거야."

미안다가 열심히 라포코를 저으며 말했다. 그러다가 깜짝 놀라서 물었다.

"앗! 네 목에 있는 게 뭐지?"

미안다는 거의 나무 국자를 떨어뜨릴 뻔했다.

텐다이는 손으로 가슴팍을 더듬었다.

"광산에서 발견한 은도로예요."

치포와 여자 몇 명이 텐다이 곁으로 모여들었다. 텐다이는 자신을 쳐다보는 그 눈빛들이 어쩐지 불편했다.

"오래된 건데?"

"진짜 조개껍질이야. 우리 영매가 걸고 있는 도자기 재질과는 달라."

여자들이 말했다. 어떤 여자는 수줍게 손을 내밀었다가 그냥 다시 손을 접었다.

"이 아이가 여기서 지낼 건가요?"

여자 하나가 미안다에게 물었다.

"모르겠어. 남자아이들과 같이 저녁을 주려고 했는데 아무래도 어른들 옆에 앉히는 게 낫겠어. 전용 그릇에 줄 거야."

텐다이는 조금 모욕감을 느꼈다. 텐다이가 마녀 종족인지도 모르기 때문에 공동 그릇에 담긴 음식을 함께 먹지 못하게 하는 것이있다. 현대인이라면 마녀 종족 따위는 믿지 않을 것이다. 하지만 레스트헤이븐 사람들이라면 마녀 종족을 믿을 것이다. 텐다이는 자신의 배경을 전혀 모르는 탓이리라 여기며 이해하기로 했다.

텐다이는 다레, 즉 남자 어른들의 모임 장소로 이끌려 갔다. 다레는 담장을 얼기설기 대충 엮어 지은 움막이었다. 미안다는 인사를 하고 물러났다. 텐다이는 근엄한 표정으로 앉아 있는 마을 사람들을 둘러보았다. 모두 낮은 의자에 앉아 있었고 텐다이보다 나이가 많았다. 어떤 사람들은 노인이었다. 어른들은 인사를 기다리고 있었다. 문득 텐다이는 자신이 그 사람들의 머리 위쪽에 서 있다는 것을 느꼈다. 300년 전에는 어른들에게 뭐라고 인사했을까? 그때는 예절 규칙이 엄격하고 완고했다. 거기까지만 기억이 났다.

계속 침묵이 이어졌다. 저녁 날씨는 선선했지만 텐다이는 땀이 나기 시작했다. 은도로를 만지며 멜로워가 자기 대신 서 있는 모습을 상상해 보았다. 낯선 사람이 마을에 들어오는 엄격한 관습을 멜로워는 아주 여러 번 이야기해 주었다. 텐다이는 심호흡을 한 뒤 남자답게 손뼉을 치고 앞으로 몸을 숙였다. 남자답게 손뼉을 쳤다는 것은 손바닥을 평평하게 펴서 수직으로 뻗었다는 뜻이다. 손바닥이 오목하게 되거나 여자들이 하듯 손을 수평으로 두지 않았다는 뜻이었다. 텐다이가 왔다는 걸 알려 주는 뜻으로 부드럽게 쳤다.

"실례하겠습니다. 제가 손뼉을 쳐도 되는지요?"

아무도 반대하지 않았다. 그래서 텐다이는 다시 손뼉을 쳤다. 크게, 네댓 번. 그리고 어른들 한 명 한 명씩 공손하게 인사했다. 그들의 숭배 신을 몰랐기 때문에 완벽하게 인사할 수는 없었다. 어른들은 텐다이의 인사를 받아들인다는 뜻인지 차례로 텐다이에게 말을 걸어 주었다. 답례로 손뼉도 쳐 주었다. 그리고 텐다이가 의자에 앉으려고 하자 바닥을 가리키며 땅바닥에 앉아야 한다고 바로잡아 주었다.

텐다이는 손을 발목에 놓고 무릎을 구부리고 앉았다. 거의 가부좌나 다름없는 자세였다. 텐다이가 기억하기로 이것은 겸손의 자세였다. 그게 장인과 사위의 모습인지, 주인을 대하는 노예의 모습인지, 부족장을 대할 때 모습인지 기억나지 않았다. 이번에도 텐다이를 지적하는 사람은 없었지만 웃는 사람도 없었다. 텐다이는 다시 땀을 흘렸다.

이제 무얼 해야 할지 몰랐다. 그래서 발목을 내려다보며 기다렸다.

"이 낯선 사람을 어떻게 맞이할지 안다면 좋을 텐데. 이 사람이 속한 종족을 안다면 공손함의 표시가 될 거야."

어떤 노인이 단호한 표정으로 말했다.

그제야 텐다이는 이해가 되었다. 그들이 알고 싶은 것은 텐다이의 숭배 신이었던 것이다. 아버지 쪽 숭배 신인 무투포, 어머니 쪽 숭배 신인 치다오 말이다. 현대 하라레에서는 거의 없어진 관습이었다. 그것은 악수를 하는 영국 부족 관습과 약간 비슷했다. 악수의 원래 목적은 상대방이 무기를 가졌는지 아닌지 알아보는 것이었다. 숭배 신을 알려는 목적 역시 가능하다면 서로 인간관계를 맺으려는 데에 있었다.

텐다이는 공손하게 아버지의 무투포인 사자와 어머니의 치다오인 심장을 알려 주었다.

"우리의 무투포도 사자란다."

노인이 조금 더 친근하게 말했다. 옆에 있던 다른 남자도 한마디 했다.

"내 세 번째 부인도 심장을 숭배하는 부족이지."

'세 번째 부인?' 하고 텐다이는 생각했다.

사람들은 어른들의 대화로 돌아갔다. 그러다가 마침내 텐다이에게 자신들의 이름을 알려 주었다. 노인의 이름은 가리카이였고 나머지 사람들은 대부분 가리카이의 남동생들이었다. 그들은 자신의 숭배 신에 대해 그다지 많이 드러내지 않았다. 그런 정보는 마녀 종족에게 악용될 수 있기 때문이었다. 지루하고 느릿느릿하게 물레를 잣듯 대화가 이어졌다.

소에 대한 이야기가 대부분이었다. 텐다이는 어른들이 이야기를 풀어 놓기까지는 그런 따분한 동물에 대해 할 이야기가 그렇게 많은 줄 몰랐다. 그리고 모든 생물들이 각각 특별한 존재라는 것을 배웠다. 나쁜 습관도 있고, 어리석은 바람들도 있고, 사람이 가졌을 법한 약점들도 틀림없이 있었다. 텐다이는 소의 특성에 대해서는 직접 보고 들은 바가 없었던 탓에 그만 꾸벅꾸벅 졸기 시작했다.

물이 도착했을 때 텐다이는 화들짝 놀라며 잠에서 깼다. 여자들이 솥을 들고 와서 남자들 앞에 놓고 있었다. 리타도 들어왔는데 울었는지 눈시울이 젖어 있었다. 리타는 텐다이 앞에 솥을 쿵 내려놓았다. 그 모습을 보고 어른들이 눈썹을 추켜올렸다. 여자들이 저녁을 가지러 나가자 모두 손을 씻었다.

부인들이 각각 공동 그릇을 들고 들어왔다. 그러고는 무릎을 꿇고 남편에게 그릇을 내밀었다. 부인들은 즉시 방을 나갔다. 텐다이가 보니 미안나와 치포 두 사람 모두 가리카이에게 그릇을 주고 갔다. 그리고 리타가 들어왔다. 리타는 무릎을 꿇고 사드자와 양념이 든 작은 그릇 두 개를 거의 던지다시피 텐다이의 발에 놓았다.

"고마워."

텐다이가 속삭였다. 다른 어른들은 부인에게 고맙다고 하는 사람이 없었다.

"집에 돌아가서도 이렇게 해 줄 거라고 기대하지 마."

리타가 조그맣게 말했다. 그리고 텐다이가 더 말할 틈도 주지 않고 나가 버렸다.

어른들은 엄숙하게 손뼉을 치고 "파무소로."라고 말했다. 식사 준비가 되었을 때 예의를 갖추는 말로서 '잘 먹겠습니다.'라는 뜻이었다.

어른들은 한 명씩 돌아가며 질서 정연하게 공동 그릇에 있는 음식을 먹었다. 텐다이만 빠졌다. 텐다이는 계속 따로 먹게 되길 바랐다. 모두가 한마디도 하지 않고 먹는 일에 진지하게 몰두했다. 텐다이가 보니 큰 그릇들에는 사드자가 담겨 있었지만 양념들은 똑같지 않았다. 대부분은 리타가 텐다이에게 가져다준 것처럼 토마토, 양파, 고추를 섞은 양념이었지만 노르스름하게 구운 흰개미들, 말린 작은 물고기들, 튀긴 생쥐들도 한그릇씩 있었다. 텐다이는 공동 그릇의 음식을 먹지 않아도 된다는 게 행복할 뿐이었다.

어른들도 튀긴 생쥐를 좋아하지는 않는 듯했다. 반쯤은 그릇에 남아 있었다.

식사가 끝나자 모두가 다시 손을 씻었다. 아이들이 우르르 몰려들어 와서 그릇을 가지고 나갔다. 잠시 뒤, 아이들이 다시 들어와 어른들에게 인사를 하고 땅바닥에 앉았다. 나이 든 여자 몇 사람도 이야기를 들으러 다레로 들어왔다. 치포는 소년들 틈에 끼여 앉았다. 가리카이가 치포에게 의자를 가져다주라고 말했다. 가리카이가 치포의 임신을 아주 자랑스러

위한다는 사실을 알 수 있었다.

사람들은 이야기에 대한 기대감에 들떠 웅성거렸다. 몇몇 남자는 이글 거리는 석탄을 사용하여 사기 담뱃대에 불을 붙였다. 그리고 지독한 연기 를 내뿜었다. 가리카이는 목청을 가다듬었다.

"가족 전체를 먹여 살리는 작은 항아리는 무엇일까?"

가리카이는 다섯 살쯤 되어 보이는 아이에게 물었다.

"요리하는 불입니다, 존경하는 할아버지."

그 소년이 대답했다.

"대장도 넘어뜨리는 아기가 누구지?"

가리카이는 텐다이 또래의 청년에게 물었다.

"잠입니다, 세쿠루('외삼촌'이라는 뜻―옮긴이)."

그 청년이 대답했다.

모닥불에 앞에 둘러앉아 모든 아이들이 돌아가며 다 대답할 때까지 수 수께끼가 오갔다. 모두 옛날 수수께끼였고 텐다이도 거의 다 들어 본 것 이었다. 텐다이의 차례가 되었다. 가리카이가 물었다.

"우리 어머니의 집에는 문이 없어. 나는 무엇일까?"

"달걀입니다."

텐다이가 재빨리 대답했다. 어른들이 고개를 끄덕였다. 텐다이는 자신 이 테스트에 통과했다는 것을 알았다.

다음은 아이들마다 돌아가며 속담을 외우게 했다. 옛날 속담들은 시골 에서 살아가는 삶의 지혜가 담겨 있었기에 현대의 하라레에서는 전혀 의 미가 없었다. 텐다이는 속담들을 떠올려 보려고 안간힘을 썼다. 소년들이 속담을 외우기 시작했다.

181

"걸어가다가 뒤통수를 만지면 가족이 한 사람 죽는다."

"요리 솥을 들여다보는 소년은 자라서 아내를 때린다."

"오솔길에 쭈그리고 앉으면 등에 부스럼이 난다."

텐다이는 이런 속담을 통해 사물의 이치를 깨달았다. 아이들이 공공 산책길을 화장실로 사용하지 않도록 어른들이 만든 기발한 방법이었다.

"먹으면서 노래를 부르면 볼거리에 걸린다."

조용히 하라는 어머니의 말을 안 듣고 노래를 많이 불렀음직한 한 아이가 말했다 .

"누워서 먹으면 배꼽이 두 개가 된다."

텐다이는 '정말 이상한 속담이네.'라고 생각했다. 드디어 텐다이의 차례가 되었다.

"길을 가다가 검은 고양이를 보면 운수가 사납다."

텐다이는 운에 맡겨 보았다.

"그런 속담은 들어 본 적이 없어."

어떤 남자가 말했다. 다른 남자가 물었다.

"검은 고양이는 한 번도 본 적이 없어. 그거 쇼나 속담 맞니?"

가리카이는 다음 소년을 가리켰고 텐다이는 자신이 테스트에 통과하지 못했다는 걸 알았다. 그게 무슨 테스트였든지 말이다.

텐다이는 '무슨 상관이람? 나는 내일 집에 갈 거잖아.'라고 생각했다. 하지만 어쩐지 그 사람들을 기쁘게 해 주고 싶었다.

가리카이는 찬트를 시작했고 찬트는 곧 이야기로 바뀌었다. 모두가 아는 내용이 분명했다. 하지만 사람들은 즐겁게 추임새를 넣었다. 멜로워가 '피터 래빗'을 스무 번이나 읊어도 쿠다가 추임새를 넣는 것과 똑같았다.

가리카이 : 옛날에 한 남자가 있었지.

다 함께 : 그래서요?

가리카이 : 그 남자는 왕이었지.

다 함께 : 그래서요?

가리카이 : 왕에게는 딸이 있었지.

다 함께 : 그래서요?

가리카이 : 태양처럼 아름다웠지.

다 함께 : 그래서요?

이야기는 반은 음악처럼, 반은 시처럼 계속되었다. 가리카이의 이야기는 이랬다. 왕이 딸을 나무 위의 커다란 벌집 위에 가두었다. 공주와 결혼하고 싶은 사람은 벌집으로 기어올라 가야 했다. 모든 젊은이들이 독한 벌침에 찔려 땅으로 떨어졌다. 이때 모두의 대답이 바뀌었다.

"으악! 벌침이다! 엄마야!"

이야기를 들려주는 참으로 즐거운 방법이었다. 모두가 참여하여 함께 모험을 펼쳐 가도록 이끌었다. 텐다이는 손뼉도 치고 다른 사람들과 몸을 들썩이며 대답에 참여하면서 불가사의한 소속감을 느꼈다. 이 사람들은 다 텐다이의 친구였고 텐다이는 그 사람들의 일부분이었다. 수많은 팔들이 텐다이를 잡고 있는 것 같았다.

가리카이는 이야기를 이어 갔다. 어느 날 몹쓸 피부병을 앓고 있는 남자가 도착했다. 그 남자는 온몸이 상처 딱지로 덮여 있었다. 다른 사람들은 그 남자의 역겨운 모습을 비웃었다. 못생긴 그 남자가 나무에 올라갔다. 벌들이 침을 쏘았지만 딱지를 뚫지 못했다.

가리카이 : 그 남자의 피부는 바위 같았어.

다 함께 : 우아! 바위!

가리카이 : 벌들이 그 남자를 쏘았지.

다 함께 : 그래서요?

가리카이 : 벌들은 침이 부러졌지.

다 함께 : 그래서요?

가리카이 : 땅바닥으로 온통 떨어졌지.

다 함께 : 그래서요?

못생긴 남자는 벌집 위로 올라가서 공주를 구해 왔다. 왕은 아름다운 딸과 그 남자를 결혼시켰다. 다른 구혼자들은 망신만 당하고 집으로 돌아갔다.

"그때 이야기꾼 사룬가노가 죽었단다."

가리카이가 말했다. 보통 이야기를 그렇게 끝냈다. 멜로워도 이야기를 이렇게 끝낸 적이 더 많았다.

"그리고 그 사람들은 영원히 행복하게 살았단다."

모두가 만족스럽게 숨을 내쉬었다. 텐다이는 공주가 딱지로 뒤덮인 남자와 결혼하게 되어 불행했겠다고 생각했다. 멜로워였다면 그 남자의 피부병을 치료해 주었을 것이다.

머리가 희끗희끗하고 수염이 난 노인이 비비에 대한 우화를 들려주기 시작했다. 비비는 배고픈 것이 지긋지긋했다. 그래서 토끼에게 찾아가 아무 음식도 나오지 않도록 자신의 궁둥이를 꿰매어 달라고 부탁했다. 그런데 나중에는 꿰맨 실을 빼낼 수가 없었다. 불쌍한 비비는 퉁퉁 부어올라

앞발을 옆구리에 붙일 수 없게 되었다. 마침내 그 실밥이 터져 버렸다고 했을 때 듣는 사람 모두가 와자하게 웃었다. 텐다이는 무안했다. 물론 텐다이도 그런 이야기를 들은 적이 있었다. 하지만 위엄 있는 노인에게 들은 것은 아니었다. 텐다이는 리타가 없어서 다행이라고 생각했다.

"멀리서 온 손님이 그쪽 사람들 이야기를 해 준다면 우린 영광일 거야."

가리카이의 말에 텐다이는 정신이 번쩍 들었다. 마치 커다란 스포트라이트가 갑자기 켜진 것 같았다. 모두가 조용히 텐다이 쪽으로 몸을 돌렸다. 불꽃이 살랑거리는 소리와 멀리서 달각달각 설거지하는 소리까지 들렸다. 텐다이는 후들거리며 일어섰다. 입을 열었지만 아무 소리도 나오지 않았다.

텐다이는 은도로에 손을 댔다. 자신이 납치당한 이야기보다 더 좋은 이야깃거리가 또 있을까? 텐다이는 멜로워가 찬양 시를 시작하기 전에 늘 하던 행동을 떠올리며 숨을 한껏 들이쉬었다.

"저는 먼 나라에서 왔어요."

텐다이가 시작했다.

"그래서요?"

몇몇 사람들이 말했다.

"우리 아버지는 대장이에요."

텐다이는 '맞아, 아버지는 대장이지, 치안 대장.'이라고 생각했다.

"그래서요?"

"남동생과 여동생 그리고 저는 여행을 갔어요."

"그래서요?"

사람들이 모두 둘러앉아 대꾸해 주었다. 텐다이는 서서히 자신들이 노예가 된 사건, 은도로를 찾은 일, 선조들이 보내 준 빛의 통로 이야기 등을 들려주며 어마어마한 사건 속으로 사람들을 이끌었다. 텐다이조차도 자신이 이야기를 굉장히 잘하고 있다고 생각할 정도였다. 듣는 사람들의 반짝이는 눈빛만 보아도 텐다이가 굉장히 주목을 끌고 있음이 분명했다. 밤마다 멜로워가 들려 준 이야기는 지금 텐다이가 필요한 기술을 발휘하는 데 도움을 주었다. 텐다이는 현대 물건들 이야기를 모조리 빼기 위해 이야기를 바꾸었다. 마지막에는 레스트헤이븐까지 타고 온 버스를 마법 솥단지하고 바꾸어 이야기했다.

"그때 이야기꾼 사룬가노가 죽었어요."

텐다이가 이야기를 끝냈다.

"와아아! 정말 재미있는 이야기인 걸!"

한 젊은이가 중얼거렸다.

"멋져! 이야기꾼 샤베가 들어갔나 봐."

다른 사람들도 동의했다.

"하지만 은도로가 왜 이 아이에게 나타났을까! 어떤 선조가 은도로를 소유할 마땅한 사람을 찾을 때까지 오랫동안 그 광산에서 기다렸던 게 틀림없어."

가리카이가 큰 소리로 외쳤고, 모두들 고개를 끄덕였다.

"이 아이는 어른이 되어서 영매가 될지도 몰라."

아까 그 젊은이가 말했다. 모두들 그 생각이 옳다고 생각했다. 텐다이는 좀 거북해지기 시작했다.

"우리 부족 영매를 비난하려는 마음은 결코 아니지만, 솔직히 시에는 좀 약하지."

비비 이야기를 했던 노인이 말했다.

"박자도 좀 못 지키지요. 마녀 찾아내는 데야 선수지만 말예요."

그 젊은이가 소심하게 둘러보며 말했다.

"그 이야기는 그만하지. 난 이 아이가 속담을 모르기에 걱정을 좀 했는데, 선조님이 보내온 아이가 확실한 것 같아. 여기서 지낼 수 있게 허락하겠어."

가리카이가 말했다.

"좋아요! 좋아!"

모두가 소리쳤다. 텐다이는 여기서 지낼 생각이 없냐고 말했지만 왁자지껄한 소리에 묻혀 버렸다. 사람들이 자리에서 일어났다. 응달에서 여자들이 나와 어린아이들을 재우려고 데려갔다. 젊은 남자들은 노인이 일어서는 걸 도와주었다. 웃고 이야기하며 모두 다레에서 나갔다.

"잠깐만요! 무슨 일이죠?"

텐다이가 소리쳤다. 가리카이가 재빨리 뒤돌아보았다.

"넌 여기서 지낼 수 있어. 영매만 승낙하면 돼."

"하지만 저는 싫어요! 저는 홀로폰으로 부모님께 연락해야 해요!"

가리카이는 뒤틀린 지팡이를 짚고 터벅터벅 오솔길로 걸어갔다. 가리카이의 두 아내가 기다리고 있었다. 결국 미안다가 다레 쪽으로 다가와서 텐다이를 소년들의 움막집으로 이끌었다.

"홀로폰이라는 말을 꺼내면 안 돼. 어떤 게 네게 유리한지 안다면 말이야."

미안다가 작은 목소리로 말했다.

"연락해야 해요. 저는 여기서 지낼 수 없어요."

"내 권한 밖의 일이야. 모두들 선조님이 널 보냈다고 생각하고 있어. 그리고 가리카이가 대문을 열어 주지 말라더구나."

"얼마나 오랫동안요?"

텐다이는 발을 디디고 있는 땅바닥이 뒤집어지는 듯한 기분이었다. 미안다가 말했다.

"모르겠니, 이 가엾은 바보야? 일단 영매가 승낙하면 너흰 절대로 돌아갈 수 없어."

제17장

아이들이 없는 마조에의 집은 조용했다. 끔찍하리만치 조용했다. 하지만 마치카 부인이 그 사실을 눈치챈 것은 몇 주만에 처음으로 눈물을 그치고 난 뒤였다.

아이들은 살아 있었다.

아이들이 어디 있는지는 몰라도 트래시맨이라는 사람을 따라가고 있는 건 확실했다. 트래시맨이라는 이름을 듣자 마치카 부인은 불안해서 어찌할 바를 몰랐다. 믿을 수 있는 어른이라면 누가 트래시맨이라는 이름으로 불리겠는가. 하지만 텐다이, 리타, 쿠다는 그 사람을 믿었다. 그러니 분명히 괜찮은 사람일 것이다.

마치카 장군도 트래시맨을 뒤쫓을 수는 없었다. 어떻게 뒤쫓을 수 있겠는가. 아이들과 마주친 사람들 중에 정상적인 이름을 가진 사람이 하나라도 있었는가 말이다. 피스트, 나이프, 할머니. 이 사람들은 가족도 숭배 신도 부족도 없이 떠돌아다니는 사람들이었다. 하긴 나이프와 할머니는 포르투갈 사람 같다고 하긴 했다. 트래시맨은 쇼나 부족일까, 마타벨레 부족일까, 바통카 부족일까? 아무도 알지 못했다. 마치카 부인은 안타깝고 속상해서 손을 꽉 움켜쥐었다.

물론 마치카 장군도 버스 운전사를 찾아보았다. 하지만 이미 암코끼리를 피해 숨어 버려서 어디 있는지 아무도 몰랐다. 만약 마치카 부인의 생각이 실행되었다면 암코끼리를 똑바로 겨냥한 커다란 불덩이가 하늘에서 쏟아져 내리는 장면이 펼쳐졌을 것이다. 마치카 부인은 세상에 존재하는 그 어떤 증오심보다 격렬하게 암코끼리가 미웠다. 그 추악한 괴물이 아이들을 훔쳐 가지 않았는가!

가장 끔찍한 것은 마치카 부인이 아이들을 찾아 나설 수조차 없다는 점이었다. 시골이라면 발자국이라도 찾아볼 수 있을 것이다. 언덕에 올라서서 아이들의 이름이라도 부를 수 있을 것이다. 하지만 여기서는 할 수 있는 일이 아무것도 없었다.

마치카 부인보다 더 힘들어 할 유일한 사람은 마치카 장군이었다. 다른 사람들의 눈에는 장군이 구경꾼처럼 보일 것이다. 강인한 치안 대장의 이미지 그대로. 하지만 마치카 부인은 그의 다른 모습도 알고 있었다. 장군은 눈뜨고 못 볼 정도로 걱정에 휩싸여 있었다. 두 사람만 있을 때면 장군은 반복해서 이런 말을 했다.

"전부 내 탓이야. 아이들이 자라는 걸 내가 막았어. 아이들에게 쓸데없는 고대 군사 전략 따위나 가르쳤어. 가게에 가서 쌀을 사는 법조차 모르는 아이로 만들었어!"

그렇지 않다고 마치카 부인이 아무리 위로를 해 주어도 장군은 금세 똑같은 후회를 하고 있었다.

멜로워의 찬양 시가 장군에게 도움이 될지도 몰랐다. 하지만 장군은 멜로워가 옆에서 얼쩡거리기만 해도 몸을 한 토막씩 잘라 동물원에 있는 악어에게 먹이로 주겠다고 위협했다. '그래, 적어도 그때는 예전 모습이 보였지.' 마치카 부인은 쓴웃음을 지으며 생각했다.

멜로워도 문제였다. 자기 방에 꽁꽁 숨어 지내서 피부가 처지기 시작했고 얼굴은 회색빛이 되었다. 마치카 부인은 멜로워가 술을 마셨나 의심하기도 했다. 마치카 장군은 술을 경멸했다. 그래서 집에서는 아무도 술을 마시지 못했다. 종교의식에 필요한 기장 맥주를 마시는 것만 허락할 뿐이었다. 하지만 멜로워는 장군의 눈을 피해 금지된 일을 잘도 하고 다녔다.

마치카 부인은 일어서서 심호흡을 했다. 이대로 마음이 흐트러지도록 내버려 둘 수는 없었다. 멜로워의 방으로 가서 문을 두드렸다. 대답이 없자 마치카 부인은 방으로 들어갔다.

방 안은 상상했던 것보다 훨씬 나빴다! 창문은 닫혀 있었고 커튼은 내려져 있었다. 씨구려 백포도주 냄새가 고약하게 났다. 마치카 부인은 커튼을 홱 열어젖히며 소리쳤다.

"이게 무슨 짓이에요! 부끄럽지도 않아요?"

"물론, 부끄럽죠. 저는 이 세상에서 가장 끔찍하고 치사한 놈이에요. 동물원 악어에게 먹이로 던져져도 마땅해요."

멜로워가 침대에서 웅얼거렸다.

"당신과 남편이 똑같은 생각을 할 때도 있군요."

마치카 부인이 딱 잘라 말했다. 그리고 창문을 활짝 열어 정원의 깨끗한 공기가 들어오게 했다.

"당장 침대에서 내려와요. 맙소사! 어떻게 이런 쓰레기를 마실 수 있지?"

마치카 부인은 백포도주 병을 모아서 창밖으로 던졌다. 병들이 보도에 떨어져 깨지고 박살이 났다.

마치카 부인은 집사 로봇과 하녀 로봇을 불러 멜로워를 차가운 목욕물에 빠뜨리라고 일렀다.

"그다음엔 집 주위를 열 바퀴 돌게 해. 복종하지 않으면 꼬집어 버려."

"저희는 사람을 꼬집지 못하도록 설계되어 있습니다."

집사 로봇이 말했다.

"그럼 로봇 도베르만을 풀어 주고 멜로워가 침입자라고 말해. 난 거실에서 기다리고 있겠어."

마치카 부인은 짖어 대는 도베르만의 기계음을 들으며 홍차를 마셨다. 멜로워는 열 바퀴를 다 뛸 때까지 허둥지둥 창문을 지나갔다. 집사 로봇이 멜로워를 안으로 끌고 와 마치카 부인 앞에 내려놓았다.

"홍차 들겠어요?"

마치카 부인이 물었다. 그리고 홍차에 우유와 설탕을 듬뿍 넣어 연거푸 몇 잔 따라 주었다. 아마도 멜로워가 요 며칠 동안 유일하게 먹은 영양가 있는 음식이었을 것이다.

"이제 자기 연민은 그만둘 때가 되었어요."

"하, 하지만 아이들이 너무 보고 싶어요."

멜로워가 울먹였다.

"나도 마찬가지예요."

마치카 부인이 눈물을 억지로 참으며 말했다.

"이해 못 하실 거예요. 세 하, 하루는 온통 그 아이들 중심이었어요. 함께 잔디밭으로 소풍을 가고, 정원을 가꾸고, 이, 이야기도 해 주었어요. 아이들이 없으면 저는 아무것도 아니에요!"

멜로워는 얼굴을 손으로 감싸고 큰 소리로 울음을 터뜨렸다.

마치카 부인은 신경질과 화가 동시에 치밀어 올랐다.

"운다고 문제가 해결되지는 않아요. 아이들은 살아 있어요. 그리고 우리는 계속 노력해야 해요. 지금 당장은 애들을 뒤쫓는 데 유일하게 성공한 사람들을 도와줘야죠."

"그 탐정들이요?"

멜로워가 코를 훌쩍이며 말했다.

"그래요. 보아하니 탐정 하나가 몹시 다쳤더군요. 출혈이 심하지는 않지만 정신적 고통을 겪는 것 같다는 의료 팀 보고서를 봤어요. 그 사람은 특별한 능력을 가지고 있어요. 눈치챘겠지만 상처 입은 곳이 바로 초능력이 있는 부분이에요."

멜로워는 눈물이 줄줄 흐르는 얼굴을 들고 마치카 부인을 쳐다보았다.

"흥미롭군요. 혹시 그 사람에게 찬양 시가 필요할 거라고 여기시는 건가요?"

"바로 그거예요."

그 순간 멜로워에게 들이닥친 변화는 아주 놀라웠다. 겁먹었던 표정이 얼굴에서 떠나갔고 구부정했던 자세가 펴졌다. 피부도 탄탄해진 듯했다. 멜로워는 의자에서 벌떡 일어나 방을 돌아다녔다.

"제가 맡으면 기쁘겠어요. 얼굴을 씻고 머리를 빗을게요. 깨끗한 옷으로 갈아입겠어요. 어디 보자. 갈색 새 구두를 신어야겠군. 아니, 아니. 너무 딱딱해 보이겠지? 베이지색 샌들을 신어야겠어. 그리고 분홍색 셔츠를 입어야지. 분홍색은 마음을 밝게 해 주니 안성맞춤이지. 아아, 몇 주 만에 첫 찬양이야. 정말 기대가 돼."

멜로워는 마치카 장군이 군대를 검열할 때처럼 성큼성큼 맹렬하게 걸었다. 마치카 부인은 하도 놀라서 찻잔을 탁자에 내려놓는다는 것이 그만 허공에 놓고 말았다.

30분쯤 뒤에 밝은 귀가 탐정 사무소 문을 열자 의기소침한 모습으로 어쩔 줄 모르고 서 있는 키 큰 남자 하나가 있었다. 고개를 까딱하며 살짝 인사를 하자 곱슬곱슬한 금발이 얼굴로 흘러내렸다.

"그 훌륭한 분은 어디 계신가요? 죽은 자의 땅에서 탄생한 영웅 말입니다."

"긴 팔, 널 보러 온 사람이야."

귀가 말했다. 마치카 부인에게 멜로워의 방문 이야기를 미리 전해 들어 알고 있었다.

긴 팔은 소파에 누워 있었다. 평소보다 살이 빠진 탓에 다 닳아빠진 낡은 소파가 거의 눌러지지도 않았다. 팔은 한쪽 눈을 뜨고 멜로워를 훑어 보았다.

"정말 훌륭한 아파트로군요!"

멜로워가 주절대기 시작했다.

"저는 질서와 혼란이 적절히 조화롭게 섞여 있는 것을 좋아한답니다.

저 멋들어진 커튼을 사 온 사람은 누구죠? 장담하건대 당신일 걸요?"

멜로워는 장난삼아 멀리 보는 눈의 어깨에 주먹을 휘둘렀다.

"밖에서 안을 못 들여다보게 해 주죠"

멀리 보는 눈이 주먹을 피하며 말했다.

"당신이 그 영웅이로군요!"

멜로워가 소파 끝에 털썩 앉았다. 긴 팔이 두 눈을 뜨고 완전히 겁먹은 표정으로 쳐다보았다.

"가엾은 병사여! 삶의 전쟁터에서 상처를 입었군요. 용감한 시민 훈장을 받게 되면 좋겠어요."

"뭐 좀 드시겠어요?"

밝은 귀가 싱크대에 가득 쌓인 그릇을 가리려고 그 위에 행주를 던지며 말했다.

"나한테는 숨길 필요 없어요. 참된 창조력은 무질서에서 성장하죠. 혼돈 속에 간단하게 뿌리를 내리고 자라나거든요. 달콤한 백포도주라면 한잔 마실까요?"

멜로워가 말했다. 그래서 밝은 귀는 목마름 씨가 보내 준 술병을 찾으려고 싱크대를 모조리 뒤적거렸다. 그 병은 진짜 코르크가 달린 진품이었다. 목마름 씨가 늘 물에 담갔다가 건져 내던 병들과는 달랐다. 탐정들은 술을 마시지 않지만 긴 팔은 목마름 씨의 용기를 배워야 한다고 말했다. 행동이 좀 그릇되기는 해도 말이다. 멜로워는 백포도주를 입 안에서 굴려 가며 맛을 보더니, 불행한 사고가 포도주 저장실을 덮친 이후로 자신이 먹어 본 포도주 중에 최고라고 선언했다.

긴 팔은 죽은 자의 땅에서 지독한 사건을 겪은 뒤로 좀처럼 자리에서 일어나지를 못했다. 하지만 찬양 몇 분 만에 일어나 앉게 되었다. 밝은 귀와 멀리 보는 눈은 햇빛을 따라가는 꽃들처럼 멜로워 쪽으로 몸을 기울였다. 세 사람은 이런 예술 수준의 최고급 찬양 시를 듣는 게 처음이었다. 찬양 시는 머릿속으로 쏙쏙 들어왔다.

멜로워는 탐정들이 정말이지 친절하고 너무나도 용감하며 엄청나게 똑똑하다고 말해 주었다. 긴 팔은 죽은 자의 땅에 사는 사람들의 혐오감으로 마음이 불타 버렸지만 부풀어 오른 수많은 진드기가 떨어지듯 흉터가 떨어져 나가는 기분이었다. 멜로워는 훌륭한 창작자였고 하라레 시 전체에서 유일무이한 실력자였다. 멜로워는 밝은 귀와 하나가 되고, 멀리 보는 눈과 하나가 되었다. 그리고 함께 사물의 마음을 들여다보았다. 그들은 도시의 진정한 영매였다. 하지만 보통 영매들처럼 저 높은 세상에서 메시지를 받아 평범한 인간들에게 전해 주는 일을 하지는 않았다. 오히려 낮은 곳의 목소리를 듣고 그 목소리가 높은 곳에 울리게 했다.

아, 그건 정말 강렬한 시였다! 죽은 자의 땅에서 처절한 원한을 겪은 긴 팔에게는 너무나 공감되는 시였다. 그 찬양 시가 긴 팔을 치료해 주었다.

바로 그때 긴 팔에게 멜로워의 마음이 들여다보였다. 그럴 의도가 없었기에 긴 팔은 곧 마음의 눈을 닫았다. 긴 팔이 아주 잠깐 힐끗 보는 동안 멜로워의 신약한 영혼의 중심에서 대단한 호의를 보았다.

훌륭한 치료를 받으면서도 긴 팔의 마음을 불안하게 하는 일이 하나 있었다. 멜로워가 이야기를 하는 동안에는 그런 걱정이 들지 않았지만, 긴 팔은 아이들을 마스크에게 팔아넘기려는 암코끼리의 계획을 알고 있었다. 텐다이, 리타, 쿠다가 지금 엄청나게 위험하다는 걸 알면서도 걱정이 되지 않았다. 이런 것이 멜로워가 사람들에게 주는 '안정'이었다. '어쩌면 이런 것 때문에 죽은 자의 땅 같은 곳이 아직도 존재하는지도 몰라.'라고 긴 팔은 생각했다.

찬양 시가 끝나자 멀리 보는 눈은 한숨을 쉬었고 밝은 귀는 사랑스러운 꿈에서 깨어난 것처럼 몸을 흔들었다. 긴 팔은 기다란 팔(멜로워가 멋진 팔이라고 찬양했었다)을 쭉 뻗고 기지개를 켜며 중얼거렸다.

"마치카 장군이 보상금을 걸면 어떨까?"

"그런 생각을 하다니 정말 현명하군요."

멜로워가 한 잔 더 마시려고 잔을 비웠다.

"우리 장군님은 법을 수호하는 사람이랍니다. 개인적인 필요보다는 도시의 이익을 앞세우지요. 장군님이 치안 대장이 되기 전에는 날마다 거리에서 몸값을 노린 악당들에게 아이들이 납치되곤 했어요. 장군이 악당들을 무찌르자 그런 사건이 사라졌어요. 이제는 아무도 납치된 사람을 돌려받는 대가로 돈을 줄 수 없어요. 지금 장군은 자신이 정한 규칙을 따르기가 대단히 힘들겠지만 멀리 내다봤을 때 그건 옳은 일이지요."

"맞아요. 마치카 장군은 언제나 옳은 일을 하죠. 대단한 사람이에요."

긴 팔이 말했다.

"그렇다마다요. 이제 저는 그만 가 봐야겠군요. 멋지고 용감한 분들이여, 이젠 안녕. 여러분에게 찬양 시를 들려줄 날이 다시 오길 손꼽아 기다리겠습니다."

멜로워는 그 말을 남기고 리무진이 기다리는 문밖으로 달려갔다.

"오빠야 괜찮지. 남자니까. 오빠는 이야기를 들으며 빈둥빈둥 지내면 되잖아. 난 바닥을 닦고 옷을 빨고 마당을 쓸고 그리고 아기 깔짚도 내다 널어야 해. 정말 끔찍하다고! 오빠가 홀로폰 좀 달라고 해. 내 말은 아무도 안 들어."

리타가 슬프게 말했다. 리타는 관목으로 빽빽하게 둘러싸인 작은 빈터에 몸을 숨기고 있었다. 아기 침구라고 여겨지는 지독히 더러운 이불 더미가 곁에 있었다.

"내 말도 안 듣기는 마찬가지야. 며칠 동안 시도해 봤어."

텐다이가 속삭였다. 많은 규칙들 때문에 텐다이는 리타와 따로 지내야 했다. 텐다이 또래의 남자아이들은 여자아이들과 놀 수 없었고, 결혼으로 이어지게 될 살림 놀이를 시작하고서야 함께 지낼 수 있었다.

"그럴 줄 알았어. 사람들이 이야기하는 걸 들었어. '새로 온 소년은 정말 똑똑해. 멋진 이야기꾼이야.' 이러던 걸. 사람들은 오빠를 튀긴 생쥐 이래로 가장 훌륭한 존재로 생각해. 어휴, 첫날 그 불쌍하고 조그만 생물들 봤어?"

"우리 선조들도 먹었어. 그리고 우리는 채식주의자도 아닌 걸, 뭐."

텐다이는 리타를 일깨워 주었다.

"선조들이 그런 걸 먹었겠지. 하지만 선조들의 부인은 그것들을 죽여야 했단 말야. 오빠두 쥐들이 찍찍거리는 소리를 들었어야 해."

"그만해."

"그리고 부인 이야기가 나와서 말인데, 오빠는 치포가 몇 살인지 알아? 열네 살이래! 그런데 임신 8개월이라잖아!"

"목소리 낮춰."

"오빠가 계속 귀를 기울이면 나도 목소리 낮출 거야. 미안다는 가리카이의 첫 번째 부인인데 아이를 못 낳았어. 영매가 미안다는 정체를 숨기고 있는 마녀가 틀림없다고 했대. 마녀가 자기 아기들을 남몰래 먹는다나? 오빠, 그렇게 바보 같은 이야기 들어 본 적 있어?"

텐다이는 손으로 리타의 입을 가렸다. 리타가 화가 나서 조심스레 행동하지 못했기 때문이었다. 아기 침구에서 나는 악취가 바람이 잘 통하지 않는 관목 숲에 자욱하게 깔렸다. 텐다이는 리타를 도와 더러운 이불을 널고 싶었다. 하지만 어른들이 그런 일을 허락할 리가 없었다. 부족의 법은 그런 점에서 철두철미했다. 남자와 여자는 다른 일을 했다. 그리고 유감스럽게도 지저분한 일은 모두 여자들 몫이었다. 리타가 작은 소리로 말했다.

"좋아. 목소리 낮출게. 치포는 열두 살 때 가리카이와 결혼했어. 하지만 얼마 전까지 임신을 못했어. 가리카이가 얼마나 아이를 바라는지 몰라. 자식이 하나도 없거든. 그건 수치스러운 일로 여겨진대."

그랬었다. 옛날 부족의 법에서는 그랬다. 멜로워가 이야기해 준 적이 있었다.

"오빠는 쿠다와 트래시맨이 어디 있는지 궁금하지 않아?"

텐다이는 죄책감을 느꼈다. 지금껏 자신의 고민에만 빠져 있었을 뿐 두 사람은 까맣게 잊고 있었다. 쿠다는 미안다와 같이 있을 거라고만 생각했었다.

"두 사람은 레스트헤이븐의 반대편에 있어. 치포는 트래시맨을 보면 안 돼. 아기에게 영향을 미칠 수 있다고 생각하거든. 트래시맨은 쿠다와 늘 붙어 다니려고 할 테니까 둘이 같이 있을 거야."

"트래시맨이 아기를 다치게 하지도 않을 텐데?"

"당연히 다치게 하지 않지. 하지만 사람들이 치포 앞에서 얼마나 호들갑을 떠는지 몰라. 말해도 오빠는 안 믿을 걸? 멋진 장식물도 그득그득 쌓여 있고 화장품도 발라. 아마 치포가 입만 열면 누군가 음식을 넣어 줄 걸? 치포가 마음씨 고운 사람이어서 다행이야. 안 그랬으면 아주 버릇없는 성격이 되었을 기야."

"그래서 문제가 뭔데?"

멀리서 텐다이의 이름을 부르는 소년들의 목소리가 들렸다. 텐다이는 이제 소에게 풀을 먹이러 가야 했다.

"만약 아기가 잘못되기라도 한다면 그 사람들이 누구를 비난할 것 같아?"

텐다이는 리타를 뚫어지게 바라보았다. 햇빛이 리타의 얼굴에 빛과 그림자가 어우러진 현란한 줄무늬를 쏘았다. 리타의 표정은 읽을 수 없었지만 목소리는 들을 수 있었다. 리타는 몹시 걱정하고 있었다. 리타가 절박하게 말했다.

"여긴 시골이야. 항생제도 없고 의사도 없어."

"수천 년 동안 그런 거 없이도 여자들은 살아남았어."

"일부만 그렇지. 오빠 바보야. 아, 왜 이렇게 못 알아들어? 치포는 너무 어리다고! 오빠는 전통 생활이 좋아서 쏙 빠졌는지 몰라도 여자들과 아기들은 이 근사한 구식 시골구석에서 죽기도 한단 말이야."

이제 소년들의 목소리가 더 가까워졌다. 리타가 곤란해지지 않으려면 텐다이가 얼른 가야 했다.

"이걸 잘 생각해 봐. 나한테 온갖 일을 다 시키는데 딱 한 가지만 안 시켜. 음식이야. 음식 곁에는 절대 못 가게 해. 그리고 오빠도 다른 사람은 손대지 않는 오빠 전용 그릇에 음식을 먹어. 무슨 말인지 알겠어?"

"우리가 마녀 종족일까 봐?"

텐다이가 숨을 몰아쉬었다.

"바로 그거야. 마녀들은 사람의 음식에 뭘 넣잖아. 우리를 정말로 믿는 사람은 아직 아무도 없어. 우리 집안에 마녀의 피가 흐르지 않는다고 영매가 말을 한 다음에나 믿겠지. 하지만 영매는 치포가 아기를 낳기 전에는 아무 말도 안 할 거야."

소년들이 텐다이를 부르며 판목 숲 옆을 지나갔다. 텐다이는 소년들이 지나가게 내버려 두었다.

"내가 계획을 세워 볼게."

텐다이는 아직 아무런 계획도 없었지만 그렇게 속삭였다.

"우린 여기서 빠져나가야 해."

리타가 이야기를 꺼내기 시작했지만 텐다이는 재빨리 관목 숲 밖으로 나가 그 소년들을 따라갔다.

"저기 있다."

호드자가 말했다. 호드자는 잘생겼지만 좀 허약해 보이는 텐다이 또래의 아이였다. 그리고 가리카이의 조카였다. 텐다이가 소년 움막에서 만났던 아이들 모두가 그랬다.

"새로 오긴 했지만 너도 일을 피해 갈 수는 없어."

방가라는 이름의 아이가 소리쳤다. 방가는 소년들 중에 키도 가장 컸고 덩치도 제일 좋았다. 소년들의 리더인 모양이었다. 소년들은 농담도 주고받고 재잘거리기도 하며 소가 풀을 뜯는 목장 쪽으로 갔다. 소년들은 텐다이의 이야기 능력과 언젠가 영매가 될지도 모를 가능성을 무척 우러러보았지만 한편으로 두려움도 느꼈다.

소년들은 밤마다 움막집에서 텐다이에게 이야기를 해 달라고 졸랐다.

"우리 부족 영매보다 더 좋은 영매가 될 거야."

호드자가 속삭였다. 모두들 돗자리 위에 둘러앉아 있었다. 돗자리에서 암모니아 냄새가 옅게 났다. 텐다이는 그 이유를 상상하고 싶지 않았다.

"조용히 해. 누가 들을지도 몰라."

방가가 말했다.

"텐다이는 마녀 종족이 아니야. 부엉이들이 전갈을 가져다주지도 않잖아."

호드자는 더 이상 영매 이야기를 하지 않았다.

"마녀 이야기가 나와서 말인데……"

다른 소년이 말을 꺼냈다. 그리고 다른 사람의 살가죽을 입고 다니는 여자에 대한 소름 끼치는 이야기를 이어 갔다.

잠시 뒤, 큰 소년들은 어린아이들을 깨워서 오줌을 누이러 밖으로 데리고 나갔다. 호드자가 부엉이 흉내를 내자 어린아이들이 비명을 질렀다. 미안다가 조용히 하라고 소리를 질렀다.

목장으로 가면서 텐다이는 소년 움막집에서 있었던 일을 떠올렸다. 텐다이는 또래 친구들에게 둘러싸였던 적이 한 번도 없었다. 그래서 친구들과 어울리는 일을 한껏 즐겼다. 그런데 리타는 힘들다고?

"리타는 그 할머니를 닮았어. 어디서든 불평을 하지."

텐다이가 혼잣말을 했다. 하지만 리타가 뙤약볕이 내리쬐는 관목 숲에 앉아 아기 침구에 둘러싸여 있는 모습을 떠올리자 즐겁던 기분이 깨져 버렸다.

"홀로폰이 어디 있는지 알아?"

텐다이가 호드자에게 물었다.

"홀, 뭐?"

"알잖아. 삼차원 그림이 나오는 화면이 있고 번호를 말하면 기계가 대신 전화를 걸어 주는 거."

호드자를 이해시키려면 텐다이가 티베트 어로 이야기하기라도 해야 하는 것일까.

"음, 그럼 경찰은? 경찰은 어떻게 불러?"

"경찰이 뭐야?"

"법과 질서를 지키는 사람들이지. 범죄자들을 체포하고."

"뭔가 잘못되면 우리는 부족 회의를 열어. 어른들이 문제를 의논해 봐도 해결이 안 되면 영매에게 물어보지. 영매는 선조님과 직접 닿으니까."

텐다이는 생각했다. '멋지군, 선조에게 전화를 걸다니 친절하디 친절한 홀로폰 회사가 그런 서비스도 제공하는군.'

"여기는 그런 게 없나 보구나. 하지만 담장 너머 바깥세상에는 있어. 알지?"

"무슨 담장?"

호드자가 물었다. 그러자 방가가 설명했다.

"세상의 끝을 말하는 거야. 바깥에는 므와리의 나라가 있어."

텐다이는 오가는 이야기에 집중하다 보니 인내심이 흐트러지기 시작했다.

"므와리의 나라에는 뭐가 있다고 생각하는데?"

소년들은 그런 질문은 처음이라는 듯 서로를 쳐다보았다. 이윽고 방가가 말했다.

"뭐가 있든 무슨 상관이야? 사람이 더 필요할 때면 므와리가 우리에게 보내주는 걸. 이루어질 때도 있고 안 그럴 때도 있긴 했지만 말야. 미안다는 아기만 있으면 참 좋은 사람인데."

"그건 미안다가 마녀 종족이기 때문이야."

어떤 소년이 말했다. 그러자 호드자가 말했다.

"터무니없는 소리 하지 마."

"우리는 미안다의 집안에 대해 아는 게 없잖아."

이야기 주제는 미안다가 마녀인지 그저 운이 없는 것일 뿐인지로 바뀌었다. 텐다이는 소년들에게 도움 받을 생각은 아예 하지도 말아야겠다고 결심했다. 소년들은 바깥세상에 대해 아는 것도 없었고 호기심조차 없었다.

소년들이 풀밭으로 내려가자 소들이 고개를 들었다. 일고여덟, 아홉 살짜리 소년들이 채찍을 내던지며 인사를 했다.

"시간 다 됐어."

어린 소년들의 대장이 투널냈다. 어린 소년들은 우르르 나갔고 큰 소년들이 바위 위에 자리를 잡았다.

제19장

소들은 열심히 풀을 뜯으며 돌아다니고 있었고 그 틈에 염소도 몇 마리 끼여 있었다. 어린 숫염소 두 마리가 뿔로 서로를 들이받고 있었다. 하지만 동물들은 줄곧 질서를 아주 잘 지켰다. 텐다이는 따분했다. 동물들이 채소밭에 들어가려고 할 때 쓰라고 채찍을 받았지만 쓸 일이 별로 없었다.

풀밭에는 강아지풀, 쇠풀, 개밀 그리고 텐다이가 처음 보는 다른 풀들이 잔뜩 돋아 있었다. 골짜기 위쪽에는 이엉초가 빽빽하게 자라 있었다. 풀이라기보다는 나무처럼 보였고 소들도 별로 좋아하지 않는 풀이었다. 움막집 지붕을 엮으려고 일부러 키우는 모양이었다.

소년들은 바위 위에 앉았다. 그리고 강아지풀의 연한 새 줄기를 풀밭에 있는 동물들만큼이나 조용하게 씹었다. 모파니 파리가 눈 주위에서 윙윙거렸다. 소년들이 손을 내저어 쫓았나. 한낮이 되어 해가 하늘 꼭대기에 걸리자 나무 그늘이 줄어들었다.

'한 달, 두 달이 가고 또 달이 가도록 여기 앉아서 지내면 기분이 어떨까?' 하고 텐다이는 생각했다. 소가 풀을 뜯는 소리는 매우 단조롭게 들릴 것이다. 살랑거리는 미지근한 물이 물풀을 간지럽 태우며 흐르는 소리를 듣게 될 것이다. 쫓아 버릴 모파니 파리가 몇 년 동안 수천 마리로 불어날 것이다. 소라는 동물의 매력에 대해 골똘히 생각해 보게 될 것은 두말할 필요도 없었다.

소 한 마리가 냇물 한가운데에서 울부짖었다.

"클라이 벨리야. 저 녀석은 건너편 풀을 먹으려고 늘 진흙탕으로 들어가지."

방가가 설명해 주었다. 텐다이는 기분 전환이 되는 사건이 생겨서 반가웠다. 그리고 방가를 따라 물속으로 들어갔다.

"바위에서 기다려. 여기 바닥은 아주 질척질척해."

텐다이는 방가가 뿔을 잡아당기는 동안 클라이 벨리 뒤로 가서 엉덩이를 밀었다. 클라이 벨리는 밀리지 않으려고 버텼지만 결국은 힘을 빼고 고분고분해졌다. 그리고 둑 위로 느릿느릿 올라가 사방으로 진흙과 물을 털어 냈다. 모두가 웃었다.

모두들 다시 바위로 돌아와서 졸졸 흐르는 물소리를 듣고 파리를 쫓으며 풀 줄기를 씹었다. 텐다이는 클라이 벨리에게 아수 호감이 갔나. 클라이 벨리는 적어도 자신의 세계를 넘어서려고 시도하는 상상력을 가지고 있었다.

하늘 꼭대기에 걸렸던 해가 기울기 시작했다.

"놀이하자."

호드자가 제안했다. 텐다이의 표정이 환해졌다. 소년들은 위쪽이 접시처럼 움푹 들어간 바윗돌로 다가갔다. 움푹 들어간 자리는 작은 경기장 모양이었다. 소년들은 통통한 땅콩을 하나씩 꺼내서 숯으로 자기 이름을 썼다. 두 소년이 경기장 안에 땅콩을 놓고 팽이처럼 돌렸다. 목표는 상대편 땅콩을 경기장 밖으로 튕기는 것이었다. 텐다이는 좀 서툴렀다. 텐다이의 땅콩은 몇 번이나 날아가 버려서 상대편에게 승리를 안겨 주었다. 조금 지나자 그 놀이도 바위 위에 앉아 있는 것만큼 따분하게 느껴졌다. 하지만 텐다이 말고는 아무도 그렇지 않은 것 같았다.

텐다이가 더 이상 참지 못하고 비명을 지르려는 순간 여자아이 하나가 점심을 들고 나타났다. 소년들은 구운 옥수수와 삶은 호박 앞으로 달려왔다. 사드자와 물을 넣어 그저께부터 발효시킨 알코올 맛이 약간 나는 마헤우라는 이름의 달콤한 음료도 있었다. 텐다이는 여느 때처럼 그릇을 따로 받았고 마헤우가 가득 든 호리병박을 받았다.

음식들은 눈 깜짝할 사이에 없어졌다. 소년들은 아직도 배가 고팠다. 배고픔을 달래기 위해 소년들은 개미집에서 흰개미를 꾀어낼 계획을 세웠다. 풀 줄기로 개미집 구멍을 찔렀다. 전투 개미가 풀 줄기를 꽉 잡고 나오자 소년들이 그걸 훑어서 먹었다.

방가가 가죽 새총을 꺼냈다. 소년들은 냇가에서 매끄러운 조약돌을 모아 과녁을 향해 돌아가며 새총을 쏘았다. 이 놀이는 텐다이도 아주 잘했다.

물속에 뿌리를 두고 물 밖으로 자란 나무 위에 산까치 가족이 튼 둥지가 있었다. 갈대 지푸라기를 붙여서 바구니처럼 지은 둥지였다. 산들바람에 나뭇가지가 흔들렸고 선명한 노란색 새들이 새끼에게 먹이를 주러 오갔다. 갑자기 방가가 둥지에 막 내려앉는 산까치에게 큰 돌을 던졌다. 새는 돌을 맞고 그대로 물속으로 떨어졌다.

모두가 환호성을 질렀고 방가는 냇물에 들어가 사냥물을 가져왔다. 방가는 피로 얼룩진 노란 깃털 덩이를 자랑스럽게 내보였다. 텐다이는 다시는 오지 않을 먹이를 애타게 기다리고 있을 둥지의 아기 새들을 떠올렸다.

'에잇, 바보! 여긴 고대 마을인 걸. 여기 사람들은 점심 먹으러 음식점에 갈 수 없잖아. 사냥을 해서 음식을 구하는 건 당연해.'

하지만 불쌍한 마음이 드는 건 텐다이도 어쩔 수 없었다.

소년들은 밭을 망쳐 놓는 퀘레아 새를 여러 마리 죽였다. 그건 괜찮았다. 그 새들은 갈대밭에서 수백 마리가 떼를 지어 다녔기 때문에 아주 심각한 골칫거리였다. 방가가 불을 지피고 조그만 생물들을 꼬챙이에 꽂아 구웠다.

"캄바 부족이 온다."

소년들이 막 뼈를 다 뜯어먹었을 때 호드자가 말했다.

"내일까지는 여기에 풀 먹으러 안 올 텐데."

방가가 말했다. 하지만 놀라워하는 것 같지는 않았다. 낯선 무리의 소년들이 목초지 꼭대기에 있는 산등성이를 따라 다른 소 떼를 이끌고 왔다. 그 소년들은 멈칫했지만 동물들은 계속 오고 있었다. 텐다이가 물었다.

"저 애들을 막아야 하지 않을까?"

"아직은 아냐."

방가가 흥미롭다는 듯 눈을 번뜩였다. 가리카이 부족의 소년들은 갑자기 정신이 번쩍 드는 모양이었다.

"소들이 섞이지 않을까?"

방가가 어처구니가 없다는 듯 텐다이를 쳐다보았다.

"말이 되나? 넌 네 동생이 다른 애들과 놀면 못 찾아?"

하지만 텐다이에게는 소들이 모두 똑같아 보였다. 진흙범벅이 된 클라이 벨리만 빼고 말이다.

캄바 소년들이 작은 언덕에서 뭔가를 만들기 시작했다. 무엇인지 보이지 않다가 소년들이 뒤로 물러서자 보였다. 작은 개미탑 크기의 흙무덤 두 개였다. 시시각각으로 일이 이상하게 돌아갔다.

"오늘 황소는 네가 해."

방가가 텐다이를 앞으로 밀며 말했다. 호드자가 반대했다.

"텐다이는 손님이야."

"할아버지가 텐다이는 곧 우리 부족이 될 거랬어. 그러니 스스로 증명해 보여야지."

방가는 더없이 기분 나쁜 욕을 섞어 캄바 소년들에게 외쳤다. 캄바 쪽에서도 똑같이 대답했다. 심술궂어 보이는 큰 소년이 어깨를 밀치고 나와 무리들 앞에 섰다. 얼굴에 끔찍한 흉터가 있었다. 그 소년이 손으로 텐다이가 모르는 신호를 보냈다.

"우우! 저 녀석이 저러고 도망가도록 놔두는 건 아닐 테지?"

가리카이 소년들이 말했다. 텐다이는 어찌해야 할지 몰랐다. 상황을 전혀 이해하지 못하고 있었다. 텐다이는 호드자에게 속삭였다.

"저 애 얼굴이 왜 저래?"

"아기였을 때 장작불에 떨어졌대."

호드자가 대답했다. 텐다이는 겁이 났다. 도시에 있었다면 화상쯤은 흉터 없이 치료할 수 있었을 것이다.

"저 애 이름이 뭐지?"

"질문이 왜 이렇게 많아? 저 애는 캄바의 황소라고. 네가 알아야 할 건 그것뿐이야. 굳이 알고 싶다면 알려 주지. 우린 저 애를 '머리폭탄'이라고 불러."

'멋지군.' 하고 텐다이는 생각했다. 텐다이는 심술궂어 보이는 그 애가 으스대며 흙더미 앞을 오르내리는 모습을 보자 심장이 철렁 내려앉았다. 양쪽 소년들이 욕을 퍼부었다. 갑자기 머리폭탄이 흙더미 둘레를 빙빙 돌았다. 그러더니 흙더미 하나를 거세게 차서 박살 냈다.

"우우!"

가리카이 소년들이 소리쳤다. 방가가 외쳤다.

"가서 덤벼! 지금 가!"

"무슨 일인데?"

"이 바보야! 저 녀석이 방금 네 엄마를 모욕했단 말이야. 저 흙더미는 네 엄마의 젖가슴이야. 지금 하나를 찼잖아!"

텐다이는 그제야 이해가 되었다. 그것은 부족과 부족 사이의 상징적인 싸움이었다. 텐다이가 머리폭탄을 상대로 싸워야 했다. 하지만 텐다이는 목적 없는 싸움을 싫어했다. 흙으로 텐다이 어머니의 젖가슴을 쌓고 그걸 모욕했다는 것은 정말 아무런 의미도 없는 일이었다. 어머니가 정말 거기 있다면 어머니를 보호하기 위해 죽도록 싸울 것이다. 하지만 이건 바보 같은 싸움이었다.

방가와 호드자와 다른 아이들은 목이 쉬도록 소리치며 텐다이가 싸움을 하도록 부추겼다. 머리폭탄은 누가 밀어낼 필요도 없었다. 재미 삼아 하이에나와도 레슬링을 할 것 같았다.

"이건 공평하지 않아."

텐다이가 중얼거렸다. 그러자 방가가 소리쳤다.

"공평? 무슨 공평? 넌 우리 부족 황소라고, 이 겁쟁이야! 가서 덤벼!"

결국 텐다이는 어쩔 수 없이 발걸음을 뗐다. 언덕을 달려 올라가 자신과 상대편 사이의 유리한 각도를 차지하기 위해 빙글빙글 돌았다. 다른 소년들은 사방으로 흩어졌다. 머리폭탄이 전갈의 집게발처럼 생긴 팔을 앞뒤로 흔들었다. 텐다이는 머리폭탄이 가까이 오게 내버려 두었다. 머리폭탄이 고개를 숙이며 달려들자 텐다이는 옆으로 한 걸음 떼면서 비탈 아래로 머리폭탄을 밀어뜨렸다.

구경꾼들이 사나워졌다. 머리폭탄은 으르렁거리며 언덕을 되올라 왔다. 텐다이는 다시 밀어뜨렸다. 머리폭탄이 텐다이에게 덤벼들 때마다 텐다이는 머리폭탄의 추진력을 이용해 균형을 깨뜨려 넘어뜨렸다. 결국 머리폭탄은 곧장 언덕 아래로 굴러서 바위에 부딪혔다. 머리폭탄의 얼굴에서 피가 흘렀다. 머리폭탄은 화가 나고 아파서 울부짖었다.

그럴 법도 했다. 싸움은 자동적으로 멈췄다. 캄바 소년들은 머리폭탄이 산등성이로 비틀거리며 올라오는 걸 도왔다. 그리고 소 떼를 몰고 돌아갔다. 가리카이 소년들은 텐다이 둘레를 돌며 춤을 추었다. 방가가 말했다.

"네기 겁먹은 줄만 알았어. 정말 멋신 기술이었어, 형제. 머리폭탄의 빈틈을 정말 잘 이용하던 걸."

"지금까지 본 황소 중에 최고야."

소년들이 소리쳤다. 텐다이는 소년들과 함께 웃었다. 하지만 속으로는 꺼림칙한 기분이 들었다. 싸움은 공평하지 않았다. 가리카이 소년들이 생각하는 이유로 이긴 것이 아니었다. 몇 년 동안 무술 사부님과 연습했던 것이 결실을 맺은 것뿐이다. 텐다이가 주짓수(브라질 유술로 관절 꺾기나 조르기 등을 이용하여 상대방을 제압하는 무술 — 옮긴이)를 좋아한 것은 아니었지만 머리폭탄보다는 훨씬 많이 알고 있었기 때문에 이긴 것이다.

그리고 잠깐 동안 겁먹은 못생긴 소년이 언덕 아래에 누워 있을 때, 텐다이도 함께 거기 누워 있는 기분이었다. 무서움에 억눌리는 게 어떤 기분인지 알 수 있었다. 얼굴에서 피가 흘러내릴 때에는 멍하고 혼란스러웠다. 하지만 그 기분은 기쁨에 겨워 날뛰는 가리카이 소년들에게 둘러싸이자 사라졌다.

'무술 사부님은 그런 마음을 가지면 좋은 전사가 될 수 없다고 하셨지. 하지만 내가 반칙을 한 건 아니잖아. 방가가 날 형제라고 불렀을 때는 참 좋았어.'

하루가 끝나가자 소년들은 가시덤불로 울타리를 친 크라알(소 우리)에 소들과 염소들을 몰아넣었다. 텐다이는 그 싸움을 비밀로 해야 한다고 생각했다. 그런데 어른들은 그런 행동을 금지하면서도 한편으로 기대하기도 했다. 마을 규칙들이란 참 이해하기 힘들었다.

텐다이가 싸우지 않고 도망쳤다면 가장 나이 어린 꼬마로부터 가리카이에 이르기까지 모두가 텐다이를 부끄러워했을 것이다. 텐다이는 그 노인네가 싸움에 대해서 모를 거라고 생각했지만, 그는 다레에서 텐다이에게 미소를 지었다. 그도 승리 소식을 알고 있음이 분명했다.

텐다이는 그날 밤 다레에서 자신의 존재를 인정받게 되자 정말로 행복했다. 텐다이를 포함한 모든 사람이 대화의 꽃을 피웠다. 이번에는 수수께끼도 없이 황소들에 대한 즐거운 농담만 했다. 하지만 리타가 저녁을 들고 왔을 때 텐다이는 마음이 가라앉았다.

리타는 정말 피곤해 보였다! 제대로 못 먹었는지 얼굴도 핼쑥했다. 목 아래쪽에는 조그맣게 덴 자국도 있었다. 도대체 어떻게 된 걸까? 리타는 피곤에 지쳐 비틀거리며 다레를 나갔다.

텐다이는 지금이 가리카이에게 레스트헤이븐에서 떠나게 해 달라고 말해야 할 때라는 걸 알았다. 리타는 고생을 하고 있었고 쿠다는 어떻게 지내고 있는지도 몰랐다. 텐다이는 용기를 내 보려고 몇 번이나 심호흡을 했다. 그때 처음 보는 노파가 다리를 절며 다레로 들어왔다. 노파는 가리카이에게 뭐라고 속삭였다. 곧바로 다레의 분위기가 바뀌었다. 어른들이 의논하는 동안 소년들은 밖으로 쫓겨났다.

텐다이는 다른 아이들과 걷다가 리타를 찾아보려고 옆길로 샜다. 리타는 모래와 재로 솥을 닦고 있었다.

"내가 좀 도와줄까?"

텐다이가 속삭였다. 리타는 텐다이에게 일을 넘겨주며 옆으로 물러나 앉았다. 멀리서 비명 소리가 들렸다.

"무슨 일이 생겼나 봐."

"가엾은 치포. 치포가 아기를 낳고 있어."

리타가 말했다. 텐다이는 조용히 솥을 닦았다. 텐다이는 아기 탄생에 대해서 아는 게 없었다.

"너무 일러. 치포는 아기를 낳으러 골짜기 반대편에 살고 있는 가족들에게 갈 예정이었어. 여자들이 첫애를 낳을 때는 그렇게 하거든. 그런데 이젠 그럴 수가 없어. 미안다가 허둥지둥 산파를 찾으러 곳곳에다 사람을 보냈어."

"산파는 한 사람이 하는 거 아냐?"

"가리카이가 적어도 셋은 부르라고 했대."

비명 소리가 한 번 더 밤하늘에 울려 퍼졌다. 텐다이는 몸이 떨렸다.

"넌 좀 어때? 네 가슴에 덴 자국이 있던데."

"아, 그거. 이 멋들어진 곳의 규칙 하나를 어겼거든. 오빠 그릇에 담긴 옥수수를 하나 먹었어."

리타는 무덤덤하게 대답했다.

"난 상관없는데."

"그 독한 암코끼리도 내가 남는 음식을 먹는 건 상관하지 않았어. 먹는 거 하나는 풍족하게 줬지. 그런데 미안다는 나더러 훔쳤대. 난 안 훔쳤어. 배가 고팠단 말야. 물어봐야 하는지 몰랐을 뿐이라고."

리타는 희망을 잃고 조용히 울었다.

"내가 내 음식을 남겨 줄게."

텐다이가 약속했다. 왜 진작 그 생각을 못했을까?

"그 여자들이 땅콩을 숯에 달구었어. 그리고 나를 눕히고 그걸 내 가슴에 얹었어."

텐다이는 너무 충격을 받아 말문이 막혔다. 텐다이는 리타의 손을 꼭 쥐었다.

"흉터가 생길 것 같아. 병원에서라면 치료할 수 있을 텐데. 우리가 다시 병원에 갈 수 있다면 말이지."

"당연히 다시 갈 수 있어. 리타, 정말 미안해. 내가 널 이렇게 만들었어."

두 사람은 손을 잡은 채 어둠 속에 함께 앉아 있었다.

레스트헤이븐 담장 위로 달이 떠올랐다. 쓸쓸한 음사사 나무가 은빛으로 물들었고 환한 달빛이 골짜기의 중심에 있는 냇물을 따라 흘렀다.

제20장

"마치카 장군 부부와 저녁식사라. 우리 출세했지 뭐야."

멀리 보는 눈이 싱크대 위의 거울에 비친 새 다시키(남자들이 입는 헐렁한 가운 형 옷―옮긴이)를 황홀하게 바라보며 말했다.

"빨리 좀 해. 너 15분 동안이나 거기 서 있었어."

밝은 귀가 불평했다. 오늘은 설거지를 다 해서 더러운 접시들이 온데간데없었다. 싱크대 위의 거울은 반짝이긴 했지만 금이 간 건 그대로였다. 거울 속을 들여다보면 얼굴의 절반은 다른 반쪽보다 좀 낮게 비쳤다.

긴 팔은 소파에 기대앉아서 산뜻하게 윤을 낸 구두로 햇빛을 반사해 보려고 흔들었다.

"마치카 부인은 장군이 받은 선물이라면서 다시키를 받으라고 했어.

'남편은 선물을 절대 받지 않아요. 사람들이 그걸 뇌물이라고 생각할지도 모르잖아요. 그래서 남편은 받은 물건들을 늘 다른 사람에게 준답니다.' 라고 하더군. 허!"

"장군에게 폭 좁은 198센티미터의 다시키를 줬다는 게 믿겨?"

의자에서 몸을 쭉 뻗고 일어나는 긴 팔을 보며 밝은 귀가 말했다.

"장군에게 귀덮개를 준 건 어떻고."

밝은 귀는 멀리 보는 눈의 어깨너머로 거울을 보고 새 귀덮개를 톡톡 치며 웃었다. 세 사람 모두 장군의 다시키가 꼭 맞았다.

"난 우리에게 정장이 없는 걸 부인이 어떻게 알았는지가 궁금해."

긴 팔은 뒤틀린 가구들과 벗겨진 페인트를 쭉 둘러보았다.

"넘겨짚었는데 맞힌 거겠지."

초인종이 울렸다. 긴 팔이 문구멍으로 내다보자 마치카 장군의 운전사가 초조하게 두리번거리는 모습이 보였다. 잠시 뒤 탐정들은 마일하이 맥일웨인으로 가는 리무진에 앉아 카우즈 구츠 위를 날아가고 있었다. 탐정들은 운전사가 불안해하지 않도록 뒷자리에 앉았다.

목적지에 가까워지자 탐정들은 마일하이 맥일웨인의 층층마다 장식된 꽃줄 장식 전구를 볼 수 있었다. 사람이라면 가지고 싶은 것들이 모두 거기에 있었다. 1층의 웅장한 로비에서부터 약 1,600여 미터 위의 별빛 공간 레스토랑에 이르기까지 그곳은 탐정들이 꿈에서나 누릴 수 있는 장소였다. 그 시간에는 별빛 공간이 삭은 구름에 싸여 흐릿해 보였다.

"탐정님들은 시간이 있으니 로비 구경이라도 하시지요. 저는 대학교에 가서 장군님과 사모님을 모셔 와야 합니다."

운전사가 말했다. 그래서 탐정들은 웅장한 입구로 들어갔다. 그들은 시골뜨기처럼 보이지 않으려고 매우 신경을 썼다.

로비는 호수 위에 지어져 있었다. 손님들은 저녁거리로 잉어나 타이거 피시를 잡을 수 있었다. 굳이 그러고 싶다면 말이다. 자연 공간과 사람이 다니는 통로 사이에는 거대한 유리 벽들이 있었고 물 위로 만들어진 통로 바닥에도 유리가 깔려 있었다. 해가 거의 기울어서 낮에 활동하는 동물들이 들어가고 밤에 활동하는 동물들이 그 자리를 대신했다.

자카나(물꿩―옮긴이)들이 연꽃잎에서 연꽃잎으로 우아하게 걸음을 옮겼고 물총새들이 갈대 사이로 달렸고 퀘레아 떼가 줄지어 날아다녔다. 퀘레아 떼는 뒤돌아 잠시 내렸다 오르더니 요란스럽게 지저귀며 땅에 내려앉았다. 유리 바닥 아래에는 악어가 입을 떡 벌리고 빈틈없는 눈으로 그 새들을 쳐다보고 있었다.

멀리 보는 눈이 긴 팔을 붙잡았다.

"으아, 어떡해. 우리 어머니가 빨래를 하시던 강에서 악어를 많이 봤단 말이야."

"우리 모두 그랬어."

긴 팔이 멀리 보는 눈을 잡아끌어 그 지점을 지나며 말했다. 악어가 몸을 천천히 일으켜 물 밖으로 눈을 내놓았다. 그리고 탐정들의 걸음 속도에 맞춰 유리 바닥 아래를 헤엄쳐 갔다. 그러다가 마침내 다시 물속으로 가라앉았다.

"나도 좀 같이 가."

밝은 귀가 벌벌 떨며 말했다.

탐정들은 하마들을 풀어 놓은 커다란 섬에 이르렀다. 기린 가족의 그림자가 커다란 전망 창에 비쳤다.

"멋지다."

긴 팔이 그 장면을 보며 중얼거렸다.

해가 지면서 탐정들이 별빛 공간으로 갈 시간이 되었다. 긴 팔이 안내실에 있는 종을 울렸다. 안내원이 야단법석을 떨며 다가왔다. 하지만 아주 유별난 손님들을 보자 눈을 껌뻑이기만 했다.

"별빛 공간 말씀이십니까? 예약을 하셨나요? 아! 장군님이 예약하셨군요. 엘리베이터까지 안내해 드리죠."

안내원은 문들이 즐비한 벽으로 탐정들을 안내한 뒤, 버튼을 누르고 엘리베이터에 타라는 뜻으로 살짝 인사했다.

"잠깐만. 이거 유리예요?"

멀리 보는 눈이 말했다. 그러자 안내원이 대답했다.

"당연하죠. 별빛 공간으로 가면서 유명한 유리 엘리베이터를 타지 않는다면 어찌 여행이라 할 수 있겠습니까? 로켓처럼 올라간답니다."

"나, 난 고소공포증이 있어요."

"제가 안심시켜 드리지요. 공포는 즐거움의 일부분입니다. 여자 손님들의 비명을 들어 보셔야 하죠! 하지만 걱정 마세요. 첫 4분의 1 지점까지만 올라가면 땅이 희미하게 보이니까요."

"난 안 그래요."

멀리 보는 눈이 걱정스럽게 말했다.

"다른 실은 없나요?"

긴 팔이 물었다. 그러자 안내원이 쌀쌀맞은 목소리로 대답했다.

"이 엘리베이터는 서비스로 제공되는 것입니다. 스릴 같은 걸 즐기는 분들을 위해서죠. 그래서 흠흠, 일반인들에게는 철저하게 출입을 금지하고 있습니다. 손님들께서는 지하에서 저녁을 드시는 게 낫겠군요. 샌드위치 자판기도 있습니다."

"이봐, 멀리 보는 눈. 얼굴을 감싸도록 해. 안 보면 분명히 괜찮을 거야."

긴 팔이 조용히 말했다.

"두고 보면 알겠지."

멀리 보는 눈이 앓는 소리를 내면서 유리 엘리베이터를 탔다. 그리고 다시키를 머리 위까지 당기고 웅크렸다. 엘리베이터가 출발하자 그가 비명을 질렀다. 멀리 보는 눈의 비명 소리는 갈수록 줄었지만 이번에는 긴 팔에게 문제가 생겼다. 긴 팔은 자신이 멀리 보는 눈의 공포를 쉽게 전달받는다는 사실을 깜빡 잊었던 것이다.

마일하이 맥일웨인의 엘리베이터는 아파트, 학교, 병원, 슈퍼마켓, 스포츠 클럽을 지나며 씽 하고 올라갔다. 교회, 명상 회관, 이슬람 성원 모스크, 예약이 필요 없는 멜로워 전용 병원도 지났다. 어떤 층은 한 층 전체가 땅의 신, 음혼도로의 메시지를 전달해 주는 사자 영매에게 바쳐진 곳이었다. 평범한 영매들의 사무실은 50층에 있었다. 마일하이 맥일웨인은 그저 건물이라기보다는 차라리 '위대한 도시 하라레에 세로로 뻗어 있는 마을'이라고 부르는 것이 어울릴 듯했다.

탐정들은 온천, 채소 시장, 대학교, 미용실, 도서관을 지났다. 비록 그 광경을 제대로 감상할 수 있는 사람은 밝은 귀뿐이었지만 말이다. 멀리 보는 눈은 공처럼 둥글게 몸을 웅크렸고 긴 팔은 멀리 보는 눈의 공포를 느끼지 않으려고 무진 애를 썼다. 긴 팔이 예전에 듣기로는 이곳의 시스템이 고장 나서 맨 꼭대기 쪽 100개 층에 음식을 올려 보내지 못한 일이 있었다고 한다. 그래서 사람들이 잠시 굶주렸다고 한다.

마치 바다 밑바닥에서 풀려난 거품을 타고 날려 올라가는 기분이었다. 4분의 1 지점이 되자 멀리 보는 눈은 기절해 버렸다. 긴 팔은 친구의 감정에서 벗어나자 몸이 부들부들 떨렸다. 1분만 늦었어도 무슨 일이 일어났을 것만 같았다.

엘리베이터는 아직도 올라갔다. 하라레에 있는 모든 건물들이 발아래에 있었다. 엘리베이터가 새털구름 속으로 돌진했다. 그리고 구름 위로 뛰어나왔다. 이제 긴 팔의 눈에는 저물어 가는 저녁놀과 함께 불타오르는 구름바다만 보였다.

마침내 문이 스르르 열렸다. 밝은 귀와 긴 팔은 멀리 보는 눈을 끌고 나와 카펫 위에 눕혔다. 식사를 나르고 있던 웨이터들이 께름한 표정으로 탐정들 곁에 둘러섰다.

탐정들은 멀리 보는 눈이 회복될 때까지 얼그레이 홍차를 먹었다. 멀리 보는 눈이 기운을 차렸을 때 마치카 장군과 부인이 도착했다. 웨이터들이 모두 문으로 가서 두 사람을 맞이했다. 긴 팔이 창문에서 떨어진 자리에 앉자고 부탁했다.

"문제될 건 없지만 좋은 경치를 놓치겠군. 민감한 건 단점이로군, 안 그렇소?"

마치카 장군이 말했다. 마치카 부인이 장군의 팔에 손을 얹으며 덧붙였다.

"훌륭한 선물이기도 하죠."

장군 일행이 레스토랑을 장악했다. 장군의 경호원늘은 문 옆에 비상 경계선을 쳤다. 그리고 웨이터들이 부엌을 떠날 때마다 금속 탐지기로 점검했다.

음식은 환상적이었다. 차가운 아보카도 수프와 육즙 젤리에 굳힌 참새우로 시작해서, 구운 뿔닭, 허브버터 꼬마 당근, 인도산 붉은 망갈로르(인도 카르나타카 주 남서쪽에 있는 항만 도시—옮긴이) 밥을 먹었다. 후식은 마카다미아 열매를 점점이 뿌린 망고 파르페였다.

긴 팔은 장군이 자신들에게 즐거움을 주는 이유가 궁금할 수밖에 없었다. 장군이 겉으로는 일상적인 화제를 거론하며 대화를 이끌어 갔지만 은근히 자신들을 관찰하고 있다는 느낌이 들었다. 장군은 탐정들의 생활과 일에 대해 물었다. 사소한 일까지 모두 흥미를 가지는 것 같았다.

식사가 끝났을 때 한 무리의 남자들이 레스토랑 안으로 들어오려고 했다. 그러자 지배인이 다가갔다.

"죄송합니다. 별빛 공간은 예약이 되었습니다."

"터무니없는 소리! 우리는 늘 여기서 먹는단 말이야. 대통령에게 건의해야겠어!"

질그릇 깨지는 듯한 목소리가 긴 팔의 신경을 건드렸다. 마치카 장군이 일어섰다.

"당연히 들어오셔야지요. 존경하는 곤드와나 대사께서 별빛 공간에서 식사를 하시는 줄은 몰랐군요. 사과드리겠습니다."

무사처럼 어깨가 단단하고 덩치 큰 남자가 레스토랑으로 성큼성큼 걸어왔다.

"마치카 장군! 만나게 되어 정말 기쁘오!"

긴 팔은 아주 강한 적대감을 느꼈다. 거의 기절할 지경이었다.

"친애하는 대사님! 저희는 막 일어서려던 참입니다. 안 그랬으면 저희가 대사님 일행을 확실히 대접했을 텐데 아쉽군요. 여기서 마음껏 계시다 가십시오."

장군은 팔로 가게를 쭉 가리켰다.

마치카 장군은 후한 팁을 붙여 음식 값을 낸 뒤 외교관에게 인사를 하고 떠났다. 곤드와나 사람들은 탁자에 모여 앉아 브랜디를 주문했다. 긴 팔은 그 사람들이 마치카 장군의 경호원을 지나칠 때 하나같이 금속 탐지기가 울리는 것을 눈여겨보았다.

엘리베이터 쪽으로 걸어가던 긴 팔이 슬쩍 뒤돌아보았다. 어쩐지 어두운 그림자가 별빛 공간 공기 중에 떠돌아다니는 기분이 들었다. 참 이상했다. 그 사람들은 어디 하나 특별해 보이지 않는 보통사람들이었기 때문이다. 엄청난 돈과 힘을 가진 잔인한 사람들이었지만 그런 인물들이야 전에도 만난 적이 있었다. 뭔가 다른 기운이 그 사람들 주변과 뒤에서 펄럭이며 날아다녔다. 이런 건 처음이었다.

마치카 장군 일행은 가장 가까운 리무진 주차장까지 두 층만 내려오면 되었다. 카우즈 구츠에 내려 줄 거라고 생각했는데 리무진이 마조에로 날아가자 긴 팔은 깜짝 놀랐다.

"자기엔 너무 이른 시간이야. 듣자 하니 자네들 밤새도록 나가 있었다더군."

마치카 장군이 웅얼거렸다.

긴 팔이 고개를 끄덕였다. 당연히 장군은 탐정들이 죽은 자의 땅에 갔다 온 사실을 알고 있을 것이다. 어쩌면 탐정들이 보고한 것보다 더 많이 알고 있을 것이다. 긴 팔은 넓게 펼쳐진 영국식 마을인 마운트 햄프딘을 바라보았다. 크리스마스가 코앞에 다가와 있었다. 어떤 집은 색깔 전구로 집 밖을 꾸며 두었고, 어떤 집은 사슴 일곱 마리가 끄는 썰매를 탄 할아버지 나무 인형이 정원에 놓여 있었다.

리무진은 아이언마스크 산 위를 지나 마조에 저수지 위를 낮게 날았다. 드디어 탐조등이 사방으로 빛을 뿜고 있는 마치카 장군의 집에 착륙했다. 마치카 장군이 주의를 주었다.

"내가 무기 시스템을 해제할 때까지 내리지 말게."

기계총이 담장 속으로 쑥 들어가는 것을 보자 긴 팔의 목구멍 근육이 팽팽해졌다.

로봇 도베르만이 장군의 발치에서 꼬리를 흔들다가 탐정들을 보자 금속 목털을 곤두세웠다.

"친구들이야."

장군이 탐정들을 하나하나 짚으며 말했다. 도베르만이 으르렁거리며 개집으로 돌아갔다.

모두가 집 안으로 들어갔다. 마치카 부인이 하녀 로봇에게 과일 주스를 가져오라고 했다. 반짇고리가 부인에게 다가와 뜨개질감을 내밀었다. 마치카 부인은 손사래를 쳐서 쫓아 버렸다. 집사 로봇이 장군의 모자를 받아 들었다. 홀로폰이 열심히 몸을 흔들며 돌아다니다가 구석에 서 있으라는 명령을 들었다. 기계들이 어디에나 있었다.

'나라면 이런 생활에 익숙해질 수 있을까?' 긴 팔이 생각했다. 긴 팔은 기다란 팔을 소파 등받이에 설쳐 놓고 기대앉아 있었다. 금속 스프링이 등을 찌르지도 않았고 고약한 쥐 냄새를 풍기지도 않았다. '익숙해질 수 있다마다! 그런데 사람들은 어디 있지?' 긴 팔이 생각했다.

밝은 귀와 멀리 보는 눈은 마치카 부인이 준 과자 접시에 코를 박고 행복해했고, 마치카 부인은 두 사람에게 황계에서 어린 시절을 어떻게 보냈는지 물었다.

"자, 의논할 게 있소."

마치카 장군이 긴 팔에게 말했다. 탁자에 잔을 내려놓으려고 하자 하녀 로봇이 재빨리 그 아래에 쟁반을 밀어 넣었다. 두 사람은 복도를 따라 서재로 갔다. 장군은 커다란 책상 앞에 앉아 긴 팔이 앉을 소파를 가리켰다. 두 사람은 잠깐 동안 서로를 살펴보며 앉아 있었다. 그러다가 장군이 목청을 가다듬고 말을 꺼냈다.

"난 아이들이 어디 있는지 아네."

제21장

"아이들은 레스트헤이븐에 있다네."

긴 팔은 마치카 장군을 뚫어지게 쳐다보았다. 긴 팔도 그곳에 대해 어렴풋이 들은 적이 있었다.

"내가 그 즉시 버스 운전사를 찾아냈지."

장군은 자리에서 일어나 서재 벽을 따라 천천히 걸었다. 그는 학자처럼 보이지는 않았는데 놀랍게도 바닥에서 천장까지 이어진 책꽂이에 책이 꽉 차 있었다. 높이 꽂힌 책을 뺄 때 쓰는 바퀴 달린 사다리도 하나 있었다.

"그 운전사는 음토코에 있는 부모님 댁에 가 있더군. 협조를 잘해 주었지. 그 운전사가 아이들을 잘못 이끌었다고는 생각하지 않네."

장군은 사다리를 타고 올라가서 가죽 표지로 된 두꺼운 옛날 책을 꺼냈다. 장군이 내려오는데 사다리의 계단이 부러졌다.

"이해가 안 돼요. 왜 아이들을 집으로 데려오지 않으셨죠?"

"레스트헤이븐은 하라레의 일부가 아니라네."

장군이 그 책을 책상에 펼쳤다. 그리고 먼지를 쓸어냈다.

"엄밀히 말해서 세상의 일부조차 아니지. 여기를 보게."

긴 팔은 장군이 가리키는 사진 쪽으로 몸을 기울였다. 키 크고 마른 남자의 그림이었다. 그 남자는 무릎까지 닿는 나무껍질 앞치마를 입고 허리에는 단검을 차고 있었다. 칼집은 금세공으로 화려하게 장식되어 있었고 머리카락도 공들여 꾸민 모습이었다. 윗도리는 입지 않았고 가슴에 소용돌이 모양의 하얀 원반을 걸고 있었다.

그 남자는 정면을 쏘아보고 있었다. 긴 팔이 아까 사자 공원에 있던 사자의 얼굴에서 본 표정이었다. 사자들은 한껏 무게를 잡고 고요하게 있었다. 하지만 한 마리가 잠깐 동안 사진 속 남자와 똑같은 표정으로 긴 팔을 노려보았다. 그건 이런 뜻이었다.

'만약 정글 숲에 우리 둘만 있다면 넌 내 손아귀에서 빠져나가지 못할 거야.'

"누굽니까?"

긴 팔이 물었다.

"한 예술가가 상상한 모노마타파의 모습일세. 정말 모노마타파가 어떻게 생겼는지는 아무도 모르지만 그 시대의 자료들은 많이 있지. 200년 전 어느 전통주의자들이 모노마타파의 세상으로 돌아갈 결심을 했다네."

"레스트헤이븐이군요."

"백만장자 한 명과 세력 있는 수많은 정치가들이 후원을 했다네. 과거로 돌아가겠다는 건 정말 존경스러운 생각이었지. 아프리카의 영혼을 보

227

존하려는 마음에 호소하기도 했지."

장군이 책장을 넘겼다. 움막집, 평야, 사람들을 표현한 그림이 눈에 들어왔다.

"유럽 관습이 유입되면서 아프리카의 많은 전통이 사라졌지. 외부 세계에 의해 우리의 문화가 파괴될 것 같았어. 그래서 레스트헤이븐이 세워졌지."

더 많은 그림들이 있었다. 여자들이 물 솥을 옮기는 그림, 커다란 절구로 곡식을 찧고 있는 그림. 그림 속에는 즐겁게 일하는 아름다운 여자들이 있었지만 오래된 사진 몇 장에는 오랜 중노동으로 등이 굽고 몹시 여윈 쪼그랑 할머니들이 찍혀 있었다.

"그 사람들은 레스트헤이븐이 여행자들의 숙소가 되는 걸 바라지 않았지. 그래서 세상의 모든 나라에 승인을 받아 세계와 동떨어진 나라로 만들었다네. 레스트헤이븐은 모잠비크나 곤드와나처럼 독립되어 있고 국제법에 의해 주권이 보호되는 곳일세. 현대의 삶에 싫증난 사람이라면 누구든 시민권을 신청할 수 있지. 하지만 들어갈 수 있는 사람은 아주 극소수라네. 우선 테스트를 받고 통과해야만 모노마타파 나라 사람이 되는 거지. 영원히."

"당장 거기서 아이들을 데려와야 해요."

긴 팔이 소리쳤다. 장군은 의자에 앉아서 그 낡은 책만 쳐다보고 있었다.

"나는 레스트헤이븐으로 쳐들어갈 수 없다네. 곤드와나를 공격할 수 없는 것처럼 말이야. 그건 전쟁 선포나 마찬가지거든. 레스트헤이븐이 아프리카에 어떤 감정을 품고 있는지 귀 기울여 주어야 한다네. 거긴 예루살렘이고 메카이고 아요디아(인도에 있는 도시. 고대부터 번영한 오래된 도시이며, 힌두교 7성지 가운데 하나다—옮긴이)의 힌두교 도시나 다름없어. 성지라고!

문화마다 감히 손대지 못하는 곳을 합법적으로 가지고 있어. 여기는 우리의 성지야. 레스트헤이븐이 존재하는 한 아프리카의 심장은 안전해. 만약 내가 레스트헤이븐을 치고 들어가면 아프리카 대륙의 모든 나라가 짐바브웨를 상대로 일어설 거야."

"하지만…… 분명 그 아이들은 들여보내 달라고 신청을 하지도 않았어요."

"모르겠네. 나는 아침마다 거기 갔었어. 그리고 아이들을 돌려 달라고 부탁했어. 애걸복걸했단 말일세. 그런데 거절당했어."

장군은 눈을 감았다. 그의 얼굴은 싸늘하고 무표정한 박물관 돌 조각상 같았다.

시간이 흘렀다. 침묵이 이어졌다. 거실에서 밝은 귀가 농담하는 소리와 마치카 부인이 예의 바르게 웃는 소리가 들렸다. 긴 팔은 장군의 어깨에 손을 얹었다.

긴 팔은 장군의 마음을 들여다보았다. 이번에는 목마름 씨와 멜로워에게 그랬던 것처럼 주춤하지 않았다. 장군의 인격에 잠재된 싸늘하고 쓸쓸한 어린 시절이 느껴졌다. 폭력 조직과 싸우며 보낸 세월을 지독하게 싫어했다. 장군의 눈을 통해 거대하고 불규칙하게 뻗은 하라레가 보였다. 아무도 완전히 제어할 수 없었던 그 도시, 하라레.

마치 방이 많은 캄캄한 집으로 걸어가는 기분이었다. 긴 팔은 그 방들 안에 무엇이 숨어 있는지 알고 싶지 않았다. 엄청난 힘을 가졌으면서도 자신에게 큰 의미가 있는 한 가지를 돌려받는 일에는 기가 막힐 정도로 무력한 이 남자가 너무도 가엾다는 생각이 들었다.

조심조심, 신중하게 긴 팔은 장군의 마음에 있는 깜깜한 집으로 걸어갔다. 모퉁이를 돌아 햇살이 비치는 정원으로 갔다. 널따란 푸른 잔디밭에서 아이들이 놀고 있었다. 리타가 쿠다에게 간지럼을 태웠다. 아이들은 웃음 섞인 비명을 지르며 잔디밭에서 뒹굴고 또 뒹굴었다. 텐다이는 아이들 옆에 서 있었다. 아이들은 그런 어린애 같은 놀이를 하기에는 너무 컸고 그렇다고 무시하자니 아직 어렸다. 텐다이는 흘끗 고개를 들어 정면으로 긴 팔을 쳐다보았다. 얼굴 표정이 매우 진지했다. 장군이 텐다이 안에서 맴돌고 있는 것이 보였다.

그것은 실제 기억이었다! 긴 팔은 즉시 장군의 어깨를 놓았다. 부끄러워서 얼굴이 활활 타올랐다. 용서하지 못할 사생활 침해였다!

마치카 장군은 아직도 눈을 감고 앉아 있었다. 하지만 딱딱했던 얼굴은 누그러져 있었다. 어렴풋이 웃고 있었다. 한참 지나서 장군은 눈을 뜨고 말했다.

"고맙네. 난 세상에 선량함이 있다는 걸 가끔씩 잊을 때가 있어."

그리고 긴 팔이 자리를 뜨려 하자 덧붙였다.

"아직 미녀에게는 레스트헤이븐에 대해 아무 말도 못했다네. 아마 이해하지 못할 거야. 비밀을 지켜 주게."

"미녀라뇨?"

"내 부인 말일세."

긴 팔이 서재에서 나왔다.

"멋진 파티였어! 정말 멋지고 전설적이고 초자연적인 파티였어. 나도 부자라면 얼마나 좋을까!"

멀리 보는 눈이 소리쳤다. 그리고 사무실 문에 달린 많은 자물쇠들을 열고 안을 둘러보더니 얼굴을 찌푸렸다. 밝은 귀도 맞장구를 쳤다.

"난 사흘 동안 아무것도 안 먹을 거야. 침대에 누워서 별빛 공간에서 먹었던 코스 요리들을 다시 체험할 거야. 긴 팔, 너도 꼭 같이 해야 해. 상상력이 가장 뛰어나니까. 내 말 듣고 있어?"

하지만 긴 팔은 소파에 누워 천장의 얼룩만 쳐다보고 있을 뿐이었다. 밝은 귀와 멀리 보는 눈은 그냥 긴 팔을 무시했다. 비좁은 샤워실에서 멀리 보는 눈이 소리쳤다.

"웬만하면 청소 좀 하지? 시퍼런 물때 천지잖아!"

멀리 보는 눈이 소리쳤다

"네 눈에만 보이거든!"

밝은 귀가 차분하게 말했다. 그리고 침낭을 흔들었다. 왕모래가 바닥으로 후두두둑 떨어졌다.

"할 말이 있어."

긴 팔이 입을 열었다. 그리고 두 사람에게 서재에서 마치카 장군과 나눈 이야기를 들려주었다. 그가 장군의 마음을 들여다보다가 등골이 오싹했던 순간을 포함해서 모든 일을 이야기했다.

"나도 레스트헤이븐에 대해 들어 본 적이 있어. 한번 가 볼까 생각했던 적도 있지만, 알다시피 그건 거의 신화야."

멀리 보는 눈이 말했다. 그러자 밝은 귀가 이어 말했다

"난 거기 담벼락을 본 적이 있어."

세 사람은 모두 잠자리에 누워 천장을 쳐다보았다. 밝은 귀와 멀리 보는 눈은 침낭에 있었지만 앓고 일어난 지 얼마 되지 않은 긴 팔에게는 소

파를 내주었다. 바퀴벌레가 천장을 기어가다가 거의 한 중간에 이르자 뚝 떨어졌다.

"불쌍한 녀석. 저 바퀴벌레에게 아내나 가족이 있는지 궁금하네."

멀리 보는 눈이 말했다. 밝은 귀가 또 덧붙였다.

"가족? 수도 없이 많지."

세 사람은 계속해서 생각에 잠겼다. 두꺼운 커튼조차도 카우즈 구츠의 빛을 막지는 못했다.

"맥주! 맥주! 맥주!"

길 건너에서 분홍색 네온사인이 외쳐 댔다.

"멜로워가 마치카 장군은 늘 옳은 일만 한댔지. 만약 그 애들이 내 아이들이고 내게 군사통솔권이 있다면, 나는 그 담장을 무너뜨릴 거야. 세상 어떤 무기보다 레스트헤이븐에 있는 창이 더 위험하단 말이야."

밝은 귀가 말했다. 긴 팔이 천천히 입을 열었다.

"그곳에는 모든 사람들이 지키고 싶어 하는 꿈이 있어. 어떤 버스나 로켓도 그 위를 날아갈 수 없어. 어떤 도시 소음도 자연 소리를 방해해서는 안 돼. 장군이 레스트헤이븐으로 쳐들어가면 그걸 파괴하는 게 된다고."

분홍색 커튼에 거미 같은 그림자를 비추며 긴 팔이 일어났다.

"막다른 골목에 이른 것 같군. 난 장군이 왜 우리에게 터놓고 말하지 않고 꺼리는지 궁금해."

"나도 궁금해."

밝은 귀가 하품을 했다. 하품을 하자 입이 벌어질 뿐만 아니라 귀도 살랑거렸다가 다시 접혔다.

긴 팔이 싱크대로 갔다. 부스럭거리는 기분 나쁜 소리로 보아 바퀴벌레

가족이 늘 거기 쌓여 있던 더러운 접시들을 찾고 있는 모양이었다. 긴 팔은 컵을 헹구고 작은 냉장고에서 찬물을 꺼내 따랐다. 썩어 가는 양배추 맛이 났다. 긴 팔이 어렵게 말을 꺼냈다.

"장군은 우리가 레스트헤이븐으로 들어가길 바라는 게 분명해."

"그럼, 물론이지! 어유, 고맙기도 해라! 그러면 우리는 모노마타파의 나라에서 신화와는 거리가 먼 개미탑에 묶이게 될 테지."

멀리 보는 눈이 빈정댔다.

"만약 다른 사람이 그 일을 시도한다면 아마 무사하지 못할 거야. 하지만 우리를 좀 보라고."

"왜? 우린 진짜 괜찮은 사람들인데? 안 그래, 밝은 귀?"

"솔직하게 말해 봐. 사람들의 반응이 대부분 어땠지?"

밝은 귀와 멀리 보는 눈이 일어나 앉았다. 대답이 없었다.

"레스트헤이븐 사람들이 어두운 길을 가다가 우리를 보면 어떻게 생각할까?"

"우릴 아기 잡아가는 요괴쯤으로 생각하겠지. 마녀들이 키우는 괴물 말이야."

멀리 보는 눈이 마지못해 대답했다.

"바로 그거야. 이 일엔 우리가 딱이야."

"넌 멋진 기분을 망치는 데 선수야."

밝은 귀가 한숨을 쉬며 펄럭펄럭 침낭에 누웠다.

제22장

텐다이는 잠잘 마음이 없었다. 사건이 빠르게 일어나고 있었다. 영매가 판결을 내리기 전에 레스트헤이븐에서 빠져나갈 방법을 찾아야 했다. 리타는 여자 움막으로 불려간 지 꽤 되었다. 텐다이는 소년들 틈에 끼여 잠을 이루지 못한 채 풀 돗자리에 누워 있었다.

텐다이는 일어남직한 일들을 떠올려 보았다. 치포의 아기가 죽으면 텐다이와 동생들은 마녀 종족으로 여겨져서 쫓겨날 것이다. 그러면 문제가 해결되겠지만 아기가 죽기를 바랄 수는 없었다. 아기가 무사히 태어난다면 텐다이와 동생들은 아마 부족민으로 받아들여질 것이다. 그러면 다시는 집에 갈 수 없게 될 것이다.

멀리서 웅성거리는 목소리와 북소리가 들렸다. 어쩌면 영매가 가리카이와 지금 함께 앉아 있는지도 모른다. 텐다이는 영매가 궁금했다. 사람들은 영매를 두려워하는 듯했다. 텐다이의 아버지가 마일하이 맥일웨인으로 찾아가는 영매와는 다른 것 같았다. 아버지의 영매는 정장을 입고 있었다. 영혼의 세계에 빠져 있지 않을 때는 농담도 했고 쿠다의 귀에서 동전을 찾아내는 마술도 보여 주었다. 텐다이는 한창 이런 기억들을 떠올리다가 잠이 들었다.

귀를 찢는 울음소리가 들리는 바람에 텐다이는 즉시 잠에서 깼다. 그리고 일어나 앉아서 무기를 더듬어 찾았다. 또 하나의 울음소리가 고요히 잠든 마을 하늘에 울려 퍼졌다. 목소리들이 커졌다. 후다닥 달리는 발소리들이 움막집 옆으로 지나갔다.

"뭐지? 무슨 일이야?"

텐다이가 문 앞에 모여 있는 다른 소년들에게 소리쳤다. 희미한 새벽빛이 소년들의 얼굴에 비쳤다.

"치포가 아기를 낳았어. 남자애야."

호드자가 말했다.

"어떻게 알아?"

"울음소리가 둘이었어. 하나는 여자, 하나는 남자."

"그야 남자애가 더 중요하니까 그렇지."

방가가 덧붙였다. 텐다이는 일어나서 다른 사람들을 따라 커다란 모닥불 쪽으로 갔다. 가리카이 옆에 있는 남자는 텐다이가 처음 보는 사람이었다. 남자는 씁쓸하게 굳은 표정을 짓고 있었고 눈이 빨갛게 충혈되어 있었다. 노한 갈고리 같은 손으로 독사 모양이 새겨진 지팡이를 잡고 있었다. 그리고 장식물을 많이 달고 있었는데 그사이에 은도로도 보였다.

텐다이가 서 있는 자리에서 보아도 그의 은도로는 값싼 도자기 재질의 모조품이라는 걸 알 수 있었다. 남자의 눈은 끊임없이 그곳에 모인 군중을 살피고 있었다. 그러다가 텐다이를 발견하자 시선을 고정시켰다. 시선이 아래로 휙 튕겨 텐다이의 진짜 은도로로 내려가더니 다시 올라왔다. 그리고 증오심에 활활 타오르는 눈빛으로 텐다이를 노려보았다.

영매가 틀림없었다.

사람들은 작은 목소리로 이야기를 주고받았다. 여기저기 내린 으스스한 새벽이슬 때문에 서로 부둥켜안고 있었다. 불꽃이 탁탁 소리를 내며 밝아 오는 하늘로 불티를 날렸다. 마침내 영매가 눈길을 돌렸다. 텐다이는 긴장이 풀렸다. 그토록 긴장하고 있었는지도 미처 깨닫지 못했다.

텐다이는 리타를 찾으려고 사람들을 살펴보았지만 보이지 않았다. 리타가 곤히 늦잠이라도 자고 있으면 좋겠다는 생각이 들었다. 레스트헤이븐의 새벽 구름 위로 해가 희미하게 떠오를 때까지 마을 사람들은 참을성 있게 기다렸다. 텐다이는 서서히 뭔가 잘못되었다는 사실을 눈치챘다. 부족장이 몇 년을 기다린 끝에 후계자를 얻었다면 사람들이 기뻐하리라는 것은 불을 보듯 뻔한 일이다. 그런데 그런 분위기가 아니었다.

사람들은 조용조용 이야기를 나누었다. 하지만 아기 이야기는 꺼내지 않았다. 텐다이는 그건 걱정스러워하는 분위기라고 장담할 수 있었다. 아기가 기형일까? 치포가 죽은 걸까?

한 노파가 움막에서 나왔고 사람들이 양쪽으로 갈라지며 길을 내주었다. 노파는 천천히 가리카이와 영매가 앉아 있는 의자로 다가갔다. 그리고 담요를 펼쳤다.

아기는 맨살이 드러나자 세차게 울부짖었다. 놀라서 웅성거리는 사람들의 소리가 물결치며 퍼져 갔다.

"탯줄이 떨어지기도 전에 아기를 밖에 데려오다니? 도대체 무슨 생각으로 저러지?"

한 여자가 속삭였다. 그러자 옆에 있던 사람이 말했다.

"쉿! 영매의 인정을 받아야 해."

"튼튼한 놈이군."

아기가 발길질을 하며 울부짖자 가리카이가 말했다. 아기를 안아 보고 싶었겠지만 그건 관습에 어긋나는 일이었다. 며칠 동안은 산모와 산파 외에는 아무도 아기를 만질 수 없었다.

영매는 갓난아기를 살펴보았다. 아기를 그다지 좋아하는 것 같지 않았다. 적어도 이 아기는 그런 것 같았다. 아기의 주름진 작은 얼굴을 살펴보며 얼굴을 찡그렸다. 시간이 흘렀다.

"우리 부족으로 인정하노라."

마침내 영매가 말했다. 사람들이 한꺼번에 안도의 숨을 내쉬었다.

"내 아들이니라."

가리카이의 외침이 아기의 울음 위로 퍼졌다.

"이제 안전한 움막 안으로 데려가게!"

노파가 맨 잇몸을 드러내며 웃고는 절뚝거리며 움막으로 걸어갔다. 사람들도 웃음을 보냈다. 이제 텐다이의 걱정이 사라졌다.

갑자기 항아리 깨지는 소리가 들렸다. 누군가 비명을 질렀다. 모두가 얼어붙었다. 살랑거리는 불꽃 위로 아기 우는 소리가 들렸다. 다른 아기의 울음소리였다. 노인이 나왔던 움막에서 소녀가 나왔다. 소녀도 아기를 안고 있었다. 하늘이 무너지기라도 한 듯 아기를 쳐다보고 있는 가리카이와 소녀. 소녀는 머뭇거림 없이 가리카이에게 다가갔다. 가리카이의 입이 떡 벌어졌다. 소녀는 가까이 다가가 두 번째 아기를 내밀었다.

리타였다!

"저리 치워."

저리 가라고 손을 저으며 가리카이가 말했다. 그러자 리타가 말했다.

"부족장님 딸이에요."

"난 그 애를 받아들이지 않아. 저주받은 쌍둥이야."

"더없이 건강해요. 그런데 산파 할머니가 이 아기를 죽이려고 해요."

리타의 목소리가 날카로워지기 시작했다.

"허약하고 자연 법칙에 어긋나는 아기야. 죽어 버릴 거야."

"우는 소리를 들어 보세요! 허약하지 않아요! 이렇게 작은 아기를 죽이면 안 돼요. 제가 가만 있지 않을 거예요!"

리타가 울기 시작했다. 울음소리가 숲 빈터에 울려 퍼졌다.

"쌍둥이는 불길해. 므와리의 이치에 어긋나는 일이야."

가느다란 목소리가 영매의 입에서 나왔다.

"세상에 불길한 아기는 없어요."

리타가 흐느꼈다.

"하나는 죽어야 해. 죽어서 태어난 움막 바닥에 묻혀야 해."

"그리고 죽는 건 당연히 여자애란 거군요. 그래요. 여자애를 버리자고요. 쓸모없으니까요! 가치도 없고요! 당신들은 모두 나쁘고! 무식하고! 썩어 문드러진 돼지들이에요."

리타가 소리쳤다. 이제 거의 비명을 지르고 있었다. 미안다가 사람들을 밀치고 나와 리타의 팔에서 갓난아기를 낚아챘다. 영매가 리타를 때리려고 지팡이를 들어 올렸다. 텐다이가 지팡이를 잡아 비틀었다. 영매가 깜짝 놀라서 저항 없이 지팡이를 놓았다. 텐다이는 그 지팡이를 모닥불 한 복판에 던졌다. 지팡이는 불꽃을 내며 금세 타올랐다.

마을 사람들은 두려워서 숨을 몰아쉬었다. 그리고 텐다이와 리타에게 와락 덤벼들어 땅바닥에 쓰러뜨렸다. 누군가가 가리카이에게 나무 막대를 건네주었다. '아, 므와리, 우린 이제 죽었다.' 텐다이는 생각했다. 가리카이는 오래오래 두 사람을 지켜보고 서 있었다. 텐다이는 첫 몽둥이질을 기다리며 이를 앙다물었다. 하지만 가리카이는 갑자기 비통한 표정을 지으며 얼굴을 찡그렸다. 그리고 나무 막대를 집어던지고 의자로 돌아갔다. 얼굴에 깊은 주름이 잡혀 10년은 더 늙어 보였다.

"이 꼬마 하이에나들을 반성 움막에 집어넣어라."

영매가 혀를 차며 말했다. 텐다이와 리타는 많은 손들에 이끌려 갔다. 마치 마을 사람들 모두가 한 가지 생각과 한 가지 목적만으로 두 사람에게 맞서고 있는 것 같았다. 텐다이가 움막 안으로 쓰러지며 마지막으로 본 것은 미안다가 그 여자 아기를 가슴에 품고 있는 모습이었다.

"내 편을 들어 줘서 고마워."

바닥에 부딪힌 아픔이 좀 가시자 리타가 말했다. 리타는 아주 심하게 떨고 있었다. 텐다이가 리타를 안았다. 리타는 울음을 터뜨렸다. 리타는 곧 몸을 들썩이며 울었다. 텐다이는 전통적인 방식을 중시한다면 오빠가 여동생에게 이러지 않아야 한다는 걸 알았지만 이제 그런 관습 따위는 신물이 났다.

리타는 완전히 지칠 때까지 울었다. 그리고 어릴 때처럼 오른손 엄지손가락을 물고 누웠다.

"어떻게 된 거야?"

텐다이가 조용히 물었다. 리타는 한숨을 쉬며 벽의 둥근 부분에 등을 댔다.

"거기에 괜히 들어갔나 봐. 하지만 보고 싶었어. 갓난아기를 본 적이 없었거든. 그래서 몰래 문으로 들어갔는데, 아기가 있었어. 남자 아기였어. 물고기처럼 온통 젖어 있었어. 그때 여자 아기가 태어났어. 산파가 뭐라고 다그쳤고 치포가 울기 시작했어. 미안다는 벽에 기대앉아 아무 말도 하지 않았어. 잠시 뒤, 노파가 가리카이에게 말하려고 나갔어."

"그럼 가리카이가 알고 있었구나."

"모두가 알고 있었어. 알면서 모른 척했을 뿐이지. 그 사람들도 아기를 죽이고 싶어 하지는 않아."

"누군들 그렇겠어?"

"그런데 쌍둥이는 마녀의 저주를 받는다고 생각해. 쌍둥이 중 하나는 괜찮지만 다른 하나는 불길해서 없애 버려야 한다고 생각하지. 산파 하나가 남자 아기를 데리고 가리카이에게 갔고, 다른 산파가 여자 아기를 데리고 있었어. 무슨 말인지 알겠어?"

텐다이는 고개를 끄덕였다.

"여자 아기를 조용히 시키는 게 중요하다고 말하더라고. 만약 울면 모두가 알게 되잖아. 그러면 아기가 사산된 척할 수 없으니까."

"하지만 모두가 알고 있었어."

"당연하지."

리타는 다시 몸을 부르르 떨었다. 텐다이는 리타에게 덮어 줄 게 있나 둘러보았지만 아무것도 없었다. 리타는 기진맥진하여 눈이 감기기 시작했다. 그런데 갑자기 다시 눈을 부릅떴다. 텐다이는 리타가 전날 밤에 잠을 자기는 했는지 의심스러웠다.

"집에서 먹는 햄버거랑 마찬가지 같아. 고기를 마련하려면 소가 죽어야 한다는 걸 알면서도 굳이 그 생각을 하지 않으려고 해. 그냥 요리 컴퓨터에서 나오는 것인 척했어. 그래, 마을사람들도 그 불길한 아기가 사산된 척했어."

리타는 하품을 했다. 발음이 점점 어눌해졌다.

"그런데 네가 어떻게 그 아기를 구하게 된 거야?"

"치포와 어떤 할머니만 빼고 모두 움막에서 나갔어. 치포는 너무 허약해져서 일어날 수 없었지. 그런데 그 할머니가 아기 입에 넣으려고 재를 한 줌 쥐었어."

"마이웨에!"

"내가 항아리로 할머니 머리를 내리치고 아기를 안았어. 그리고 아기를 꼬집었어. 아기가 멋지게 울음을 터뜨렸고 그때부터는 그 아기가 죽은 척할 수 없게 되었지."

이제 리타의 눈이 감겼다. 손이 땅바닥으로 떨어져 내렸다. 깊고 규칙적인 숨소리가 이어졌다.

텐다이는 어두운 움막에 앉아 여동생을 바라보았다. 텐다이에게 리타는 늘 바보 같은 아이, 어리석은 말다툼을 일으켜 짜증나게 하는 아이였다. 텐다이는 오늘에야 리타의 그런 모습이 진정한 용기라는 걸 알았다. 아버지가 알았다면 리타를 자랑스러워했을 것이다.

날이 밝았다. 아무도 음식을 가져다주지 않았다. 다행히 텐다이가 물이 담긴 항아리를 발견했다. 텐다이는 리타 몫을 남겨 두고 아껴서 마셨다. 리타는 자고 또 잤다. 몸을 뒤척이지도 않았다. 늦은 오후가 되자 마침내 문이 열렸고 미안다가 들어왔다. 미안다는 리타를 살펴보고는 앉았다. 그리고 조그만 목소리로 말했다.

"이야기 좀 해야겠구나. 나도 왜 내가 이런 일로 힘든지 모르겠어. 너희는 분명 도움을 받을 자격이 없어."

텐다이는 미안하다고 말하지 않았다. 미안하지도 않았다.

"너희를 들여보낸 내 잘못이긴 해. 하지만 난 너희가 이렇게 말썽을 부릴 줄은 몰랐어."

텐다이는 미안다를 가만히 쳐다보았다. 아버지가 상대편을 진땀나게 하고 싶을 때 쓰던 방법이었다.

"리타가 얼마나 심각한 잘못을 저질렀는지 너희는 몰라."

"도시에서는 오히려 아기를 죽이는 걸 잘못이라고 생각해요."

"도시에서도 가난과 범죄로 아기들이 죽는 일이 많아. 정말 어리석구나! 여기 온 지 2주도 되지 않았는데 벌써 우리를 심판하려 들다니. 레스트헤이븐은 살아 있는 문명이야. 네가 좋아하는 부분만 고르고 나머지를 던져 버릴 수는 없어. 모든 게 공존하는 거야."

텐다이는 등을 돌렸다. 예의를 갖추고 싶은 마음도 없었다. 미안다가 커다란 손으로 텐다이를 돌려 앉혔다.

"내 말을 들어 봐. 이 바보야! 나도 담장 밖의 세상이 어떤지 알아. 나도 거기서 태어났어."

"그렇다더군요."

텐다이가 차갑게 말했다.

"난 폭력 조직 소속이었지. 네 아버지가 한창 폭력 조직을 소탕하던 때였어."

"우리 아버지를 알아요?"

"당연히 알지. 네 아버지는 폭력 조직을 하나씩하나씩 찾아다녔어. 가진 자들에게 안전한 밤을 주기 위해서였지. 우리는 그걸 아주 우습게 생각했어. 나와 내 친구들은 마약을 하려고 노인들만 사는 집을 덮치고는 했어. 재빨리 도망치기 위해 로보사이클을 탔지. 어느 날 마치카 장군의 부하들이 숨어서 우리를 기다렸어. 나는 총에 맞아 로보사이클에서 떨어졌고 결국 감옥 병원으로 갔어. 누가 병문안을 왔는지 알아?"

텐다이는 고개를 저었다. 텐다이는 로보사이클을 타고 있는 미안다를 떠올려 보려 했지만 도무지 상상이 안 되었다.

"마치카 장군이었어."

"아버지가요?"

"사정없이 날 겁주더군. 내 말은, 장군은 꽤 유명했는데 우습게도 사람도 정말 좋더라는 뜻이야."

텐다이는 상상해 보려고 했다. 그러고 보니 아버지가 하는 일에 대해서는 그다지 아는 것이 없었다.

"난 겨우 열네 살이었어. 장군은 내가 가져 보지도 못했던 부모님처럼 나를 대해 줬어. 나더러 학교도 갈 수 있고 장사를 배울 수도 있지만 한번 시작하면 무조건 끝마쳐야 한다고 했어. 내가 끝마치지 못하면 날 마일하이 맥일웨인에서 떨어뜨릴 거라고 했지. 물론 농담이었을 거야. 어쨌든 그때 레스트헤어븐에 대해서도 알려 줬어."

텐다이는 입을 벌린 채 멍하니 미안다를 바라보았다. 미안다는 아버지를 알고 있었다. 왜 아버지에게 알리지 않았을까? 리타가 한숨을 쉬며 돌아누웠다. 눈꺼풀을 깜박였지만 아직 일어날 준비는 되지 않은 듯했다. 멀지 않은 곳에서 북소리가 울리기 시작했다.

"레스트헤이븐에 들어올 수 있는 사람은 거의 없어. 하지만 나는 해냈지. 여기 들어오는 게 무슨 뜻인지 알았으니까. 그건 도시를 완전히 떠날 수 있는 길이었어."

텐다이는 다레에서 나눈 이야기들과 나무 연기는 이래야 한다고 느꼈던 일을 떠올리며 고개를 끄덕였다. 머리폭탄과 싸운 뒤 승리감에 젖어 집에 돌아오던 때도 떠올랐다.

"나머지 사람들에게 해가 되지 않으면 고치려고 해서는 안 돼."

"아기를 죽이는 일도요?"

"그것까지도."

텐다이는 그 쌍둥이 여자 아기가 미안다의 가슴에 안겨 있던 모습을 떠올렸다. 텐다이는 부르르 몸을 떨었다.

"몇 시간 뒤면 영매가 마녀를 찾는 의식을 시작할 거야. 이제 너희는 정말 곤경에 빠졌어."

"어째서요? 우리에게 죄가 있으면 레스트헤이븐에서 쫓겨나는 거 아닌가요?"

"틀렸어! 리타가 세카이를 구하기 전에는 그랬지만……."

"세……, 누구요?"

미안다가 쩔쩔매는 표정을 지었다.

"쌍둥이 여자 아기 말이야. 음, 내 옛날 친구 이름이 세카이였어. 아무튼 리타가 그 일에 간섭하기 전에는 영매가 너희를 집에 보낼 생각이었어. 영매는 너희를 좋아하지 않았고, 그것도 싫어해.”

미안다가 은도로를 가리켰다. 하지만 손은 대지 않았다.

“이제 영매는 복수를 하고 싶어 해. 네가 고통 받도록 여기서 계속 지내게 할 거야.”

“서, 설마 마녀 종족이라면서 죽이지는 않겠죠?”

텐다이가 소름이 쫙 끼치는 이야기들을 떠올렸다.

“아프리카 전통은 마녀가 누군가를 죽인 게 아니라면 처형하지 않아. 하지만 차라리 죽는 게 낫다고 여기게 될 거야. 염소가 거들떠보지도 않을 음식을 받을 것이고, 온갖 궂은일과 잡일을 하게 될 거야. 가장 나쁜 건 사람들이 너희를 미워하게 될 거라는 점이야. 죽을 때까지 너희를 지긋지긋한 눈으로 쳐다볼 거야. 끔찍한 운명이지.”

텐다이는 듣고 보니 그래도 산 채로 화형당하거나 개미탑에 묻히는 것보다 낫다는 생각이 들었다.

“내가 도와줄게.”

미안다가 속삭였다. 그리고 작은 자루 두 개를 건네주었다.

“오늘 밤 영매가 무테요라고 부르는 마녀 찾는 약을 몇몇 사람들에게 줄 거야. 영매가 특별 정원에서 기르는 역겨운 약초가 가득 들었지. 그 약은 정말 지독해서 사람들이 곧바로 토해 내. 너희가 해야 할 일이 바로 그거야.”

“멋지군요.”

“값은 몰라도 너희가 마실 무테요는 그런 맛이 아닐 것 같아.”

북소리가 계속 울렸다. 요리용 장작불 냄새와 토마토 양파 소스 냄새가 났다. 텐다이의 텅 빈 배 속이 북소리만큼 크게 요동쳤다.

"만약 너희가 무테요를 뱉어 내지 않으면 모두가 너희를 마녀 종족이라고 생각할 거야. 그러면 영매가 아주 기뻐하겠지."

"그럼 어떻게 하죠?"

"이걸 씹어."

미안다가 작은 자루를 가리켰다.

"옷에 숨기고 있다가 무테요를 마시고 나서 먹어. 아무에게도 보이면 안 돼."

"이게 뭔데요?"

"닭똥."

텐다이는 하마터면 자루를 떨어뜨릴 뻔했다.

"레스트헤이븐에서 도망치고 싶으면 시키는 대로 해. 나는 다시는 바깥 세상과 접촉하지 않겠다고 맹세했어. 하지만 네 아버지의 은혜에 보답하고 싶어. 집에 돌아가게 되면, 마치카 장군을 만난 게 내 평생 가장 좋은 일이었다고 전해 줘."

미안다는 재빨리 일어나 움막에서 나갔다. 곧 문이 잠겼다.

리타는 뒤척거리면서 몇 시간 더 잤다. 텐다이는 밖에서 나는 소리를 들으려고 진흙 벽에 귀를 댔다. 가리카이와 그의 친척들이 남자 아기를 위해 의식을 이끌고 있었다. 아기에게 선조들과 가족들에 대해 들려주었다. 어른이 되었을 때 많은 자손을 얻게 해 준다는 부적도 달아 주었다.

여자 아기 세카이는 선조들에게 소개되지 않았다. 그럴 필요가 없었다. 음식도 물도 주지 않을 테니 오래 살지도 못할 것이다.

텐다이는 땅바닥에 미끄러져 내려와 반쯤 의식이 돌아온 리타 옆에 앉았다. 리타에게는 세카이에 대해 말하지 않을 작정이었다.

제23장

리타가 이야기를 들을 만큼 정신을 차렸을 때 텐다이는 미안다가 왔었던 이야기를 했다. 리타는 얼굴을 찡그리며 작은 닭똥 자루를 옷 안에 숨겼다.

"미안다가 아버지를 안다고? 그런데 왜 아버지한테 연락하지 않지?"

"침묵을 맹세했대."

"바보 같아. 이 마을 전체가 다 바보야. 미안다가 스스로 노예가 되겠다고 해도 난 상관없어. 하지만 굳이 내가 손목을 내밀면서 누군가에게 수갑을 채워 달라고 부탁할 필요는 없잖아?"

리타는 물 항아리를 발견하고 마시기 시작했다.

"좀 남겨 둬."

텐다이가 말했다. 리타는 적당한 만큼 물을 마시고 나서 말했다.

"남자아이들도 바보이긴 마찬가지야."

텐다이는 리타를 보며 운수가 나쁜 날의 나이프 할머니를 떠올렸다. 많은 일을 겪긴 했다는 생각에 텐다이는 마음을 고쳐먹었다. '조금은 더 참아 내겠지만 과연 얼마나 버틸 수 있을까?' 하고 텐다이는 생각했다. 오늘 밤에 운명이 결정될 것이다. 어쩌면 영원히 이 마을에서 벗어나지 못할지도 몰랐다.

북소리가 끊임없이 계속 울렸다. 아버지의 영매도 영혼의 세계에 빠질 때 북소리를 썼다. 아버지는 어려운 결정을 내릴 때마다 가족 모두를 데리고 마일하이 맥일웨인으로 갔다. 140층으로 올라가면 영매의 비서가 차를 대접하며 편안하게 해 주었다. 몇 분 있으면 영매가 나와서 아버지와 문제를 의논한 뒤 금액을 정했다. 북 치는 사람은 구석에 앉아서 북을 쳤다.

영매는 굉장히 빨리 영혼의 세계로 빠져들었다. 눈이 게슴츠레해졌다. 때로는 의자에서 떨어지기도 했다. 그러면 비서가 일으켜 주고 옷의 먼지를 털어서 앉혔다. 마치카 집안의 혼령 무드지무가 영매에게 내려 아버지에게 선조의 충고를 전해 주고는 했다. 잠시 후에 무드지무가 혼령의 세계로 돌아가고 영매가 기운찬 자신의 모습으로 돌아왔다. 시간은 보통 50분 정도 걸렸다.

아버지가 정부 문제에 연관된 정말 큰 사안에 관하여 고민하고 있을 때에는 완전히 다른 영매에게 갔다. 땅의 신 음혼도로와 접선할 수 있는 사자 영매였다. 나라에서 단 두 사람만 이 면허가 있었다. 텐다이는 한 번도 만나 본 적이 없었다. 사자 영매는 평범한 영매들을 깔본다. 훌륭한 콘서트 음악가가 하모니카 연주자들을 얕잡아 보듯이.

"토할 거 같아. 물이 더러웠나 봐."

리타가 앓는 소리를 냈다.

"지금 토하면 안 돼. 조금만 참아. 나중에 토해야 하잖아."

"아유, 저리 가!"

리타는 등을 돌려 벽을 보고 웅크렸다.

날이 어두워졌다. 그 움막에는 창문이 없었지만 벽과 지붕이 만나는 자리에 난 작은 틈에서 희미한 빛이 비쳤다. 그리고 곧 완전히 깜깜해졌다. 살금살금 스치는 소리로 보아 움막에는 텐다이와 리타 두 사람만 있는 게 아니었다. 텐다이는 뭔가가 몸을 가로질러 기어가는 것을 느끼기 시작했다. 빠른 것은 바퀴벌레일 것이다. 간지럽게 하는 건 개미들일 것이고, 꼼짝 않고 있는 텐다이의 손등을 한참 동안 가로질러 지나가는 것은 지네일 것이다.

"악! 저리 가! 오빠, 좀 쫓아 줘!"

리타가 뭔가를 치며 비명을 질렀다.

"치지 마. 더 화나게 할 뿐이야."

"도와줘!"

리타가 울부짖었다. 텐다이는 더듬더듬 리타 옆으로 갔다. 그리고 손으로 리타의 피부를 쓸어 주었다. 사탕 개미보다도 덜 위험해 보이는 그깟 벌레들은 문제도 아니었다. 정작 걱정되는 것은 따로 있었다. 리타에게서 열이 났다.

리타는 아팠다. 텐다이는 열이 나지 않고 리타만 열이 나는 까닭은 무엇일까. 리타가 짜증을 낸 탓일지도 몰랐다. '이제 어떻게 해야 하지?' 텐다이는 필사적으로 생각했다. 요즘은 병에 걸리는 사람이 더 이상 없었다. 하지만 레스트헤이븐에서는 달랐다.

'여기는 어떤 세균들이 득시글거릴까?' 텐다이는 생각했다. 갓난아기를 죽이고 마녀 재판을 받아들이는 곳이라면 뭐든 가능할 터였다. 텐다이는 리타의 이마를 다시 만져 보았다. 뜨거웠다. 텐다이는 남은 물을 손에 조금 부어 리타의 얼굴에 문질렀다.

"하지 마!"

"열을 식히려는 거야."

텐다이는 리타의 피부를 불었다. 생각나는 게 그 방법뿐이었다. 하지만 리타는 텐다이를 밀쳤고, 텐다이가 항아리에 부딪히면서 남은 물이 엎질러져 버렸다. 텐다이는 속상해서 리타의 등을 찰싹 때렸다.

"바보같이 왜 이래."

텐다이가 움막 반대쪽으로 기어가며 투덜댔다. 리타는 대답이 없었다. 그러니까 더 걱정되었다. 리타는 결코 앙갚음의 기회를 놓치지 않는 아이였다. 잠시 뒤 텐다이는 화해해 보려고 다시 리타 쪽으로 기어갔다.

마을 사람들이 움막으로 왔다. 남자들이 불쑥 들어와 텐다이와 리타를 장작불 쪽으로 끌어냈다. 커다란 솥에서 나는 팝콘 냄새에 텐다이의 배가 꾸르륵거렸다.

"사자가 배가 고프시군."

한 남자가 텐다이의 배에서 꾸르륵거리는 소리를 듣고 말했다. 하지만 음식을 가져다주는 사람은 아무도 없었다.

남자들은 텐다이와 리타를 숲길로 떠밀었다. 텐다이와 리타의 앞뒤에서서 가는 남자들이 횃불을 들고 있었다. 키 작은 나무들이 사방에서 압박해 오는 것 같았다. 올빼미가 울자 모두들 몸을 확 굽혔다.

"올뻬미가 주인 마녀를 찾는 모양이군."

누군가 속삭였다. 남자들이 웃음을 터뜨렸다. 서서히 시냇물에서 멀어지며 언덕으로 향했다. 멀지 않은 곳에 담장이 보였다. 담장은 별들을 배경으로 거무스름하게 우뚝 솟아 있었다.

가시덤불을 지나 커다란 숲 속 빈터에 도착했다. 한가운데에서 모닥불이 타오르고 있었고 그 주위에 마을 사람들이 서 있었다. 모닥불 뒤쪽에는 절벽이 있고 그 옆에 동굴이 하나 있었다. 동굴 입구에 영매가 앉아 있었다. 영매는 바싹 여위어서 더욱 선조들의 세상에서 온 메신저다워 보였다. 영매는 나무껍질 옷을 아랫도리에 두르고 있었고 도자기 재질의 은도도를 목에 걸고 있었다. 동굴 입구에 옹기종기 놓인 찰흙 그릇들에는 아마 무테요가 담겨 있을 것이다. 최면에 빠질 정도로 세게 북소리가 울렸다.

사람들이 서 있는 가장자리에 마련된 의자에 가리카이가 앉아 있었다. 여느 노인같이 평범한 모습이었다. 이 순간 부족장의 모든 권한이 영매에게 있었다. 가리카이 뒤에는 미안다가 서 있었고 발 옆에는 치포가 누워 있었다.

"치포는 아기를 낳아서 아직 몸이 약해. 정말 잔인한 사람들이야."

리타가 말했다. 남자들이 리타와 텐다이를 빈터로 밀었다. 텐다이는 쿠다가 트래시맨의 넓은 어깨에 앉아 있는 것을 보고 깜짝 놀랐다. 텐다이는 '쿠다와 트래시맨은 다행히 무테요를 마시지 않겠구나.' 하고 생각했다.

이제 북소리가 더욱 미져 날뛰는 듯 크고 불규칙적으로 울렸다. 사람들이 손뼉을 치기 시작했다. 한 사람이 음비라로 단조로운 음을 연주했다. 악기의 평평한 쇠 건반을 엄지손톱으로 퉁기자 무릎 위에 있는 쪽박

안에서 소리가 울렸다. 여자들이 조약돌을 넣은 호리병박을 서걱서걱 흔들었다. 한 남자가 갈대 피리를 불었다. 그 음악은 아주 열광적이었고 전염성이 강했다. 생각과는 달리 텐다이의 몸이 음악에 맞춰 움직였다. 리타는 파르르 떨기 시작했다. 모여 있는 마을 사람들 사이로 구석구석까지 음악이 울려 퍼졌다. 음악은 밀밭을 지나가는 바람처럼 사람들을 흔들었다.

"에!"

영매가 소리쳤다.

"에! 에! 에!"

영매는 발로 뛰어오르며 춤을 추기 시작했다. 팔을 앞뒤로 휘저었고 발로 땅을 차서 먼지를 일으켰다.

"에! 에! 에!"

마치 강아지 꼬리가 된 것 같았다. 영매는 괴기스럽게 빈터를 돌며 전속력으로 내달렸다. 깡마른 목 위로 머리가 흔들렸고 눈은 검은 부분이 안 보일 때까지 치켜떴다. 음악이 더더욱 빨라졌다.

"에푸!"

영매가 땅바닥에 쓰러지며 커다란 사자에게 물린 듯 몸을 뒤틀었다. 옆에 서 있던 남자들 몇 명이 달려가서 영매의 몸을 눌렀다. 영매는 머리를 뒤로 젖히고 이빨을 드러냈다. 네 사람이 매달렸지만 쩔쩔맬 정도로 힘이 셌다.

"아푸! 아푸! 아푸!"

영매가 갑자기 흐느적거렸다.

남자들이 영매를 의자로 데려와 앉도록 부축해 주었다. 어떤 여자가 영매 앞에 무릎을 꿇고 기장 맥주 한 잔을 내밀었다. 영매는 움직이지 않았다. 움직일 수 없다고 해야 맞을 것이다. 얼굴은 엄청난 고통으로 일그러졌고 목 근육은 밧줄처럼 일어섰다. 남자들이 아주 천천히 영매의 몸을 앞으로 구부려 술에 입술을 댔다. 영매는 개처럼 술을 핥기 시작했다.

영매에게 갑자기 놀라운 변화가 일어났다. 영매는 부축도 받지 않고 몸을 일으켰다. 남자들은 서둘러 자리로 돌아갔다. 영매가 텐다이의 눈앞까지 다가온 기분이었다. 불빛이 비쳐 얼굴은 흰했고 등은 그늘 속에 숨어 있었다.

"나의 백성들이여."

아주 굵고 낮은 목소리였다. 텐다이가 그 장면을 보지 않았다면 영매의 입에서 나온 목소리라는 걸 믿지 않았을 것이다. 그 목소리는 마치 땅속에서부터 울려 퍼져 올라오는 것 같았다.

"나는 무드지무다. 상스러운 혼령이 우리 부족 안에 몰려왔다. 우리는 찾아내야 한다."

영매는 마을 사람들을 뚫어질 듯 날카롭게 쏘아보며 빈터를 돌기 시작했다. 영매가 쏘아볼 때마다 사람들이 몸을 움찔했다.

"이 사람에게 무테요를 먹여라."

영매가 느닷없이 소리치며 산파를 가리켰다. 산파는 신음 소리를 내며 무릎을 꿇었다.

"이 사람…… 그리고 이 사람."

영매는 굵은 목소리로 계속했다. 미안다와 치포도 가리켰다. 쿠다와 트래시맨은 그냥 지나갔다. 텐다이는 안도의 숨을 내쉬었다. 영매는 한 바퀴를 거의 돌아왔다.

"이 사람."

리타를 가리켰다. 그리고 오랫동안 텐다이를 노려보다가 진짜 은도로에 시선을 고정했다.

텐다이는 영매의 얼굴을 정면으로 보려고 안간힘을 썼다. 리타를 저버리지 않을 것이다. 이번만은.

영매는 은도로를 보던 시선을 텐다이의 얼굴로 옮겼다. 텐다이는 증오심을 보게 될 거라고 여겼다. 하지만 텐다이가 본 것은 훨씬 더 놀라운 것이었다. 그 눈빛은 결코 영매의 눈빛이라고 할 수 없었다. 영매가 아니었다! 겉모습은 같았지만 몸 안에 떠도는 혼령은 완전히 다른 사람이었다. 그 혼령은 어마어마하게 먼 곳에서 텐다이를 노려보았다. 그리고 텐다이가 엄두도 못 낼 깊은 지식으로 가득 차 있었다. 텐다이를 찬성하지도 반대하지도 않았지만 그의 발바닥까지도 훤히 알고 있었다.

"이 사람."

영매가 말했다. 그리고 천천히 의식 의자로 돌아가 무테요를 먹이라고 사람들에게 말했다. 사람들은 늙은 산파와 미안다와 치포에게 그릇을 가져다주었다. 한 여자가 동굴 벽에 있는 별도 선반에서 그릇을 두 개 더 가져왔다. '역시, 다 우리 때문에 꾸민 일이었어.' 하고 텐다이는 씁쓸하게 생각했다.

"이리 와라."

영매가 명령했다. 곧바로 그 여자가 돌아섰고 영매는 그릇을 들고 있는 여자의 손을 내리쳤다. 사람들이 무서워서 신음 소리를 냈다. 텐다이는 비열한 증오심을 가진 영매에 비해 그 몸 안에 들어간 무드지무는 그런 일을 참지 못한다는 사실을 알았다.

"저걸 가져와."

무드지무가 명령했다. 그 여자는 벌벌 떨며 동굴 입구에 옹기종기 놓인 그릇을 두 개 가져왔다. 그중에 하나를 리타에게 주었다. 리타가 혀를 내밀었다.

'제발 바보 같은 짓은 하지 마.' 텐다이는 조용히 기도했다. 리타는 고분고분하게 무테요를 벌컥벌컥 마셨다. 마시자마자 리타는 몸을 웅크리고 발에다 토했다. 몇 사람이 뒤로 물러서서 실망스러운 표정을 지었다. 텐다이는 '다행이야.'라고 생각했다. 이미 리타는 무척 아파 보였다. 닭똥 따위는 필요 없었다.

텐다이의 차례가 되었다. 텐다이는 무테요를 마셨다. 달콤하기만 하지 전혀 역겹지 않았다. 어렴풋이 추운 아침에 어머니가 끓여 준 루이보스 차가 생각났다. 텐다이는 옷에 숨긴 닭똥 주머니에 손을 댔다. 이 많은 사람들 앞에서 텐다이가 어떻게 그걸 꺼낼 수 있을까? 그런데 걱정할 필요가 없어졌다. 무테요를 넘기자 미친 하이에나처럼 텐다이의 배 속이 뒤집어졌다. 아픔이 목구멍을 비틀었다. 텐다이는 땅을 짚고 썩은 고기를 먹은 개처럼 독을 토해 냈다.

어찌나 아픈지 부끄러움을 느낄 새도 없었다. 뱃가죽과 등가죽이 붙은 것처럼 느껴질 때까지 토했다. 그러고도 힘이 빠져서 땅바닥에 쓰러져 버릴 때까지 계속 울렁거렸다.

"물을 좀 주어라."

한 남자가 입술에 담뱃대를 물고 친절하게 말했다. 여자 한 명이 몸을 숙여 리타의 얼굴을 천으로 닦아 주었다.

텐다이는 머리가 쿵쿵거리며 아팠다. 담뱃대를 물고 있던 남자가 텐다이에게 물을 주고 어깨를 토닥였다.

"이제 괜찮아."

갑자기 마을 사람들이 모두 웃었다. 텐다이와 리타가 마녀 종족이 아님이 증명되었다. 모두가 다시 두 사람을 좋아할 수 있게 되었다.

"으어엉."

리타가 배를 움켜쥐고 몸을 앞뒤로 흔들며 울부짖었다. 저쪽에서는 늙은 산파가 토하며 몸부림치고 있었다. 얼굴은 완전히 잿빛이 되어 있었다. 치포도 마찬가지로 숨 가쁘게 기침을 하고 있었다. 여자들이 걱정스럽게 치포의 어깨를 잡고 용기를 북돋워 주었다. 그런데 미안다는?

미안다는 튼튼한 나무처럼 가리카이 뒤에 서 있었다. 땀이 흘러 얼굴이 번쩍거렸고 정신을 집중하려고 애쓰는 듯 보였다. 하지만 토하지는 않았다. '제발, 제발 미안다를 아프게 해 주세요.' 텐다이는 은도로의 이름 모를 옛 주인에게 기도했다. 하지만 미안다는 너무 강했다. 미안다의 몸은 항복하려 들지 않았다.

몇 분이 흘렀다. 사람들이 미안다 곁에서 물러났고, 북을 치는 사람조차 그칠 줄 모르던 북 연주를 멈추었다. 사람들이 늙은 산파를 들어 올려 어두운 곳으로 데려갔다. 텐다이는 산파가 회복되기를 바랐다. 치포는 친절히 불 옆에 눕혀서 얼굴을 닦아 주고 발도 주물러 주었다. 미안다는 아직도 온몸에 땀을 흘리며 서 있었다. 가리카이가 자신의 손을 쥐어짜며 쳐다보고 있었다.

텐다이는 '가리카이는 미안다를 사랑하는구나.' 하고 생각하며 매우 놀랐다. 미안다는 가리카이에게 아기를 낳아 주지 못하는 바깥세상에서 온 늙은 아내였다. 부족의 법을 따르자면 가리카이는 미안다를 쫓아내야 했다. 하지만 가리카이는 그러지 않았다.

"자백하겠나, 아니면 죽겠나."

영매의 몸에 들어간 무드지무가 말했다.

"제발."

가리카이가 뼈가 튀어나올 정도로 자신의 손을 꽉 쥐며 말했다. 미안다는 뱃살을 움켜잡았다. 입 꼬리를 아래로 곧게 내린 채 입을 앙다물고 있었다. 텐다이는 알고 있었다. 미안다는 극심한 고통을 겪고 있었다. 하지만 미안다는 아직 무테요를 토해 낼 수 없었다.

"자백해!"

사람들 틈에서 몇몇의 목소리가 나왔다.

"자백해라, 이 마녀야!"

모두가 소리치기 시작했다. 마을 사람들은 몇 년 동안이나 미안다와 함께 지내 왔다. 미안다가 해 주는 음식을 먹었고 미안다가 레스트헤이븐과 바깥세상의 틈에 서도록 허락했다. 그런데 지금은 모두 잊은 모양이었다. 치포까지도 미안다를 보며 몸을 움츠렸다. 가리카이만이 미안다를 측은하게 쳐다보았다.

"조용히!"

가리카이가 마을 사람들에게 외쳤다. 웅성대던 소리가 잠잠해졌다.

"나의 첫 부인이여. 그대는 므와리의 나라에서 우리에게 왔소. 우리는 그대를 받아들였소. 아직도 그러하오."

기리카이는 나른 사람들이 감히 이의 제기를 못하도록 주위를 둘러보았다.

"그대는 마력에 걸렸소. 하지만 풀려날 수가 없소. 내가 산 제물을 바칠 것이오. 필요한 만큼 얼마든지 많이. 그러면 마력에서 풀려날 수 있을 것이오!"

가리카이는 찌를 듯한 눈빛으로 마을 사람들에게 대답을 요구했다. 영매가 그늘에서 조용히 바라보고 있었다.

"하지만 그대는 고백을 해야 하오. 그렇지 않으면 죽을 것이오."

'제발, 내가 당신을 구할 방법은 이것뿐이오.'

늙은 부족장의 눈이 이렇게 말하고 있었다.

미안다는 심한 고통으로 몸부림쳤다. 너무 고통스러워 결국 무릎을 꿇었다. 미안다는 느닷없이 고개를 뒤로 젖히고 비명을 질렀다.

"그래! 맞아! 나는 마녀다!"

리타가 무서워서 텐다이의 팔을 잡았다.

"나는 어두워지면 하이에나를 타고 다닌다! 나는 아기를 잡아가는 요괴 치도마를 만들었다. 죽은 시체로! 나는 치포가 쌍둥이를 낳도록 저주했다! 아! 으아!"

미안다는 기어서 허둥지둥 덤불숲으로 갔다. 마을 사람들이 열심히 따라갔다.

텐다이는 열이 나는 것처럼 몸이 떨렸다. 게다가 리타가 팔을 아주 꽉 붙잡고 있어서 피가 안 통할 지경이었다. 덤불숲으로 달려간 미안다의 소리와 따라간 사람들의 흥미진진해하는 목소리가 잠잠해졌다.

"이제 어떻게 되죠?"

텐다이가 허공을 보며 말했다.

"이제 미안다는 무테요를 제거할 거야. 이건 아주 좋은 의식이야. 부족민을 다시 얻게 되거든."

텐다이에게 물을 준 남자가 말했다.

"'무테요를 제기한다'는 게 무슨 말이에요?"

"한 가지 방법으로 나오지 않는 건 다른 방법으로 없애지."

그 남자가 차분히 말했다.

"정말 끔찍해!"

리타가 소리쳤다. 그 남자는 손을 획 내둘러 자리를 뜬 마을 사람들의 자리를 가리켰다.

"이 사람들이 아기 뼈를 확인하고 있어. 미안다가 자기 아기를 먹은 걸 증명할 거야."

"아니면 아기 잡아가는 요괴로 변하겠죠. 요괴들은 계속 떠돌아다닐 거예요."

어떤 여자가 말했다.

"그래. 그럴 가능성도 많지."

그 남자는 이제 불안해하는 것 같았다.

영매가 한숨을 쉬며 땅바닥에 내려앉았다. 그리고 흙 위에 몸을 뻗었다. 한두 번 몸을 움찔거리더니 가만히 누워 있었다. 영매의 조수가 재빨리 물을 끼얹었다.

"무드지무가 영매의 몸을 떠났습니다."

조수가 설명했다. 조수가 영매의 몸을 식혀 주는 모습을 모두가 바라보았다. 얼굴이 돌 조각상처럼 굳은 가리카이가 부족장 의자에 앉았다

잠시 뒤 영매가 일어나 앉을 만큼 회복되자 아이들을 가리키며 고함을 질렀다.

"저 놈들! 저 놈들은 우리 부족 사람이 될 수 없어. 셋을 내쫓아!"

'드디어 나가겠구나.' 하고 텐다이가 생각했다. 가느다랗고 의심 많은 영매의 목소리가 정상으로 돌아왔고 예전의 시기심 강한 성격이 되살아났다. 텐다이, 리타, 쿠다는 숲길 쪽으로 걸어갔다. 트래시맨이 얼른 따라왔다.

"넌 안 가도 돼. 체두."

대문까지 호위해 주던 남자가 말했다. 그러자 같이 가던 남자가 말했다.

"아, 체두의 습성 잘 알잖아. 여기서 하루, 저기서 하루. 늘 떠돌아다니는 걸 뭐."

언덕을 쭉 올라가자 문이 보였다. 유리 같은 담장 표면에 횃불이 비치자 많은 자물쇠와 버팀목이 보였다. 남자들은 이제 어찌해야 할지 몰라 망설였다. 한 사람이 초조하게 말했다.

"늘 미안다가 열었는데."

"추악한 마녀 같으니라고!"

옆에 있던 남자가 욕을 내뱉었다.

두 사람은 자물쇠 앞으로 가서 의미심장하게 바라만 보고 있었다. 결국 텐다이가 손수 하겠다고 말했다. 위쪽 버팀목은 텐다이의 손이 닿지 않아 두 남자가 받쳐 주었다. 자물쇠와 버팀목은 다 풀었지만 문이 너무 무거워서 텐다이가 손잡이를 아무리 잡아당겨도 꿈쩍도 하지 않았다.

"좀 도와주세요."

텐다이가 남자들에게 부탁했지만 그들은 문에 손대는 걸 두려워했다. 리타는 끙끙 앓고 있었다. 트래시맨이 뭐라는지 웅얼댔다.

"엄마를 기다리고 있대."

쿠다가 통역해 주었다.

"엄마는 바쁘다고 말해."

텐다이가 날카롭게 내뱉었다. 그리고 온힘을 다해 손잡이를 당겼다. 문은 움직일 낌새도 보이지 않았다. 쿠다가 무릎을 꿇고 앉아 좁은 틈으로 손가락을 넣고서 열어 보려고 했지만 뒤로 벌러덩 나동그라지기만 했다. 트래시맨이 무릎을 치며 웃었다.

"놀이라도 되는 줄 아나 봐."

텐다이가 기진맥진하여 말했다. 그때 갑자기 트래시맨이 문손잡이를 잡아당겼다. 레스트헤이븐의 큰 대문이 삐걱 열렸다.

"만세!"

쿠다가 환호성을 질렀다. 트래시맨이 싱긋 웃으며 쿠다를 번쩍 들더니 성큼성큼 걸어 나갔다. 남자들은 므와리의 세상이 눈앞에 펼쳐지자 고개를 돌려 그 광경을 피했다. 텐다이는 리타의 손을 잡았다. 손이 어찌나 뜨거운지 텐다이는 억장이 무너지는 것 같았다. 텐다이는 리타를 이끌고 천천히 자유의 품에 안겼다. 리타가 물었다.

"우리가 문 안 닫아도 돼?"

"그건 그 사람들 문제야."

텐다이는 로보사이클을 탄 폭주족들이 열린 문으로 빵빵거리며 들어가도 나 몰라라 할 심정이었다. 레스트헤이븐의 남자들에게 담장에 생긴 틈을 닫을 용기가 난 모양이었다. 대문이 쿵 하고 닫혔다. 이제 레스트헤이븐과는 영원히 안녕이었다.

"얼마나 고대하고 고대하던 시멘트인지 몰라."

리타가 차가운 보도에 볼을 대고 말했다.

"경찰이 어디 있을 거야. 찾아야 해."

"그냥 쉬고 싶어."

리타가 투덜거렸다. 그리고 큰 대자로 엎드렸다. 텐다이는 몇 분 동안 그대로 내버려 두었다. 리타는 차가운 바닥에 등을 대려고 몸을 뒤집었다. 아파트 건물들이 보였다. 오가는 사람과 차들이 없어서 거리는 사막처럼 황량했다. 지하철 입구 시계를 보니 오전 2시였다. 트래시맨이 무언가를 가리키며 웅얼거렸다.

"달빛이 비친대."

쿠다가 말했다. 정말 거리 끝에 달빛이 비쳤다. 레스트헤이븐에서 본 달빛과는 달리 흐릿하고 침침했다.

"그 사람들이 왜 트래시맨은 들락날락하도록 놔둘까?"

리타가 트래시맨이 즐거워하는 모습을 보며 말했다.

"트래시맨은 순수하다고 미안다가 말했겠지."

"내가 봐도 그래. 아아, 미안다도 가엾고 그 여자 아기도 가엾어."

텐다이는 리타가 괴로운 이야기 속으로 빠지지 않도록 일으켜 세웠다. 리타는 땅을 디디자마자 끙끙 앓는 소리를 냈다.

"온몸이 쑤셔. 살갗까지 아파 죽겠어!"

"기운 내. 조금만 더 가면 돼."

텐다이가 격려했다. 하지만 사실은 이제 무엇을 해야 할지 막막했다.

제24장

텐다이는 리타를 잡아끌었다. 가까운 아파트 건물로 가서 보안 문에 달린 벨을 눌렀다. 쇠창살 뒤에서 로봇 목소리가 들려왔다.

"죄-송-합니다. 거주민이-모두-잠든-시간입니다. 메시지를-남기시려면-삐-소리가-난-뒤-마이크에-대고-말해 주세요."

텐다이는 로봇 소리가 끝나기를 기다렸다가 입을 열었다.

"경찰에 전화해 주세요. 마치카 장군의 아이들이 레스트헤이븐 담장 밖에서 기다리고 있다고 전해 주세요."

텐다이는 지금은 조심해야 한나는 걸 알았지만 리타가 아프니 물불 가릴 때가 아니라고 생각했다. 텐다이의 말이 거의 끝날 무렵에 마이크가 툭, 하고 꺼졌다.

"방문해-주셔서-감사합니다.-안녕히-가십시오."

텐다이는 쇠창살을 발로 찼다.

"시끄러운 소리를 내면 도난 경보기가 울릴 거야."

텐다이는 덜그럭덜그럭 쾅쾅, 있는 힘을 다해 세게 두드렸지만 별로 달라지는 게 없었다. 던질 돌멩이 하나 눈에 띄지 않았다. 텐다이가 리타에게 말했다.

"이러다 아침까지 어느 집 현관에 앉아서 기다려야 할지도 모르겠어."

"무슨 현관?"

리타가 어눌하게 물었다. 텐다이는 길 위아래에 있는 집들을 바라보았다. 모든 문들이 창살로 꽉꽉 막혀 있었다. 담장과 아파트 사이 보도에서 시원한 산들바람이 불었다.

"잠깐! 쿠다는 어디 있지?"

텐다이는 주위를 둘러보았다.

"기다려! 트래시맨! 멈춰!"

하지만 트래시맨은 이미 지하철 입구의 컴컴한 계단에 발을 딛고 있었다. 그리고 쿠다와 계단 아래로 사라졌다. 텐다이는 리타를 잡아당기며 쫓아가기 시작했다.

"또 뭐야? 지하도가 얼마나 위험한지도 모르나?"

지하철 입구 시계를 보니 2시 15분이었다.

지하철은 텐다이가 겁먹는 게 당연하리만큼 어느 모로 보나 위험해 보였다. 텐다이와 리타는 입구에서 비치는 희미한 한 줄기 빛에 기대어 통로를 따라 걸어갔다. 승강장 양쪽으로 철로가 놓여 있었다.

"그래도 따뜻하기는 하네."

리타가 말했다. 두 사람은 트래시맨을 따라잡느라 뛰다시피 했다. 트래시맨은 목적지를 정확히 알고 가는 것 같았다. 지하철역에 줄지어 놓인 의자들에는 여기저기 칼자국이 나 있었다. 회색 벽에는 폭력 조직의 구호들로 뒤덮여 있었다. 대부분 빛바랬지만 몇 개는 어제 칠한 듯 선명했다. 이렇게 씌어 있었다.

마스크 속 얼굴을 보지 마라.

"여긴 마스크가 살고 있다고. 이리 와, 트래시맨. 엄마 찾으러 가지."

넨다이가 조그맣게 말했다. 트래시맨은 과자 자동판매기 앞으로 갔다. 얼룩덜룩한 유리 속에 초콜릿 바, 쫀드기, 레몬 사탕들이 걸려 있었다.

"돈이 없는 걸."

텐다이가 말했다.

"난 초콜릿 먹고 싶어!"

쿠다가 갑자기 깨어나서 소리쳤다. 트래시맨이 역에 널브러진 잡동사니를 뒤적이더니 병뚜껑을 찾아냈다. 그리고 단단하고 큰 이로 씹어서 병뚜껑의 가장자리를 폈다.

"하지 마! 그러다 다쳐!"

리타가 병뚜껑을 빼앗으려고 했지만 트래시맨은 요리조리 피하면서 계속 씹었다.

"큰 소리로 말하지 마, 리타."

텐다이가 말했다. 트래시맨은 납작해진 병뚜껑을 과자 자동판매기에 넣었다. 2달러짜리 동전과 크기가 똑같았다. 쿠다가 버튼을 누르자 초콜릿 바 네 개가 나왔다. 트래시맨과 쿠다가 기뻐하며 웃었다. 텐다이가 말했다.

"그건 도둑질이야."

"트래시맨이 그런 걸 알 리가 없지. 돈도 모를 테니까."

트래시맨이 종이 봉지를 찢어 먹기 시작하자 리타가 한숨을 쉬었다. 리타는 쿠다를 벤치에 앉히고 봉지 뜯는 걸 도와주었다. 텐다이가 리타를 보며 인상을 썼다.

"내가 훔친 거 아니다, 뭐. 오빠도 트래시맨이 이걸 훔쳤다고 말하면 안 돼. 트래시맨은 그게 무슨 뜻인지도 모른단 말야."

트래시맨이 두 개를 먹었고 쿠다가 하나를 먹었다. 리타가 남은 하나를 먹어 볼까 했지만 속이 너무 메스꺼워서 엄두가 나지 않았다. 텐다이는 범죄라고 생각되는 일에 발을 담그고 싶지 않아서 안 먹겠다고 했다. 리타는 결국 쿠다에게 주었다.

"더 줘."

쿠다가 잡동사니에서 다른 병뚜껑을 찾아와 말했다.

"안 돼."

텐다이가 말했다. 쿠다는 작은 주먹으로 병뚜껑 가장자리를 움켜쥐었다. 텐다이는 왜 병뚜껑을 돈 대신 쓰면 안 되는지 설명하려다 포기했다. 아버지는 훔치는 사람을 벌주는 사람이 아닌가. 하지만 쿠다는 배가 고팠다. 물론 텐다이도 마찬가지였다.

"저기 봐!"

리타가 소리쳤다. 터널 깊숙한 곳에 긴가민가한 커다란 그림자들이 벽을 따라 스멀스멀 돌아다니고 있었다. 그림자가 달리기 선수처럼 빠르게 흘러왔다. 텐다이 쪽으로 가까워지던 그림자에 얼핏 빛이 비치자 무시무시한 얼굴이 보였다. 가위로도 눌릴 것만 같았다. 그때 잉크병이 팍 쏟아질 때처럼 그림자가 흩어졌다. 그와 동시에 바람이 세차게 일면서 철로가 윙윙거리기 시작했다.

그림자는 반대편 터널 입구로 몰려갔다. 그림자가 승강장 모서리에 도착하자 터널에서 열차가 쏜살같이 달려 나왔다. 열차는 천둥소리를 내며 섰다. 텐다이, 리타, 쿠다, 트래시맨은 가까이 있는 문으로 열차에 탔다. 승강장 끝에 있던 그림자가 확 휘몰아치며 열차를 덮쳤다.

"마스크다. 마스크 일당이야!"

열차 차장들이 소리쳤다. 그리고 후다닥 문을 닫았다. 승객들은 뭐든 닥치는 대로 뒤집어쓰며 몸을 숨겼다. 열차가 냉큼 출발했다.

열차가 안전을 위해 속도를 올리자 사나운 울음소리가 굽이쳐 나왔다. 그림자가 흩어졌다가 모자 달린 검은 망토를 입은 남자들로 변해 열차로 몰려들었다. 사람들은 기겁을 했다. 하지만 그건 빙산의 일각일 뿐이었다.

검은 망토들 속에는 제대로 된 얼굴이 하나도 없었다. 어떤 것은 얼굴이 퉁퉁 부어오른 채 군침을 흘리고 있었고, 어떤 것은 길고 잔인한 얼굴에 눈이 빨갛게 번쩍였다. 그 망토들은 손과 발에 달려 있는 빨판으로 열차 옆면에 달라붙었다. 열차가 씽씽 달리자 빨판이 떼어지며 망토들이 나가떨어졌다. 열차가 터널로 돌진하자 망토들은 사라졌다.

"정말 아슬아슬했어!"

차장이 안심하며 한숨을 내쉬었다.

"망신거리야."

어떤 할아버지가 소리쳤다. 그 할아버지는 로봇을 데리고 있었다. 텐다

267

이가 오래전에 봤던 기종이었다.

"망-신-거-리-야!"

싸구려 티가 나는 로봇의 깡통 목소리가 메아리쳤다.

텐다이는 열차 안을 둘러보며 리타를 의자에 앉혔다. 그 할아버지처럼 악의 없어 보이는 사람들도 있었고 그렇지 않은 사람들도 있었다. 어떤 아줌마는 아무 생각 없이 다기능 주머니칼로 손톱을 다듬고 있었다. 그 아줌마의 일행인 어떤 사람이 송곳니처럼 뾰족하게 줄로 다듬은 앞니를 드러내며 웃었다. 텐다이는 아버지가 잡아들였던 파일드티스 폭력 조직이 떠올랐다. 그 사람들은 어찌하고 있을까? 은행에 취직해서 교외에 집을 샀을까? 아닐 것이다. 마치카의 아이들이 길을 잃고 지하철에 타고 있다는 사실을 파일드티스 폭력 조직원이었던 사람이 알아서 좋을 건 없었다.

"경찰은 보나 마나 늦을 거야. 늘 그래. 마스크 일당은 연기처럼 지하철에서 돌아다니는데."

차장이 비상벨을 누르며 투덜댔다.

"예전 내 남자친구가 마스크에 입단했지. 입단 시험 때문에 열 명이나 죽였잖아."

줄로 뾰족하게 이를 다듬은 여자가 말했다. 다른 승객들은 모른 척하며 열차 밖의 어두운 깜박이 등만 뚫어지게 바라보았다.

"얘가 지금 뺑치는 거예요."

다기능 주머니칼을 가지고 다니는 여자가 다른 승객들에게 말했다.

"표 받겠습니다."

차장이 열차를 따라 쭉 내려오며 소리쳤다. 텐다이가 걱정스럽게 말했다.

"저희는 표가 없어요."

"어른은 1달러입니다. 아이들은 50센트씩이죠."

텐다이는 '마이웨에, 차상은 트래시맨을 아버지라고 생각하는 모양이야.'라고 생각했다.

"저희는 돈이 없어요."

텐다이가 확실히 못을 박았다.

"돈이 없다니! 말도 안 돼."

차장이 말했다. 쿠다가 트래시맨에게 병뚜껑을 건네주었다. 트래시맨이 병뚜껑을 이빨로 씹었다.

"그만둬요! 다치겠어요!"

차상이 외쳤다. 하지만 트래시맨은 한 손으로 차장을 막고 다른 손으로 병뚜껑을 잡았다. 병뚜껑이 납작해지자 트래시맨은 그걸 차장에게 내밀었다.

"이거면 차비로 충분하다는데요."

쿠다가 통역했다.

"어처구니가 없군!"

"병뚜껑은 더 없는데."

쿠다가 부루퉁하게 말했다. 아까 그 할아버지가 말했다.

"차장, 잘 보시게. 거, 큰 사람은 좀 모자란 듯하네. 거지 가족인 게야. 얘들아, 어디 가고 싶누?"

"가고-싶누."

루봇이 따라 했다. 텐다이가 대답했다.

"마조에요."

"이 차는 거기 안 가는 걸. 벽의 노선도를 보거라."

차장이 손가락으로 역 이름을 쭉 따라갔다. 텐다이는 가슴이 철렁 내려앉았다. 열차는 마조에서 계속 멀어지고 있었다. 노선도를 보던 리타가 말했다.

"잠깐만요. 보로데일에 아는 사람이 있어요. 다음 역이에요."

"누군데?"

텐다이가 물었다.

"멜로워의 어머니야. 전에 편지를 봤어. 주소가 기억날 거야."

"그래도 표가 필요해."

차장이 말했다. 할아버지가 주머니에 손을 넣으며 말했다.

"내가 드리리다. 시스템이 온통 엉망이야. 마스크는 온 천지에서 아이 겁주는 사람들을 길러 대질 않나."

"저는 업무를 할 뿐입니다."

차장이 말했다.

"돈이 어디 갔지?"

할아버지가 주머니와 바지를 더듬었다. 로봇이 말했다.

"저한테-가지고-있으라고-했어요."

"그래. 얼른 꺼내서 줘, 이 나사 덩어리야! 시스템이 온통 엉망이야!"

"고맙습니다, 할아버지."

텐다이가 공손하게 말했다.

"고맙습니다. 아버지한테 훈장을……."

리타가 쿠다를 쿡 찔렀다. 열차가 멈춰 섰고 '보로데일'이라는 글자가 보였다. 텐다이는 재빨리 동생들을 데리고 내렸다.

"지하철은 망신거리야."

문이 닫히기 시작할 때 할아버지의 목소리가 들렸다.

"망신."

로봇이 따라 했다. 열차가 터널 속으로 사라졌다.

"당장 여기서 나가고 싶어."

리타는 이렇게 말하고 몇 걸음 못 가서 쓰러져 버렸다.

"아아! 아파 죽겠어!"

리타는 무릎을 꿇고 사시나무 떨 듯 떨기 시작했다. 텐다이가 리타에게 팔을 둘렀다.

"힘들겠지만 계단을 올라가 보자. 내가 도움 받을 곳을 찾을게. 약속해."

"역겨운 냄새가 나."

"닭똥 자루 아직 가지고 있니?"

"악!"

리타는 비명을 질렀다. 그리고 옷에서 자루를 꺼내 구석으로 던졌다. 텐다이는 왠지 기운이 좀 났다. 끙끙 앓고 있는 리타에게서 예전의 모습이 보였기 때문이었다.

"자, 올라가자. 기어서라도 가야 해. 내가 업기엔 너무 커."

리타는 계단을 올라가 보려고 했지만 너무나 아파서 다리를 올릴 수도 없었다. 텐다이는 트래시맨의 손을 당기며 리타를 가리켰다. 트래시맨은 리타를 흥미롭게 바라보았다. 잠시 후 손과 무릎을 땅에 대고 몸을 떨기 시작했다.

"아니! 그게 아냐!"

텐다이가 소리쳤다.

결국 쿠다가 제대로 알려 주었다. 텐다이는 쿠다가 뭐라고 말하는지 알아들을 수 없었다. 하지만 트래시맨은 용케 알아들었다. 트래시맨은 리타를 어깨에 메고 계단을 총총 올라갔다.

제 2 5 장

지하도 입구에 있는 전자시계가 2시 20분을
알리고 있을 때 택시가 레스트헤이븐 대문 밖에 착륙했다. 긴 팔이 맨 처
음에 나오고 밝은 귀와 멀리 보는 눈이 뒤이어 나왔다.

"조용하네, 그치?"

멀리 보는 눈이 말했다. 긴 팔이 택시비를 내자마자 택시가 이륙했다.

"발소리가 들려. 몇 사람이 지하철역으로 내려가고 있어. 이제 멈췄어."

밝은 귀가 귀를 한껏 펼치며 말했다.

"지하도가 우리랑 무슨 상관이야. 우린 이 문으로 들어가야 한다고."

긴 팔이 커다란 딤장을 살펴보려고 윗몸을 뒤로 젖혔다. 멀리 보는 눈
이 휘파람을 불었다.

"높이가 800미터는 되겠는데. 누구 800미터짜리 사다리 가진 사람 있어?"

"나한테 더 좋은 게 있어."

긴 팔이 두꺼운 장갑을 꼈다. 그리고 배낭 속 강철 상자에서 찰강찰강 소리가 나는 무언가를 꺼냈다. 번쩍이는 철사 꾸러미였다.

"3중 티타늄 몰리브덴 면도날 철사야."

"그거 불법 아냐?"

밝은 귀가 철사를 살펴보려고 몸을 구부렸다. 손은 대지 않으려고 조심했다. 긴 팔이 말했다.

"어쩌다 보니 목마름 씨가 가게 컵 선반에 올려놨더라고."

"캔 따는 것 옆에 있었겠군."

긴 팔은 어느 가구 제작자가 실내장식품을 꿰맬 때 쓸 것 같은 갈고리 바늘에 그 철사를 꿰었다. 그리고 레스트헤이븐 대문 틈에 그 갈고리바 늘을 넣어 바늘 끝이 위로 향하도록 돌렸다. 그리고 바늘을 당겼다. 철사 가 자물쇠에 끼여 들어갔다. 긴 팔은 톱질하듯 철사를 밀고 당겼다. 귀뚜 라미 소리와 비슷한 끽끽 날카로운 소리가 났고, 금속 파편이 소나기처럼 쏟아졌다. 멀리 보는 눈이 대문에 비추고 있는 손전등 불빛에 철사가 비 쳐 반짝였다.

"지하도에서 누군가 과자 자동판매기를 조작하는 소리가 들려. 톱질을 잠깐 멈추면 목소리가 들릴 것 같아."

밝은 귀가 말했다. 긴 팔이 심각하게 대꾸했다.

"헛소리 좀 그만할래? 우리는 지금 하라레에서 가장 무서운 법을 깨뜨 리고 있단 말이야. 이 대문 반대편에서 무슨 일이 일어날지는 므와리만 알아. 그런데 넌 기껏 지하도가 어쩌구, 지하철이 저쩌구 하고 있어? 정신 좀 차려!"

"미안해!"

밝은 귀는 단단히 오므린 장미꽃 봉우리처럼 귀를 접어 버렸다. 조금 뒤에 긴 팔이 밝은 귀에게 사과했다.

"네 기분을 상하게 하려던 건 아니었어. 그냥 정말 이래도 되는지 걱정이 돼서 그랬어. 우리가 추측하기만 했지 마치카 장군의 마음이 어떤지는 모르니까."

"뭐 그래봤자 감옥밖에 더 가겠어? 와아와아 감옥에 괜찮은 직업훈련 프로그램이 생겼다던데?"

멀리 보는 눈이 환하게 웃으며 말했다.

밝은 귀는 샐쭉하게 보이지 않으려고 귀를 조금 폈다. 긴 팔은 얼른 하던 일에 집중해서 마지막 자물쇠까지 잘라 냈다.

"다 된 것 같아."

긴 팔은 3중 티타늄 몰리브덴 면도날 철사를 다시 상자에 감아 넣었다. 멀리 보는 눈이 대문을 밀었다. 꿈쩍도 하지 않았다. 결국 셋이 붙어 안간힘을 써서 간신히 열었다.

"열차가 역으로 들어오는 소리가 들려. 아, 미안!"

밝은 귀는 멀리 보는 눈과 긴 팔을 따라 대문 안으로 미끄러져 들어갔다. 그리고 함께 대문을 닫았다.

세 탐정은 레스트헤이븐의 아름다운 광경에 취해 한참 동안이나 넋을 잃고 서 있었다.

"정말이지 몰랐어."

멀리 보는 눈이 입을 뗐다가 이내 다물었다. 조용한 공기를 타고 목소리가 윙윙 울릴 것만 같았다. 세 탐정이 발을 딛고 있는 오솔길은 멀리 음

275

사사 나무들 아래까지 쭉 이어지다가 사라졌다.

친구들의 능력에는 못 미치지만 도시와 모노마타파의 나라가 어떻게 다른지는 긴 팔도 보고 들을 수 있었다. 갑자기 큼직해지고 장엄해진 달이 언덕을 덮고 있는 작은 숲에 고요한 빛을 흩뿌렸다. 그 아래 어둠은 훨씬 더 깊었지만 그래도 도시의 그늘만큼 불길해 보이지는 않았다. 멀리 냇물이 갈대밭 옆으로 흘렀고 가까이에 어린 딸기나무들은 탐정들의 등장이 달갑지 않은지 부르르 떨었다. 올빼미의 사촌 쏙독새가 땅바닥에 놓인 모래투성이 횃대에서 울었다. 과일 박쥐는 야생 무화과 나뭇가지에서 막 날갯짓을 하며 높게 핑 소리를 냈다.

사실 긴 팔은 여기저기 펼쳐진 감명 깊은 광경을 기억조차 못했다. 하지만 분명히 레스트헤이븐은 긴 팔의 삶에 아로새겨져 있었다. 그의 선조들도 저런 골짜기를 거닐었다. 멀리서 나무 태우는 냄새, 졸졸 흐르는 냇물 소리, 무타라 나무 향기, 야생 치자나무, 산들바람을 누렸다. 긴 팔은 눈물로 얼굴이 젖어드는 것을 느꼈다. 그는 어두워서 다른 친구들이 자신의 눈물을 보지 못하는 걸 다행이라고 생각했다.

"정말 제대로다."

멀리 보는 눈이 매우 떨리는 쉰 목소리로 속삭였다. 그도 감격해서 눈물이 나는 모양이었다.

밝은 귀가 귀를 활짝 펴는 소리가 들렸다. 긴 팔은 개미 코 고는 소리도 들리는 밝은 귀의 능력이 이번만큼 부러웠던 적이 없었다. 멀리 어둠 속에서 왁자지껄한 소리가 들리더니 금세 사그라졌다. 잠깐 동안 쥐 죽은 듯 조용하다가 느닷없이 소리가 높아졌다. 밝은 귀가 말했다.

"사람들 소린데?"

"마을 사람들이 뭐 하러 한밤중에 나오겠냐?"

긴 팔이 말했다.

"지독한 은다바가 진행 중인데?"

"은다바? 논쟁 말이야?"

"분명해. 아무래도 마녀를 찾았다는 이야기 같아."

"마이웨에. 설마 그 마녀가 장군의 아이들은 아니겠지?"

긴 팔이 말했다. 귀는 뱀이 기어가듯 이리저리 고개를 갸웃거렸다.

"모두가 고함을 지르고 있어. 무슨 말인지는 모르겠어."

멀리 보는 눈이 오솔길 쪽으로 앞장섰다. 긴 팔이 레스트헤이븐에서는 손전등 불빛이 너무 환해서 들킬 염려가 있다고 걱정했다. 그래서 밝은 귀와 긴 팔은 기어가듯 멀리 보는 눈 뒤만 따라갔다. 나뭉구는 돌에 발이 걸려 비틀거리기도 하고 미끄러지기도 했다. 밝은 귀는 돌부리에 걸리는 바람에 발가락을 다치기도 했다. 갈림길이 나왔다. 밝은 귀가 오른쪽 길로 가자고 했다.

"모닥불 타는 소리가 들려. 마녀를 화형시킬 이야기들을 하고 있어."

"이제 우리가 요괴가 될 시간인가?"

긴 팔이 중얼거렸다. 세 탐정이 가까이 다가가니 어스레한 불빛이 나무들 사이로 새어나와 숲길을 비추고 있었다. 빈터에 거의 다다르자 탐정들은 나무 그늘 아래에 몸을 숨기고 마을 사람들 소리에 귀를 기울였다.

"그 아이들을 들어오게 한 것도 저 여자였소."

나무껍질 옷을 두른 몹시 여윈 남자가 소리를 질렀다. 긴 팔의 눈에 그 남자가 은도로를 걸고 있는 게 보였다. 은도로를 걸고 있는 사람은 대개 마을의 영매였다. 비록 도시에 사는 영매들은 그 관습을 버렸지만 말이다. 영매가 계속 말을 이었다.

"문지기는 악마를 못 들어오게 해야 하는데 저 여자는 들여보내 줬단 말이오."

"모두들 추방되었지 않소."

어떤 노인이 말했다. 영매만큼이나 강하게 주장했다. 사람들 사이에 긴 팔이 '위엄 있다.' 하고 표현할 법한 덩치 큰 여자가 서 있었다. 그 여자는 조그만 아기를 안고 있었다. 영매가 말했다.

"가리카이, 당신 말대로 모두들 추방되었으니 되었소. 하지만 이 마녀는 오랫동안 죄를 지어 왔소. 당신 아기들을 먹어치웠단 말이오! 아니면 아기 잡아먹는 요괴로 바꾸었든지. 우리 모두 알다시피 저 여자가 만든 흉측한 요괴들이 지금도 숲 속을 기어 다니고 있소!"

'정말 그런 줄은 모르겠지.' 긴 팔은 생각했다.

"마력은 질병이나 마찬가지요. 치료할 수 있소."

가리카이가 지친 듯 말했다.

"저 여자는 당신의 둘째 부인을 더럽혔소!"

영매가 성큼성큼 걸어 땅바닥에 웅크리고 있는 젊은 여자에게 갔다. 그 여자는 대성통곡을 하고 있었다. 영매가 그 여자의 머리카락을 잡아 당겼다.

"이 여자는 쌍둥이를 낳았소. 당신의 하나뿐인 후계자가 위협을 받고 있소. 잘 생각해 보시오! 미안다를 살리려 하면 안 되오!"

"당신은 마력을 염소에게 던질 수 있지 않소? 염소가 몇 마리가 필요하든 상관없소. 어떻게 해서든 내 첫째 부인이 치료되길 바라오."

가리카이는 깡마른 영매를 쏘아보았다. 두 사람은 번뜩이는 눈빛으로 신경전을 벌였다. 초능력이 없어도 그 눈빛이 이런 뜻이란 것은 읽을 수 있었다.

'계속 영매 자리에 있고 싶으면 내 결정을 따라야 할 것이오.'

긴 팔은 빈터를 휘둘러보며 거기 모인 마을 사람들의 표정을 살폈다. 어떤 결론이 날지 모르겠다는 생각이 들었다. 가리카이의 말에 고개를 끄덕이는 사람들도 있었지만 영매를 지지하는 사람도 많았다. 논쟁이 한창 일고 있을 때 미안다가 위엄 있게 우뚝 일어섰다. 아기가 가냘프게 칭얼댔다.

긴 팔은 미안다의 용기에 깊은 감명을 받았다. 하지만 결정적인 이유는 그 아기였다. 쌍둥이가 태어나서 뭐가 어쨌다는 건지 몰라도 좋은 일이 아닌 것은 확실했다. 긴 팔은 자신이 위험해지리라는 생각도 못하고 빈터로 발을 디뎠다. 멀리 보는 눈이 팔을 잡으려다 실패했고 밝은 귀는 소리 내어 긴 팔을 부르려다가 꾹 참았다.

마을 사람들은 순식간에 반응을 보였다. 여자들은 비명을 지르며 어둠 속으로 피했고 남자들은 애써 무덤덤한 척했지만 한두 명씩 공포에 떨면서 모닥불 옆에서 멀찌감치 떨어졌다. 몇 명은 달아나고, 몇 명은 옷에 오줌을 쌌다. 긴 팔은 씁쓰레하게 웃었다.

긴 팔은 자신이 어떻게 생겼는지 잘 알고 있었다. 198센티미터의 키에 문빗장처럼 깡말랐다. 팔과 다리는 보통 사람들에 비해서 어마어마하게 길었다. 팔꿈치와 무릎을 구부리면 벽장에 숨어 있는 티끌 거미처럼 보였다.

긴 팔은 팔꿈치와 무릎을 구부렸다. 영매는 거의 눈이 튀어나올 뻔했다. 가리카이는 뒷걸음질을 쳤다. 하지만 도망가지는 않았다. 가리카이는 혼비백산할 지경이면서도 혼신을 다해 용기를 냈다. 그만한 용기라면 덤빌 틈을 엿보는 사자의 눈도 노려볼 수 있을 것이다.

울고 있던 젊은 여자는 끔찍한 광경을 보더니 기어서 도망쳤다. 그 여자가 관목 숲에 이르자 사람들이 손을 내밀어 안전한 곳으로 인도해 주었다. 오로지 미안다만 두려운 낌새를 보이지 않고 긴 팔을 쳐다보았다.

"어머니."

긴 팔이 말했다. 미안다는 깜짝 놀라며 눈을 깜빡였다.

"우리가 왔어요. 형제들과 제가요."

긴 팔은 숲을 가리켰다. 긴 팔은 영매가 내는 신음 소리를 듣고 밝은 귀와 멀리 보는 눈이 빈터에 들어왔다는 걸 알았다.

"우리도 여기 나타나기 싫었어요. 그런데 이 남자의 용기가 정말 대단해요."

긴 팔은 가리카이를 가리켰다. 영매를 명예롭게 해 줄 이유가 없었다.

"우리는 밖으로 나가고 싶어요. 사람들을 더 쉽게 놀래킬 수 있는 마을을 찾아 가겠어요. 이 사람의 혼령이 더 이상 우리를 쫓지 말았으면 좋겠어요."

"우리가 누군가에게 고통을 주고 싶을 때 이 사람 때문에 두려워져요."

멀리 보는 눈이 거들었다. 그러자 밝은 귀도 한마디 했다.

"맞아요. 정말 골칫거리죠."

"과장하지 마."

멀리 보는 눈이 속삭이며 혀를 찼다.

"여기를 떠나면서 모든 마력을 가져가고 싶어요."

긴 팔이 금방이라도 펄쩍 뛰어오르려는 거미처럼 몸을 둥글게 구부렸다. 영매가 움찔했다.

"우리와 같이 떠나요, 미안다!"

미안다가 벌떡 일어나서 긴 팔을 쳐다보았다. 무슨 꿍꿍이속인지 알겠다는 눈치였다.

"나? 나도 같이 가자고? 나는 마력이 싫어! 꺼져, 이 더러운 요괴들! 레스트헤이븐에서 나가. 그리고 이것도 데려가!"

미안다는 아기를 긴 팔에게 내밀었다. 긴 팔이 뒷걸음질을 쳤다.

"싫어요!"

"데려가!"

미안다는 소리를 지르며 앞으로 나아갔다. 탐정들은 계속 뒷걸음질 쳤고, 마침내 빈터에서 벗어났다.

"데려가, 이 바보야."

미안다가 조그맣게 말했다. 긴 팔이 의아해하며 물었다.

"정말이에요?"

"난 이 아기를 보호할 수 없어."

미안다는 아기를 긴 팔의 손에 들려 주었다. 그러더니 살며시 아기의 볼을 쓰다듬는 것이다.

"아기 이름은 세카이야. 마치카 장군이 아기를 어떻게 할지 모르겠지만, 고맙다고 전해 줘. 장군의 아이들은 밖으로 나갔어. 멀리 가지 못했을 거야."

미안다는 긴 팔이 대답할 틈도 주지 않고 뒤돌아 달려갔다. 그리고 악을 써 댔다.

"으악! 으악! 마녀의 혼령이 나를 떠나고 있어요. 나를 보호해 주세요!

마력이 다시 돌아오지 않게 해 주세요!"

미안다는 최대한 위급하다는 걸 알리려고 땅바닥에 쓰러져 데굴데굴 굴렀다. 발버둥을 치고 이를 하얗게 드러냈다. 머리카락도 쥐어뜯었다.

가리카이가 타오르는 나뭇가지를 들고 미안다와 긴 팔 사이로 걸어왔다. 아직도 긴 팔은 어둠 속에 서서 쳐다보고 있었다.

"내 아내를 내버려 둬!"

카리카이는 고함을 쳤다. 그리고 영매에게 명령했다.

"당신! 저 괴물들을 쫓아내시오!"

영매는 은도로를 잡고 마법 주문 찬트를 외기 시작했다. 남은 사람 몇 명이 돌을 주우려고 손을 뻗어 내렸다.

보로데일은 레스트헤이븐의 바깥 지역인 만큼 아파트가 빽빽이 들어서 있지도 않았고 음바레 무시카처럼 북적거리지도 않았다. 거리는 넓고 공기는 상쾌했지만 죽은 자의 땅처럼 울타리 없이 열린 지역도 아니었다. 집집마다 높은 담으로 둘러싸여 있었고 담장 위로 자카란다 나무, 등나무, 케냐 커피나무들이 다른 식물들 위로 삐죽이 고개를 내밀고 있었다. 나무들이 모두 좀 병들어 있는 듯했다. 철 대문 뒤에서 개 짖는 소리가 들렸다. 다른 개가 대답했다.

로봇 도베르만이 아니라 '진짜' 개였다. 텐다이는 갑자기 여기저기서 줄줄이 들려오는 소리들을 알아차렸다. 새끼 고양이가 어느 집 문밖에서 야옹거렸다. 수탉이 꼬끼오 하고 울었다. 말이 콧김을 내뿜으며 시끄럽게 히

힝거렸다. 어느 집 대문 앞을 지나가자 개가 문을 따라가며 쿵쿵 댔다.

마조에 사람들도 애완동물을 키우기는 했다. 하지만 로봇 애완동물 키우기가 훨씬 더 유행이었다. 로봇은 벼룩도 없고 화단을 파헤치지도 않았다. 전자 회로가 오래되지 않으면 괜찮았다. 가장 중요한 것은 6개월마다 새 로봇을 낳지 않는다는 점이었다.

"아주 생기가 넘치는 곳이야."

텐다이가 조그맣게 말했다. 담장 뒤에 숨겨진 세상이 새벽바람 속에 배어 있었다. 꽃, 개, 거름 냄새들. 레스트헤이븐의 공기와는 사뭇 달랐다. 레스트헤이븐은 머나먼 과거의 냄새였지만 보로데일은 텐다이가 아는 세상과 가까웠다. 거의 집에 온 것 같았다.

"멜로워 어머니의 주소가 뭐였어?"

텐다이는 리타가 정신을 차리도록 흔들며 물었다.

"호스풀 가 25번지."

리타가 중얼거렸다.

"이름 알아?"

"몰라. 그만 좀 괴롭혀."

그야말로 리타다운 모습이었다. 리타는 숫자는 절대 잊지 않았다. 하지만 이름은 듣자마자 잊어버렸다.

텐다이는 사람들이 잠에서 깨어날 때까지 기다려야 할까 봐 겁이 났다. 그때 신문 배달 로봇이 그르렁거리며 거리를 돌아다녔다. 신문 배달 로봇은 띄엄띄엄 멈춰 서서 신문을 담 너머로 던졌다. 텐다이가 신문 배달 로봇에게 물었다.

"저기, 호스풀 가가 어딘지 알아?"

"신문이-안-들어왔나요?"

"아냐. 그게……."

"저는-도울-수-없습니다."

로봇은 텐다이를 스쳐 지나 거리로 나아갔다. 텐다이는 따라갔다. 트래시맨은 리타를 한쪽 어깨에, 쿠다는 반대쪽 어깨에 얹고 뒤따라왔다. 별로 힘들어 보이지 않았다. 윙, 멈추고, 슝. 로봇은 또 신문을 배달하러 갔다. 윙, 멈추고, 슝.

"그래, 우리 집에 신문이 안 들어왔어!"

텐다이가 소리쳤다. 신문 배달 로봇이 냉큼 돌아서 텐다이에게 왔다.

"우리 집은 호스풀 가 25번지야. 신문이 안 왔어. 시스템이 온통 망신거리야!"

로봇은 배 주머니에 쌓인 신문을 펄럭펄럭 넘겼다 .

"그건-사실이-아닙니다. 저는-아직-호스풀 가에-가지-않았습니다."

"좋았어. 가 보자고."

텐다이는 계속 신문을 배달하는 로봇을 따라다녔다. 가다 서다 하는 것도 서서히 지쳐 갔다. 윙, 멈추고, 슝. 하지만 협죽도 나무들이 양옆에 늘어선 거리에 도착했고, 거리 끝에서 드디어 호스풀 가 25번지를 찾았다. '패덕(경마에서 그날의 출전마를 관객에게 보이기 위하여 만든 장소—옮긴이)'이라는 푯말이 붙어 있었다.

이제 하늘이 짙은 남빛으로 바뀌고 공기가 축축해졌다. 곳곳에서 수탉이 울었다. 케냐 커피나무에서 오디새 한 마리가 울자 곧이어 딴 곳에 있는 오디새가 대답했다. 갑자기 수백 마리의 새가 깨어나 시끄럽게 지저귀기 시작했다. 텐다이는 25번지의 초인종을 눌렀다. 조금 뒤에 로봇이 대답했다.

"누구-십니까?"

"멜로워의 친구들이야."

텐다이가 대답했다.

로봇이 계단에서 내려와 보도를 따라 걸어오는 소리가 들렸다. 무척 삐거덕거렸다. 로봇은 대문 자물쇠는 풀었지만 보안용 쇠사슬은 남겨 두었다.

"방문-예약-하셨습니까?"

"그래!"

텐다이는 로봇이 문을 다시 잠가 버리기 전에 얼른 말했다.

"알겠-습니다. 안으로-들어와서-기다리십시오."

로봇은 문을 열어 주고 삐거덕거리며 집으로 돌아갔다. 가다가 움푹 팬 곳에 바퀴가 걸려 하마터면 넘어질 뻔했다. 텐다이는 새로 맞이한 환경을 둘러보았다.

머리가 떨어져 나간 인어와 말라 버린 분수가 기둥 모양 받침대 위에 놓여 있었다. 기다란 현관 지붕은 오래된 등나무 덩굴 때문에 거의 쓰러져 내릴 듯했다. 테니스장에는 잡초가 무성했고 기와지붕은 양철 판이 덧대어 있었다. 하지만 예전에는 훌륭한 장소였을 것 같았다. 그 장엄함이 아직 남아 있었다.

"이 형편없는 깡통 녀석!"

집에서 어떤 목소리가 고함을 질렀다.

"감히 이 시간에 나를 깨워? 깡통 따개로 따 버리기 전에 얼른 꺼져, 이 녹슨 깡통 녀석아!"

"손님입니다-부인. 방문 예약을-했답니다."

로봇이 끙끙대는 목소리가 들렸다.

"십중팔구 도둑놈이야. 가만, 니어바너 총을 어디 뒀더라? 도베르만 개집의 리모컨은 또 어디 있지?"

텐다이는 걱정스러웠다. 조금 뒤 현관문이 열리며 조그마한 노부인이 나왔다. 노부인은 너덜너덜해진 목욕 가운과 보풀 있는 토끼 슬리퍼 차림으로 커다란 니어바너 총을 들고 어둠을 향해 소리쳤다.

"내 눈에 보이기 전에는 꼼짝도 하지 마."

"저희는 아이들이에요. 그리고 이 사람도 아이나 마찬가지예요."

텐다이가 트래시맨을 가리켰다.

"저희 아버지는 마치카 장군이에요. 저희는 납치됐었어요."

마치카 장군이라는 말을 듣고 노부인은 총을 내리며 중얼거렸다.

"저런, 그랬단 말이지."

"부탁이에요. 저희는 지쳐서 쓰러질 것 같아요. 제 여동생은 아프기까지 해요. 좀 들어갈 수 있을까요?"

"물론이지. 가엾은 강아지들 같으니라고. 끔찍한 시간을 보낸 게로구나. 그런데 같이 있는 저 거지는 누구니?"

노부인은 다시 총을 들었다. 텐다이가 얼른 트래시맨을 감싸는 말을 꺼냈다.

"거지는 아니에요."

그때 쿠다가 깨어나서 올빼미처럼 노부인을 쏘아보며 말했다.

"우리 친구예요."

"나도 척 보면 떠돌이 거지인지 아닌지 알아! 너희들은 들어와도 되지만 저 사람은 정원에 있어야 해. 불안해서 안 되겠어."

텐다이는 트래시맨 때문에 문제가 생길 것 같아서 걱정이 되었다. 그러나 트래시맨은 그런 대접이 전혀 놀랍지 않은 모양이었다. 정원을 둘러보더니 베어 낸 풀 더미 위에 벌렁 드러누웠다.

노부인은 아이들을 부엌으로 데려갔다. 리타는 비틀거리며 의자로 가서 쿵 하고 테이블 위에 엎어졌다.

"애는 정말 아픈가 보네. 꼬마 아가씨, 어디 고개 좀 들어 보렴. 한번 보자구나."

리타가 앓는 소리를 하며 고개를 들었다. 텐다이는 리타의 살갗에 돋은 작은 뾰루지들을 보고 심장이 덜컹 내려앉았다.

"세상에, 세상에. 홍차 잔처럼 뜨겁잖아."

노부인이 리타의 얼굴에 등잔불을 비추었다.

"어머나, 기가 막혀! 이게 몇 년 만에 보는 거야. 수두야, 수두."

"네?"

텐다이가 소리쳤다.

"내가 어렸을 때는 누구나 수두에 걸렸지. 뭐, 그렇게 위독한 병은 아니야. 마음 굳게 먹어야겠지만 말이야. 아 그리고……."

노부인은 잠시 숨을 돌리더니 더 부드럽게 말을 이어 갔다.

"격리 병실에 들어가야 해."

"안 돼요."

텐다이는 숨이 턱 막혔다.

"안 되긴 왜 안 돼. 그게 무슨 대단한 일이라고. 당연히 그렇게 해야 하는 거야. 의사는 병이 온 도시에 돌아다니도록 놔두면 안 된단다. 내가 서재에 간이침대를 마련하마. 애가 많이 아프면 너희 둘이 알려 주러 오면 되잖니."

텐다이는 시무룩해졌다.

"격리 병실에는 얼마나 있어야 하죠?"

"3~4주쯤. 딱지가 언제 떨어지느냐에 달려 있어. 걱정 말거라. 너희 부모님께 연락해서 안심시켜 드릴 테니까. 부모님께 전염시키는 건 싫겠지? 어른이 걸리면 훨씬 나쁘단다. 병원에서 살아야 할지도 몰라."

텐다이는 하늘이 무너지는 것 같았지만 마음을 추스르고 노부인이 코코아와 토스트 만드는 걸 도왔다. 코코아는 물이 많아 밍밍했고 토스트는 마가린이 발라진 둥 만 둥했다. 하지만 텐다이와 쿠다는 배가 너무 고파서 그런 것은 아랑곳하지 않았다. 리타는 아파서 먹지 못했다.

배를 채운 뒤 텐다이는 노부인이 간이침대를 마련하는 걸 도왔다. 텐다이는 노부인의 이름을 알고 싶었지만 물어볼 기회를 놓쳐 버렸다. 그러고 보니 멜로워의 이름도 모르고 있었다. 멜로워는 텐다이가 아주 어릴 때부터 함께 지냈다. 아이들의 삶에서 어머니와 아버지 다음으로 소중한 사람이었다. 그런데도 멜로워의 진짜 이름을 부르는 사람은 아무도 없었다. 텐다이는 어쩐지 미안한 마음이 들었다.

단단한 나무, 금속 경첩, 삼베 이불로 만든 간이침대가 완성되어 리타가 누울 수 있게 되었다. 텐다이와 쿠다는 목욕을 하러 갔다.

"어휴, 냄새. 냄새가 지독해."

노부인은 발 달린 낡은 욕조에 쫄쫄 흐르는 미지근한 물을 5센티미터쯤 받았다. 그리고 눅진눅진한 빨랫비누를 건네주며 말했다.

"요령껏 씻어 봐. 앤터니가 예전에 입던 옷을 바구니에 담아 놨어. 옷인지 뭔지, 걸치고 있는 그건 빨래 바구니에 넣어 놔."

"레스트헤이븐에서 입혀 준 나무껍질 옷이에요."

텐다이가 말했다.

"레스트헤이븐에 갔었니? 그럼 그 옷들은 박물관에 보낼 물건들인 걸? 분명 값이 꽤 나갈 거야."

텐다이는 '값이 나간다.'는 말이 그다지 마음에 들지 않았다. '내가 의심이 너무 많아졌어.' 하고 텐다이는 생각했다. 결국 노부인은 멜로워의 어머니일 뿐이었다. 멜로워만큼 친절하게 대해 주기를 바라서는 안 될 일이었다. 텐다이는 그래도 은도로와 닭똥 자루는 몰래 간직하고 있었다. 노부인이 "냄새가 지독해."라고 한 이유는 닭똥 자루 때문이리라. 텐나이는 왜 그 자루를 계속 가지고 있는지 알 수 없었지만 아무래도 나무껍질 천으로 만들어졌다는 이유와 미안다에게 받은 것이라는 이유 때문인 듯했다.

텐다이는 목욕 솔로 쿠다를 문지르고 머리도 감겨 주었다.

"형, 앤터니가 누구야?"

"멜로워겠지."

"아냐. 멜로워는 이름이 없어."

쿠다가 여느 때처럼 옹고집을 드러냈다. 텐다이는 아예 대꾸할 생각을 하지 않았다. 그리고 쿠다에게 긴 셔츠를 입혔다.

간이침대는 딱딱하고 먼지투성이였지만 텐다이는 완전히 기진맥진하여 그런 줄도 몰랐다. 머리가 아팠다. 괴물에게 쫓겨 컴컴한 숲 속으로 도망가는 이지러운 꿈을 꾸었다. 레이더 같은 귀를 가진 괴물과 사마귀처럼 눈이 커다란 괴물이 텐다이를 쳐다보았다. 또 깡마른 검은 팔이 쭉쭉 늘어나는 괴물도 있었다. 팔이 자꾸자꾸 길어지자 텐다이는 땀에 흠뻑 젖어 덜덜 떨면서 잠이 깼다.

'멋지군.'

텐다이는 뒤죽박죽된 서재의 낯선 모습을 보며 생각했다.

'나도 수두에 걸렸나 봐.'

제26장

"지금이야. 뛰어."

밝은 귀가 소리쳤다. 탐정들은 젖 먹던 힘까지 내어 달렸다. 바위틈에 빠지고 미끄러지고 나무에 쿵 부딪히기도 했다. 오직 두려움 때문에 마을 사람들보다 빨리 달렸다.

"여기서 돌아!"

갈림길에 이르자 밝은 귀가 헐떡이며 소리쳤다. 바위 하나가 탐정들 옆으로 쿵 떨어지더니 나무가 우지끈 부러졌다.

"투석기로 날렸나 봐."

멀리 보는 눈이 숨을 가쁘게 쉬며 말했다.

"으악!"

돌 하나가 멀리 보는 눈의 등에 내리꽂혔다. 그나마 주위가 어둡고 탐정들이 쏜살같이 달리고 있었기 때문에 돌들은 대부분 목표를 피해 갔다. 하지만 전부 피해 간 건 아니었다. 돌 하나가 긴 팔의 어깨에 날아들었다. 긴 팔은 아픈 충격으로 하마터면 세카이를 떨어뜨릴 뻔했다. 세카이가 울기 시작했다. 긴 팔의 발소리에 장단을 맞추기라도 하듯 규칙적으로 울었다.

"대문 열어! 내가 사람들을 막고 있을게."

긴 팔이 소리쳤다. 밝은 귀와 멀리 보는 눈이 손잡이를 당겼다. 하지만 문이 너무 무거워서 지독하게도 천천히 움직였다. 돌들이 머리 옆으로 핑핑 지나갔다.

"우워어어어어!"

긴 팔이 다리를 굽히고 거대한 거미처럼 마을 사람들에게 다가가며 울부짖었다.

"우워어어어어."

긴 팔은 몸을 앞뒤로 흔들며 겁을 주었다. 세카이는 팔로 최대한 감쌌다. 마을 사람들이 머뭇거리더니 밀치락달치락하며 뒷걸음질 쳤다.

"우우, 우우, 우우우우!"

긴 팔이 위아래로 몸을 흔들며 날카로운 소리를 냈다. 마을 사람들이 나무 뒤로 숨으려고 옆 사람을 밀쳤다. 긴 팔이 소리쳤다.

"잡아 버리겠어! 너! 그리고, 너, 너! 너도!"

"이리 와! 문이 열렸어!"

밝은 귀가 소리쳤다. 긴 팔은 심장이 멎을 만큼 크게 고함을 지른 뒤 돌아서서 레스트헤이븐을 빠져나갔다. 곧장 달려 나가 보니 밖에는 경찰관들이 쫙 깔려 있었다. 한 경찰관이 긴 팔을 잡았다. 그리고 이미 경찰차 옆에 서 있는 밝은 귀와 멀리 보는 눈에게 데려갔다.

등 뒤로 레스트헤이븐의 거대한 대문이 철커덩 닫혔다. 큰 돌을 대문에 괴는 소리도 났다. 그 소리는 두꺼운 벽을 뚫고 들려 나올 정도로 컸다.

한 경찰이 말했다.

"레스트헤이븐에서 쫓겨난 사람은 처음 보는군. 정말 안 됐네, 친구들. 거기서 살고 싶어 하는 사람들이 많지. 하지만 고양이만큼이나 까다롭게 군다더군."

긴 팔은 자신들이 불법으로 들어갔다는 사실을 경찰이 모른다는 걸 알았다.

"아기잖아."

여자 경감이 소리쳤다. 세카이가 다시 울기 시작했다.

"와, 정말 작아. 당신 아기인가요?"

"아, 네. 맞아요."

긴 팔이 대답했다.

"가엾어라. 배가 고픈가 보네. 당신 부인은……?"

경감이 중얼거리며 대문을 가리켰다. 긴 팔이 대답했다.

"그렇게 됐습니다."

"말도 안 돼요. 여기, 모요 경관."

경감이 모요 경관에게 열쇠 꾸러미를 던졌다.

"구급함에서 아기 우유 좀 찾아와."

버려진 아기가 발견될 때를 대비해 갖추고 있는 우유병을 경찰이 찾아오자 긴 팔은 기뻤다. 모요 경관은 재빨리 우유를 데웠다. 세카이는 허겁지겁 생애 첫 음식을 먹었다. 긴 팔은 세카이를 안고 있으면서 이상한 기분이 들었다.

잠이 쏟아질 때처럼 다리의 힘이 빠져나갔다. 간질간질, 꿈틀꿈틀, 꿀꺽
꿀꺽 하는 느낌들과 이제 살았다는 기분이 들었다. 긴 팔은 일부러 노력
하지 않고도 세카이에게 이끌린다는 것을 알았다. 귀신이 곡할 노릇이긴
해도 사실인 건 분명했다. 긴 팔이 세카이에게 느낀 것은 갓 태어난 아기
에게 부모가 느끼는 유대감이었다. 긴 팔이 정상적인 사람들을 훨씬 웃도
는 정신 능력을 가진 덕분에 그 순간을 정확히 알아차렸던 것뿐이다.

긴 팔은 세카이의 포로가 되었다. 배가 불러 기분 좋게 팔에 안겨 있는
세카이도 긴 팔의 포로가 된 게 분명했다.

"여기서 뭘 하고 있죠? 마치카 장군의 아이들을 찾았나요?"

멀리 보는 눈이 물었다. 경감이 대답했다.

"아뇨. 마스크가 지하철을 공격했어요. 여느 때와 달리 다친 사람은 없
었죠. 그런데 그 아이들 일은 어떻게 알죠?"

긴 팔은 텐다이, 리타, 쿠다가 자신들보다 먼저 레스트헤이븐을 탈출했
다고 설명했다. 괜히 귀찮아질까 봐 레스트헤이븐에서 아이들을 만난 것
처럼 말했다. 그 말을 듣자 경감이 즉시 명령했다.

"대기 중인 대원들을 모두 출동시켜. 현미경으로 이 거리를 샅샅이 훑
어보고 열차를 확인해야겠어."

경감은 세 탐정들에게 얼른 여기서 뜨자고 다그쳤다. 특히 돌에 맞아
생긴 혹과 상처를 살펴보더니 파리 쫓듯 세 사람을 쫓아 댔다.

긴 팔은 경감의 말을 따라야 했다. 수백 명의 경찰보다 자신들이 더 운
이 좋을 거라는 보장이 없었다. 그리고 어깨도 욱신욱신 쑤셨다. 탐정들
은 커다란 순찰차에 올랐다. 운전사가 불안해하지 않도록 당연히 뒷자리
에 앉았다.

"왜 레스트헤이븐에서 쫓겨났는지 알겠어. 아마 아기도 어디가 잘못되었나 봐."

앞자리에 앉은 여자 경찰이 속삭였다. 그 옆에 앉은 경찰관이 조용히 하라고 말했다.

"기분 나쁘게 생각하지 마. 그래도 아기 잡아가는 요괴 노릇은 아주 잘 해냈잖아."

밝은 귀가 긴 팔에게 말했다. 옆에서 멀리 보는 눈이 덧붙였다.

"맞아. 그런 괴물 소리는 어디서 배웠어?"

"밤늦게 홀로비전에서 봤지. 제목이 '난 10대 늑대인간이었어요.'였던가."

긴 팔은 세카이를 꼭 껴안았다. 그리고 세카이의 기억을 느꼈다. 어두운 바다 위를 둥둥 떠다니며 아련히 들려오는 어머니의 심장 소리를 듣고 있었다.

"집에 온 뒤로 계속 저러고만 있어요."

밝은 귀가 의사를 들여보내며 말했다. 이번에는 응급 대원이 아니라 심리학 그리고 예외적인 정신 착란에 학위가 있는 진짜 전문의였다. 긴 팔의 상태가 이상하다는 말을 듣고 텐다이의 어머니가 의사를 보낸 것이다.

"범죄자들이 던진 돌에 맞았어요. 전에도 그런 일은 있었거든요. 그때는 괜찮았는데, 아침에 보니……"

밝은 귀가 레스트헤이븐에 대한 이야기는 피하면서 조심스럽게 말했다.

긴 팔은 눈을 감고 소파에 누워 있었다. 의사가 귀에 대고 손뼉을 쳐도 아무 반응이 없었다. 핀으로도 찔러 봤지만 움찔하지도 않았다. 목마름 씨가 준 맥주 상자 침대에서 세카이가 발을 바동거리며 쭉쭉 빠는 소리를 냈다.

긴 팔이 입술을 오므렸다.

세카이가 칭얼대기 시작했다. 처음에는 살살 칭얼대더니 점점 세졌다. 긴 팔이 눈을 깜빡이며 의사를 쳐다보았다.

"누구세요?"

"깨어났다!"

멀리 보는 눈이 소리쳤다.

"당연히 깨어났지. 아, 배가 너무 고파. 그거, 따뜻한 우유 한 잔, 마시고 싶어."

"거참 별나군요."

의사가 말했다. 긴 팔이 일어나며 말했다.

"안녕 세카이. 너도 배고픈가 보구나. 경찰관이 준 우유병들이 어디 있을까? 내가 냉장고에서 아기 우유 가져올게."

긴 팔은 우유를 뜨거운 물에 데웠다.

"음! 냄새 좋다!"

"긴 팔, 그건 아기 우유야."

밝은 귀가 말했다.

"알아. 아주 맛있기도 하지. 너도 좋아하지? 세카이?"

긴 팔이 아기 입에 우유병을 넣었다. 세카이가 세차게 빨아먹었다.

"맛이 느껴지는 것 같아. 정말…… 맛이 느껴져."

의사가 말을 꺼냈다.

"내가 우려했던 바로군. 난 늘 자네 같은 증세에 흥미가 있었어. 의과대학에 다닐 때 그길 연구했거든. 그런 돌연변이는 백만 명 중 한 명만 유익하다고 입증되지. 자네는 아주 눈에 띄는 사람이야."

"우리도 알아요. 긴 팔에게 무슨 일이 생긴 거죠?"

멀리 보는 눈이 물었다. 의사는 대답은 하지 않고 딴소리를 했다.

"자네는 눈에 띄는 시력을 지녔군. 비구름에서 떨어지는 빗방울 하나까지도 볼 수 있겠어. 또 자네는 놀라운 귀를 가졌군. 옆방에서 속삭이는 소리도 고함치는 소리처럼 들릴 테지."

"바로 맞혔어요."

밝은 귀가 귀덮개를 톡톡 두드리며 말했다.

"어떤가? 그 초능력이 나이 들수록 더 좋아지나?"

밝은 귀와 멀리 보는 눈이 서로 쳐다보며 고개를 저었다.

"긴 팔, 자넨 어때?"

긴 팔은 창문으로 가서 커튼을 살짝 걷었다. 멀리 보는 눈이 색안경을 잡았다. 기울어 가는 오후 햇빛이 카우즈 구츠의 지붕들을 비추고 있었다. 거지들이 돌아오거나 주정뱅이들이 떠들썩하기에는 너무 일렀다.

"몇 주 전에 목마름 씨의 마음을 들여다봤어요. 아주 잠깐이었죠. 그전에는 사람에게 집중했던 적이 없었거든요. 마치 영혼을 들여다보는 것 같았어요."

"으으!"

멀리 보는 눈이 말했다.

"정말 이상하게도 마음속 깊은 곳에서 뭔가 순수함을 발견했어요."

"계속해 보게."

의사가 말했다. 긴 팔은 멜로워를 들여다본 일을 설명했고, 저녁 만찬 뒤에 마치카 장군의 생각을 들여다봤을 때 기억의 방문을 실제로 열고 들어간 이야기도 했다. 갑자기 긴 팔은 다리에서 힘이 빠졌다. 밝은 귀와 멀리 보는 눈이 긴 팔을 잡았다. 의사가 세카이의 침대로 가서 세카이의 입에서 우유병을 뺐다. 세카이가 눈을 번쩍 떴다.

긴 팔이 정신을 차렸다.

"자넨 아기와 유대감을 가지고 있군, 그렇지?"

의사가 물었다. 긴 팔이 고개를 끄덕였다.

"유대감은 태어난 뒤 며칠 동안 부모와 아이들 사이에 생기지. 사람이 느끼는 가장 강한 감정이야. 하지만 자네는 보통 사람들과 다르지. 훨씬 민감해."

의사는 아기를 천천히 흔들었다. 긴 팔이 졸고 있다가 고개를 휙 들었다. 의사가 다급하게 말했다.

"자네와 아기는 하나일세."

긴 팔은 손으로 머리를 받치고 생각했다. 세카이가 졸린데 못 자게 방해받아서 짜증이 난 것을 느낄 수 있었다. 배 속에서 가스가 부글거렸다.

"저는 어떻게 해야 하죠?"

"멀리 떨어져야 해. 아니."

의사는 손을 들어 올렸다.

"내 말은 아기를 멀리 보내 버리라는 말이 아니야. 그건 둘 다에게 아주 잔인한 일이지. 아기 주의를 딴 데로 돌려야 해. 아니면 커다란 기저귀가 필요해질 걸세."

"으, 생각하기도 싫어요."

긴 팔이 우거지상을 했다. 그리고 깊이 잠들어 버렸다. 이번에는 누구도 긴 팔을 깨울 수 없었다.

다음날 아침 멜로워가 도착했다. 긴 팔과 세카이는 일어나 아침을 먹고 있었다. 세카이는 우유, 긴 팔은 달걀을 먹었다. 하지만 긴 팔은 배고픈 사람처럼 우유병을 계속 바라보았다.

"아기다! 난 아기가 정말 좋아요! 얼럴러 까꿍! 아, 귀여워! 아, 깜찍해!"

멜로워가 소리쳤다. 그리고 세카이를 안아 올렸다. 긴 팔은 괜히 질투가 났다.

"아기가 당신을 좋아하는군요."

"음, 당연하죠. 아가야, 넌 아프리카에서 가장 똑똑한 아기지? 가장 귀엽고 작은 코를 지닌 사람이지?"

"이리 와, 긴 팔. 산책 좀 하자."

밝은 귀가 말했다. 밝은 귀와 멀리 보는 눈은 긴 팔을 목마른 맥주 집으로 데려갔다.

"멜로워는 아기를 떨어뜨릴 거야. 아주 덜렁대는 사람이라고."

긴 팔이 말했다.

"잘할 거야. 우린 이제 아이들 일을 의논해야 해."

멀리 보는 눈이 술집 주인에게 손짓을 하자 주인은 곧바로 마른 행주를 내려놓고는 눈썹이 휘날리게 달려와 과일 주스 세 잔을 내려놓았다. 그리고 어떤 손님의 손에서 깨진 맥주병을 잡아 빼냈다.

"텐다이, 리타, 쿠다는 마스크 일당의 공격을 받은 그 열차를 탔어. 트래시맨인가 하는 덩치 큰 남자와 같이 있었대."

멀리 보는 눈이 말했다.

"그러니까 뭐야, 우리가 레스트헤이븐으로 들어가려고 대문을 부수고 있을 때 지하도에 있었던 그 사람들이란 거야?"

"그런 것 같아."

긴 팔은 시무룩하게 가게 안을 바라보았다. 불빛은 흐렸고 공기는 케케묵은 냄새가 났다. 크리스마스 때라 카우즈 구츠에서도 크리스마스를 축하하려는 사람이 있었다. 그래서 목마름 씨는 호랑가시나무와 박제 사슴으로 가게를 장식해 두었다. 사슴 머리에 가짜 뿔을 붙이고 입에는 사과를 물게 했다.

"어쩨, 목마름 씨가 크리스마스 정신을 제대로 못 잡아낸 것 같은데."

밝은 귀가 말했다. 그러자 긴 팔이 넌지시 말했다.

"사과할게, 밝은 귀. 네가 지하철에서 나는 소리 이야기를 꺼냈을 때 내가 하지 말라고 했던 거."

"괜찮아."

"아냐. 괜찮지 않아. 나는 약한 사람을 괴롭히는 녀석이었어. 너무 건방지게 굴었어. 역사상 가장 나쁜 탐정일 거야."

긴 팔의 얼굴에 눈물이 흘러내렸다.

"긴 팔, 세카이가 우는 거야?"

"아, 그래. 맞아."

밝은 귀와 멀리 보는 눈은 깜짝 놀라서 서로 쳐다보았다. 그리고 밝은 귀가 말했다.

"세카이가 행복하지 않을 때면 네게 느낌이 오나 봐. 그냥 배앓이일 뿐일 거야."

긴 팔은 잠깐 동안 조용히 앉아 있다가 크게 트림을 했다.

"네 말이 맞네."

멀리 보는 눈이 다시 이야기를 이어 갔다.

"차장은 장군의 아이들이 보로데일에서 내렸댔어. 하지만 파일드티스에 몸담았던 어떤 승객은 마조에 행 열차를 탔을 거라고 장담했대."

"경찰에게 스스로 정보를 주다니 파일드티스에 몸담았던 사람 같지 않은데?"

팔이 말했다.

"샤베에게 홀려서 도둑질을 한 거였는데 영매가 쫓아 줬다고 했대."

"아, 그렇구나."

"어떤 점에서는 그게 말이 되는 것 같아. 보로데일에는 왜 가겠냐? 차장 말로는 어떤 할아버지가 아이들 차비를 내줬다는군."

멀리 보는 눈이 술집 주인에게 손짓을 했다. 과일 주스가 도착했다. 긴 팔의 컵은 박하 잎과 작은 우산으로 장식되어 있었다.

"경찰이 그 할아버지를 찾아냈지만 할아버지의 단기 기억은 형편없었어. 돈을 주기는 했는데 얼마 줬는지도 모른다나."

밝은 귀가 긴 팔을 흔들었다.

"왜 그래? 세카이가 다시 자려고 해?"

긴 팔이 길디긴 팔을 쭉 뻗는 바람에 옆자리 손님들이 의자를 옮겨야 했다.

"도서히 눈을 못 뜨고 있겠어. 날 계속 흔들어 줘."

"아이들은 마조에로 가지 않았어."

멀리 보는 눈이 말했다.

맥주 집의 경비원이 곤드레만드레 취한 손님을 솜씨 좋게 끄집어 당겨 탁자에서 일으키더니 내쫓았다. 신발 한 짝이 벗겨지자 누군가 그걸 주워 들었다. 조금 뒤 그 도둑은 다른 한 짝을 가지러 밖으로 나갔다.

"여긴 아이를 키우기에 좋은 환경이 아니야."

긴 팔이 말했다.

"그런 걱정은 나중에 좀 하자."

밝은 귀는 화가 북받쳐 올랐다. 하지만 긴 팔은 다시 곯아떨어졌다. 밝은 귀와 멀리 보는 눈은 긴 팔을 데리고 사무실로 돌아갔다. 곤드레만드레가 되었던 그 남자는 동네 개구쟁이들의 성화로 골목에서 3루수 노릇을 하고 있었다. 일단 사무실 안으로 들어오자, 긴 팔은 얼음 조각을 목덜미에 집어넣어야만 정신을 차릴 수 있었다.

"이래서는 안 되겠어. 멜로워, 세카이를 잠깐 데려가 줄 수 있겠소?"

긴 팔이 잠이 덜 깬 목소리로 말했다. 그러자 멜로워가 소리쳤다.

"진담이에요? 쿠다가 예전에 쓰던 침대를 지하실에서 가지고 올라와야겠군요. 그리고 자장가 로봇과 코끼리 인형도 가져와야겠어요. 텐다이가 그 인형 위에서 몇 시간 동안이나 자곤 했답니다. 어디 보자. 분유도 필요하고……"

멜로워가 어찌나 빨리 아기와 지낼 생활을 계획하는지 긴 팔은 당황스러워서 어쩔 줄을 몰랐다.

"몇 시간 동안만 데리고 있으란 말이에요."

"몇 시간 동안 정말 멋진 시간을 보내는 거야!"

멜로워는 맥주 상자 위에 있던 세카이를 들어 올렸고, 세카이는 멜로워를 보고 웃었다.

세카이가 정말로 웃은 건 아니었다. 겉으로는 웃지 않고 있었지만, 아기가 어떤 표정을 지을지 결정한 순간에 긴 팔은 알고 말았다. 세카이는 진짜 미소를 지을 것이다. 멜로워에게! 긴 팔은 조용히 아기를 건네받아 꼭 안았다. 그렇다. 그거였다. 아주 작고 가벼운 소속감. 두 사람의 영혼은 다른 누구도 흉내 내지 못할 방식으로 함께 있었다. 긴 팔은 안심하며 아기를 다시 멜로워에게 안겨 주었다.

"실종된 아이들 일은 뭐 들은 거 있소?"

긴 팔이 불쑥 물었다. 멜로워는 깜짝 놀라 휘청거리다가 밝은 눈의 침상에 걸려 넘어질 뻔했다.

"누구? 나요?"

"장군이 보상금을 걸까요? 장군의 신조에 어긋난다는 건 알지만 효과는 있을 텐데."

멜로워는 얼굴의 핏기가 싹 가셨다. 저러다 기절할 것만 같았다.

"왜 나한테 묻죠? 장군이 나한테는 아무 말도 안 하는 걸요. 아앗! 마침 리무진 소리가 들리는군요. 그만 날아가 봐야겠어요."

멜로워는 우유병과 세카이 덮을 수건을 집어 들었다.

"오늘 저녁에 돌아올게요. 안녕, 멋진 재능꾼들!"

멜로워는 문밖으로 나갔다.

"이상한 사람이야."

긴 팔이 중얼거렸다. 리무진 소리가 멀어졌다. 약에 취한 듯 긴 팔을 무겁게 내리누르던 졸림이 사라졌다. 밝은 귀가 말했다.

"멜로워가 뭔가 숨기고 있는 것 같지 않아?"

"맞아. 보상금이란 말에 왜 그렇게 민감한 반응을 보였을까?"

난 그걸 왜 물어봤을까? 하고 긴 팔은 생각했다. 긴 팔은 멜로워 생각을 밀쳐 내고 자신의 도움을 절실히 필요로 하고 있는 장군의 아이들에게 정신을 집중했다.

"부디 지하철에서는 나왔기를 빌어야지. 거긴 마스크가 가장 좋아하는 사냥터잖아."

밝은 귀가 귀를 조절했고 멀리 보는 눈은 안경을 썼다. 긴 팔은 카우즈 구츠에서 밀려오는 감정의 물결을 막기 위해 마음을 다잡았다. 요즘은 문을 열기도 전에 외부에서 감정들이 밀려오기 시작했다.

'난 점점 더 민감해지고 있어. 이러다가는 조만간 전혀 쉬지 못할 거야.'

제27장

"멜로워의 진짜 이름이 뭐지?"

텐다이가 물었다. 텐다이는 딱딱한 삼베 침대에 누워 있었고, 리타는 방 건너편의 창문 옆에 있었다. 리타는 피부가 작은 수두 딱지로 덮여 있기는 해도 오늘 아침에는 좀 나아 보였다.

"생각해 본 적 없어."

리타가 말했다.

"멜로워는 이름이 없어."

쿠다가 서재를 부지런히 탐험하며 말했다. 커다랗고 어둡고 물건들이 뒤죽박죽 널려 있는 방이었다. 푹 꺼진 낡은 의자가 구부정한 전등 옆에 놓여 있었고, 선반과 탁자마다 자질구레한 물건들로 뒤덮여 있었다. 꽃병들과 바구니들에는 온통 부러진 펜과 말라비틀어진 사탕, 구부러진 종이

클립, 얼룩덜룩한 지우개들이 가득했다.

텐다이는 작은 동물 조각상들을 한아름 발견했다. 낡은 것들이었다. 다리가 세 개뿐인 개들이 꼬리 없는 고양이들에게 기대 있었다. 벽은 동물 그림들로 장식되었고 벽난로 위에는 먼지 앉은 트로피들이 줄지어 진열되어 있었다. 하지만 가장 놀라운 것은 벽난로 위에 걸린 말 머리 박제였다. 박제 밑에 있는 놋쇠 액자에 이런 글이 씌어 있었다.

강철의 아들
그를 능가할 자 없으리라.

"저것 때문에 분명히 악몽 꿀 거야."

리타가 그 액자를 처음 봤을 때 했던 말이다. 텐다이가 물었다.

"사람을 찍은 사진은 없어. 좀 이상하지 않아?"

"몰라. 전에는 영국 사람 집에 가 본 적이 없어."

그도 그럴 것이 아버지와 어머니는 영국 부족 사람들을 거의 몰랐다. 그리고 멜로워는 거의 가족이나 다름없어서 남이라고 생각하기가 어려웠다.

"아, 저기 봐!"

리타가 창문 밖을 가리켰다. 날카로운 목소리가 들렸다.

"당장 그만둬, 이 녀석아!"

트래시맨이 티본스테이크를 입에 물고 경중경중 지나갔다.

"굽지도 않은 날것 아냐."

리타가 역겨워하며 창문을 열었다. 쿠다가 낑낑대며 창틀 위에 올라가더니 잔디밭으로 뛰어내렸다. 텐다이는 머리가 지끈거려서 잠시 쉰 다음에야 일어날 수 있었다.

노부인이 빗자루를 손에 들고 호통을 치며 지나갔다 .

"싹뚝이! 송곳니! 저 괴물을 잡아!"

어디선가 불쌍하게 끙끙대는 소리가 들렸다. 자카란다 나무 꼭대기에서 도베르만 두 마리가 울고 있었다. 트래시맨이 올려놓은 게 틀림없었다. 도베르만들은 나뭇가지에 대롱대롱 매달려 있었다.

트래시맨은 빗자루를 날쌔게 피하며 이리저리 뛰어다녔다. 기분이 좋아 보였다. 입에서 스테이크를 빼더니 뭐라고 웅얼댔다.

"개이 저녁을 빼앗았대요."

쿠다가 통역했다.

"나도 알아! 얼른 나무에서 내려 주라고 해. 뛰어내리다 다치면 어쩔 거야. 에잇!"

좋아서 붕붕거리는 트래시맨에게 노부인이 빗자루를 휘둘렀다.

쿠다가 트래시맨에게 설명했다. 트래시맨은 다시 고기를 입에 꽉 물고 한 손에 한 마리씩 개의 목덜미를 잡았다. 개들이 으르렁대자 트래시맨은 깨갱거릴 때까지 개들을 흔들었다. 그리고 베어 낸 풀 더미 위에 떨어뜨렸다. 개들은 꼬리를 다리 사이에 숨기고 달아났다.

"고기가 더 있어야 할 거예요. 트래시맨은 훔치면 안 된다는 것도 몰라요. 그다지 똑똑하지 않다고요."

리타가 창문으로 내다보며 말했다. 그러자 노부인이 말했다.

"내가 보기에는 꽤 똑똑한데 뭘 그래. 그리고 너, 꼬마 아가씨. 그렇게 재잘거릴 만큼 나아졌다면 일도 할 수 있겠구나. 그리고 이 꼬마 녀석아, 창문으로 돌아가."

노부인은 개를 따라 성큼성큼 걸어갔다. 리타가 엄살을 떨었다.

"아직 좋지 않아요. 생각해 봐요! 우린 수두에 걸렸다고요. 수두라니. 그건 역사책에 기록될 이야기라고요."

텐다이는 침대로 살금살금 걸어가서 담요를 덮었다. 이게 역사책에 남는 이야기라 해도 자신은 거기서 빠지고 싶었다. 리타는 명랑하게 세균 이야기를 했고 쿠다는 계속 서재를 탐험했다. 한 의자에 유난히 큰 고양이 한 마리가 웅크리고 있었다. 털이 길고 얼굴이 납작하고 우둔해 보였다. 쿠다가 고양이를 들어 올리려고 하자 고양이가 외마디 울음소리를 냈다.

"파샤사랑을 내버려 둬. 물지도 몰라."

노부인이 방으로 들어오며 말했다. 쿠다가 고양이를 잡았던 손을 놓았다. 고양이는 하늘을 찌를 듯 꼬리를 뻗치며 기지개를 켰다.

노부인은 쟁반에 쇠고기 미음과 크래커를 가지고 와서 음식을 주기 전에 세 아이의 머리를 만져 보았다. 그리고 텐다이에게 말했다.

"이젠 너도 걸렸구나. 이봐, 긁으면 안 돼, 꼬마 아가씨. 그러다 못난 흉터가 큼직하게 남는단다. 수두를 앓을 땐 그게 철칙이지. '물집을 터뜨리면 곰보자국이 남는다.' 금세 스위스 치즈처럼 될 거야."

리타는 당황하며 벌써 터뜨린 물집을 쳐다보았다.

"강철의 아들이 누구예요?"

텐다이가 물었다.

"하라레에서 가장 훌륭한 경주마였지. 마다가스카르 족보를 가진 해더 프라이드의 아들이었어. 내게 저 트로피들을 몽땅 안겨 주었지."

노부인은 벽난로를 가리켰다. 리타가 물었다.

"승마 선수였어요?"

"물론이지. 난 성공한 승마 선수였어. 꼬마야, 자꾸 그러다 파샤가 입을 열어도 난 모른다."

쿠다가 고양이의 머리를 놓아 주었다. 고양이가 송곳니를 드러내며 쿠다를 언짢게 쳐다보았다.

"파샤사랑은 하라레 고양이 쇼에서 3년 연속 우승했단다. 아버지가 미드나잇 매드니스 족보를 가진 새튼 스트릭이었지."

"그게 무슨 말이에요? 족보?"

먹는 모습으로 보아 리타는 병이 나아가고 있는 게 확실했다. 텐다이는 목구멍이 몹시 아렸다. 거의 미음도 못 삼킬 징도였다.

"동물의 아버지 쪽 집안을 부를 때 쓰는 말이란다."

"저 고양이의 부모를 아세요?"

리타가 호기심 가득한 눈빛으로 물었다.

"아버지도 할아버지도 증조할아버지도 알지. 예를 들어 볼까? 싹뚝이라는 이름의 개는 진짜 이름이 슬래시 헤어 헌터 공 3세란다. 슬래셔의 어머니는 내시 헤어 헌터 공 2세 족보를 가진 델피나 핸드차퍼란다. 내시는 델피나의 아버지였고."

텐다이는 동물 이야기만 읊어 대는 상황을 견딜 수 없었다. 노부인이 숨을 고르려고 잠시 멈추었을 때 텐다이가 재빨리 끼어들었다.

"우리 부모님께는 전화하셨어요?"

"물론이지. 하지만 애석하게도 집에 안 계시더구나. 베이징에 있는 중요한 모임에 가셨어. 아주 비밀리에 진행하는 일정이라더라. 국가 방위 협정 일이라던가. 아무튼, 소식 전달이 좀 늦어질 것 같구나."

"멜로워에게 전화한 거예요?"

"멜로워라고! 너희는 그 애를 그렇게 부르니? 물론 그 애가 너희 집의 멜로워인 건 틀림없지만 그 애도 이름이 있단다."

"가르쳐 주세요. 저희는 몰라요."

"그러면 그렇지! 오랫동안 함께 지내 온 사람인데 이름이 뭔지도 모른 단 말이지. 로봇들 중 하나라고 생각한 게 분명해. 원 참! 그 애 이름은 앤터니 호스풀 워딩햄이야. 아주 좋은 이름이지."

"죄송해요. 저희가 무심했어요."

"물론, 내 이름도 모를 테지. 베릴 호스풀 워딩햄이야. 우리 어머니는 베라 블러드워디, 국회의원이셨지. 그리고 우리 아버지는 하이코트 저스티스 스틸톤 호스풀."

"스틸톤 호스풀 족보를 가진 베릴 호스풀 워딩햄."

리타가 만족스럽게 말했다. 노부인이 콧대를 높였다.

"그 표현은 동물에게만 사용하는 거야. 그 정도는 알 텐데, 건방진 아가 씨. 내가 사정을 잘 몰랐다면, 네가 어릴 때 바구니에 담겨 음바레 무시카 에 버려진 아기였을 거라고 여길 노릇이구나. 이제 네 혀가 그토록 활발 해졌으니 네 몸의 나머지 부분들도 침대에서 나올 수 있겠지? 욕실로 냉 큼 달려가야겠어. 냄새가 지독해. 씻고 나면 설거지도 좀 하렴. 안 돼. 긁 지 마. 달의 분화구처럼 된다니까."

노부인이 리타를 데리고 복도로 나가며 잔소리를 해 댔다. 노부인의 목 소리가 점점 멀어졌다. 텐다이는 다시 딱딱한 침대에 누워 오들오들 떨었 다. 너무 아파서 잠도 오지 않았다. 담요가 닿기만 해도 피부가 아팠다. 텐다이는 쿠다가 고양이의 등을 쓰다듬는 걸 바라보았다. 고양이가 발톱 을 들어 올렸다가 천천히 다시 내렸다. 쿠다는 계속 등을 쓰다듬었다.

리타는 낡은 셔츠와 반바지를 입고 돌아왔다. 멜로워가 어릴 때 입던 옷이었다. 리타는 컵과 그릇을 그러모았다. 텐다이가 물었다.

"이게 무슨 냄새야?"

"올리브기름. 노부인 말이 올리브기름을 바르면 피부에 흉터가 남지 않을 거래. 피자 냄새 같아."

리타가 얼굴을 찌푸렸다.

올리브기름 냄새 때문에 텐다이는 속이 울렁거렸다. 그래서 리타가 나가자 반가웠다. 텐다이가 자다 깨다 몇 번 반복하다 보니 마멀레이드가 살짝 발라진 크래커와 홍차가 점심으로 준비되어 있었다.

"전부 오래된 음식이야."

리타가 코를 찡그리며 말했다. 리타는 이제 완전히 회복된 것 같았다. 쿠다는 고양이 그릇 옆에 쪼그리고 앉았다. 노부인이 은색 가위로 생간을 잘라 담고 있었다. 쿠다가 하나 먹으려고 하자 부인이 손을 찰싹 때렸다.

"꼬마야, 생간은 촌충이 있어. 한번 몸 안에 들어가면 축구공만큼 커질 때까지 배 속에서 자란단다."

"그래서 고양이가 저렇게 뚱뚱한 거군요."

쿠다가 알겠다는 듯 고개를 끄덕이며 말했다.

"아이들은 입에 지퍼를 달고 '열여덟 살이 되기 전까지는 열지 못함'이란 표지판을 붙여 두어야 해."

노부인이 딱 잘라 말했다.

오후 늦게 어디선가 비명 소리가 들렸다. 트래시맨이 망고나무에 계속 올라가려는 걸 막으면서 노부인이 지르는 소리였다. 리타는 낮잠을 자러 들어왔지만 쿠다는 침대에 붙어 있으려 하지 않았다. 창문을 타고 넘어가 트래시맨을 찾았다. 두 사람은 함께 나무 아래에 앉아 과일을 먹었다.

저녁은 탈지우유와 삶은 당근과 으깬 생선살을 얹은 토스트였다. 텐다이가 아파서 움직이지 못하기 때문에 노부인은 음식을 서재로 가져다주었다. 리타가 생선 살을 긁어내려고 하자 노부인이 잔소리를 퍼부었다.

"음식 버리지 마. 우리 어릴 때는 주는 대로 먹었어. 안 그러면 굶었지. 그릇 싹 비워. 그러면 통밀 크래커를 디저트로 주마."

"개는 스테이크 주면서 왜 우린 안 줘요?"

리타가 푸념을 늘어놓았다.

"저건 공연할 개야. 상을 받으려면 최고의 컨디션을 유지해야 해. 아무튼 아이들에게는 평범한 음식이 좋아. 성품을 형성하거든. 쿠다, 그러다 괜히 배앓이로 고생할 거야. 덜 익은 풋 망고를 먹으면 늘 그렇지."

텐다이는 잠이 들었다 깼다 하면서 이야기를 들었다. 때때로 침대가 어두운 바다 위를 떠다니는 것 같았다. 햇살이 비치는 작은 섬들이 보여서 눈의 초점을 맞춰서 보면 섬이 아니라 구부러진 전등이었다. 텐다이는 아무것도 먹지 못했다. 텐다이가 잠이 깨어 한 번 흘끗 보면 리타는 노부인이 시키는 대로 침대시트를 정리하고 있었고, 또 한 번 흘끗 보면 쿠다가 반항적으로 발길질하며 침대로 번쩍 들려 갔다. 햇살이 비치는 작은 섬들은 둥둥 떠내려가 버렸다. 그리고 어둠이 왔다.

한 줄기 달빛 속에 말의 머리가 보였다. 유리 눈알 한쪽이 반짝였다. 정원에서 도베르만들이 뛰어가는 소리가 들렸다. 텐다이는 자리에서 일어났다. 트래시맨이 건초 더미 위에 큰대자로 누워 있었다. 개들이 쏜살같이 달려갔다. 눈이 빨갛게 빛났고 길쭉한 이빨이 번뜩였다. 텐다이는 숨을 죽였다.

하지만 도베르만들은 건초 더미 앞에서 방향을 틀었다. 구슬프게 울면서 주춤주춤 뒷걸음질을 쳤다. 그리고 어둠 속으로 달려가 집을 순찰했다.

도베르만들이 트래시맨에게 덤벼들지는 않겠지만 분명 부드럽게 대하지도 않을 것이다. 텐다이는 한숨을 쉬며 침대로 돌아갔다.

텐다이가 부엌에서 아침을 먹게 되기까지는 사흘이 걸렸다. 그즈음에는 쿠다가 아파서 침대를 지키고 있었다. 리타는 거느름을 피우며 요리 불 앞에서 온도도 살피고 차 주전자도 옮기고 긴 포크로 토스트를 뒤집기도 하며 법석을 떨었다. 로봇이 슬픈 표정으로 삐걱삐걱 리타의 뒤를 따라다녔다.

식탁에는 이가 빠지긴 했지만 좋은 접시들과 풀 먹인 냅킨 천이 놓여 있었다. 로봇은 접시 옆에 작은 달걀을 담은 사기 컵을 각각 내려놓았다. 그리고 크리스털 컵에 오렌지 주스를 따랐다. 텐다이는 그 광경을 보자 즐거워졌다.

노부인이 탁자 끝의 상석에 앉았다. 그리고 솜씨 좋게 달걀 껍질을 깠다.

"이게 뭐지? 단단하잖아! 3분만 삶은 달걀을 주문했는데."

"타이머가-고장-났어요."

로봇이 울적하게 대답했다.

"그럴싸한 변명이로군! 기계기름을 다시 쳤잖아. 나한테 거짓말하지 마! 어제 점검했어."

노부인은 숟가락으로 달걀을 찔렀다.

"너희 로봇들은 온통 거짓말과 기계기름을 마실 궁리만 하고 있어. 내다 버려야겠어."

"네, 부인."

로봇이 말했다.

리타는 오트밀을 한 그릇 담았다. 그리고 큰 컵에 탈지우유를 채웠다. 하지만 설탕은 노부인이 깎은 듯 재서 나누어 주었다.

"우리 어릴 때는 일요일에만 설탕을 먹을 수 있었지."

리타는 노부인 뒤에서 입을 삐죽 내밀었다. 텐다이는 리타를 보며 얼굴을 찌푸렸다. 어쨌거나 노부인은 자신들을 돌보아 주고 있다. 수두고 뭐고 그냥 문밖에 놔둘 수도 있었는데 말이다. 텐다이가 물었다.

"우리는 언제 집에 가죠?"

"아직 안 돼! 이런 세상에, 가는 곳마다 세균을 퍼뜨리고 다니려고? 만약 보건국에서 널 잡으면 한 달 동안 격리 병실에 넣을 걸. 리타, 토스트에 마가린이 너무 많잖니. 이번에 많이 먹었으니 다음번엔 안 바르고 줘야겠구나."

"어머니와 아버지에게 홀로폰으로 전화할 수는 없을까요?"

텐다이는 오랜만에 부모님 얼굴을 볼 생각을 하자 목이 메어 왔다. 하지만 리타 앞에서 울지 않으려고 심호흡을 했다.

"아직 베이징에 계셔. 황허 강에서 호화유람선과 30코스짜리 만찬을 즐기고 계시지 않을까 싶은데. 쉽게 오는 기회가 아니잖아."

노부인은 자신도 가고 싶다는 듯한 표정을 지었다. 리타가 숨을 몰아쉬었다.

"그러니까…… 뭐예요, 부모님이 휴가라도 보내고 있다는 뜻인가요? 우리가 실종되었는데?"

노부인이 차를 마시며 대답했다.

"그렇게 이기적으로 생각하면 안 돼. 어른들도 쉬는 시간이 필요해. 암, 그렇고말고. 내가 마음 단단히 먹고 키우지 않았다면 앤터니가 내 머리 꼭대기에 올라가려 했을 거야."

뒷방에서 쿠다가 우는 소리가 들려왔다. 리타가 벌떡 일어났다.

"내 말이 바로 이런 걸 뜻하는 거야! 앉아. 오냐오냐 다 받아 주면 쿠다는 빨리 낫지 않을 거야."

리타는 걱정스럽게 문을 바라보았다. 쿠다의 울음소리는 겁먹은 소리라기보다는 화난 소리였다. 리타는 결국 식탁에 돌아가 앉았다.

"주의를 끌려고 우는 것일 뿐이야. 앤터니도 그랬었지. 하지만 곧 버릇을 잘 들였단다."

앤터니는 멜로워를 말하는 거였지, 하고 텐다이는 되새겼다. 텐다이는 무술 수업을 받다가 팔을 부러뜨렸던 때가 떠올랐다. 멜로워가 밤낮으로 돌보아 주었다. 이야기도 해 주고, 음식도 가져다주고, 음바레 무시카에서 카멜레온을 사다 주기까지 했다. 노부인이 멜로워의 엄마라는 사실은 정말이지 믿기 어려웠다.

쿵, 하는 소리가 집 뒤쪽에서 들렸다. 노부인이 벌떡 일어났다. 세 사람은 서둘러 소리가 난 쪽으로 갔다. 유리가 반짝였고 나무 조각들이 벽에서 떨어져 나가 삐걱거리고 있었다. 쿠다의 비명 소리는 더 이상 들리지 않았다.

도베르만들이야, 하고 텐다이가 생각했다. 심장이 쿵쾅거렸다. 하지만 뒷방으로 몰려가 보니 개들은 어디에도 없었다. 그 대신 트래시맨이 쿠다를 목말 태운 채 행복하게 웃고 있었다. 트래시맨이 방으로 들어오기엔 창문이 너무 작았기 때문에 벽을 잡아 뜯은 거였다. 노부인은 화가 머리 끝까지 치밀어 올라서 말문이 막혀 버렸다. 입을 열었다 닫았다 물고기처럼 뻐끔거리기만 했다.

"와, 힘세다, 그치?"

리타가 말했다. 노부인이 드디어 목소리를 되찾았다.

"이 저거너트(인도 신화에 나오는 화신—옮긴이) 같은 놈! 이 공룡 녀석아! 네가 저지른 짓을 봐. 아이고, 불쌍하고 불쌍한 내 집!"

노부인은 유리 조각 위에 무릎을 꿇었다.

"난 돈 없는 불쌍한 노인네야. 이걸 고칠 돈이 어디 있어? 아이고, 내가 왜 너희 꼬맹이들을 집에 들여놨을까?"

"저거너트가 뭐예요?"

리타가 물었다.

"지금 그런 거 묻지 마."

텐다이가 혀를 찼다. 그리고 노부인 옆에 꿇어 앉아 잠깐 머뭇거리다가 노부인의 팔을 토닥였다. 노부인은 텐다이를 밀쳐 냈다.

"아버지가 수리비용을 주실 거예요. 아버지는 늘 바른 일을 하세요. 보상금도 주실 거예요."

노부인이 텐다이를 쳐다보았다. 텐다이는 그 표정이 어쩐지 마음에 들지 않았다.

"안 그럴걸? 아버지는 보상금이란 돈을 노리고 사람을 인질로 잡도록 폭력 조직을 부추길 뿐이라고 말했어."

리타가 말했다. 텐다이가 리타의 다리를 꼬집었다. 리타가 텐다이를 툭 찼다.

"이건 달라. 우리는 보상금을 노린 사람에게 잡힌 게 아니잖아. 이건 오히려 숙식비와 비슷해. 바로 그거야. 이 집을 사용하고 음식을 먹는 대가라고."

"아기 돌보기도 있지. 유모가 얼마나 받지?"

리타가 덧붙였다. 노부인이 벌컥 화를 냈다.

"유모라니! 내가 누구인지 기억나게 해 줘서 고맙구나! 우리 어머니는 국회의원이었고 우리 아버지는 대법원 판사였어. 유모라니, 세상에! 죽은 내 남편 워딩햄은 열 번이나 시의원에 입후보했어."

"그래서 당선되었나요?"

리타가 너무 잽싸게 묻는 바람에 텐다이가 미처 막지 못했다. 노부인은 콧구멍을 엄청나게 벌름거렸다. 리타와 텐다이는 얼굴의 핏기가 싹 가셨다.

"당장 너희 녀석들을 내보내겠어. 이렇게 모욕당한 적은 처음이야! 25센트를 줄 테니까 공중전화를 걸어. 공공 도서관에 가면 하나 있어. 도시 보건국에 전화해서 전염병 병원에 병실을 준비해 달라고 부탁해 봐!"

"아니에요. 이러지 마세요. 절대 부인을 유모라고 생각하지 않아요. 그렇지, 리타?"

텐다이가 리타를 쳐다보았다. 다행히 리타는 사과를 했다. 진심이라고 느껴지도록 아첨도 좀 섞어서 사과했다. 노부인은 화를 누그러뜨렸다.

"그럼 그렇지. 내 집에 더 있으렴. 하지만 저 괴물은 정원에 두어야만 해. 사고가 한 번만 더 나면 너희는 나가야 해. 한 번이야, 알았지? 자! 텐다이, 너는 저 잡동사니들을 쓸어. 리타는 동생을 돌보도록 해. 난 이 집이 완전히 무너져 내리지 않도록 방법을 찾아야겠구나."

쿠다를 포기하도록 트래시맨을 설득시키는 건 쉽지 않았다. 하지만 텐다이의 노력으로 트래시맨이 구멍으로 다시 기어나가게 하는 데 성공했다. 로봇이 연장통을 가져왔다. 텐다이는 벽에 뚫린 구멍과 깨진 유리 위에 합판을 대고 망치질을 했다. 방이 어두워졌지만 아버지가 수리비용을 지급할 때까지는 어쩔 수 없었다. 아버지는 분명 비용을 치를 것이다. 노부인에게 보상금을 줄지 안 줄지는 두고 봐야 하겠지만.

'지금은 이 집을 떠날 수 없어.' 텐다이는 혼잣말을 했다. 쿠다는 아직 아픈 상태였다. 하지만 텐다이의 본심은 딴 데에 있었다. 텐다이는 떠나는 것이 두려웠다. 아직 몸도 완전히 회복되지 않았고 가려운 수두 물집도 살갗을 뒤덮고 있었다. 노부인이 올리브기름을 발라 준 덕분에 가려움도 덜하지 않은가.

"한 병에 2달러야."

노부인은 텐다이의 가슴을 살피며 언짢게 말했다 .

"이런 치즈 가는 강판 같은 모습으로는 아직 집에 갈 수 없어. 안 그러니?"

제28장

노부인이 말하는 격리는 한가로이 앉아 쉬는 상태가 아니었다. 리타와 텐다이는 열이 내리자마자 잡초 뽑기, 쓸기, 닦기, 페인트칠을 하느라 바빴다. 텐다이는 그런 일을 자신들과 로봇에게 다 시키고 노부인은 대체 어디 가서 무얼 하는지 궁금했다.

앞뜰 보도 가장자리 공간만 빼고는 정원이 온통 잡초투성이였다. 텐다이와 리타는 풀도 베고 꽃밭도 일구며 눈에 땀이 흐를 정도로 열심히 일했다.

힘들긴 해도 텐다이는 손으로 붉은 흙을 파헤치는 일이 기분 좋았다. 그런 일은 이제 전문가가 다 되었다. 죽은 자의 땅은 흙이 회색빛을 띠고 푸석푸석했다. 레스트헤이븐의 땅은 기름진 찰흙이었고 햇빛에 딱딱하게 구워졌다. 노부인의 정원은 여러 해 동안 비료를 주고 사랑을 쏟아서, 잘

319

구워진 케이크처럼 손가락에서 부스러졌다.

"붉은 색은 철분이야. 피를 만들고 혈기를 좋게 해 주지."

노부인이 텐다이에게 말했다. 잡초가 어디든 무성한 걸 보니 맞는 말 같았다. 높이 자란 풀들 사이로 이따금씩 난쟁이 조각상들이 나왔다. 처음 봤을 때 리타는 비명을 질렀다.

"도베르만인 줄 알았어."

리타가 평계를 댔다. 텐다이는 호기심 가득한 눈빛으로 살펴보았다. 60센티미터쯤 되는 키에 털모자를 쓰고 하얀 수염이 달린 난쟁이였다.

"정원의 땅 신령이야. 식물들을 보살피지."

노부인이 말했다. 텐다이와 리타는 잘 알겠다는 뜻으로 고개를 끄덕였다. 리타가 속삭였다.

"그건 미신이야. 영국 부족이 그런 걸 믿는 줄은 몰랐어."

두 사람은 땅 신령 주위의 잔디를 조심스럽게 다듬었다. 땅 신령은 전부 열다섯 개나 되었다. 금잔화를 심을 때는 땅 신령 동상들 가장자리를 꽃으로 장식했다.

집 안에서는 가구에 난 긁힘을 갈고 닦아서 윤을 냈다. 마룻바닥에 왁스를 칠하고, 커튼을 내려 빨고, 책꽂이의 책을 가지런히 정리했다. 리타는 '강철의 아들'의 눈이 보석처럼 반짝일 때까지 닦았다.

"이거 재밌는걸."

리타가 지붕 홈통에서 마당으로 잔가지를 한아름 던지며 말했다. 텐다이는 낡은 굴뚝 둘레에 다리를 감고, 굴뚝을 무너뜨릴 기세로 자란 등나무 덩굴을 잘라 냈다. 그리고 얼굴의 땀을 닦으며 리타의 말에 공감한다는 뜻으로 웃었다.

마당에서는 노부인이 망고나무를 비집고 지나가는 트래시맨에게 돌을 던지고 있었다. 돌은 트래시맨의 넓은 등에 맞고 튕겨 나갔다.

"아무래도 노부인은 혼자 사는 게 낫겠어."

리타가 속삭였다. 과일나무에서 쫓겨난 트래시맨은 스테이크를 빼앗으려고 도베르만 집을 잡아 뜯었다. 노부인은 머리끝까지 울화가 치밀어 홱 돌아서더니, 한참을 걸어가서 집에 날개처럼 붙은 별채로 들어가 버렸다.

텐다이는 노부인이 거기서 뭘 하는지 궁금했다. 집이 아주 넓어서 텐다이는 아직 전부 둘러보지 못했다. 그리고 모든 곳에 들어갈 수도 없었다. 사실 놀라운 일은 아니었다. 아버지도 텐다이가 시재에서 놀 수 있도록 허락한 적이 없었으니까. 어른들은 그들만의 비밀을 가지고 있었고, 아이들은 위험을 무릅쓰고 그걸 방해했다. 텐다이는 노부인이 백포도주 병을 내려 등나무 그늘로 물러났을 때에도, 그녀가 도대체 뭘 하려는지 궁금했다.

혹시 거기에 홀로폰 같은 게 있을까? 노부인은 멜로워에게 전화할 때 쓰는 홀로폰을 하나 가지고 있을지도 모른다. 그런데 왜 텐다이에게는 못 쓰게 할까? 전화로는 수두를 옮기지 못하는데 말이다. 텐다이는 그 생각을 하면 할수록 똑같은 결론에 이르렀다. 노부인은 아이들이 집에 연락하는 걸 바라지 않는 것이 분명했다. 이유가 뭘까?

"텐다이! 리타! 저녁 준비하러 오너라."

노부인이 창가에서 소리쳤다. 리타는 마지막 잔가지 더미를 떨어뜨리고 손의 먼지를 털었다. 파랗고 노란 줄무늬 도마뱀이 등나무에서 허둥지둥 나와 지붕으로 꿈틀꿈틀 달아났다. 텐다이는 리타를 따라 사다리를 내려갔다.

"저녁밥이 무엇일지 맞혀 봐."

리타가 잔디 물뿌리개에 손을 씻으며 명랑하게 말했다.

"하지 마."

"냠냠 맛있는 통조림 콩. 사랑스런 삶은 호박. 그리고 들을 준비됐지? 크래커와 으깬 생선살 마가린! 가장 중요한 건 그 안에 가시가 들어 있다는 거야."

"더 나쁜 걸 먹은 적도 있잖아."

"그리고 디저트는 '순' 통밀 크래커와 벌레를 90퍼센트쯤 없앤 구아바 수프. 10퍼센트는 남아 있지."

"내 음식을 두고 불평하는 게냐?"

노부인이 창문에서 물었다.

"당치도 않아요. 아주 기대되는 걸요."

리타가 깍듯이 인사하며 말했다.

"난 너희 아버지처럼 돈으로 음식을 차리지 않아. 종달새 혀를 얹은 토스트가 먹고 싶으면 휘파람을 불어서 종달새를 불러야 할 거야."

노부인이 창문을 탁 닫았다.

"대체 왜 그래?"

텐다이가 지친 듯 말했다.

"집에 완벽하게 좋은 음식이 있으니까 그러지. 개에게 줄 스테이크, 파샤사랑에게 줄 크림, 무시무시한 방문객들에게 줄 케이크들."

무시무시한 방문객이란 동물애호가협회 회원들을 말하는 것이었다. 그들은 한두 명씩 들러서 비싼 차를 홀짝이고 작은 아몬드 파이를 먹고는 했다.

그 손님들이 오면 리타와 텐다이는 멀리 있는 방으로 쫓겨났다. 하지만 언제나 몰래 되돌아왔다. 그건 일종의 놀이였다. 리타와 텐다이는 울타리와 창문 사이의 그늘에 조용히 숨어서 다과회를 구경했다. 두 사람은 영국 전통에 굉장한 호기심이 생겼다. 그리고 리타는 보고서를 쓰면 인류학 스카우트 배지를 받을 수 있을 거라고 믿었다.

손님들은 가리카이 부족 사람들이 소에게 관심이 많았던 것처럼 동물에 관심이 많았다. 개와 말에 대해 칭찬을 아끼지 않았다. 손님들은 커다란 그릇에 간식을 담아 함께 먹었다. 물론 개인 접시에 덜어 먹기는 했다. 체면을 차리느라 늘 아몬드 파이를 반쯤 남겼다. 리타는 그런 모습에 언제나 화가 났다. 남은 파이는 싹뚝이와 송곳니 몫이 있으니까.

"여긴 노부인 집이야. 우리가 이래라저래라 할 수는 없다고."

텐다이가 말했다. 리타는 암코끼리가 괴롭힐 때마다 할머니가 짓던 표정처럼 턱을 네모나게 만들었다.

이제 리타와 텐다이는 부엌에 있는 낡은 석탄난로에 불을 붙이고 구아바에서 벌레를 골라내고 호박을 삶았다. 저녁 햇빛이 벽으로 비스듬히 기울더니 창문을 타고 자란 장미 넝쿨의 핏빛 꽃잎을 비추었다. 처마 밑에 찰흙을 붙여 지은 둥지로 제비들이 들락날락했다.

텐다이는 만족스럽게 한숨을 쉬었다. 물론 집에 있다면 더 좋을 것이다. 하지만 집을 떠난 지 하도 오래되어서 머릿속에는 아련한 기억만 남아 있을 뿐이었다. 그리고 땀 흘리며 일을 한 뒤 노부인의 부엌에서 빈둥대는 것도 엄청나게 즐거웠다. 난로 위 주전자가 푹푹 김을 뿜었다. 호박도 보글보글 끓었다. 파샤사랑은 점심때 먹은 정어리가 소화되는지 트림을 했다.

"난 잠깐 쉬러 가야겠구나. 저녁이 다 되면 종을 울려."

노부인이 백포도주 병을 식품저장실에서 꺼내며 말했다. 그리고 아직 텐다이가 가 보지 못한 별채로 갔다. 텐다이가 따라가려고 일어나자 리타가 팔을 잡았다.

"쿠다를 생각해."

리타가 말했다. 당연히 리타가 옳았다. 텐다이의 호기심보다 쿠다의 건강이 더 중요했다.

수두가 쿠다에게는 전염되지 않았더라면 더 바랄 게 없었을 것이다. 쿠다는 텐다이나 리타보다 훨씬 심하게 수두를 앓았다. 더군다나 쿠다는 잘 참지도 못했다.

"아픈 거 싫어! 엄마 보고 싶어! 얼른 낫게 해 줘. 얼른! 지금! 당장!"

게다가 트래시맨이 또 벽을 무너뜨릴까 봐 쿠다를 집 중앙에 있는 아주 조그만 방으로 옮겼다.

그 방은 환자의 방이라고 부르는 곳이었다.

착오가 있었지, 하고 노부인은 텐다이와 리타를 조그맣고 어두운 방으로 데려가며 말을 꺼냈다.

"옛날에 내 고조할아버지 대시웰 호스풀 부통령께서 손수 이 집을 지으셨단다. 그 이름은 분명 들어 봤겠지? 그런데 어쩐 일인지 건물 중앙 공간을 내버려 두셨지. 고조할아버지께서 여러 가지 계획을 세울 때 찻잔을 두던 곳 같아. 아무튼 집이 다 지어졌을 때 이 공간만 남게 되었지. 벽장으로 만들기엔 너무 컸고, 침실로 쓰기엔 너무 작았어."

노부인이 목소리를 낮추었다.

"이 방은 내 친척들이 죽은 곳이야."

"어머나!"

리타가 외쳤다.

"환자에게는 딱 좋은 방이지. 따뜻하고 조용하고 아늑해. 너희도 인정할 거야. 아무튼 창문이 없다고 문제 삼은 사람은 하나도 없었어."

"아픈 사람들은 생각이 다를 걸요."

텐다이가 말했다.

"터무니없는 소리. 오히려 안성맞춤이지. 더러운 병균도 떠돌아다니지 않고 말이야. 영리한 녀석인 줄 알았더니 가엾게도 지능이 좀 모자라는 모양이구나. 꽤 많은 친척들이 여기서 건강을 회복했지."

"실망하셨나 보네요."

리타가 말했다.

"그렇게 버릇없이 굴다가는 내일 석탄난로를 닦게 될 거야. 머리가 지끈지끈하도록 시끄러운 꼬마 폭군이 혼자서 토라져 있기엔 더할 나위 없이 완벽한 방이야."

가장 끔찍한 것은 침대를 놓고 나면 빈자리가 없다는 것이었다. 노부인은 "내 전 남편이 숨을 거둔 곳이야." 하고 말하며 어른 침대를 방에서 끌어냈다. 리타와 텐다이는 건드리기도 싫은 그 침대를 간신히 끌어냈다. 그리고 어째 불길한 기분이 드는 어린이 침대를 넣었다. 바퀴 달린 새장처럼 생긴 침대였다. 옆쪽은 강철 그물로 되어 있었고 위쪽은 뚜껑이 맞물려 자물쇠가 꽉 잠겨 있었다. 노부인은 그 침대를 키디쿱('어린이 감옥'이라는 뜻—옮긴이)이라고 불렀다.

"앤터니도 곧잘 토라졌지. 하지만 여기 넣었더니 금세 괜찮아졌어. 그 뒤로는 '키디쿱'이라는 말만 들어도 곧바로 투정을 그쳤지."

텐다이는 그 말을 100퍼센트 믿을 수 있었다. 어둡고 바람이 통하지 않는 방에서 새장에 누워 있는 쿠다를 보자 텐다이는 마음이 아팠다. 리타가 눈물을 흘리며 따지기도 했지만 노부인은 마음을 바꾸지 않았다. 노부인은 하루에 몇 번 키드쿱을 열어 쿠다가 화장실에 갈 수 있게 해 주었다. 그리고 틀림없이 밥도 주고 목욕도 시키고 올리브기름도 발라 주고 약도 먹였다. 몸에 필요한 일은 다 해 주었지만 마음이 아주 불행했기 때문에 쿠다의 병이 더 나빠졌다고 텐다이는 믿었다.

노부인은 리타와 텐다이가 환자의 방 근처에 얼씬도 못하게 했다. 하지만 노부인이 바쁠 때면 두 사람은 동생을 보러 갔다. 텐다이는 지금부터 30분쯤은 노부인이 딴 일을 볼 거라는 사실을 알았기 때문에 쿠다를 찾아갔다. 쿠다는 키드쿱 안에 앉아 있었다. 얼굴은 땀에 젖어 반짝였고 눈은 열이 나서 번뜩였다. 하지만 마치카 장군의 혈기 왕성한 아들인 것은 여전했다. 쿠다는 철망이 성한 곳 하나 없이 온통 움푹움푹 들어갈 때까지 발길질을 했다.

"나갈래!"

쿠다는 텐다이가 들어가자 소리를 질렀다. 텐다이는 철망에 손을 대고 눌렀다. 쿠다가 안에서 손을 댔다.

"엄마한테 갈 테야! 형아 미워! 모두 미워!"

텐다이는 쿠다가 싫은 소리를 퍼부어도 상처받지 않았다. 그건 정말로 텐다이에게 하는 말이 아니라 새장 속에 갇혀 있는 게 화가 나서 하는 소리였다. 텐다이는 레스트헤이븐에서 배운 자장가를 부르기 시작했다.

쉬리 야카나카 우노엔데피?
우야, 우야, 우야 쿠네니,
은디리 쿠엔다 쿠마코레

쿠티 은디파나네 네마코레.

예쁜 새야, 어디로 날아가니?
이리 와, 내게로 와.
나는 곧장 구름 속으로 갈 테야
그래서 나도 구름이 될 테야.

텐다이는 자장가를 부르고 또 불렀다. 미안다가 가리카이의 어린 조카들에게 그렇게 해 주는 건 보았다. 미안나 생각이 나자 텐다이는 마음이 무겁고 슬펐다. 쿠다가 매트리스에 누워 텐다이를 쳐다보았다. 그리고 엄지손가락을 빨았다. 머지않아 스르르 눈이 감겼고 잠이 들었다.

텐다이가 가장 걱정하는 일은 죽은 혼령들이 분명 이 방에 있을 거라는 점이었다. 노부인의 친척 혼령들이 들어갈 몸을 찾고 있는지도 모를 일이었다. 보통은 혼령이 몸에 들어가는 것이 나쁜 일은 아니었다. 멜로워에게도 이야기꾼 샤베가 들어갔던 것처럼 말이다. 샤베는 기술을 전해 주는 친절한 혼령이었다. 하지만 원한이 맺혀 죽는 혼령들도 있었다. 그런 혼령들은 세상에 아직 볼일이 남아 있어서 응고지(원한을 품고 있는 혼령—옮긴이)가 된다. 그리고 사람 몸에 들어가 몸의 주인에게 끔찍한 해코지를 한다.

텐다이는 은도로를 벗어 키디쿱 위에 올려놓았다. 그리고 이름 모를 선조에게 말했다.

"이 아이도 당신의 자손이에요. 부디 응고지가 못 들어가게 해 주세요. 이 아이는 쇼나의 아이예요. 부탁이에요. 응고지들에게 영국 사람이 올 때까지 기다리라고 해 주세요."

'호스풀 워딩햄 부인 같은 영국 사람요.' 텐다이는 마음속으로 말했다. 텐다이는 은도로에 두 손을 얹고 서 있었다. 손바닥이 점점 따뜻해지는 것 같았다. 쿠다가 한숨을 내쉬더니 돌아누웠다. 텐다이가 그렇게 생각해서인지는 몰라도 어쩐지 쿠다의 열이 좀 내린 듯했다.

이제 방에서 나가야 할 시간이었다. 마음 같아서는 은도로를 놔두고 싶었지만 그러면 안 될 것 같았다. 은도로가 값어치 있다고 여기면 노부인이 가져가 버릴 테니까.

제29장

긴 팔은 레스트헤이븐 대문 앞에 섰다. 대문
은 담장의 돌들처럼 꿈쩍도 하지 않았고 안은 쥐 죽은 듯 조용했다. 초인
종을 눌러도 아무런 대답이 없었다. 모노마타파의 나라에서는 좋은 소식
도 나쁜 소식도 들려오지 않았다.

"뭐 들려?"

긴 팔이 밝은 귀에게 물었다. 문의 갈라진 틈새에 귀를 대고 있던 밝은
귀가 고개를 저었다. 멀리 보는 눈이 말했다.

"꿍꿍이가 있나 봐. 전에 문 안쪽에다 바윗돌 쌓는 소리가 들렸잖아.
한동안 바깥세상을 무시할 작정인가 봐."

"아니면 아프거나 굶주리고 있거나 서로 죽이고 있을 수도 있어."

긴 팔이 이렇게 말하며 예민한 손가락을 문에 댔다. 하지만 아무것도 알아내지 못했다.

"마치카 부인이 전에도 이런 일이 있었다고 했어. 100년 전쯤에 15년 동안 침묵을 지킨 적이 있대."

"미안다에게 세카이가 잘 지낸다고 말해 주고 싶었을 뿐인데."

"이러다 미안다를 곤란하게 만들지도 몰라."

눈이 조용히 말했다.

세 사람은 지하철로 들어갔다. 이번이 열한 번째인가 열두 번째인가 되는데, 올 때마다 갈수록 심해지는 마스크 일당의 횡포의 흔적을 발견했다. 회색 벽에는 스프레이로 '마스크 속 얼굴을 보지 마라.'라는 새로운 글이 씌어 있었다. 얼마 전에는 열차 한 대가 역을 들이받았고, 운전사가 목이 잘린 채 발견되기도 했다. 멀리 보도 끝이 산산이 부서져 있었지만 부서지지 않은 곳은 아직도 사람들로 붐볐다.

세 탐정이 걸어가면 사람들이 뒷걸음질 치며 피했기 때문에 길을 걸어 다니는 데는 별다른 불편이 없었다. 긴 팔은 키가 커서 사람들의 머리 위에서 주위를 살펴볼 수 있었지만 불행하게도 멀리 보는 눈만큼 잘 보지는 못했다. 어떤 유별나게 큰 여자가 어깨로 사람들을 밀치며 지나갔다. 긴 팔은 별 생각 없이 지나쳤는데 멀리 보는 눈이 느닷없이 긴 팔의 소매를 잡아당기며 외쳤다.

"그 여자다. 그 여자야!"

"누구?"

"암코끼리!"

긴 팔은 니어바너 총을 꺼냈다. 긴 팔의 주변에 있던 사람들이 금세 물러나면서 널찍한 공간이 생겼다. 사람들이 소리쳤다.

"저 사람들이 총을 가졌어!"

"마스크다!"

사람들은 의자 뒤로 숨으려고 몸을 던졌다. 남자들은 바닥에 엎드렸고 여자들은 비명을 질렀다. 어른들은 아이들을 보호하려고 달려가 아이들의 머리를 감쌌다. 아이들은 갑자기 어머니, 할머니, 아줌마, 누나들이 덮쳐 오자 더 크게 소리를 질렀다. 그때 터널 양쪽에서 기적소리를 내며 열차가 들어왔다. 사람들은 개구리의 입 속으로 날름 빨려 들어가는 파리처럼 앞을 다투어 열차에 올라탔다. 문이 쾅 닫혔다. 두 열차는 덜컹거리며 출발했다. 치장들이 창문으로 귀찮스럽게 내다보았다. 역이 금세 썰렁해졌다.

"이런, 똑똑하기도 하지."

멀리 보는 눈이 말했다.

"암코끼리라고 소리 지른 건 너야."

긴 팔은 니어바너 총을 어깨 총집에 넣었다.

"날 비난하지 마. 내가 뭐 샤카줄루(남아프리카 줄루족의 족장이며 줄루왕국의 시조. 군대를 개편하고, 전술적인 면에서 뛰어난 기량을 발휘하였고, 아프리카 남부 전 지역의 씨족을 모두 정복하여 초토화시켰다—옮긴이)가 이끈 부대처럼 역을 습격하기라도 했냐."

"아, 그렇겠지! 넌 붐비는 영화관에서 '불이야!'라고 소리질러놓고 사람들이 왜 다쳤는지 모르겠다고 했지!"

"이봐! 친구들! 싸워서 좋을 건 없어. 중요한 건 암코끼리가 여기서 뭘 하고 있었나 하는 거야."

밝은 귀가 소리쳤다. 긴 팔과 멀리 보는 눈은 즉시 싸움을 그쳤다. 그리고 철로를 위아래로 훑어보았다. 몇몇 사람들이 다음 열차를 타려고 내려왔다.

"마치카 장군이 나이프, 피스트, 할머니는 잡았어. 하지만 암코끼리는 못 잡아서 전국에 지명수배를 내렸잖아. 암코끼리가 몸을 숨기는 게 정상이지."

어떤 소년이 사탕 기계 옆에서 짜증을 부리기 시작하자 밝은 귀가 귀를 접었다. 그 소년의 어머니가 기계에 돈을 넣자 긴 팔이 못마땅해하며 말했다.

"저길 봐. 저 아줌마는 아들에게 사탕을 다 사 주네. 세카이는 저렇게 안 키울 거야."

"또 시작이다. 세카이가 삶은 스파게티처럼 손가락으로 너를 감는다, 감아."

멀리 보는 눈과 긴 팔이 또 딴소리를 시작하자 밝은 귀가 화를 버럭 냈다.

"집중 좀 해 봐! 암코끼리가 여기 왔었단 말야. 아이들을 찾으러 온 거겠지?"

"난 전에 폭력 조직에 몸담았다는 사람이 경찰에 신고한 이야기는 안 믿어. 뾰족하게 갈아 버린 이 사이로 거짓말을 내뱉었을 게 분명해."

소년이 비명을 지르며 휴지통을 뒤집어엎자 긴 팔이 얼굴을 찡그렸다.

"세카이는 결코 저러지 않을 거야. 정말 순수하고 맑거든."

"세카이는 태어난 지 겨우 3주 됐거든?"

"일에 집중 좀 해! 신고한 그 사람이 암코끼리를 위해 일하는지도 몰라. 아니면 마스크 끄나풀일지도 모르지. 암코끼리는 아이들이 어디 갔는지 아는 것 같아. 지금 당장은 그게 우리의 유일한 단서야. 암코끼리가 어느 열차를 탄 거지?"

밝은 귀가 최대한 귀를 활짝 펴고 작은 소년에게 흔들었다. 소년은 놀라서 비명을 지르며 엄마의 치마폭으로 숨었다.

"좀 놀라긴 했겠지만 그만한 가치는 있었어."

밝은 귀가 중얼거렸다. 멀리 보는 눈이 역 끝의 그늘에 있는 지하철 시간표를 읽으며 말했다.

"암코끼리가 어디로 갔는지 알겠어. 사람들이 붐비는 시간대이고, 열차에서 내리기보다는 대부분 열차를 타는 사람들이야. 저길 보면 4시 51분에 두 기차 모두가 ㅑ 루데일에 도착해. 그러니까 암코끼리가 이느 열차를 탔는지는 문제될 거 없어."

"오호라."

긴 팔이 중얼거렸다. 세 사람은 5시 2분에 도착한 열차에 끼어서 탔다. 시무룩한 표정의 승객들이 타고 있었다. 열차는 덜컹덜컹 흔들흔들 박자를 맞추며 보로데일로 갔다. 탐정들은 예전에 열두어 번 지하철을 살피러 왔을 때처럼 보로데일 역을 오르락내리락하며 뭔가 발견하기를 기다렸다.

"보로데일은 거의 영국식이야."

거의 영국 사람인 밝은 귀가 말했다.

"여기에 장군이 아는 사람이 있을까?"

"조사해 봤는데, 육군에 영국계 군인들이 있긴 해. 하지만 모두 마치카 장군과 가까운 친구 사이는 아니었어."

긴 팔이 말했다.

"우리가 못 보고 지나친 게 있나 봐."

멀리 보는 눈이 투덜댔다. 그리고 역 맨끝으로 가며 청소부 로봇 옆에 있는 잡동사니들을 발로 찼다.

"잠깐! 저게 뭐지?"

멀리 보는 눈은 역 가장자리에 무릎을 꿇고 앉았다.

"조심해! 철로에 닿으면 죽을 수도 있어!"

밝은 귀가 멀리 보는 눈을 붙잡았다. 자기장 철로 주변에는 차가운 죽음의 공기가 떠돌고 있었다.

"저기 작은 주머니가 있어."

열차 한 대가 터널에서 나왔다. 역으로 미끄러져 들어와 과냉각 궤도의 몇 센티미터 위 공중에 섰다. 세 탐정은 열차가 출발하길 기다렸다. 열차에서 내린 사람들이 계단을 올라가기 전에 언짢은 듯 세 사람을 흘끗 바라보았다.

"손이 안 닿겠는걸."

열차가 떠나자 멀리 보는 눈이 말했다. 긴 팔이 땅바닥에 배를 대고 작은 자루 쪽으로 길게 팔을 뻗었다. 손이 철로 근처에만 갔는데도 손가락이 얼어 버릴 것처럼 차가웠다. 만약 철로에 손을 댄다면 얼어서 손이 부서져 버릴 것이다. 팔은 조금씩 팔을 늘여 그 자루에 손을 댔다. 냉기 때문에 손가락이 찌릿했다.

"조심해."

멀리 보는 눈이 속삭였다. 긴 팔은 자루에 감긴 줄을 발견했다. 그래서 줄에 손가락을 걸어서 당겨 올렸다. 잠시 후 그는 역에서 데굴데굴 굴렀다.

"으악, 아파!"

밝은 귀가 재빨리 자판기에 동전을 넣어 김이 나는 커피 속에 긴 팔의 손가락을 담갔다. 극도의 차가움과 뜨거움이 싸우는 동안 긴 팔은 신음 소리를 냈다.

"아아아. 잘했어."

긴 팔이 마침내 한숨을 쉬었다.

"스카우트 지침서에서 배웠어."

밝은 귀가 잘난 체하며 말했다. 세 사람은 작은 자루를 살펴보기 시작했다. 꽁꽁 얼어 있던 자루가 서서히 녹기 시작했다. 멀리 보는 눈이 얼굴을 찡그렸다.

"어유, 냄새. 퀴퀴한 게 어렸을 때 우리 마을에서 나던 냄새 같아."

"닭 냄새야."

밝은 귀가 말했다. 긴 팔은 손바닥에 자루 속 내용물을 쏟았다. 자루에서 나온 것들도 놀라웠지만 자루는 더 놀라웠다. 고대 나무껍질 천 조각에 사이잘삼을 엮어 짠 자루였다. 박물관에서나 볼 수 있는 물건이었다. 긴 팔이 중얼거렸다.

"레스트헤이븐에서 나온 자루 같아."

"드디어 찾은 거야?"

멀리 보는 눈이 소리쳤다.

"경찰이 다시 조사해 봐야 알겠지만 내 생각이 맞을 거야. 아이들이 여기 왔었다는 게 증명되는 셈이야."

"컴퓨터에 접속해서 마치카 장군의 주변 인물들을 다시 살펴보자."

밝은 귀가 호들갑을 떨었다. 긴 팔은 지하철 계단 꼭대기의 어두워진 하늘을 쳐다보았다.

"암코끼리가 아이들을 찾으러 돌아다니고 있는 게 마음에 걸려."

그리고 긴 팔의 머릿속에 가로수가 줄지어 서 있는 보로데일의 조용한 거리를 암코끼리가 쿵쿵 걸어가는 모습이 보였다. 암코끼리는 검은 옷을 입고 있으니 밤이 되면 어둠에 섞여 눈에 잘 띄지 않을 것이다. 카차수 병을 꺼내려고 주머니에 손을 집어넣을 것이다. 긴 팔은 암코끼리가 이빨로 차카수 병 코르크를 빼내는 모습이 느껴졌다. 암코끼리의 목구멍으로 얼얼한 술이 흘러들어 가자 긴 팔의 눈에 눈물이 고였다.

"발밑을 조심해."

밝은 귀가 열차로 긴 팔을 이끌며 말했다

'이 눈물은 어디에서 나오는 감정일까?' 긴 팔이 생각했다.

"장군에게 보로데일을 계속 지켜보라고 전화했어."

멀리 보는 눈이 말했다. 긴 팔은 생각에 잠겼다.

'시간이 언제 흘러간 걸까. 멀리 보는 눈이 전화를 했다는데 난 왜 기억이 안 나지? 그래. 난 정말로 암코끼리와 함께 있었던 거야! 찾아낼 수 있겠어!'

하지만 열차는 카우즈 구츠로 출발하자, 긴 팔은 세카이가 곧 집에 돌아온다는 사실이 떠올랐다.

아기를 떠올리자 긴 팔은 장군의 아이들을 찾는 생각에서 벗어났다. 오로지 집에 가면 얼마나 좋을까, 하는 생각만 했다.

"멜로워는 분명 아기 우유 데우는 걸 잊었을 거야. 어제는 다 식은 우유를 줬다고 세카이가 그러더라고."

멀리 보는 눈이 못 말리겠다는 듯 고개를 저었다. 밝은 귀는 열차 밖으로 보이는 터널 속 어두운 풍경이 아주 재미있는 척 딴청을 했다.

멜로워는 우유 데우기를 잊은 적이 없었다. 멜로워가 사무실에 들어서 자 세카이는 만족스러운 기분이 들었다. 멜로워는 세카이를 아기 띠에 넣 어 가슴 높이로 안고 있었다. 세카이는 머릿속으로 노래를 부르고 있었다.

우유, 우유, 맛있는 우유.
따끈, 따끈, 따끈한 우유.
좋아, 좋아, 아시 좋아.

긴 팔은 마음이 들떴다. 아기 띠에서 세카이를 들어 올렸다. 세카이가 숨을 헐떡이며 몸을 뻣뻣하게 폈다. 노래가 바뀌었다.

두근두근 커다란 괴물,
커다랗고 무서운 괴물!
싫어, 싫어, 정말 싫어!

세카이가 비명을 지르며 주먹을 꼭 쥐었다. 몸을 바동거렸다. 세카이가 긴 팔을 밀어내고 있었다! 멜로워가 얼른 세카이를 다시 안아 들었다.
"그래, 아가야. 무서운 사람이 널 겁나게 했니? 까꿍! 그런 거 없어. 공 주님은 지금 안전해요. 암, 안전하고말고."
멜로워는 세카이를 아기 띠에 넣었다.
"당신이-세카이의-사랑을-훔쳐 갔어. 이 도둑놈!"

긴 팔은 화가 북받쳐 올라 말이 안 나올 지경이었다.

"공주님이 날 더 좋아하는데 낸들 어쩌겠어요? 때리지 말아요!"

멜로워는 긴 팔의 기다란 팔이 닿지 않도록 뒤로 물러났다. 멀리 보는 눈이 두 사람 사이에 섰다.

"아기 안은 사람을 치면 안 되지."

"심술쟁이죠!"

멜로워가 멀리 보는 눈의 뒤에서 말했다. 긴 팔이 소파에 주저앉았다. 그리고 울기 시작했다. 어른처럼 우는 것이 아니라 아기처럼 온힘을 다해서, 세상이 끝나는 것처럼, 노발대발하며 울었다. 세카이도 대답이라도 하듯 똑같이 필사적으로 울었다. 멀리 보는 눈이 재빨리 세카이를 아기 띠에서 들어 올려 긴 팔에게 주었다. 밝은 귀가 미심쩍은 표정으로 물었다.

"그게 좋은 생각 맞아?"

"날 믿어 봐."

긴 팔이 아기를 안았다. 두 사람이 동시에 울음을 그쳤다. 긴 팔은 아기가 다시 노래하는 것을 느꼈다.

내 사랑! 내 사랑! 내-사랑!

둘은 천국에라도 온 듯 행복에 빠졌다.

"됐어."

긴 팔이 속삭였다. 밝은 귀가 고개를 저었다.

"아냐, 그렇지 않아. 무슨 일이 일어났는지 모르겠어? 넌 네 생각을 아기에게 집어넣은 거라고, 네가 목마른 맥주 집 주인한테 한 것처럼 말아.

너 아까 사무실에 들어올 때 무슨 생각을 하고 있었지?"

"열차."

긴 팔이 말했다. 세카이가 즉시 겁에 질리며 울음을 터뜨리려고 했다. 긴 팔은 덜걱거리는 열차의 모습을 흔들리는 목마로 바꾸었다. 세카이의 두려움이 사라지면서 호기심이 가득해졌다. 긴 팔은 목마를 앞뒤로 흔들었다. 세카이는 구구 소리를 내며 좋아했다.

"바로 그게 문제야."

멀리 보는 눈이 말했다. 그제야 긴 팔은 이해했다. 얼마 동안이나 긴 팔이 천진난만한 생각만 하며 지낼 수 있을까? 세카이가 어른들 세세에 십내지 않으려면 얼마나 걸릴까? 그런 일을 견뎌 내기에 세카이는 너무 어렸다.

긴 팔은 침을 간신히 삼키며 세카이를 멜로워에게 돌려주었다. 세카이는 왠지 아쉬운 표정을 지은 채 친숙한 아기 띠 속에 앉았다.

"내가 아주 잘 돌볼게요."

멜로워가 약속했다. 그런데 멜로워에게 걱정이 있는지 얼굴이 일그러져 있었다. 살도 빠졌고 입 옆에 주름도 깊이 패여 있었다.

잠시 뒤 탐정들은 목마름 맥주 집에 앉아서 조용히 파파야 주스를 마셨다. 긴 팔은 목마름 씨가 유리잔에 얹어 준 작은 우산을 조각조각 찢었다. 그리고 카우즈 구츠의 무지막지한 감정들이 그에게 스며들도록 내버려 두었다. 긴 팔은 씁쓸하게 생각했다.

'멜로워가 고통 받고 있다는 게 기뻐. 멜로워를 괴롭히고 있는 게 뭔지는 몰라도 아주 오래갔으면 좋겠군.'

제30장

　"으으으! 이 기생충! 이 야만인! 딸기를 다 어
쨌어! 이 밥벌레 같은 녀석아!"

　이른 아침부터 노부인이 비명을 질렀다. 트래시맨이 창문 옆을 달려가
며 부우부우 하는 소리를 냈다.

　"트래시맨이 드디어 해냈네. 노부인이 오후에 크림 파이 만들려고 남겨
둔 건데."

　리타가 하품을 했다. 그때 텐다이는 동물애호가협회 회원 전체가 오늘
오후에 모인다는 이야기가 떠올랐다. 텐다이와 리타가 케이크를 구워야
한다는 뜻이다.

　"대신 구아바를 넣어야겠네."

　"오빠, 구아바도 별로 없거든."

리타가 심술궂게 웃었다. 트래시맨은 구아바를 좋아하기도 했지만, 땅콩 맛이 나는 구아바 속 벌레를 더 좋아하는 것 같았다.

리타가 쿠다에게 가 있는 동안 텐다이는 부엌에서 노부인의 정신을 딴 데로 돌리고 있었다. 노부인은 텐다이가 가져다 준 뜨거운 커피를 후후 불며 투덜댔다.

"저 녀석을 내보내야 해. 지금까지 참지 말고 진작 쫓아 버리는 건데 그랬어. 내가 너무 친절했지. 사람들이 늘 그랬거든. '베릴, 넌 도저히 이 세상 사람이 아닌 것 같아. 너무 착해. 사람들을 잘 믿고 실수도 쉽게 눈감아 주잖아.' 아니! 이니야! 오트밀은 두 숟가락만 넣어, 세 숟가락이 아니야!"

텐다이는 묽은 오트밀을 저으며 실망감이 얼굴에 드러나지 않도록 애썼다. 트래시맨이 말썽을 피우고 있는지는 몰라도 몇 주일을 함께 지내면서 가족의 일부가 된 것은 사실이었다.

리타가 돌아오자 노부인은 리타에게 과일을 따오라고 내보냈다. 노부인은 앓는 소리를 냈다.

"모임에서 어떻게 고개를 들고 있겠어. 다들 '불쌍한 베릴, 구아바밖에 먹을 게 없구나.' 이럴 거 아냐. 정말 자존심 상해!"

텐다이는 노부인이 평소처럼 말로만 화풀이를 하고 실제 행동으로는 옮기지 않기를 바랐다.

텐다이가 노부인에게 오트밀을 주었다. 하지만 노부인은 손을 내저었다.

"난 지금 너무 화났어! 나중에 먹게 거기 놔둬."

노부인은 성큼성큼 걸어서 별채 쪽으로 갔다.

텐다이는 잠시 기다렸다가 따라갔다. 노부인은 햇살이 비치는 베란다를 따라 창고 몇 개를 지나갔다. 한때 웅장했던 집이라는 증거가 곳곳에 있었다. 어마어마한 깔개들, 진품 그림들, 동상들, 호스풀 가와 워딩햄 가 사람들의 으스스한 반신상들, 고풍스런 가구들, 동으로 도금한 진짜 말의 박제. 텐다이는 그 말에 몸이 안 닿도록 조심스럽게 지나갔다. 다행히 숨을 곳은 많았다.

노부인은 서재처럼 보이는 컴컴한 방으로 들어가서 문을 잠갔다. 문 꼭대기에 스테인드글라스 채광창이 달려 있었다. 부채꼴 모양에서 유리판 하나가 깨져 있었다. 텐다이는 그랜드 피아노 위로 올라갔다. 박제한 꿩과 우산을 만드느라 구멍을 낸 하마 발이 피아노 위에 놓여 있어서 발 디딜 자리가 없었지만 용케 깨진 유리창 옆에 자리를 잡았다.

노부인은 홀로폰 앞에 앉아 있었다.

그럼 그렇지, 하고 텐다이는 생각했다.

노부인이 번호를 불렀다. 텐다이 집 전화번호였다. 몇 분 뒤 멜로워가 아주 지친 표정으로 나타났다.

"아! 엄마. 잘 지내셨어요? 친절하게 전화를 걸어 주셨네요. 정말 친절하세요."

"그런 멜로워 같은 허튼소리는 집어치워. 그래, 옆에 누가 있니?"

멜로워의 얼굴은 좋아 보이지 않았다. 피부는 늘어지고 입 옆에 주름도 깊게 패여 있었다. 텐다이는 소스라치게 놀랐다.

"마치카 부인이 누워 있어요. 잠을 설쳤대요. 마치카 장군은 국가 중대사로 대통령을 만나고 있어요. 곤드와나가 짐바브웨 비행기를 쐈나 봐요."

"비행기 따윈 관심 없어! 보상금 이야기는 떠봤니?"

한기가 텐다이를 휘감았다. 텐다이의 부모님은 베이징에 간 적도 없었던 것이다. 텐다이는 부채꼴 채광창에 몸을 기울였다. 스테인드글라스 뒤로 노부인은 노랗게, 멜로워는 파랗게 보였다. 멜로워는 확실히 파리해 보였다. 입가도 처져 있었다. 그리고 기저귀로 보이는 큰 헝겊으로 눈을 살살 문지르고 있었다.

"해, 해 봤어요. 마치카 부인이 치료 받는 동안에요."

"치료? 허참! 네가 하는 건 고작 입에 침이 마르도록 아첨을 늘어놓는 일이잖니. 그럼 사람들은 그걸 모종삽으로 퍼먹지. 메스꺼워! 왜 네 아버지처럼 법조계로 가지 못했니?"

"엄마 또 그 이야기예요? 그만하세요. 전 재판 법정에 설 용기가 없다고요."

멜로워는 쭉 뻗은 머리카락을 손가락으로 빗어 내렸다. 텐다이 기억 속의 멜로워보다 머리숱이 많이 빠져 있었다.

"아무튼 그건 치료예요. 사람의 기분을 좋게 해 주니까요."

노부인이 비웃었다.

"그건 마약도 마찬가지지. 네가 강아지처럼 꼬리를 흔들고 알랑거리는 모습을 돌아가신 네 아버지가 못 봐서 다행이야."

"엄마. 저 일해야 해요."

"내 말 들어!"

노부인이 말하는 방법은 여러 가지였다. 그중 한 가지 말투는 특별한 경우에만 썼다. 개가 카펫을 더럽혔을 때, 상으로 받은 도자기 찻잔을 리타가 깼을 때가 그런 경우였다. 바로 지금 그 말투였다. 텐다이는 오싹했다.

"네, 알았어요."

"난 네가 마치카에게 최면을 걸어서 아이들에게 엄청난 보상금을 걸라고 말하면 좋겠구나."

"그건 잔인해요!"

멜로워는 텐다이가 믿었던 것보다 훨씬 충직했다. 멜로워의 얼굴이 분 필처럼 하얗게 질렸다.

"허튼소리 마! 나는 부를 재분배하려는 것뿐이야. 지붕도 수리해야 하고 로봇도 고쳐야 하고 테니스코트 회원권도 받아야 하고 분수대 파이프도 다시 설치해야 해. 마구간도 다 무너져 내렸단 말이다."

"잔인해요. 그리고 그건 범죄예요!"

노부인이 그 특별한 말투로 쏘아붙였다.

"조용히 해. 이 소심한 멜로워 녀석아! 나는 장군이 보상금을 걸 때까지 아이들을 데리고 있을 거야. 네가 날 신고하면 난 감옥에 가겠지. 그러고 싶니? 네가 너무 이기적이라서 입을 다물고 있지 못하는 바람에, 불쌍한 늙은 어미가 와아와아 감옥에서 떨어야겠어? 잔인하다는 말은 그럴때 쓰는 거야. 이 배은망덕한 독사 이빨 같은 녀석아!"

멜로워는 손가락 마디에서 우두둑 소리가 나도록 손을 꽉 쥐었다. 텐다이 눈에 멜로워의 손톱이 살을 파고드는 것이 보였다.

"엄마가 직접 장군에게 전화하지 그래요? 장군이 고맙게 여길 텐데요."

노부인이 독한 표정으로 웃었다.

"이런 멍청이를 봤나. 고맙게 여기면 뭘 해. 주머니가 채워지지 않으면 소용없어! 장군이 네게 돈을 주는 건 네가 가치 있어서가 아니야. 가치는 무슨! 내 말 명심해. 이 세상을 헤쳐 나갈 유일한 방법은 기회가 왔을 때 잡는 거야."

홀로폰 너머에서 아기 우는 소리가 들렸다. 멜로워는 재빨리 소리 나는 쪽을 보았다.

"가 봐야겠어요."

"장군의 귀에 대고 말해. 네 역겨운 방식으로 말이야. 보상금을 걸면 놀라운 일이 생길 것 같다고 넌지시 비춰."

"저도 직업윤리가 있어요."

멜로워는 눈물 어린 파란 눈으로 노부인을 쳐다보지 않은 채 말했다. 노부인이 강철 같은 회색 눈을 부릅뜨며 소리쳤다.

"윤리라니, 쓸데없는 소리야! 불쌍한 늙은 어미에게 나쁜 일이 일어나길 바라지는 않겠지. 다 쓰러져 가는 오두막에서 홀로 외로이 지내는 어미한테 말이냐. 내가 싸늘한 잿빛 감옥에서 우편가방이나 바느질하며 삶을 마감하길 바라는 건 아닐 테지."

"그런 말 하지 말아요. 당연히 아니죠!"

아기 울음소리가 더욱 뚜렷해졌다.

"어유, 어떻게 해야 할지 모르겠어요!"

멜로워는 작별인사도 없이 홀로폰을 꺼 버렸다.

텐다이는 노부인이 문을 잠그고 돌아갈 때까지 털끝 하나 움직이지 않고 가만히 있었다. 마치 박제 동물이 된 것 같았다. 무릎을 끌어안고 앉아 터져 나오려는 화를 억눌렀다. 텐다이는 노부인을 납치범으로 고발하고 싶었다. 리타라면 그렇게 했을 것이다. 그러나 홧김에 내리는 결정은 언제나 신중하지 않았다. 텐다이는 생각에 잠겼다.

'멜로워는 말려들지 말았으면 좋겠어. 멜로워는 잘못이 없어. 니도 만약 어머니가 범죄를 저지르도록 시킨다면 분명 시키는 대로 했을 거야. 어머니가 그럴 리는 없지만.'

텐다이는 마음이 빙빙 소용돌이쳤다. 아버지는 노부인을 어떻게 할까?

노부인이 나쁜 마음을 먹고 있긴 해도 자신과 동생들을 집에 들여보내 주었고 음식도 주었다. 그래도 쿠다에게 한 짓은 잔인했다. 하지만 잔인하다는 걸 알고 있기는 할까?

"인품을 갈고 닦는 중이야."

아이들이 불평을 하면 노부인은 늘 그렇게 말했다. 아버지도 아이들이 하기 싫어하는 일을 시키기는 했다. 인품을 갈고 닦기 위해서. 아버지가 멜로워를 어떻게 할까?

'집으로 돌아갈 작전을 세워야겠어.' 텐다이는 부채꼴 창문을 살펴보았다. 창문을 완전히 깨뜨린다 해도 기어올라가서 홀로폰이 있는 곳으로 넘어가기에는 텐다이가 너무 컸다. 물론 가장 빠른 방법은 노부인과 맞서는 것이었다. 그 생각을 하자 갈등이 생겼다. 노부인은 아주 늙은 사람이었다. 텐다이가 말귀를 알아듣게 된 순간부터 귀가 따갑도록 들은 이야기 한 가지는, 어른한테 버릇없이 대들지 말라는 것이었다. 리타의 전문 분야인 속 썩이는 일이나 불평은 할 수 있어도 지나쳐서는 안 되었다. 어른이 나이가 많으면 많을수록 더욱 조심해야 했다.

노부인은 머리가 하얗게 셌다! 멜로워의 어머니이기도 했다. 멜로워는 부모님 다음으로 부모 노릇을 해 주는 사람이 아니던가!

텐다이는 우선 환자의 방에 가 보기로 결심했다. 쿠다가 어떤 상태인지 보고 싶었다. 어쩌면 다른 이유 때문인지도 몰랐다. 노부인과 부딪히는 것은 보나마나 언짢은 일이 될 테니 되도록 미뤄 보자는 심리일 것이다. 텐다이는 비참한 기분이 들었다.

텐다이가 방에 들어갔을 때 쿠다는 아직도 자고 있었다. 얼굴은 평화로웠고 열 때문에 땀이 난 흔적도 없었다. 텐다이는 은도로의 주인이었던 이름 모를 선조가 고마웠다. 그때 리타가 방으로 뛰어들었다.

"빨리 와! 노부인이 트래시맨을 쫓아내려고 해."

"노부인이 지금 뭘 하려는지 모르겠어."

리타는 서둘러 텐다이를 밖으로 데려가며 말했다. 두 사람은 금세 정원
에 도착했다. 텐다이는 즉시 상황을 파악했다.

로봇이 열린 대문 옆에서 기다리고 있었고 높은 사다리의 꼭대기에 선
노부인이 담장 너머로 끝에 티본스테이크가 달린 낚싯대를 드리우고 있
었다. 텐다이와 리타가 막 도착했을 때, 트래시맨은 대문 밖으로 경중경중
뛰어가 스테이크를 향해 와락 덤벼들고 있었다. 로봇이 대문을 쾅 닫았
다. 자물쇠가 딱 잠겼고 도난 경보기에 불이 켜졌다. 노부인은 낚싯줄을
자르고 사다리에서 내려왔다.

"당장 열어요!"

리타가 소리쳤다.

"내 집에서 내게 명령하지 마."

"트래시맨은 우리 친구란 말예요!"

"취향이 썩 멋지지는 않구나. 크림 파이 타는 냄새가 여기까지 나잖니,
리타. 너처럼 어이없을 정도로 덜렁대는 아이는 처음 봐."

"몽땅 타서 그을음투성이 숯덩이가 돼 버리면 좋겠어요!"

리타가 소리를 지르자 텐다이가 리타를 잡아끌었다.

"오빠가 어떻게 좀 해 봐! 언제까지 두고만 볼 거냐고!"

리타는 악을 써 댔고, 텐다이는 그런 리타를 정원 끝으로 데려갔다.

"내 말 잘 들어. 정말 중요한 이야기야."

텐다이는 노부인이 전화를 건 이야기를 해 주었다. 리타는 턱이 빠진 것처럼 입을 딱 벌렸고 눈도 휘둥그레졌다.

"그럼 부모님이 호화유람선을 탔다는 건 거짓말이지? 오빠, 오빠는 내가 얼마나 걱정했는지 모를 거야. 난, 난, 우리가 이러고 있는데 부모님이 파티를 하고 계실 거라고 생각을……."

리타는 울기 시작했다. 텐다이는 깜짝 놀랐다. 리타가 그런 걱정을 하는 줄은 몰랐다.

"밤에 잠자리에 들 때마다 부모님이 30코스 만찬을 먹고 있는 모습이 떠올랐어. 노부인이 말한 것처럼 말이야. 우리가 가 버렸기 때문에 부모님이 행복해졌다는 생각이 들었어."

리타는 딸꾹질을 하며 셔츠 소매로 눈물을 훔쳤다. 텐다이가 리타의 손을 잡았다.

"당연히 그럴 리가 없지."

"너무 오래됐어. 부모님 생각이 안 나."

텐다이는 리타가 진정될 때까지 기다렸다. 그리고 조그맣게 속삭였다.

"트래시맨은 걱정 마. 우리를 만나기 전에도 쭉 잘 지냈잖아. 지금쯤 아마 레스트헤이븐으로 가고 있는지도 몰라. 집에 가면 아버지한테 트래시맨을 찾아봐 달라고 부탁드리자."

"불쌍한 체두. 우리를 기억하지도 못 할 거야."

리타는 울던 얼굴로 오빠에게 미소를 지어 보였다.

텐다이는 노부인에게 맞서야 한다고 설명했다. 리타가 사납게 말했다.

"노부인은 핑계 댈 궁리만 할 게 뻔해! 아버지에게 우리를 구했다고 말할 걸? 아버지는 노부인을 믿을 테고. 언제 아버지가 우리 이야기를 믿은 적이 있냐 말이야!"

"우리가 집에 가기만 하면 그런 건 중요하지 않아."

"엄청 중요해! 우리를 괴롭힌 대가로 노부인은 벌을 받아야 해."

"정말 노부인을 와아와아 감옥에 보내고 싶은 거야?"

리타는 정원 땅 신령을 바라보았다. 나팔꽃과 금잔화 옆에 무릎 꿇고 앉아 있는 땅 신령은 골똘히 생각에 잠겨 있는 리타를 보며 환하게 웃고 있었다. 마침내 리타가 대답했다.

"아니. 노부인이 바로 여기서 벌 받을 방법이 있어. 그리고 우리도 집에 갈 거야."

들어 보니 아주 좋은 계획이었다. 텐다이는 감명을 받았다. 경찰을 끌어들이지 않고도 더할 수 없는 창피를 줄 것이다. 멜로워가 연관될 필요도 전혀 없었다. 한 가지 문제는 계획을 실천하려면 텐다이와 리타가 몇 시간 더 기다려야 한다는 점이었다. 까짓것 지금까지도 오랫동안 기다려 왔는데 몇 시간 더 기다린들 어떠리.

리타는 노부인에게 소리 질러서 죄송하다고 얌전하게 사과했다. 텐다이는 크림파이 반죽을 새로 만들었다. 그리고 리타와 함께 앞마당을 쓸고 손님들이 차 마실 탁자를 가져다 놓고 예쁘게 접은 냅킨을 올려 놓았다. 노부인이 눅눅해진 크래커와 어묵을 점심으로 주어도 불평조차 하지 않았다. 노부인은 아주 놀란 모양이었다. 상으로 크림 파이도 주었다. 텐다이와 리타는 쿠다에게 주려고 크림 파이를 남겼다. 그리고 키디쿱의 뚜껑과 옆면에 난 틈으로 넣어 주려고 조각조각 부서뜨렸다.

제31장

밝은 귀가 홀로폰을 받았다. 홀로폰 바로 옆에 긴 팔이 앉아 있었지만, 전화벨이 울릴 때 긴 팔은 눈도 깜빡이지 않았다. 어찌나 우울한 얼굴을 하고 있는지 밝은 귀와 멀리 보는 눈은 발끝으로 살금살금 걸어 다녀야 할 지경이었다.

"귀 눈 팔 명탐정 사무소입니다. 잃어버리신 걸 찾아드립니―, 아, 안녕하세요, 마치카 부인."

"저, 새 소식 있어요?"

마치카 부인이 물었다. 긴 팔은 우울한 마음에 젖어 있으면서도 마치카 부인의 목소리에 담긴 자포자기의 마음을 눈치챘다.

"죄송합니다."

밝은 귀가 말했다.

"전 그냥······."

마치카 부인은 말을 잇지 못하고 멈추었다. 탐정 셋은 바짝 긴장하며 홀로폰 화면을 바라보았다. 마치카 부인이 할 말을 찾느라 애쓰고 있었다.

"그냥 텐다이 생일이 다 되어 가서요. 열네 살도 못 되어서······. 아니, 곧 열네 살이 될 거라는 말이에요. 생일 때마다 별빛 공간에 데려갔는데······ 엘리베이터도 타고······ 저녁도 먹고······."

긴 팔은 자신이 부끄러웠다. 멜로워가 세카이를 보살피고 있어서 샐쭉해 있었지만 세카이는 잘 지내고 있었다. 마치카 부인은 세 아이를 다 잃어버렸다.

마치카 부인이 말을 이었다.

"조언이 필요해요. 남편은 반대하지만 보상금을 걸었으면 해요. 분명 효과가 있을 거예요. 중요한 건 아이들이 돌아오는 거잖아요? 날 위해서 장군에게 이야기해 줘요. 나는 대학교에서 월급도 받아요. 남편이 화를 내겠지만 아이들만 돌아오면 상관없······."

마치카 부인은 또 말을 잇지 못했다. 눈물이 뺨을 타고 흘러내렸다.

긴 팔이 전화를 받았다.

"부인, 뭐 부인을 화나게 한 새로운 사건이라도 있나요?"

마치카 부인은 머뭇거렸다.

"음······ 모르겠어요. 그냥 오늘 아침에 찬양 시를 들은 뒤로 마음이 아주 우울해졌어요. 보통은 기분이 좋아지거든요. 그런데 텐다이의 생일이 다가온다는 생각이 떠오르면서, 돈이 있는데도 아이들을 데려오는 데에 쓸 수 없다는 사실이 갑자기 어처구니없게 여겨졌어요. 아이들이 없는데 돈이 무슨 소용이겠어요. 무용지물이죠."

"찬양 시 주제가 정확히 뭐였죠?"

마치카 부인은 당황하는 듯했다. 긴 팔이 전에 보았던 용기 있고 자신감 있는 모습이 아니었다.

"그게 잘 기억이 안나요. 하지만 여느 때와는 달랐어요. 찬양 시는 아름다운 음악 같아요. 넋을 잃게 하고 기분을 띄워 주죠."

"제 말을 들어 보세요. 저는 아이들이 괜찮다고 확신해요. 아이들은 놀랍도록 재치 있는 모습을 보여 주었어요. 분명 저희가 아이들을 찾을 거예요. 그러니 제 부탁 하나만 들어주세요. 이젠 더 이상 찬양 시를 듣지 마세요. 우울한 마음이 들면 의사나 영매를 찾아가세요."

"남편도 그런 말을 했어요. 하지만 찬양 시를 들으면 행복해지는 걸요."

"이젠 달라요. 나중에 기억도 나지 않는 찬양 시 따위는 듣지 마세요."

"음…… 알았어요."

마치카 부인은 졸린 듯했다. 그래서 긴 팔이 몇 번이고 되풀이해서 말해 주었다. 마치카 부인이 전화를 끊자 긴 팔은 마치카 장군이 탐정 사무실에 설치해 준 컴퓨터 앞으로 재까닥 달려갔다.

"저주받을 멜로워 녀석."

긴 팔이 숨을 죽이며 말했다.

"너 세카이 때문에 더 흥분한 거 아냐? 멜로워가 세카이를 데려……."

멀리 보는 눈이 말을 꺼내자 긴 팔이 불쾌하기 짝이 없는 표정으로 노려보았다. 멀리 보는 눈은 즉시 입을 닫았다.

"나 자신에게 화가 나. 모든 단서가 바로 내 코앞에 있었는데 난 세카이에게만 열중하고 있었어. 잘 봐. 멜로워가 척 보기에도 무척 수척해졌어. 왜일까? 멜로워는 걱정에 사로잡혀 있어. 무슨 걱정이냐고? 보상금이지.

빌어먹을! 그 인간 이름이 뭐지?”

긴 팔이 주먹으로 컴퓨터 옆 탁자를 쳤다.

“모르겠는데.”

멀리 보는 눈이 말했다. 밝은 귀가 덧붙였다.

“웃긴다. 난 멜로워에게 이름이 있다는 건 생각도 못했어.”

긴 팔은 하라레의 전문 멜로워들의 목록을 띄웠다. 그리고 입주 전용 멜로워들만 추려 냈다. 50명 정도였다. 마조에는 한 명밖에 없었고 이름은 앤터니 호스풀 워딩햄이었다.

“멜로워는 아주 가까운 사람이야. 가족이나 마찬가지지. 마치카 부인의 자매들도 조사하지 않았잖아, 안 그래? 그 사람들은 아이들을 발견하면 분명히 집에 돌려보낼 사람들이라고 여겼으니까. 멜로워는 빌어먹을 거미줄 같아. 아무도 기억해 내지 못하는 ‘정말 감미로운 연상 작용’을 가지고 보이지 않는 곳에서 늘 서성이고 있어.”

“이봐, 진정해.”

밝은 귀가 말했다.

“찾았다!”

긴 팔은 멜로워가 수년간 떠나 있던 공식 거주지 버튼을 눌렀다. 보로데일에 있는 호스풀 가 25번지라는 주소가 화면에서 반짝거렸다.

“애들이 거치적거리면 싫어. 저녁때까지 내 눈에 띄지 마. 심심하면 파샤사랑과 놀든지.”

노부인이 말했다.

"시멘트 자루를 쓰다듬는 것 같아."

리타가 고양이의 앞발을 들어 올렸다가 놓았다. 앞발이 털썩 떨어졌지만 파샤사랑은 계속 졸고 있었다.

손님들이 도착하고 노부인이 바빠지기 시작하자마자 텐다이와 리타는 창문에 기대어 내다보았다.

손님들은 모두 나이 지긋한 할머니들이었으며 영국 부족 사람들이었다. 어떤 사람들은 꽉 끼는 바지와 부츠 차림이었는데 리타는 그 차림이 마음에 쏙 들었다. 리타는 쇼나 여자들이 그런 차림의 옷을 입는 걸 본 적이 없었다.

"밖에서 정말 끔찍한 떠돌이를 봤지 뭐예요. 얼른 경찰을 불러야겠더군요."

한 여자가 푸념을 늘어놓았다. 노부인이 대꾸했다.

"신경 쓰고 싶지 않아요."

텐다이가 리타에게 속삭였다.

"트래시맨이야."

"노부인이 경찰을 안 부르는 이유는 따로 있지."

리타가 씁쓸하게 말했다.

곧 모든 손님들이 정원 탁자에 둘러앉아 목소리를 드높여 이야기를 나누기 시작했다. 로봇이 여기저기에 다과 쟁반을 날랐다.

"정말 놀라운 핏불 강아지를 샀죠. 혈통이 아주 좋고 콧대도 높지 뭐겠어요. 근데 잔디 깎던 소년의 손가락을 잘라서 삼켰어요, 글쎄."

어떤 할머니가 말했다. 옆에 있던 할머니가 웃음 섞인 비명을 질렀다.

"난 아직 마음을 못 추스렸어요. 불쌍한 하이홈스. 정말 좋은 말이었는데."

다른 할머니가 코를 훌쩍였다. 노부인이 점잖게 위로해 주었다.

"스무 살도 넘었잖아요."

"신문사에 통지를 했어요. 그랬더니 부고란 대신에 '애완동물'란 밑에 넣었지 뭐예요."

"저런 괘씸한 신문사를 봤나."

"어머나! 너 홍차 일부러 쏟았지!"

말이 죽었다던 그 할머니가 소리를 질렀다. 로봇이 사괴했다.

"죄송합니다, 죄송합니다, 죄송합니다."

"기름은 다시 쳤니? 이리 와 봐. 이음새 부분의 냄새를 맡아 보자."

노부인이 말했다.

텐다이와 리타는 놀란 눈으로 모임을 쳐다보았다. 손님들이 개, 고양이, 잉꼬, 말 이야기를 늘어놓자 마치 구관조 떼가 떠드는 소리처럼 들렸다.

"야옹아, 야옹아! 이리 와서 크림 먹으렴."

노부인이 이렇게 외치자 파샤사랑이 깨어나더니 탁자를 향해 놀라운 속도로 달려갔다.

"저 사람들은 아이도 없나? 왜 아이들 이야기는 안 하지?"

리타가 물었다. 텐다이가 머뭇머뭇 말했다.

"노부인에게는 멜로워가 있잖아."

"흥! 난 노부인이 멜로워의 어머니란 거 안 믿어. 노부인은 추악하고 늙은 마녀야."

"지금이야."

텐다이가 리타를 바라보았다. 두 사람은 심술궂은 미소를 살짝 주고받았다. 그리고 환자의 방으로 갔다. 쿠다가 침대시트를 죽죽 찢고 있었다. 텐다이와 리타는 키디쿱을 복도로 밀고 나왔다. 쿠다가 말했다.

"나갈래."

"쉬잇! 곧 꺼내 줄게."

리타가 현관문을 잡고 있는 동안 텐다이가 키디쿱을 현관으로 밀고 나갔다. 저쪽에 동물애호가협회 손님들이 물이 없는 분수에 둘러앉아 차를 마시고 있었다. 아직 아이들을 보지 못한 듯했다.

계획은 이랬다. 손님들이 모여 있는 곳으로 쿠다를 곧장 밀고 간다. 그리고 노부인이 보상금을 받으려고 자신들을 잡아 두고 있다고 큰 소리로 알린다. 그런데 텐다이와 리타가 한참 동안 그 영국인들을 관찰해 보니, 그런 이야기를 들으면 오히려 서로를 감싸 줄 것 같았다. 아버지에게 아무 연락도 하지 않을 것이고 멜로워나 노부인도 감옥에 가지 않을 것이다.

아울러 영국인 특유의 신사도 때문에 노부인은 스스로 아버지에게 전화해야 한다는 압박감을 받을 것이다. 나중에 영국 부족이 자신들만의 방법으로 노부인에게 벌을 줄 것이다. 다시는 차를 마시러 오지 않을 것이고, 다시는 노부인의 집을 방문하지도 않을 것이다. 여러 모로 레스트헤이븐의 가리카이 부족과 닮아 있었다. 노부인은 마녀라고 일컬어질 것이다.

텐다이는 현관에서 머뭇거렸다. 레스트헤이븐 사람들이 미안다에게 적대감을 드러내던 기억이 떠오른 것이다.

"어쩌면 이게 좋은 방법이 아닐지도 몰라."

텐다이가 조그맣게 말했다. 리타도 조그맣게 대답했다.

"이만하면 공평해. 오빠도 암코끼리의 죄 정도면 벌을 받아 마땅하다고 여기잖아. 노부인은 왜 달라야 하는데?"

"저건 뭐지?"

텐다이는 대문을 가리켰다. 대문에 아주 이상한 일이 벌어지고 있었다. 대문이 마구 흔들리고 있었고 철사가 경첩 둘레를 감고 끊임없이 톱질을 하고 있었다. 손님들은 아주 큰 소리로 이야기하고 있어서 톱질 소리를 듣지 못했다. 이제 막 마지막 경첩이 두 동강 나면서 경첩들이 모두 잘렸다.

쿵 소리가 나며 문이 무너져 내렸다. 도난경보기가 요란스럽게 울리기 시작했다. 손님들 모두가 찻잔을 놓쳐서 차와 크림 파이가 잔디밭에 쏟아졌다.

거의 대문 입구만큼이나 커다란 검은 형상이 우뚝 서 있었다. 암코끼리였다.

순식간에 모두가 돌처럼 굳어 버렸다.

로봇이 다가가서 말했다.

"방문-예약-하셨습니까? 방문-예약-하셨습니까?"

암코끼리는 로봇을 탁 쳐서 옆으로 쓰러뜨리고 정원으로 거침없이 들어왔다.

"너!"

암코끼리는 오싹한 목소리로 쩌렁쩌렁하게 소리를 질렀다. 텐다이는 리타를 자기 몸 뒤로 숨겼다. 리타는 키디쿱을 집 안으로 밀려고 했지만 겁에 질려 허둥대다 보니 키디쿱으로 문틀을 들이받고 말았다. 쿠다가 소리쳤다.

"트래시맨!"

동물애호가협회 손님들이 동시에 물이 마른 분수대로 들어가서 앞 다투어 인어가 놓인 자리로 기어오르려고 했다. 노부인은 벽에 세워 둔 쇠갈퀴를 잡았다. 그리고 아이들과 암코끼리 사이에 서서 쇠갈퀴를 겨누며 단호하게 말했다.

　"내 집에서 당장 나가."

　암코끼리가 멈칫하더니 뒷걸음질 쳤다. 그러다가 땅 신령에게 걸려서 갓 물을 준 금잔화 꽃밭에 철퍼덕 넘어졌다. 암코끼리는 화가 나서 천둥처럼 으르렁거리며 일어나 노부인에게 달려들었다. 노부인은 침착하게 쇠갈퀴를 휘둘러 암코끼리의 검은 옷에 큰 구멍을 냈다.

　"에구머니나."

　동물애호가협회 손님들이 분수대에서 밀치락달치락하며 소리쳤다.

　암코끼리가 미쳐 날뛰었다. 정원에 들어가 탁자를 쓰러뜨렸고 땅 신령을 발로 찼으며 입에 담지 못할 끔찍한 저주를 내뱉었다. 암코끼리가 뭔가를 부서뜨릴 때마다 분수대에 있는 손님들은 겁먹은 비둘기 떼처럼 "에구머니나!" 하고 외쳤다.

　노부인은 암코끼리를 대문 밖으로 밀어낼 기회를 노리고 있었다.

　"집으로 들어가서 문을 잠가."

　노부인이 텐다이에게 또록또록하게 소리쳤다. 텐다이는 키디쿱을 밀려고 했다. 하지만 리타가 잘못 건드려서 바퀴 하나가 뚝 부러져 있었다. 부러진 바퀴는 현관 안쪽에 나가떨어져 있었다. 쿠다가 또 외쳤다.

　"트래시맨!"

　어느새 트래시맨이 와 있었다. 트래시맨은 키디쿱을 반대 방향으로 마구 잡아당겼다.

"멈추라고 말해!"

텐다이가 소리쳤다. 하지만 쿠다는 소스라치게 놀라 울고만 있었다. 트래시맨이 뚜껑에 손가락을 끼워 잡아당겼다. 자물쇠가 와지끈 부서지며 뚜껑의 경첩이 떨어져 나갔다. 트래시맨은 쿠다를 들어 올린 뒤 기뻐서 날뛰었다.

암코끼리는 노부인의 손에서 쇠갈퀴를 가로채려 했다. 노부인이 슬쩍 피하며 암코끼리의 옷을 한 번 더 찢었다. 텐다이는 그 싸움이 오래가지 못하리라는 걸 알았다. 노부인은 숨을 헐떡이고 있었다. 노부인이 이만큼이나마 버틴 데는 이유가 있었다. 텐다이가 끔찍한 경험 속에서 배운 것이었다. 암코끼리는 술에 취해 있었다.

텐다이는 뒷마당으로 달려갔다. 팽과 슬래셔가 개집의 철창에 계속 달려들고 있었다. 텐다이는 심호흡을 했다. 개가 무서웠다. 개들은 아주 흥분해 있어서 텐다이를 적으로 잘못 알 수도 있었다. 하지만 노부인에게는 유일한 기회였다.

텐다이는 손을 벌벌 떨며 자물쇠를 풀었다. 개들이 총알처럼 달려 나와 텐다이를 넘어뜨리며 발톱으로 할퀴었다. 그리고 정원으로 내달렸다. 팽은 암코끼리의 왼쪽 발목을 물고 늘어졌고 슬래셔는 오른쪽 발목에 들러붙었다. 암코끼리는 발을 맹렬하게 쿵쿵 굴렀다. 개들이 위아래로 흔들렸다. 노부인은 쇠갈퀴를 짚고 서서 숨을 돌렸다.

암코끼리가 갑자기 몸을 비틀더니 개들의 목덜미를 잡아챘다. 그리고 버럭버럭 욕을 퍼부으며 정원 건너편의 구스베리나무 울타리로 개들을 던졌다.

"에구머니나."

동물애호가협회 손님들이 신음 소리를 냈다.

그런 다음 암코끼리는 노부인의 손에서 쇠갈퀴를 빼앗아서 휘둘렀다. 노부인은 뒷걸음질 쳤다. 그러다 그만 파샤사랑에게 걸려 넘어져 버렸다! 파샤사랑은 크림을 실컷 먹고 다과회 장소 한복판에 고깃덩이처럼 누워 있던 참이었다. 노부인은 파샤사랑 위에 내려앉고 말았다. 고양이가 꽥 하고 비명을 질렀다. 쇠갈퀴가 노부인과 고양이 위로 쌩 하고 지나가 나무에 꽂혔다.

암코끼리는 굳이 쇠갈퀴를 가지러 가지 않았다. 대신 리타 쪽으로 다가갔다.

"노와줘!"

암코끼리가 리타를 번쩍 들어 겨드랑이에 끼자 리타가 비명을 질렀다.

"너도! 이리 오지 않으면 목을 부러뜨릴 테다!"

암코끼리는 개들을 따라 정원으로 달려오고 있는 텐다이에게 호통을 쳤다. 텐다이는 그 말이 진담이라는 걸 알고 있었기에 암코끼리에게 주춤주춤 다가갔다. 암코끼리가 홱 낚아채자 텐다이는 숨이 턱 막혔다. 암코끼리는 텐다이의 허리에 팔을 걸어 자신의 허리까지 끌어올렸다. 레스트 헤이븐에서 미안다가 준 조그만 자루가 텐다이의 주머니에서 흘러나와서 넘어져 있는 땅 신령의 발치에 떨어졌다. 암코끼리에게 매달려 대문 밖으로 가는 동안 텐다이의 몸이 하도 들썩이다 보니 땅이 텐다이에게 가까워졌다 멀어졌다 했다. 트래시맨은 쿠다를 목말 태우고 암코끼리를 따라갔다.

암코끼리가 포장도로를 쿵쾅거리며 걸어갈 때 텐다이의 머리가 위아래로 막 흔들렸다. 리타는 소리를 지르려고 했지만 숨을 못 쉴 정도로 꽉 끼여 있었다. 텐다이는 리타가 다칠까 봐 걱정이 되었다. 잠시 뒤 리타가 기침 소리를 내더니 툴툴거렸다.

"이 살찐 젖소…… 읍!"

리타는 조용히 해야 할 때를 도무지 몰랐다.

택시 타는 곳에 도착했다. 마침 한 대가 착륙하고 있었다. 정장을 말쑥하게 차려입은 신사가 위엄 있게 내렸다. 그 신사는 눈썹을 치켜들고 암코끼리를 보았다.

"어이쿠!"

암코끼리가 신사의 발을 차서 넘어뜨렸다. 그리고 텐다이의 머리로 택시 문을 뒤로 민 다음 택시를 탔다.

"시키는 대로 하지 않으면 목구멍을 찢어 놓겠어."

암코끼리가 운전사를 위협했다. 암코끼리는 한 발로 리타를 밟아 누르고 거대한 한 손으로 겁에 질린 운전사의 숨통을 조였다.

"놓아 주세요, 손님. 숨을 쉴 수가 없습니다."

운전사가 캑캑거렸다. 암코끼리는 트래시맨과 쿠다가 안으로 들어오도록 자리를 옮겨 앉았다. 그리고 운전사의 목에 올려놓은 손을 조금 느슨하게 했다.

"허튼 수작은 하지 마. 비상벨을 눌렀다가는 네 편도선과 작별인사를 해야 할 거야."

"이렇게 무례한 사람은 처음이군. 택시를 이런 식으로 잡을 이유가 어디 있소. 지금은 교통이 붐비는 시간도 아니지 않소. 어험, 여보게, 운전사 양반. 요금이 얼마요?"

택시 밖에서 고상한 신사가 말했다. 암코끼리가 싱긋 웃었다.

"이 택시는 공짜야. 꺼져!"

"저는 아내와 아이들이 있어요."

택시 운전사가 택시를 출발하며 않는 소리를 했다.

"누가 궁금하대? 무파코세로 가. 최고 속력을 유지해."

암코끼리는 등받이에 몸을 기댔다. 운전사는 목에 멍이 든 것 같았다. 트래시맨과 쿠다는 창문에 코를 박고 아래로 지나가는 풍경을 보며 신나게 이야기를 주고받았다.

"우리를 어떻게 찾았죠?"

텐다이가 물었다.

"작은 새가 이야기해 주더군. 네가 보로데일로 갔다고."

암코끼리는 주머니에 손을 대보더니 얼굴을 찡그렸다. 노부인이 찢어서 구멍이 숭숭 뚫려 있었다. 암코끼리는 카차수 병을 찾아내 이빨로 코르크마개를 빼고 쭉쭉 들이켰다. 덜 익은 술의 메스꺼운 냄새가 택시에 가득 찼다.

"전직 파일드티스 조직원이 경찰 조사를 받았지. 너희가 마조에로 갔다고 했다더군. 나한테는 너희가 진짜로 간 곳을 말해 주었지. 돈을 꽤 치렀어. 너희 녀석들 때문에 돈이 많이 들었어. 한 푼도 남김없이 되찾을 거야."

암코끼리는 카차수를 다 비우고 빈병을 바닥에 던졌다.

"찾다말다 하며 며칠을 다니다가 저 녀석을 만났지."

암코끼리는 고개로 트래시맨을 가리켰다. 트래시맨은 지나가는 버스를 향해 손을 흔들고 있나.

"마지막 남은 공깃돌을 누가 뺏어간 듯한 표정으로 대문 밖에 앉아 있더군. '무슨 일이야?' 하고 내가 물었지. 문을 탕탕 치며 '쿠다'라고 대답하더군. 어찌나 놀랍던지 말이야. 트래시맨이 말을 할 줄은 몰랐거든."

"쿠다."

트래시맨이 창문에서 눈을 떼고 쿠다를 바라보며 싱글싱글 웃었다. 쿠다도 벙글벙글 웃었다.

"그렇게 고생고생해서 우릴 찾아 뭐 하려고요? 당신은 죽은 자의 땅에 뭐든 가지고 있잖아요. 여왕이나 마찬가지잖아요."

텐다이가 넌덜머리를 내며 물었다. 놀랍게도 암코끼리의 얼굴이 슬픔으로 찡그려졌다.

"네 아버지가 모두 데려갔어!"

"잘됐네요."

리타가 말했다. 암코끼리는 발을 좀 더 꾹 눌렀다.

"구더기 같은 네 놈들은 아무것도 몰라. 우리는 행복했다고."

"그래요. 노예를 부려 공장을 돌리면서 말이죠. 으악!"

리타가 바닥에서 비명을 질렀다.

"죽은 자의 땅 사람들이 지금 어디 있다고 생각해? 신선한 공기를 쐴 수 없는 더러운 병실에 있거나 마음껏 일하지도 못하는 곳에 있어. 조용히 시키려고 입에다 약을 퍼붓지. 은행에서 일하거나 대학에서 학생들을 가르칠 수 있는 것도 아니야."

텐다이는 암코끼리가 옳다는 생각에 어쩐지 기분이 언짢아졌다.

"할머니는 행복하지 않았어요."

"그렇게 믿지 마! 할머니는 살 만큼 살았어. 갖은 투정을 다 부렸지. '너희는 모조리 지옥으로 떨어질 거야. 그으으으래.'"

암코끼리는 할머니 흉내를 완벽하게 냈다.

"그래도 당신은 아이들을 훔쳤어요."

"그게 어째서?"

암코끼리는 정말로 놀란 듯 그게 뭐가 잘못되었냐는 표정을 지었다.

"사람들은 아이를 얻으려고 해. 난 그걸 공급하지."

"하지만 그 아이들의 부모님에게 상처를 주는 일이라고요!"

"나는 이렇게 봐. 우선 침울하게 만들고 그다음에 행복하게 만들지. 균형 있잖아, 안 그래? 그리고 나는 돈을 벌지. 이제 그만 꽥꽥거려. 쉬고 싶으니까."

암코끼리는 손가락으로 택시 운전사의 목을 졸랐다. 운전사가 비명을 질렀다.

"혹시 잊었을까 봐 그러는데, 경찰서에 세울 생각은 추호도 하지 마."

무파코세에 도착하자 택시는 암코끼리의 지시에 따라 인적이 드문 주차장에 착륙했다. 암코끼리가 운전사의 코밑에 유리병을 대고 딸깍 열자, 운전사가 운전대 위로 쓰러졌다.

"운전사를……."

텐다이는 말을 꺼냈다. 하지만 말을 잇기 전에 텐다이의 코밑에서 유리병이 딸깍했다. 암코끼리가 중얼거렸다.

"운전사를 죽인 거냐고?"

제33장

누군가가 텐다이를 어깨에 걸치는 바람에 텐
다이는 정신이 들었다. 머리가 지끈거렸고 입에 감각이 없었다. 처음에는
죽은 자의 땅으로 끌려가던 느낌과 비슷했지만 이번에는 자루에 들어 있
지 않았다. 다닥다닥 붙은 조그만 집들 뒤로 해가 지고 있었다. 저녁이었
다. 그리고 사람들은 일터에서 집으로 돌아가고 있었다.

무파코세는 눈길을 끄는 각종 식품들을 늘어놓은 상인들과, 카드나 병
돌리기에 돈을 거는 노름꾼들로 와글거렸다. 숯불 위에는 땅콩이 구워지
고 있었고, 밝은 색 천에 망고를 잔뜩 쌓아 두고 여자들이 팔고 있었다.
거리의 악사들은 북을 치고 춤꾼들은 먼지 나는 길가에서 춤을 추며 뛰
어다녔다. 무질서하고 혼란스러운 모습은 아니었지만 음바레 무시카와 비
슷했다. 모두가 힘든 하루 일을 마치고 긴장을 풀며 쉬고 있는 보통 사람

들이었다.

텐다이는 머릿속에 얽힌 거미줄을 치우려고 눈을 깜빡였다. 그런데 다시는 안 만날 줄 알았던 생물이 눈에 띄었다. 파란 원숭이였다. 가죽 끈을 땅에 질질 끌며 성큼성큼 걸어 다니면서, 한 손에 돈다발을 움켜쥐고 열심히 세고 있었다. 텐다이를 흘끗 쳐다보더니 송곳니를 드러냈다. 그리고 계속 돈을 셌다.

오른쪽에는 암코끼리가 리타를 짊어지고 있었고 그 뒤로 트래시맨이 쿠다를 데리고 따라왔다. 쿠다는 구운 땅콩이 가득 든 고깔모양 종이 봉지를 들고 있었다. 그리고 트래시맨의 입에 땅콩을 넣어 주고 있었다. 트래시맨은 땅콩을 씹어 먹었다. 껍데기까지 모두.

"거리에서 춤을 춰도 이 정도는 번다고."

파란 원숭이가 불평했다. 그러자 암코끼리가 말했다.

"내가 돈 받을 때까지 기다려."

"지금 받아야겠어. 안 그러면 화재경보기를 확 당겨 버릴 거야."

암코끼리는 투덜거리며 주머니에서 뭉칫돈을 꺼내 몇 장 더 빼냈다.

"옷이 멋진데? 요즘 바람구멍이 유행인가?"

파란 원숭이가 말했다.

무파코세에서 암코끼리 일행은 분명 이상하게 보일 것이다. 다른 사람들은 모두 정상이었고 법을 준수하는 시민들이었다. 버스를 타고 와서 한가롭게 길을 걸으며 잠시 친구들과 잡담을 주고받았고, 부모를 마중 나온 어린이들이 조그만 집 앞에 서 있었다.

암코끼리가 폭력 조직원처럼 시민들 사이를 잘난 체하며 지나갔다. 사람들은 파란 원숭이를 뚫어져라 쳐다보았다. 파란 원숭이가 쳐다보는 사람들에게 손가락으로 욕을 하자 사람들은 눈살을 찌푸렸다. 별로 이웃삼고 싶지 않은 방문객들이라고 여기는 듯했다.

하지만 이 사람들은 분명 텐다이를 도와줄 이웃들이었다.

"우리는 납치되었어요! 경찰을 불러 주세요!"

텐다이가 외쳤다. 하지만 입에서는 쉭쉭거리는 소리만 나올 뿐이었다. 혀가 말을 듣지 않았다. 텐다이는 시도하고 또 시도했다. 콧물이 주르르 흘러 흙바닥에 떨어졌다. 텐다이는 주먹으로 자신을 짊어지고 있는 남자를 때렸다.

"이제 말 못하는 짐승의 기분이 어떤지 알겠구나. 동물원에 있는 내 동생들의 기분을 말이야."

파란 원숭이가 심술궂게 웃으며 말했다. 암코끼리가 입을 열었다.

"깼군, 응? 택시 운전사에게 쓴 약은 부작용이 좀 있지. 아마 얼마 동안 노래를 못 할 걸?"

텐다이는 자신을 짊어지고 가는 사람의 손아귀에서 벗어날 기회를 노렸다. 하지만 다른 어깨로 바꿔 짊어지는 일조차 없었다. 텐다이는 눈이 부었고 한쪽 귀에 붕대를 감은 사람을 보았다. 파란 원숭이의 주인이었다.

"사람들은 너희를 트래시맨처럼 모자라는 놈이라고 생각해."

파란 원숭이가 말했다.

리타는 암코끼리의 소매를 잡아당기려고 손을 뻗었다.

"저리 치워!"

암코끼리가 소리쳤다. 그리고 마른 생선 바구니를 들고 가는 한 남자에게 설명했다

"소매치기들이라오. 지금 큰 녀석들이 작은 녀석들을 훈련시키고 있지."

암코끼리는 리타의 머리를 툭툭 쳤다.

"이 애가 지금껏 이렇게 오래 입을 다물고 있었던 적은 없을 거야."

리타가 암코끼리에게 발길질을 했다. 암코끼리가 웃었다.

암코끼리는 길거리에서 따끈따끈한 빵과 달콤한 우유 홍차를 샀다. 그리고 먼지투성이 길에 다같이 앉아 음식을 먹었다. 텐다이는 잘 먹을 수도 없었다. 빵이 목구멍에 걸렸고 홍차가 입에서 뚝뚝 떨어졌다. 파란 원숭이는 그 모습을 보고 굉장한 웃음거리라도 되는 듯 놀렸다.

이제 해가 저물어 하늘에는 다른 색이 다 사라지고 짙은 파란색만 남았다. 숯 연기가 밀려들어 옷과 머리에 내려앉았다. 텐다이는 입의 심삭이 조금씩 돌아오는 것을 느꼈다.

"그 사람들 언제 오라고 했어?"

암코끼리가 불쑥 물었다.

"벌써 와 있어."

파란 원숭이는 털이 북슬북슬한 손가락으로 어둠 속을 가리켰다. 멀리 있는 건물 위에 기다란 리무진 여러 대가 내려앉았다. 리무진은 검정색이었다. 아니면 지는 해를 등지고 있어서 그래 보이는지도 몰랐다. 그 모습을 보자 텐다이는 기억의 저편에서 뭔가가 떠오르려고 했다. 텐다이는 말소리를 내보았다. 입 밖으로 소리가 나왔다.

"늦을 뻔했군. 저 애 목소리가 돌아오고 있어."

임코끼리는 리디를 들어 올리며 트래시맨의 어깨를 두드렸다. 트래시맨은 고분고분하게 쿠다를 들어 올렸다. 암코끼리 일행은 군중들을 뒤로하고 힘차게 발걸음을 뗐다. 곧 낡은 공장들이 늘어서 있는 인적 없는 거리에 이르렀다. 암코끼리는 계속 걸어가다가 어두운 골목길로 들어갔다.

"아악!"

텐다이가 쉰 소리를 냈다.

"이이!"

리타도 소리를 질렀다. 하지만 아무 말도 나오지 않았다. 골목길은 복잡하게 꼬여 있었다. 이윽고 컴컴한 출입구에 도착했다.

"갈 시간이야."

파란 원숭이가 말했다. 암코끼리가 파란 원숭이를 쳐다보았다.

"잠깐만. 날 도와주지 않을 거야?"

"난 저 계단으로 안 올라가."

"하지만 돈을 줬─."

"구매자와 이어 주는 대가로 준 돈이지. 나더러 그들 근처에 가라니, 절대 안 되지. 그들은 파란 원숭이 가죽을 벽에 걸어놓는 게 취미라고."

암코끼리는 욕을 내뱉으며 위협했다. 하지만 파란 원숭이는 자기 주인에게 텐다이를 내려놓으라고 명령했다. 암코끼리는 텐다이가 도망가기 전에 쇠고랑을 채웠다.

"도와주세요! 도와주세요!"

텐다이가 소리쳤다. 마침내 목소리가 돌아왔다. 하지만 사막처럼 적막한 골목길은 텐다이가 외치는 소리를 삼켜 버렸다. 파란 원숭이와 주인이 어둠 속으로 사라졌다. 암코끼리는 문 안으로 텐다이를 끌고 들어간 뒤 발로 문을 닫았다. 이제 텐다이, 리타, 쿠다, 암코끼리, 트래시맨만이 남아서 높게 이어진 어두운 계단을 올려다보고 있었다.

계단은 건물의 안을 따라 소용돌이치며 위로, 위로, 한없이 뻗어 있었다. 드문드문 차가운 초록 불빛이 벽에 붙은 판에서 비쳐 나왔다. 텐다이는 비오는 날 밤에 날아다니는 반딧불이가 떠올랐다. 그 빛은 발을 헛디디지 않게 해 줄 정도이지 기운을 북돋워 줄 정도는 아니었다.

공기는 축축하고 서늘했고 벽에는 갈라진 틈이 죽죽 나 있어서 위험해 보였다. 열세 계단을 올라갈 때마다 층계참이 나왔고, 건물 중앙으로 이어진 철문이 녹슨 채 닫혀 있었다. 멀리서 보니 철문 바깥에는 손잡이노 없었다.

암코끼리는 숨을 고르느라 층계참에 멈추어 서서 투덜거렸다.

"빌어먹을 파란 원숭이."

암코끼리는 리타를 겨드랑이에 낀 채, 텐다이를 손으로 잡아끌었다. 지쳐서 숨을 헐떡였지만 계속되는 리타의 발길질도 그다지 신경 쓰지 않았다. 암코끼리가 쉬는 동안 트래시맨은 더 높이 올라가서 기다렸다.

"엄마 찾으러 가."

텐다이가 속삭였다. 트래시맨이 철문을 올려다보았다.

"또 그랬다간 귀한 네 여동생을 계단 아래로 굴려 버릴 줄 알아."

암코끼리가 매섭게 말했다.

열네댓 번째 층계참에 올랐을 때 모두들 소스라치게 놀라고 말았다. 박쥐 떼 때문이었다. 박쥐들은 갈라진 틈에서 쏟아져 나와 신경질적으로 날갯짓을 하며 허공으로 날아올랐다.

"더 나와! 더 나와!"

371

쿠다가 손뼉을 쳤다.

그 밖에도 계단을 오르는 동안 뭔지 모를 생물들이 후다닥 달아나기도 했다. 불빛 옆의 무너질 듯한 구멍에서 쥐 한 마리가 노려보았고, 전갈이 발밑에서 몸을 흔들었다. 갈라진 틈에서 거대한 독거미가 송곳니를 드러낸 채 웅크리고 있었다. 암코끼리 일행이 다가가자 독거미가 입을 벌렸다.

"빨리 와."

암코끼리가 텐다이를 잡아당겼다. 마침내 지붕 근처의 어둑한 통로로 들어섰다. 차가운 초록 불빛만이 통로를 비추고 있었다. 위에는 돌로 된 천장이 있었고 앞에는 철문이 또 하나 있었다. 문 꼭대기에 달린 카메라가 움직이는 대상을 따라 회전하면서 삐걱삐걱 소리를 냈다.

"저 남자는 누군가?"

카메라에서 굵은 목소리가 나왔다. 암코끼리가 대답했다.

"바보니까 걱정할 거 없어. 아침으로 뭘 먹었는지도 기억 못 해."

카메라가 트래시맨을 비추었다. 트래시맨이 웃으며 카메라를 어루만졌다. 암코끼리가 리타를 내려놓았다. 카메라가 한 명 한 명 살펴보다가 텐다이를 보더니 멈추었다.

"아버지를 닮았군."

"뭐라고…… 그래. 우습군. 난 지금까지 몰랐어."

암코끼리가 놀라서 말했다.

자물쇠 풀리는 소리가 났다. 자물쇠가 아주 많은 것 같았다. 안에 있는 사람이 누구든 남들과 어울리는 것을 좋아하지 않는 게 분명했다. 솔직히 텐다이는 그 사람이 누구인지 이미 알고 있었다. 텐다이가 트래시맨의 어깨를 두드리며 속삭였다.

"쿠다는 엄마가 보고 싶대."

"닥쳐!"

암코끼리가 휙 돌아서며 소리쳤다. 트래시맨이 계단 쪽으로 돌아서자 텐다이가 리타 앞으로 갔다.

"쿠다는 엄마가 보고 싶대!"

텐다이가 소리쳤다. 텐다이를 공격하리라는 예상을 뒤엎고 암코끼리는 트래시맨에게 돌진해 쿠다를 어깨에서 내렸다. 트래시맨은 화가 나서 중얼거리며 손을 내밀었다.

"엄마! 엄마!"

쿠다가 소리쳤다. 암코끼리가 뒤로 물러났다. 트래시맨이 쿠다의 다리를 잡았다. 텐다이는 두 사람이 줄다리기를 할까 봐 겁이 났다. 하지만 쿠다가 몸을 틀어 암코끼리의 얼굴을 주먹으로 쳤다. 암코끼리가 화들짝 놀라며 손을 놓았다. 트래시맨은 어둑한 통로에서 승리의 춤을 추었다.

"아냐! 아냐! 쿠다는 엄마가 보고 싶대!"

텐다이가 소리쳤다. 트래시맨은 뭘 해야 하는지 이미 잊고 있었다.

"얼른 가!"

리타가 소리쳤다. 하지만 철문의 마지막 사슬이 풀리며 문이 스르르 열렸다. 문 열리는 소리에 트래시맨이 고개를 돌렸다. 도망칠 기회는 날아가고 말았다. 트래시맨은 문 안으로 총총 들어갔다. 텐다이가 잡아 보려 했지만 한발 늦고 말았다.

모자 달린 망토를 쓴 형상들이 물결처럼 몰려와 모두를 둘러쌌다.

"이봐! 난 너희 편이야."

암코끼리가 소리쳤다.

"우리 편이야! 우리 편, 우리 편."

형상들이 쉬쉬쉭거리며 모두를 문 안으로 몰아넣었다.

"그건 바깥 부분인가, 안쪽 부분인가, 암코끼리? 하이에나를 타고 있는 건가? 아니면 하이에나의 내장 안에 있는 건가?

"그딴 소리는 집어쳐! 난 여기 거래를 하러 왔어."

"거래라……"

형상들이 한숨을 쉬었다. 그리고 수많은 자물쇠와 사슬 걸쇠들로 문을 걸었다. 방은 온통 깜깜했고 고약한 냄새가 맴돌고 있어서 텐다이의 신경을 미친 듯이 건드렸다. 마치 개의 이빨이나 쥐의 털, 생 뼈다귀, 오래된 부스럼 딱지에서 나는 냄새 같았다. 형상들은 어둠 속에서 끊임없이 움직이며 최면이라도 걸려는 듯이 춤을 추었다. 발 끄는 소리로 보아 방 안은 형상들로 꽉 들어찬 것 같았다. 온 사방에 있었다. 텐다이는 그 형상들을 피할 수도 없었고, 소리를 듣지 않을 수도 없었다.

형상들이 텐다이에게 손을 얹고 난폭하게 흔들었다. 온 벽에서 웅얼거리며 웃는 소리가 들렸다. 그림자가 산맥을 이루며 춤추 듯 움직였다.

"날 보내 줘!"

리타가 멀지 않은 곳에서 비명을 질렀다.

누군가가 성냥불을 켰다.

한 줄로 늘어선 까만 양초들이 아래로 내려왔다. 불꽃은 재빠르게 상하좌우로 획획 움직이며 어지러운 그림자들을 바닥에 비추었다. 하지만 텐다이는 볼 수 있었다. 벽에 마른 박쥐들, 부엉이들, 오그라든 도마뱀들이 걸려 있었다. 회색 약초 꾸러미가 곪은 과일들처럼 천장에 매달려 있었다. 재단 위에는 박제된 하이에나가 웅크리고 있었다.

"마녀 소굴이야!"

리타가 비명을 질렀다.

이제 웃음소리가 더욱 커졌다. 그림자 산맥이 옷에 달린 모자를 갑자기 벗어젖혔다. 부은 얼굴에 가느다랗게 찢어진 눈에 불룩한 이마들이 드러났다. 악어 이빨을 한 입들이 떡 벌어져 있었고 머리에는 원숭이 털과 사자의 갈기가 돋아 있는 것도 있었다. 뺨은 얼룩덜룩한 잿빛이었다. 쭉 찢어진 눈꺼풀 안에 번뜩이는 눈이 앞뒤로 움직이고 있었다. 그 순간 텐다이는 모든 희망을 잃었다. 이제는 결코 도망갈 수 없을 것이다. 아무데서도 그들을 찾지 못할 것이다. 무파코세에 있는 마스크 일낭의 비밀 살해 장소 안으로 몸과 영혼이 들어왔으니까.

제34장

세 탐정은 호스풀 가 25번지에 도착했다. 그 집 정원은 폭격이라도 맞은 듯한 모습을 하고 있었다. 찻주전자는 바닥에 나뒹굴고 땅 신령은 넘어져 짓밟히고 의자들은 산산조각이 나 있었다. 쇠 갈퀴 하나는 자카란다 나무에 꽂혀 있었다.

"에구 세상에. 당신의 찻잔 세트는 정말 최고였는데."

분수대 옆에서 한 할머니가 울먹이며 말했다.

"별소리를 다 하네요. 난 옛날 물건들이라면 아주 넌더리가 나요."

노부인이 말했다. 긴 팔은 노부인을 알아보았다. 마치카 장군이 보내 준 사진에서 본 멜로워의 어머니였다. 노부인은 그 할머니에게 호박색 액체를 조금 따라 주었다.

"여기요. 쭉 들이키세요. 도움이 좀 될 거예요."

"그래야 할까?"

"다들 받은 걸요."

그 할머니는 주위를 흘끗 보았다. 정원에 있는 모든 여자들이 손에 호박색 액체를 들고 있었다.

"당신은 아주 강해, 베릴. 쇠갈퀴로 그 괴물을 공격한 것만 봐도 알지."

"니어바너 총이 있었다면 좋았을 거예요."

노부인은 문득 탐정들이 서 있는 것을 보았다. 탐정들은 끈기 있게 등나무 덩굴 그늘에서 기다리고 있었다. 노부인이 소리쳤다.

"안 사요!"

"뭐 팔러 온 거 아닙니다."

밝은 귀가 말했다.

"기부금도 기대하지 말아요! 우린 저승사자도 울고 갈 만큼 끔찍한 오후를 보냈다우. 얼른 가요! 쉬이! 장애인재단에 기부할 마음은 없으니까."

"죄송합니다. 죄송합니다. 죄송합니다."

로봇이 탐정들 쪽으로 기우뚱기우뚱 다가갔다. 로봇은 오른쪽 머리 귀퉁이가 툭 튀어나왔고 눈을 마구 깜빡였다. 그런데 탐정들 쪽으로 다가가다가 등나무 뿌리에 걸려 벌러덩 나자빠지고 말았다. 바퀴가 윙윙 헛돌았다.

노부인이 눈을 감았다.

"무슨 볼일로 왔는지 얼른 이야기하고 가 부슈."

"마치카 장군의 아이들을 찾고 있습니다. 납치되었거든요."

긴 팔이 노부인의 얼굴을 가만히 들여다보았다.

"그래, 그렇지. 나도 아들에게 들어서 안다우. 불쌍하게 됐지. 당신들이 꼭 찾기를 바라리다. 그럼 이만."

"아, 베릴, 아이들이라고 했어?"

분수대 옆에 있는 할머니가 말했다.

"이런, 좀 누우셔야 하겠군요. 충격을 많이 받았나 봐요."

"하지만, 베릴, 난 봤……."

"그만 좀 해요. 백포도주가 곧장 뇌로 가나 봐요."

노부인은 그 할머니를 집 쪽으로 데려갔다.

"이러다 심장마비라도 일으키면 어떡해요. 그러면 절대로 내 자신을 용서 못 할 거예요."

두 사람은 집 안으로 사라졌다.

"거짓말을 하고 있어."

긴 팔이 말했다. 멀리 보는 눈도 고개를 끄덕였다.

"나조차도 알겠는 걸. 멜로워의 어머니가 사건을 덮느라 정신없는 동안 한번 쭉 둘러보자."

멀리 보는 눈은 동물애호가협회 손님들에게 공손히 고개를 숙였다. 손님들은 모른 척했다. 하지만 몇몇은 곁눈질로 탐정들을 쳐다보았다.

"부우!"

멀리 보는 눈이 정원을 맴돌며 소리쳤다. 손님들이 비명을 지르며 백포도주 잔을 떨어뜨렸다.

"부끄럽게 왜 이래."

밝은 귀가 핀잔을 주었다.

"저는 아기 데려가는 요괴를 만든답니다."

긴 팔이 깍듯이 인사를 했다. 손님들이 등을 돌렸다.

탐정들은 계속 돌아다녔다. 도베르만 두 마리가 구스베리나무 덤불에서 겁먹은 채 쳐다보고 있다가 긴 팔을 보자 꼬리를 감추며 나뭇잎 속으로 숨어 버렸다.

"봤지?"

긴 팔이 으스댔다.

"할로윈 파티 때 널 빌려 줘야겠다. 어라, 이게 뭐지?"

밝은 귀가 검은색 천 조각을 집어 들었다. 옷에서 찢어진 주머니였다. 안에는 성냥이 들어 있었다.

"별빛 공간. 음. 누군지 호화롭게 살고 있군. 앗, 저걸 봐!"

긴 팔은 땅 신령의 발치에서 작은 자루를 주워 들었다.

"지하철에서 주운 것과 똑같은데? 아이들이 여기 있는 게 틀림없어!"

"훌륭해! 이제 찾으러 가 볼까?"

밝은 귀는 꼭 끼는 승마바지를 입은 여자에게 귀를 흔들었다. 그 여자가 몸을 움츠렸다.

"장군에게 처리하라고 하자. 우리의 일은 장군이 수색영장을 받을 수 있도록 증거를 찾는 거야."

그때 노부인이 집에서 나왔다.

"유감스럽지만 지금은 이야기하기가 곤란해요. 정말이지 끔찍한 강도가 왔었다우."

다른 여자가 맞장구를 쳤다.

"맞아요. 검은 옷을 입은 어마어마하게 큰 여자였죠. 하마터면 심장병 걸릴 뻔했어요."

"난 두통이 왔어. 베릴, 그 약 좀 더 먹을 수 있을까?"

꼭 끼는 승마바지를 입은 여자가 말했다.

노부인은 탐정들을 문으로 몰아댔다.

"부디 길 잃은 가엾은 양들을 꼭 찾으시게. 이 무슨 비극인지."

노부인은 탐정들이 거리로 가는 걸 바라보았다. 그리고 문을 닫으려고 손을 들었다. 하지만 문은 떨어져 나가고 없었다. 노부인은 휙 돌아서 집으로 부리나케 들어갔다.

"어째 그 강도 이야기는 예감이 나빠."

긴 팔이 말했다. 멀리 보는 눈은 그 구역을 포위하고 있는 폭동 진압 경찰관들과 특수기동대가 있는 곳으로 갔다. 그리고 레스트헤이븐에서 만들어진 작은 자루를 마치카 장군에게 주었다. 장군은 노부인의 집 앞에서 천둥 번개를 머금은 먹구름처럼 수심에 잠겼다.

거의 잡을 뻔했는데! 긴 팔은 머리카락이 뽑힐 정도로 세게 머리를 쥐어뜯었다. 암코끼리는 경찰이 도착하기 몇 분 전에 떠난 게 분명했다. 동물애호가협회 손님들은 머뭇거리지 않고 알고 있는 일들을 다 털어놓았다. 노부인은 와아와아 감옥에 수감되었다. 멜로워는 벽장에 들어가 문을 잠갔다. 세카이의 울음조차 멜로워를 불러내지는 못했다.

"놀랄 일도 아닙니다. 멜로워는 아버지가 될 만한 인품이 아니에요. 너무 우유부단하죠."

긴 팔은 탐정 사무소 소파에 기대앉은 마치카 부인에게 말했다.

"이봐, 긴 팔."

멀리 보는 눈이 주의를 주었다. 마치카 부인은 걱정이 가득한 눈으로 긴 팔을 쳐다보았다.

"아이들을 찾았다고 확신했어요. 그런데 다시 첫날과 같아졌어요."

"아뇨, 그렇지 않습니다. 우리가 기대한 이상으로 아이들이 강하다는 게 증명됐어요. 죽은 자의 땅에서 도망쳤고, 레스트헤이븐에 들어갔다가 나왔어요. 지하철에서 마스크도 피해 갔죠. 멜로워의 어머니 말로는 아이들이 수두도 이겨 냈다고 했어요. 그리고 사실상 그 집에서 도망친 거나 마찬가지죠."

긴 팔이 단호하게 말했다. 마치카 부인이 소리를 꽥 실렀다.

"악마 같은 여자예요! 키디쿱 봤어요?"

"그걸 봐도 알 수 있습니다. 요점은 가는 곳마다 아이들이 용기와 지혜로 잘 헤쳐 나갔다는 점이에요. 앞으로도 계속 그러리라 확신합니다."

긴 팔이 매고 있는 아기 끈에서 세카이가 꿈틀거렸다. 세카이는 마음 가득 소속감을 느끼고 있었다. '네가 멜로워를 정말 좋아한 건 아니었어, 그렇지?' 하고 긴 팔이 생각했다.

'나빠. 나쁜 멜로워.'

세카이도 긴 팔의 의견에 잘 따라 주었다.

밝은 귀는 마치카 부인에게 대접할 차를 저었다. 사실 자신들이 늘 마시는 차를 대접하고 싶지는 않았다. 그런데 고맙게도 목마름 씨가 블랙드래곤 차를 한 봉지 보내 주었다. 멀리 보는 눈은 할머니한테 물려받은 금테가 둘러진 컵을 꺼내 주었다. 긴 팔은 바퀴벌레 가족이 행복한 나들이를 나중으로 미루어 주길 바랐다.

"음. 좋은데요."

마치카 부인이 차를 마시면서 말했다.

"암코끼리가 별빛 공간에서 뭘 하고 있었을까요?"

멀리 보는 눈이 눈치도 없이 말했다.

"쉿!"

긴 팔이 눈치를 주었다. 마치카 부인이 컵을 내려놓았다.

"괜찮아요. 난 멜로워처럼 사치스럽게 감정을 표현하지는 않아요. 마일하이 맥일웨인 엘리베이터는 누구든 올라가고 내려올 수 있어요. 암코끼리가 남에게 폐를 끼치지만 않는다면 올라갈 수 있겠죠. 아마 기념으로 몰래 성냥을 가져왔겠죠."

"아니면 거기 다녀온 다른 사람에게 얻었을 수도 있고요."

긴 팔이 말했다. 마치카 부인이 동의했다.

"그렇군요. 암코끼리가 품행이 방정한 사람을 알 거란 생각은 못했네요."

"'품행이 방정한' 거래처는 있죠."

긴 팔은 그 말을 하자마자 미안한 마음이 들었다. 마치카 부인은 표정이 굳어져서 눈물을 글썽거렸다.

"나, 난 아이들이 잘 지내고 있기만 하다면 다른 건 상관없어요. 아이들이 안전하고 행복하게 지내는 것, 중요한 건 그거 하나뿐이에요."

"그다지 기분 좋은 이야기는 아니지만 암코끼리는 아이를 팔아넘기는 일도 합니다. 그 애들을 사려는 사람들이 아주 많을 거예요."

긴 팔은 마스크에 대해 들었던 이야기는 꺼내지 않았다.

마치카 부인은 기분이 조금 나아져서 컵 옆에 놓인 먹음직스러운 쿠키에도 손을 뻗었다. 긴 팔이 이야기를 이었다.

"마일하이 맥일웨인을 확인해 봐야겠어요. 어디부터 시작해야 할지가 문제이긴 하지만요."

긴 팔은 별빛 공간으로 가던 날을 떠올렸다.

세카이가 자지러지게 울기 시작했다. 긴 팔이 세카이와 자신의 마음이 얼마나 가깝게 이어져 있는지 잠시 깜빡한 것이다. 세카이는 분명 엘리베이터가 로켓처럼 올라갈 때 땅바닥이 발 아래로 떨어져 내리는 장면을 보았을 것이다. 긴 팔은 딴생각을 떠올리려고 애썼다. 하지만 세카이가 느낀 공포가 너무도 컸다. 세카이의 공포심이 덫처럼 팔을 옭아맸다.

"세카이를 좀."

긴 팔은 숨이 막혔다. 마치카 부인이 세카이를 안아 올려 방의 반대편으로 데려갔다. 밝은 귀가 긴 팔의 얼굴에 얼음물을 끼얹었다.

"아아아."

긴 팔은 돌진하는 엘리베이터 생각을 떨쳐 버리며 숨을 내쉬었다. 세카이는 마치카 부인의 팔에서 안정을 찾았다. 멀리 보는 눈이 물었다.

"무슨 일이야?"

"온통 거울로 된 방에 있는 기분이었어. 뭔가 무서운 것을 생각하자 세카이가 그 무서움을 내게 반사했어. 그래서 나는 더 무서워졌고, 그게 세카이를 더더욱 혼란스럽게 했고…… 그게 어디까지 갈지는 알고 싶지도 않아."

잠시 동안 모두가 조용히 있었다. 마치카 부인이 망설이다가 말했다.

"아기를 잠시 내가 맡을까요? 난 괜찮아요."

"훌륭한 생각입니다. 아, 텐다이를 비롯한 아이들을 찾아낼 때까지만 돌봐주시면 되겠죠."

밝은 귀가 말했다. 긴 팔은 창문으로 가서 밖을 내다보았다. 저녁이 다가오고 있었고 거지들이 카우즈 구츠로 돌아오고 있었다. 거지들은 장작불을 피웠고, 작은 수레에 올라타 손으로 바닥을 밀며 돌아다니는 다리 없는 남자는 커다란 국솥에 채소를 넣고 있었다. 앞을 못 보는 아이 둘이 감자를 깎으며 모여든 사람들에게 신나게 노래를 불러 주고 있었다. 공평하지 않았다! 거지들조차 아이들이 있었다. 목마름 씨도 집에 가면 귀여운 딸이 셋이나 있었다. 아버지가 무슨 일을 해서 먹고사는지 딸들은 모르겠지만 말이다.

멀리 보는 눈과 밝은 귀는 평범하지 않은 모습과 능력을 받아들여 줄 여자를 찾는다면 아마 결혼을 하게 될 것이다. 오직 긴 팔만이 사랑에 빠질 수 없었다. 세카이를 보면 알 수 있었다. 만약 긴 팔과 상대방이 섬뜩한 생각을 품는다면(누구나 가끔씩은 그러지 않는가?) 두 사람은 그 생각을 죽거나 미칠 때까지 주고받을 것이다.

"부인이 맡아 주셔서 기쁩니다. 그 비열한 멜로워는 세카이 근처에 못 오게 해 주세요."

긴 팔이 간신히 말했다. 밝은 눈이 눈치를 주었다.

"자, 자."

"그럴 일 없을 거예요. 멜로워는 어머니가 와아와아 감옥에 수감되자 자신도 틀어박혀서 나오질 않아요."

마치카 부인이 세카이를 담요로 싼 뒤 차 잘 마셨다고 모두에게 인사했다. 그리고 리무진에 오르면서 말했다.

"내일은 텐다이의 생일이에요. 어디서 생일 축하라도 받을 수 있을지 모르겠어요."

제35장

긴 팔은 담요를 머리끝까지 끌어올린 채 소파에 웅크리고 있었다. 멀리 보는 눈과 밝은 귀가 발끝으로 살금살금 걸어 문을 나서는 소리가 들렸다. 아마 그릇을 잔뜩 쌓아 둔 카우즈 구츠 무료 급식소에 수프를 먹으러 가는 것이리라.

'나 혼자만 남겨두고 가다니. 아마 급식소 여자 직원과 농담을 주고받겠지. 내 이야기도 할 테고. 젠장, 먹고 확 체해 버려라.'

긴 팔은 쓸쓸하게 생각하며 투덜투덜 욕을 했다. 그리고 그 순간 쿠다의 낡은 아기 침내에서 잠에 빠져든 세키이처럼 긴 팔도 곯아떨어졌다

긴 팔은 숲길을 따라 걷고 있었다. 종종 고향인 황게 근처의 시골길이 꿈에 나오고는 했지만 여기는 다른 곳이었다. 지금껏 보아 온 숲들보다 훨씬 넓었다. 그리고 고대의 숲이라는 느낌이 들었다. 나무들이 긴 팔의

385

키보다 높이 솟아 있었다. 나무에는 접시만 한 버섯들과 연보라색 기생식물들이 빽빽이 돋아 있었다. 머리 위로는 온통 휙휙 날아다니는 밤원숭이들 투성이였다. 하지만 긴 팔이 원숭이를 보려고 고개를 들면 어디론가 숨고 없었다. 이 숲은 지금껏 한 번도 나무를 베지 않은 것 같았다.

그러므로 이곳은 성스러운 숲인 셈이었다.

나무의 고요한 기운이 전기발전기 코일처럼 긴 팔을 감쌌다. 주위를 감싼 공기조차 어떤 힘을 지니고 있는 듯했다. 그 숲은 그를 알고 있었다. 하늘에 드리운 나무 그늘에서부터 마른 풀 속 마타벨레 개미가 기어 다니는 소리에 이르기까지, 숲 전체가 경계 태세를 갖추며 흔들렸다.

문득 어머니에게 들은 이야기들이 기억났다. 이런 숲에서 살고 있는 거대한 뱀에 대한 이야기였다. 그 뱀은 결코 눈에 띄지 않았다. 사냥감의 목덜미에 송곳니를 꽂으려고 사리고 있는 몸을 풀고 튀어 오르는 그림자만 보일 뿐이었다.

긴 팔은 주위를 둘러보았다. 밤원숭이는 그늘에서 꼼짝하지 않았다. 펄럭펄럭, 쉬익쉬익, 소리만 들릴 뿐 눈에 보이는 것은 없었다.

"숲을 찬양하면서 숲의 낯선 부분으로 들어가 보렴. 보이지도 않는 것에게 화를 내고 싶지는 않지?"

어머니가 긴 팔에게 말했다.

"나무들이 정말 멋져."

그는 이렇게 말한 뒤 소스라치게 놀라고 말았다. 관목 숲 뒤에서 커다란 형체를 본 것 같았기 때문이다. 하지만 말을 끊지는 않았다.

"풀이 무성하게 자라서, 쿠두(갈색 영양)가 매일 배불리 먹고 불룩한 배를 감싸고 자러 가겠는걸."

사자도 마찬가지겠지, 하고 긴 팔은 생각했다. 그는 성스러운 숲을 계속 찬양했다. 이윽고 자신이 혼자가 아니란 사실을 알게 되었다. 긴 팔은 돌아섰다. 그리고 비명을 질렀다.

한 남자가 숲길에 서 있었다.

키가 아주 컸다. 무릎까지 오는 지그재그 모양 나뭇잎 옷을 입고 있었다. 다리에는 금 발찌를 끼고 목에는 커다란 은도로를 걸고 있었다. 은도로에서 빛이 뿜어져 나오는 것만 같았다. 하지만 긴 팔이 눈을 뗄 수 없었던 것은 무기들이었다. 그 남자는 허리춤에 짧은 칼을 차고 있었다. 어깨에는 구식이긴 해도 제구실을 거뜬히 할 것 같은 도끼를 걸치고 있었고, 그 옆으로 활과 화살통이 보였다. 구리철사로 예쁘게 장식한 방망이와 수리검들이 담긴 주머니도 있었다. 화살촉에 독이 묻어 있는지 안 묻어 있는지는 알 수 없었다. 그리고 창이 있었다. 그가 이제껏 보아 온 창들 중에서 가장 잘 만들어진 창 같았다.

그 남자는 이웃과 친하게 지내지 않는 사람임이 틀림없었다.

그 남자가 느긋한 사냥꾼 걸음으로 가까이 다가왔다. 긴 팔은 최면술에 걸린 듯 꼼짝 못하고 서 있었다. 험상궂은 입모양에 침착한 눈빛을 하고 있었다. 사자의 눈이었다.

'만약 정글 숲에 우리 둘만 있다면 넌 내 손아귀에서 빠져나가지 못할 거야.'

그 남자는 장군의 책에서 본 사람이었다. 쇼니 부족을 세운 황제, 모노마타파였다.

긴 팔은 무릎을 꿇었다. 긴 팔은 모노마타파가 실제로 존재한다는 것을 믿었다. 땅의 신, 음혼도로가 고대 왕의 모습으로 나타난 것이었다.

"위대한 추장이시여."

긴 팔이 속삭였다.

"니아오코레푸(전통적인 찬양 이름으로 '팔이 긴 사람'이라는 뜻─옮긴이). 여기 들어온 자는 위대하다."

음혼도로가 굵은 목소리로 명령하듯 말했다

"왕이시여, 제가 무엇을 하오리까?"

"우리 백성들이 위험하다. 외계 혼령들이 쳐들어왔다. 본성을 숨긴 채 들어왔지만 목적은 우리 부족을 먹어 치우는 것이다."

긴 팔은 입술이 바짝바짝 타들어 갔다. 무슨 말을 해야 할지 몰랐다.

"놈들은 우리 아이들을 잡아다가 신에게 기도를 전달할 메신저로 삼는다('산 제물로 바친다'는 뜻─옮긴이). 네가 그걸 막아야 한다."

"제가요? 어떻게……."

"가장 높은 곳에 가서 내려다보면 놈들이 보일 것이다."

음혼도로는 은도로를 벗어서 긴 팔의 목에 걸어 주었다. 살아 있는 뱀이 긴 팔의 목에서 마구 몸부림을 치는 것 같았다. 참을 수가 없었다! 긴 팔은 목걸이를 잡아 뜯으려고 손을 댔다. 그러자 그 느낌이 사라졌다. 그는 말 한마디 못하고 음혼도로를 쳐다보았다.

"최악의 경우, 함께 멸망해야 한다. 니아오코레푸."

음혼도로가 속삭였다.

그러고 나자 성스러운 숲이 산산조각 났다. 나뭇잎들이 소용돌이치고 나무가 부러지고 밤원숭이들이 울부짖으며 달아났다. 숲은 굉음을 내며 부서져 내렸고 긴 팔은 어둠 속으로 떨어졌다. 한없이 계속 떨어져 내렸다. 그때 밝은 귀가 긴 팔을 흔들어 깨웠다.

긴 팔은 은도로에 손을 대 보았다. 하지만 은도로는 없었다.

"악몽을 꿨나 봐! 길거리까지 네 목소리가 들렸어."

멀리 보는 눈이 말했다.

"빈속으로 자서 그래."

밝은 귀가 싸온 음식들을 풀어놓았다.

"마늘 수프, 참새우 카레, 아보카도 샐러드. 이 음식들을 먹고도 좋은 꿈을 못 꾸면, 내 손에 장을 지진다."

그러나 긴 팔은 먹고 싶지 않았다. 그는 친구들에게 꿈 이야기를 해 주면서 왔다갔다 서성거렸다. 긴 팔은 어딘가 가거나 뭔가를 하고 싶은 열의에 가득 차서 안절부절못했다.

"음혼도로가 내게 나타났어. 나에게! 아무것도 아닌 카우즈 구츠 출신에게 말이야."

"네게 재능이 있다는 걸 우린 늘 알고 있었어."

멀리 보는 눈이 말했다.

"많은 사람들이 가족 혼령과 만나긴 하지만 음혼도로와 이야기할 수 있는 사람은 한 시대에 두세 명밖에 없어. 음혼도로는 본성을 숨긴 외계 혼령이 이 나라에 쳐들어오고 있다고 말했어."

"어째 마스크를 쓰고 있다는 소리로 들리네."

밝은 귀가 마늘 수프를 그릇에 뜬 뒤 멀리 보는 눈에게 국자를 건네주며 말했다. 긴 팔이 걸음을 멈추고 밝은 귀를 바라보았다.

"밝은 귀, 넌 천재야. 음혼도로는 분명 마스크에 대해 이야기하고 있던 거야."

"나도 재능이 있지, 알잖아."

밝은 귀가 손가락에 묻은 카레 소스를 핥아먹었다. 긴 팔은 사무실 안을 쉴 새 없이 돌아다녔다.

"마스크는 첫 번째 폭력 조직이자 가장 파괴적인 조직이었어. 그리고 활동하지 않는 동안에는 모범을 보이며 지냈지. 마치카 장군이 작전을 그치자 마스크가 되살아났어. 마스크는 다른 폭력 조직과는 달리 돈에는 그다지 관심 없어. 마스크가 먹고사는 것은 공포야."

긴 팔은 직감을 정리하려고 갖은 애를 썼다.

"마스크는 침략하는 군대나 마찬가지야."

긴 팔은 창문으로 가서 거지들을 보았다. 거지들은 밥을 다 먹고 불가에 앉아서 소매치기가 해 주는 이야기를 듣고 있었다. 사무실에서 보아도, 그 사람들이 얼마나 만족스러워하는지, 얼마나 가슴 가득 꿈을 품고 있는지 보였다. 길 건너에는 목마름 씨가 하얀 바텐더 앞치마를 걸치고 가게 문 앞에 서 있었다. 저녁 산들바람을 즐기고 있는 것 같았다.

긴 팔은 천만 명의 사람들을 한 도시에 밀어 넣으면 문제를 일으키는 말썽꾼이 꼭 몇 명은 생긴다는 사실이 이해가 되었다. 어떤 사람은 암코끼리처럼 난폭하고, 어떤 사람은 노부인처럼 정직하지 못하고, 어떤 사람은 멜로워처럼 약했다. 그리고 수많은 사람들이 목마름 씨처럼 소박한 욕심을 가졌다.

물론 좋은 사람들도 있었다. 좋은 사람들과 나쁜 사람들은 거대한 국솥에서 끓고 있는 채소 같았다. 나쁜 채소를 발견하면 마치카 장군이 국자로 떠냈다. 하지만 모두 다 떠낼 수는 없는 일이었다.

나쁜 채소를 모조리 발견할 수 있는 지혜는 므와리만 가진 능력이었다. 유리병이 하나 날아들어 목마름 맥주 집 창문을 깨뜨리자 목마름 씨의 고개가 돌아갔다. 목마름 씨는 펄펄 끓는 주전자처럼 화를 내며 한 남자에게 손짓을 했다. 그 남자가 병을 던진 사람을 주차장으로 끌고 가서 왜 그런 짓을 했는지 캐물었다.

목마름 씨가 문제를 처리하는 방법은 그래도 정상적이라고 여겨졌다. 하지만 마스크는 그렇지 않았다. 그게 열쇠였다. 마스크는 꼭대기에서 밑바닥까지 온 나라에 독을 퍼뜨리며 정신을 오염시키는 조직이었다. 마스크는 땅의 신 음혼도로를 죽이려 하고 있었다. 그리되면 짐바브웨의 넋은 죽을 것이다.

"가장 높은 곳에 가라는 말을 들었어."

긴 팔은 암코끼리의 주머니에서 나온 성냥을 뒤집었다.

"내 짐작이 옳다면 그곳은 마일하이 맥일웨인이야."

멀리 보는 눈은 이번에도 엘리베이터를 타고 올라가면서 기절했다. 긴 팔은 친구의 공포를 전해 받고 메스꺼움에 시달렸다. 긴 팔과 밝은 귀가 멀리 보는 눈을 부축해서 별빛 공간 레스토랑 앞에 있는 소파로 데려갔다. 멀리 복도 끝에, 징을 박아 장식한 커다란 문과 험상궂은 표정으로 무기를 들고 있는 경비원 다섯 명이 보였다.

"저건 니어바너 총이 아닌데?"

밝은 귀가 속삭였다. 긴 팔이 그 사람들을 조심스레 살펴보았다.

"저건 소울스틸러(영혼도둑)라고 부르는 총이야. 책에서 본 적이 있어. 저 총에 맞으면 벼락을 맞는 기분이라더군. 저것도 불법 무기야!"

멀리 보는 눈이 일어나자 밝은 귀와 긴 팔은 멀리 보는 눈을 부축해서 별빛 공간으로 들어갔다.

"이 가격표 좀 봐!"

멀리 보는 눈이 소리쳤다. 다시 기절할 것 같았다. 하지만 동글동글하게 생긴 작은 남자가 다가와 차 한 잔은 공짜로 대접하겠다고 했다. 별빛 공간의 총책임을 맡고 있는 지배인이었다.

"마치카 장군님의 친구는 저희의 친구이기도 합니다."

"복도 끝에 있는 저 원숭이 같은 사람들은 누구죠?"

긴 팔이 물었다. 지배인이 눈살을 찌푸렸다.

"저 사람들이요! 곤드와나 사람들입니다. 므와리시여, 저런 이웃들로부터 우리를 보호하여 주소서! 저 사람들이 이사 온 뒤로 손님이 반으로 줄었어요. 얼마나 거칠고 무례한 사람들인지……."

"인색하기도 하죠. 팁을 남기는 적이 없어요."

지나가던 웨이터가 덧붙였다. 지배인은 화가 나서 부르르 떨었다.

"저 사람들에게 외교적인 특전만 없어도 당장 도둑으로 체포하라고 하겠어요. 은그릇과 컵들을 훔쳐 가고, 심지어 내 지갑까지 훔쳐 갔어요. 한 녀석이 자기 주머니에 내 지갑을 넣는 걸 봤다고요. 하지만 제가 뭘 어쩌겠어요? 저 사람들이 대사관에 들어가기만 하면 거긴 곤드와나 영토라서 경찰도 힘을 못 써요. 손님으로 와서 저렇게 행동해도 되나요? 내 집이라면 들어오지도 못하게 하겠어요."

"흥미롭군요."

긴 팔이 말했다. 그리고 조심스럽게 곤드와나 대사관이 있는 곳을 살펴보았다. 별빛 공간을 유명하게 만들어 준, 이음새 없이 쫙 펼쳐진 창을 통해 대사관이 정면으로 보였다.

가끔씩 흘러가는 구름 몇 점이 있을 뿐 하늘은 맑았다. 맑은 날씨 덕분에 하라레 시의 구석구석까지 잘 보였다. 도시 불빛이 농장 가는 길로 이어졌다. 높은 건물들 사이의 하늘 도로를 따라 자동차들이 홍수를 이루었다. 저녁을 먹으러 온 사람들이 엘리베이터에서 내려 가까운 탁자에 자리 잡았다. 남자들은 비싼 다시키를 입고 있었고 여자들은 기다란 에티오피아 전통 의상을 입고 있었다.

긴 팔은 그 사람들에게서 흘러나오는 나른하면서도 쾌활한 감정의 물결을 느꼈다. 손님들의 옷차림으로 보아 매상이 꽤 오를 거라는 욕심이 웨이터들에게서 쏟아지는 것도 느꼈다. 그리고 뭔가가 더 있었다. 그것은 특정한 감정이 아니라 오히려 공허한 느낌이었다. 그에게 이 세상은 사람들의 욕망이 펄펄 끓는 바다였고, 그는 지금까지 그런 감정으로부터 담을 쌓으려고 노력해 왔다. 그런데 이 느낌은 바다에 생긴 구멍 같았다.

어떤 꿍꿍이를 느끼며 긴 팔은 그 느낌에 집중했다. 그 느낌이 그를 끌어당겼다.

'이 안으로 들어와. 여기는 평화로워. 우물쭈물하지 마. 이제 결정해 버려.'

그는 그 입구로 마음이 둥실둥실 떠가는 기분이 들었다. 편히 쉰다면 얼마나 멋질까.

'아니야! 그건 구멍이지 입구가 아니야.'

그의 마음속에서 어떤 목소리가 말했다. 긴 팔은 벌떡 일어섰다. 물 주전자가 넘어지며 카펫에 물이 쏟아졌다. 옆 탁자에 앉은 여자들이 비명을 질렀다. 웨이터가 잽싸게 달려와서 여자들 옷에 묻은 물을 닦아 주었다.

"왜 그래?"

밝은 귀가 물었다. 창문에서 멀리 떨어져 앉아 있던 멀리 보는 눈도 자리에서 일어났다.

"모르겠어. 전에는 이런 감정의 물결을 느낀 적이 없는데 저쪽에서 밀려들고 있어."

긴 팔은 곤드와나 대사관을 가리켰다. 옆 탁자에 앉은 사람들에게 사과를 한 뒤 그는 창밖을 바라보았다. 여기가 바로 도시에서 가장 높은 지점이었다. 그는 그저 기다리기만 할 뿐 어쩔 도리가 없었다.

'니아오코레푸, 네가 계속 바보처럼 행동한다면, 나는 다른 사람을 찾아가야겠구나.'

마음속 목소리가 말했다.

음혼도로? 긴 팔은 혼비백산하여 넋이 나갈 뻔했다.

'당연하지. 그렇지 않으면 내가 왜 은도로를 주었겠느냐? 세대가 지날수록 사람들의 지능이 자꾸만 낮아진다는 생각을 떨칠 수가 없구나.'

"죄송합니다."

'마일하이 맥일웨인에는 지붕이 있다. 올라가서 보아라.'

"그러지요."

긴 팔은 기쁘지 않은 표정으로 중얼거렸다.

"무슨 소리야? 그러지요, 라니?"

밝은 귀가 물었다. 하지만 긴 팔은 이미 자리에서 일어나 지배인에게 다가가고 있었다.

"호텔을 지을 때 지붕에 전망대를 만들었죠. 인기를 끌 거라 기대들을 했지만……."

지배인이 설명을 하면서 상자들이 잔뜩 쌓여 있는 어두운 계단을 가리켰다.

"무서운가 봐요?"

밝은 귀가 물었다. 지배인이 잘 모르겠다는 듯 어깨를 으쓱했다.

"저는 딱 한 번 가 봤습니다."

"나는 멀미 날 거야."

멀리 보는 눈이 앓는 소리를 냈다.

긴 팔은 마치카 장군에게 전화를 걸어서 음혼도로 이야기와 곤드와나 대사관에 떠도는 이상한 낌새를 보고했다.

마치카 장군은 대답하기 전에 한참 동안 뜸을 들였다. 긴 팔은 전화가 끊어진 줄 알았다. 마침내 장군이 입을 열었다.

"실망시키고 싶지는 않네만, 지금 음혼도로와 소통할 수 있는 사람은 두 명뿐일세. 두 사람 모두 몇 년간 공부를 한 뒤에야 소통에 성공했지."

"정말입니다. 음혼도로가 저한테 이야기를 했다고요."

"자네는 지금, 우주의 물결에 구멍이 있는 걸 느꼈다는 이유로 나더러 외국정부의 대사관에 쳐들어가라고 부탁하고 있네. 무슨 단서가 그런가?"

"지금 단서를 찾으러 갑니다. 제 부탁은 대사관 밖에서 저희를 기다려 달라는 것뿐입니다."

"스트레스가 많이 쌓이면 이상한 게 보이는 법이지."

"꾸며낸 이야기가 아니라고요!"

긴 팔이 너무 크게 소리를 질러서 밝은 귀와 멀리 보는 눈 그리고 지배인까지 깜짝 놀라며 움찔했다.

"진정하게. 자네가 가족 혼령을 보았다면 나도 기꺼이 믿을 걸세. 하지만 음혼도로는 평범한 문제에는 관여하지 않네. 우리에게야 그 일이 무척 중요하지만 말일세. 음혼도로는 국가 차원의 긴급사태—"

"이게 바로 국가 차원의 긴급사태예요!"

긴 팔이 소리쳤다. 지배인이 깜짝 놀라며 얼굴의 핏기가 싹 가셨다. 지배인은 홀로폰 코드로 손을 뻗었다. 하지만 밝은 귀와 멀리 보는 눈이 지배인의 손을 잡았다.

"단순히 장군님의 아이들이 사라진 것이 아니란 말입니다. 그것을 넘어서는 일이에요. 아이들을 납치한 것은 외계 혼령들이 우리를 정복하겠다는 의지를 보여 주는 것입니다. 마스크도 관계가 있고, 어쩌면 곤드와나도 연관되어 있는 것 같습니다."

"정신 차리게. 곤드와나를 문제 삼을 증거는 없어."

장군이 차갑게 말했다.

"대사관에서 뭔가를 느꼈습니다. 음혼도로가 제게 여기 오라고 한 이유가 바로 그 때문이라고요, 명성 높고 나태한 장군님!"

"잠깐만요."

마치카 부인이 갑자기 끼어들었다. 부인이 홀로폰의 확대 버튼을 누르자 화면의 아래쪽에 있는 작은 사각형에 얼굴이 나타났다.

"모두 심호흡을 하세요. 긴 팔의 이야기를 듣고 떠오르는 이야기가 있어요. 아주 똑같은 경우예요."

마치카 장군과 긴 팔이 서로를 노려보았다. 한 쌍의 사자가 같은 영양을 노리고 서 있는 것 같았다. 하지만 두 사람은 입을 꾹 다물고 있었다. 마치카 부인이 말을 이었다.

"예전에, 오래전에, 짐바브웨는 모잠비크 혼령들에게 공격을 받았어요. 역사책에서 읽은 적이 있어요. 수많은 은다우 부족 사람들이 쇼나 부족

마을 옆으로 이주해 왔어요. 쇼나 사람들은 끔찍한 악몽을 꾸기 시작했죠. 그리고 서로 싸우고 어른 아이 할 것 없이 학대했어요. 쇼나 부족의 문화는 무너져 내렸어요. 은다우의 혼령들이 쇼나의 혼령과 전쟁을 일으키려 한다는 걸 누군가 알아낼 때까지 그랬어요. 마침내 이 사실을 알게 되자 은다우 사람들은 모잠비크로 쫓겨났어요."

"어처구니가 없군. 당신 말은 나더러 선전포고도 없이 전쟁이라도 일으키라는 말이오? 긴 팔이 영혼 세계로부터 긴급 직통 전화를 받았다는 이유로?"

마치카 장군이 물었다. 마치카 부인이 대답했다.

"네."

"두 사람 모두 아스피린을 먹고 한숨 자야겠구려. 남들한테 옮기기 전에 말이오!"

마치카 부인이 대꾸를 하려고 입을 여는 순간 화면이 픽 사라졌다.

"마이웨에! 너 마치카 장군에게 나태한 장군이라고 한 거 맞아?"

멀리 보는 눈이 말했다. 지배인은 몸을 앞뒤로 흔들며 안절부절못했다.

"난 망했다! 장군님은 여기 다시는 오지 않을 거야. 난 쫓겨날 거고 우리 애들은 거리에서 구걸을 하게 될 거야."

"조용히 좀 해요! 긴 끈 좀 구해 줘요."

긴 팔이 으르렁거렸다. 지배인이 벌벌 떨며 창고에서 끈을 꺼내 왔다. 밝은 귀와 멀리 보는 눈은 긴 팔이 끈을 묶어 길게 잇는 모습을 지친 표정으로 바라보았다.

"멀리 보는 눈은 여기 있어. 가 봤자 기절만 할 거야. 밝은 귀는 같이 가자."

"너, 넌 내가 알던 긴 팔이 아니야."

밝은 귀가 말을 더듬었다.

"물론 아니지. 내 안에 음혼도로가 있으니까."

긴 팔이 자신의 가슴을 두드렸다. 그리고 마일하이 맥일웨인의 지붕으로 가는 계단에 발을 디뎠다. 밝은 귀는 어쩔 수 없이 그 뒤를 따라갔다.

제36장

흔들리는 촛불에 비친 마스크 일당의 모습은 악몽에 나오는 괴물 같았다. 마스크 일당은 겁에 질린 아이들 주위로 모여들었고, 아이들은 암코끼리를 꽉 잡으며 위안을 삼아 보려 했다. 쿠다는 울부짖으며 트래시맨의 곡물자루 셔츠 속에 얼굴을 파묻었다.

"그만하면 됐어. 이것 봐, 난 지하철의 햇병아리들이 아니야. 사업 이야기를 하러 왔다고."

암코끼리가 말했다. 엄니가 입 밖에 툭 튀어나온 커다란 혹멧돼지 마스크가 비웃었다.

"사-업. 죽은 자의 땅에서 하던 네 사업이 어떻게 되었는지 우린 알지. 경찰이 쳐들어가서 네 코딱지만 한 쉬빈을 닫아 버리고 노예들을 다 잡아갔더군. 네게 이제 사업 따윈 없어, 암코끼리."

"작은 녀석은 5만 달러를 주기로 약속했잖아. 다른 녀석들은 덤으로 주지."

"얻으려는 게 내 손 안에 있는데 내가 왜 돈을 줘야 하지? 하지만 돈은 주겠어. 우린 아기 염소 하나를 부탁했었는데 셋이나 데려와 주어서 무척 기쁘거든."

"염소? 무슨 소릴 하는 거야?"

"경비를 서던 큰머리 마스크가 경찰 총에 맞았지. 빌어먹을 녀석들! 우리는 후계자가 필요해. 하지만 그걸 위해 제물로 바칠 염소가 필요하지."

흑멧돼지 마스크가 대답했다.

"무슨 소리야."

춤추는 촛불 아래에서 암코끼리의 피부가 잿빛으로 바뀌었다.

"큰머리 마스크를 강하게 만들어 줄 음식이 필요해. 아이들을 메신저로 보내 신들과 소통할 거야. 아이들은 쇼나 영혼 세계의 심장으로 우리 신들을 이끌어 올 거야."

"안 돼! 그러라고 애들을 데려온 게 아니야!"

암코끼리가 고함을 쳤다.

"조심해! 조심해!"

마스크 일당이 한꺼번에 현기증이 날 것 같은 춤을 추며 으르렁거렸다.

"너도 안전하지 않아. 아, 아니지! 넌 발견될 수도 있어. 목이 부러진 채 계단 맨 아래쪽에서 말이야. 아무도 울어 주지 않겠지만!"

"마음에 안 들어!"

암코끼리가 소리쳤다.

"암코끼리가 마음에 안 든다는군. 저걸 어째!"

송곳니와 털이 난 개코원숭이 마스크가 말했다. 뾰족한 주둥이에 얼룩무늬를 한 하이에나 마스크도 비웃었다.

"불쌍한 암코끼리!"

"머리가 뒤로 돌려진 채 계단 맨 밑에 누워 있겠군."

침이 곤두선 산미치광이 마스크가 덧붙였다.

"아이들을 팔지 않겠다는 말은 아니야."

암코끼리는 텐다이와 리타의 손을 떨쳐 버렸다. 텐다이와 리타는 바닥으로 쓰러졌다. 너무 겁이 나서 서 있을 수도 없었다.

쿠다는 트래시맨의 셔츠에서 얼굴을 내밀고 트래시맨을 보았다. 텐다이는 쿠다의 표정이 무서움에서 놀라움으로 바뀌는 것을 보았다. 텐다이도 트래시맨을 보았다. 트래시맨이 입을 헤 벌리고 기뻐하며 마스크를 쳐다보고 있었다. 죽은 자의 땅에서 축구 경기를 볼 때의 모습 같았다. 쿠다는 즉시 자신의 영웅을 따라 했다. 쿠다 생각에 이건 재미있는 구경거리였다! 이 생물들은 어릿광대임에 틀림없었다. 쿠다가 큰 소리로 웃었다.

"그래, 아기 염소야. 재밌나 보구나."

혹멧돼지 마스크가 쉭쉭거리며 쿠다에게 다가갔다. 쿠다는 갑자기 호기심이 생겨 마스크의 입에 튀어나온 엄니를 잡았다. 그리고 얼굴에 쓴 마스크, 즉 가면을 잡아당겼다. 마스크가 땅바닥에 뒹굴었다.

"마스크 속 얼굴을 보지 마라!"

나머지 마스크늘이 굴러 떨어진 마스크를 찾으려고 덤벼들며 수리쳤다. 그리고 재빨리 마스크를 주인에게 돌려주었다. 그 순간 텐다이는 그 사람의 얼굴을 보았다. 텐다이는 뭔가 끔찍한 모습을 기대했었다. 해골쯤 될 거라고 여겼다. 아니면 뱀 무리라도. 그런데 텐다이가 본 모습은 턱수염이 났고 눈 아래가 부풀어 오른 중년의 남자였다.

"당신들, 사람이군요!"

텐다이가 소리쳤다. 그러자 산미치광이 마스크가 대답했다.

"사람이냐고? 맞아. 마스크를 안 쓰면 사람이지만 마스크를 쓰면 영혼 세계의 힘을 얻지. 그리고 힘이 자꾸만 강해지지!"

"이건 시간 낭비야."

혹멧돼지 마스크가 말했다. 마스크들이 텐다이와 리타를 와락 붙잡아서 손을 묶었다. 그리고 쿠다를 트래시맨의 팔에서 떼어냈다. 트래시맨이 쿠다를 돌려받으려고 했다. 하지만 나이프와 피스트가 음바레 무시카에서 썼던 것처럼 클로로포름이 묻은 헝겊으로 입을 가리자 트래시맨은 바닥으로 쓰러졌다. 마스크들이 트래시맨을 구석으로 굴렸다. 그리고 필요한 물건들을 가방에 넣었다. 약초, 말린 동물들, 유독성분 기름들, 갖가지 칼들이었다.

"혹멧돼지 마스크가 누구인지 알겠어. 곤드와나 대사 오밤보 치바리야."

텐다이가 리타에게 속삭였다. 리타가 작은 소리로 물었다.

"확실해?"

"별빛 공간에서 본 적이 있어."

"나도 기억나. 장난으로 웨이터에게 수프를 엎질렀지. 어머!"

"왜 그래?"

리타는 고갯짓으로 말린 동물들 사이에 붙어 있는 벽에 걸린 달력을 가리켰다. 달력 윗부분은 칼로 죽죽 그어 놓은 짐바브웨 옛터의 사진이 있었고, 아랫부분의 날짜는 아주 규칙적으로 가위표들이 그어져 있었다. 텐다이는 오늘이 자신의 생일 전날이란 걸 알았다.

"자정이 되면 오빠는 열네 살이네."

텐다이는 침을 삼켰다. 날짜가 참 많이도 지났다! 텐다이는 작년 생일을 떠올려 보았다. 자신은 버릇없고 무례한 아이였다. 선물로 마을 모형 조립세트와 장난감 무기 창을 받았다. 텐다이는 부끄러워서 얼굴을 붉혔다. 정말 그렇게나 아기였던가? 케이크의 촛불을 껐을 때는 이렇게 소원을 빌기까지 했잖은가?

'모험을 하고 싶어요.'

"일어서."

혹멧돼지 마스크, 즉 치바리 대사가 발했다. 모두 작륙상으로 끌려가 리무진을 탔다. 암코끼리는 다른 차에 떠밀려 들어갔다. 리무진이 밤하늘로 날아올랐다. 리무진의 창문은 안이 보이지 않도록 짙은 색으로 코팅되어 있었고 앞덮개는 펄럭이는 곤드와나 깃발들로 장식되어 있었다. 대사관 자동차라서 교통경찰은 감히 세울 엄두도 못 냈다.

리무진은 칠흑같이 까만 짐바브웨 하늘을 헤치고 사이렌을 울리며 달렸다. 빵빵 울려 퍼지는 사이렌에는 이런 뜻이 담겨 있었다.

"길을 비켜라! 그렇지 않으면 우리가 네 차를 들이받을 것이다."

리무진이 택시 옆을 스치듯 지나치자 택시가 중심을 잃고 뱅그르르 돌았다. 마스크 일당은 소름끼치는 변장을 하고 짙은 색으로 코팅된 창문 안에 숨어서 웅크리고 있었다.

텐다이는 도시를 가로지르는 얼십지 모양의 아름다운 길을 내려다보았다. 1년 전만 해도 텐다이는 그 광경을 보며 감탄하지 않았다. 지금은 도시의 모든 것이 힘없고 나약해 보였고 적에게 심장을 훤히 드러낸 것 같았다. 곤드와나 영혼 세계로 가는 메신저가 된다는 것이 무슨 뜻인지 텐다이는 알고 있었다. 리타와 쿠다는 모를 것이다. 아주 오래전에 아버지와 무술 사부님이 서재에서 주고받은 말을 들은 사람은 자신뿐이었으니까.

메신저가 된다는 것은 죽는다는 뜻이다.

희생자의 혼령이 무시무시한 에너지의 공격을 받아 엄청난 고통을 받으며 죽는다는 뜻이었다. 그렇게 해야만 무딘 곤드와나 신의 관심을 끌 수 있다는 것이다.

텐다이는 소름끼치도록 두려웠다. 텐다이는 자신이 얼마나 큰 실수를 저질렀는지 알았다. 그것도 리타와 쿠다를 함께 데려왔으니 더했다. 나쁜 상황들이 꼬리를 물었다.

'네가 음바레 무시카에서 어떻게 행동했는지 봐. 넌 동생들을 돌보아야 했는데, 그러지 않았어. 즐거운 게 우선이었지.'

텐다이의 마음속 목소리가 말했다.

'그리고 죽은 자의 땅은 어때? 포기한 건 너였고 계속 싸운 건 리타가 아니었나? 레스트헤이븐에서도 넌 집에 가는 길을 찾는 대신 모두가 허락한다는 핑계로 햇볕을 쬐고 있었지. 가장 나빴던 건 네가 노부인에게 했던 행동이야. 너는 노부인이 너희를 배신하고 있다는 사실을 알아낸 순간에 노부인에게 맞서야 했어. 하지만 그러기가 두려웠던 거지. 인정해! 암코끼리가 너희를 발견할 시간을 준 건 다 그 때문이야. 넌 작년에 아기였어. 그리고 아직도 아기야.'

'그만해!'

텐다이는 몰려드는 갖가지 생각에 대고 소리쳤다.

'난 네가 무엇인지 알아. 돌아가, 이 추악한 곤드와나 혼령들아! 나는 쇼나의 전사야. 내 무투포는 사자이고 치다오는 심장이야. 조심하라고!'

그때 텐다이는 어릴 때 멜로워가 종종 읊어 주었던 시가 기억났다. 옛날부터 무사들이 전쟁터에 나가기 전에 호언장담하던 시였다. 멜로워는 얼굴을 사납게 찡그리고 주먹을 허공에 겨눈 채 이리저리 거들먹거리며 걸어 다녔다.

나는 위험을 놀이로 삼는 사람이노라!
내게 덤비는 자는 힘을 다 뽑아내어
알맹이 빠진 껍데기처럼 만들어 버리리라.
네가 쓰는 마력 따위는 잘디잘게 썰어서
내 식사에 양념으로 쓰리니.
조심하라!
나는 맹독을 가진 독사 맘바,
악착같이 싸우는 표범,
벌집 가득 윙윙대는 호박벌,
남자 중의 남자이노라!

고대의 전쟁노래를 떠올리자 텐다이의 가슴이 따뜻해졌다. 그 따뜻함은 아직 셔츠 속에 자리 잡고 있는 은도로에서 온몸 구석구석으로 퍼져 나갔다. 횃불을 켜면 사라지는 어둠처럼 악마의 속삭임이 달아났다. 하지만 아직 추악한 혼령들이 어딘가에서 텐다이의 용기가 약해지는 순간을 기다리고 있었다. 텐다이는 강인한 생각에 열중했다.

리무진들이 마일하이 맥일웨인 꼭대기 근처의 개인 주차장으로 급히 착륙했다. 텐다이는 마스크가 그런 공공장소에 숨어 있었다는 사실을 알고 깜짝 놀랐다. 사실 그곳은 공공장소가 아니었다. 그곳은 짐바브웨에서 유일하게 법망을 벗어날 수 있는 곳, 곤드와나 대사관이었다.

주차장은 별로 넓지 않았다. 가장자리에 낮은 난간이 둘러쳐져 있었고, 그 너머 착륙장과 위대한 도시 하라레 사이에는 구름 조각들이 세차게 불어오는 바람에 날려 흩어지고 있었다. 암코끼리가 리무진에서 억지로 끌려나오며 욕을 했다.

그런데 주차장이 움직였다!

끼익끼익 거대한 소리를 내며 마일하이 맥일웨인이 흔들렸다. 줄기 끝에 달린 커다란 꽃처럼 보였다. 주차장이 천천히 앞으로 뻗어 가며 멀리 아래의 건물들을 가렸다. 주차장이 끼익거리자 다시 건물들이 보였다. 바람이 마스크의 옷을 찢을 듯 덤벼들었고 산미치광이의 침들을 흔들었다. 갑자기 텐다이가 발을 뻗어 자신의 팔을 잡고 있던 혹멧돼지 마스크의 발을 걸었다. 두 사람이 함께 넘어졌다. 쿠다가 좀 전에 공격했을 때 좀 헐거워진 혹멧돼지의 마스크가 벗겨져 버렸다. 마스크는 바람에 날리고 날려 난간에 부딪혀서 떨어졌다.

마스크 일당이 단체로 울부짖었다. 혹멧돼지의 엄니가 주차장 불빛에 비쳐 구름 조각 위에 잠깐 동안 윤곽을 드러냈다. 그리고 사라졌다.

"내 힘의 마스크를!"

혹멧돼지 마스크를 쓰고 있었던 치바리 대사가 비명을 질렀다. 그리고 텐다이를 난간으로 끌고 갔다. 하지만 다른 마스크들이 두 사람을 잡아당겼다. 산미치광이 마스크가 바람 소리 위로 크게 소리쳤다.

"바보같이 굴지 마! 그 녀석은 훌륭한 메신저가 될 거야. 용감하면 할수록 제물로 쓸 때 힘이 더 커질 거야."

"아무튼, 오늘 밤 큰머리 마스크 혼령이 이 녀석에게 들어갈 거야."

개코원숭이 마스크가 소리쳤다. 그리고 난간에서 텐다이의 머리를 잡아당겨 유리문으로 밀어 넣었다. 유리문 안에는 페르시아 산 카펫이 깔린 눈부신 방이 있었다.

황금을 박아 장식한 탁자들 위에는 솜씨 있는 장인들이 정교하게 만든 옥 조각상과 상아 조각상들이 수두룩했다. 벽은 비단 커튼으로 장식되었고, 고급 소파에는 표범과 호랑이 가죽이 걸쳐져 있었다. 그리고 보석을 박은 진짜 플라스틱 그릇이 반짝거렸다.

"내 생각을 묻는다면, 이건 너무 지나쳐."

리타는 콧방귀를 뀌었다. 리타 뒤에 서 있던 마스크가 리타를 떠밀었다. 쿠다는 그릇 주위를 돌아다니다가 어떤 항아리에 손을 넣었다가 뺐다. 쿠다의 땅딸막한 손가락에서 에메랄드, 다이아몬드, 루비 목걸이들이 찰랑거렸다. 쿠다는 커다란 흑진주 귀고리를 입에 넣었다. 리타가 쿠다를 꾸짖으며 제자리에 돌려놓게 했다.

"쿠다, 어디 쓰는 건지도 모르잖아."

방의 반대편 끝에는 검정색 커튼이 드리워져 있었다. 치바리 대사가 커튼을 잡아당기자 방의 나머지 절반이 드러났다. 카펫과 황금 탁자 같은 건 없었다. 정교한 예술작품도 없었다. 텐다이는 단조로운 시멘트 바닥과 그 위에 볼트로 고정된 의자를 보았다. 벽과 바닥에는 결코 보고 싶지 않은 흔적들이 있었다. 제물이 된 동물들의 비참한 자취였다. 물론 그런 흔적을 추잡하다고 여길 수는 없었다. 짐승도 존엄성을 인정해 주어야 하기 때문이다. 아무튼, 뭔지는 몰라도 사람의 영혼 속에서 뒤틀리고 병든 것들이 그 방 안에 떠돌고 있었다.

리타는 비명을 지르면서 뒤돌아섰다. 그리고 자신의 셔츠에 쿠다의 얼굴을 파묻었다. 암코끼리는 무릎을 꿇어 리타와 쿠다를 감싸 안았다.

텐다이의 눈을 사로잡은 것은 의자 뒤로 멀리 벽에 기대어 있는 것이었다. 아까 보았던 화려한 방의 불빛이 거기까지는 미치지 않았다. 커다란 형체가 꾸물꾸물 움직이고 있었다. 마치 온갖 냄새가 다 스며든 불길한 악취와 그림자를 조립해 놓은 것 같았다. 텐다이는 등골이 오싹한 그 존재의 최면에 걸려 그쪽으로 걸어갔다.

"가면 안 돼."

리타가 숨을 가쁘게 몰아쉬었다.

마스크였다.

다른 마스크보다 두 배는 컸다. 그리고 사람 얼굴이 보였다. 하지만 고뇌로 심하게 뒤틀려 있어서 쳐다보고 있을 수가 없었다. 수많은 이빨들이 보였다. 어른의 이빨이라고 하기에는 너무 작았다. 머리에는 머리 가죽을 기워 붙여 가발처럼 쓰고 있었다. 뺨에는 끈적끈적한 재료로 그린 까만 줄무늬가 있었다. 눈은 비어 있었다. 적어도 그 순간에는. 하지만 텐다이는 마스크에 깃든 존재가 어딘가에 어슬렁거리고 다니는 느낌을 받았다. 그 존재는 자신이 머물 곳을 찾고 있었다. 머물 곳을 찾는 순간이 오면 눈을 뜰 것이다.

마스크들의 손이 사방에서 텐다이에게 뻗어와 텐다이를 방 한가운데에 있는 의자로 데려갔다.

제37장

　　　　지붕에 올라가자마자 바람이 세차게 불어 왔다. 긴 팔은 머리를 홱 숙이고 시멘트 바닥을 기어갔다. 밝은 귀는 귀를 접었다. 전망대 금속 발판 꼭대기에서 교통신호등이 깜빡깜빡 빨간 불을 비추고 있었다.

"저 백열등은 대체 어떻게 갈까?"

윙윙거리는 바람에 질세라 밝은 귀가 큰 소리로 외쳤다.

"안에서는 아주 평화로워 보이더니 말이야. 이런 줄은 나도 몰랐어."

긴 팔이 소리쳤나.

"우리, 우리 움직이고 있냐?"

밝은 귀가 차가운 시멘트 위에 납작하게 엎드렸다.

"그래! 마일하이 맥일웨인은 흔들리도록 설계되었지. 건축물 안전 때문에 그런 거야. 이렇게 높은 건물은 바람에 휘어지지 않으면 제대로 서 있을 수 없어."

"멀미가 나."

긴 팔은 귀를 뒤로하고 전망대를 따라 자리를 옮겼다. 그는 마늘 수프, 참새우 카레, 아보카도 샐러드를 안 먹길 정말 잘했다고 생각했다. 조금 뒤, 밝은 귀의 멀미가 가라앉았다.

"저기 곤드와나 대사관이 있다."

긴 팔이 난간에서 소리쳤다. 그리고 1마일 아래의 하라레 시를 내려다보았다. 20미터쯤 아래에 착륙장이 있었다.

밝은 귀가 뒤따라 기어올라왔다.

"건물이 기울어지면 우리가 미끄러지는 거 아냐?"

"난간 기둥 사이로는 빠지지 않을 거야. 나처럼 이렇게 난간을 잡아. 뭐 들리는 소리 있어?"

"건물이 삐걱거려. 정말 이상해. 우리 아버지가 카리바 호수에 띄우곤 했던 돛단배 소리 같아. 내가 지금 거기 있으면 좋으련만."

"정신 좀 차려. 대사관에 누가 있는지 알아야 한단 말이야."

밝은 귀는 귀를 조금 펼쳤다. 그러나 바람이 불어와 귀를 닫아 버렸다.

"별빛 공간에서 그릇 쨍강거리는 소리는 들려. 저런, 요리사가 손가락을 베였네. 요리사가 말하길—"

"거기 말고! 귀를 좀 더 펼칠 수는 없어?"

"바람에 찢어질까 봐 겁나는걸."

하지만 밝은 귀는 다시 시도했다. 이번에는 곤드와나 대사관 바깥쪽에서 경비원이 소울스틸러 총의 안전장치를 점검하는 소리가 들렸다.

"안에는 아무도 없는 것 같아. 으악!"

건물이 기울며 밝은 귀가 난간으로 미끄러졌다. 밝은 귀의 발이 난간 가장자리에서 허우적댔다. 그는 안전한 자리로 돌아오려고 미친 듯이 발버둥을 쳤다.

"봤지? 네 어깨는 기둥 사이에 걸쳐진다고."

긴 팔이 말했다.

"다시 멀미가 나려고 해."

구름이 두 사람과 도시 사이를 지나갔다. 바람이 잦아들어 마일하이 맥일웨인이 삐걱삐걱 제자리로 돌아왔고 착륙상이 조금 뛰어나왔다. 긴 팔이 난간을 넘어 기어간다면 건물을 따라 미끄러져 내려가 착륙장에 도착할 수 있을 것 같았다.

"밝은 귀, 뭐가 윙윙거리는 소리가 들려."

"그냥 택시 소리야. 이제 그만 안으로 들어가지?"

"택시 타는 곳은 건물 반대쪽에 있잖아. 듣는 건 네 담당 아냐?"

밝은 귀는 슬픈 표정을 지으며 다시 난간으로 기어갔다. 그리고 귀를 조금 열며 다칠까 봐 손으로 감쌌다. 주차장에 불이 켜졌다.

"이런, 이런, 놈들이 오고 있어."

긴 팔이 말했다. 밤하늘에서 검은 리무진이 여러 대 날아왔다. 자동차들은 빠르게 흘러가는 구름 속으로 파고들었다. 교통신호 불빛이 자동차 유리창을 빨갛게 물들였다. 리무진은 몸체를 줄여 곤드와나 착륙장에 빠르게 착륙했다. 긴 팔은 몸을 일으켜 세워 난간에 기댔다.

"이리 올라와."

"난 못 해."

밝은 귀가 앓는 소리를 했다.

"해야 한다!"

그 목소리는 긴 팔의 목소리가 아니라 음혼도로의 목소리였다. 적이 시야에 들어오자 음혼도로의 영혼이 일어난 것이다. 음혼도로는 쇼나 사람들의 추억과 꿈으로 만들어졌지만 짐바브웨의 영혼이기도 했다. 짐바브웨를 소중히 여기는 사람들이 천 번이나 세대교체를 하며 음혼도로의 목소리에 힘을 실었다. 밝은 귀는 음혼도로의 명령을 거역할 수 없었다. 날개가 돋아 올라 마일하이 맥일웨인에서 날아 내리지 못하듯 말이다. 밝은 귀는 일어서서 난간에 기댄 뒤 귀를 넓게 펼쳤다. 바람이 불어서 귀가 돛처럼 부풀었다.

'밝은 귀는 다칠 거예요.'

긴 팔이 음혼도로에게 말했다.

'가만히 있으라.'

음혼도로가 명령했다.

특별한 능력을 가진 탐정 둘이 아래를 내려다보았다. 암코끼리가 리무진에서 강제로 내려 끌려가며 욕을 내뱉었다. 텐다이, 리타, 쿠다도 다른 차에서 끌려나왔다.

"드디어."

긴 팔이 중얼거렸다. 차고로 휩쓸려 들어가는 마스크 일당을 보자 긴 팔은 간담이 서늘해졌다. 멀리 보는 눈이었다면 마스크 일당의 소름끼치는 모습을 볼 수 있었을 것이다. 하지만 긴 팔은 악한 마음만 느낄 수 있을 뿐이었다. 그 남자들은 잔인했다. 하지만 그 주변을 획획 날아다니는 혼령들은 훨씬 더 잔인했다. 그 혼령들은 동물을 잔인하게 산 제물로 바쳐서 덩치가 부풀어 오른 상태였나. 움츠러든 두려움과 분노에서 그 괴물들이 창조되었다. 숭고한 마음으로 동물을 산 제물로 바치던 모습은 모두 사라지고 므와리의 나라에서나 볼 수 있었다. 남은 건 악마뿐이었다. 일그러진 자연의 힘처럼.

사람의 영혼과 사람이 아닌 것의 영혼이 모인 것을 보고 있자니 긴 팔은 기절할 것 같았다.

'용기를 내거라, 니아오코레푸.'

긴 팔의 마음속에 자리한 음혼도로가 속삭였다.

갑자기 텐다이가 자신을 잡고 있는 남자를 걸어 넘어뜨렸다. 두 사람이 함께 넘어졌다. 그 남자의 마스크가 바람에 날려 시멘트 바닥에 데굴데굴 굴러갔다. 긴 팔은 연한 살 위에 기름이 덕지덕지 붙은 늙고 타락한 혹멧돼지의 혼령이 느껴졌다. 혹멧돼지 혼령이 계속 굴러가는 마스크를 쫓아갔다. 그러다가 소리를 지르며 텐다이를 난간으로 끌고 갔다.

"안 돼! 안 돼!"

긴 팔이 소리쳤다. 하지만 바람이 그 소리를 낚아채 갔다. 다행스럽게도 다른 마스크들이 텐다이를 죽음으로 밀어 던지려는 그 남자를 막았다.

"저 아이가 훌륭한 메신저가 될 거라는 말을 하고 있어. 제물로 쓸 때 용감하면 할수록 힘이 더 커질 거라는데."

밝은 귀가 전달해 주었다.

"누군가에게 큰머리 마스크 혼령이 들어갈 거래. 아악!"

밝은 귀가 비명을 지르며 지붕으로 쓰러졌다. 긴 팔은 텐다이와 다른 사람들이 안으로 들어가는 모습까지 한참 더 지켜보았다. 그리고 밝은 귀 옆에 무릎을 꿇고 앉았다.

밝은 귀는 차가운 시멘트 위에 몸을 웅크리고 있었다. 교통신호 불빛에 비친 밝은 귀의 웅장한 귀가 바람에 찢어져 있었다. 찢어진 상처에서 피가 배어 나오고 있었다.

"아, 므와리."

긴 팔이 작게 외쳤다. 밝은 귀가 물었다.

"이제 들어갈 수 있는 거야?"

"아, 정말 미안해."

"별빛 공간에 붕대가 있을 거야. 요리사가 엄지를 다쳤을 때 달라고 했거든."

긴 팔의 눈에서 눈물이 쏟아져 나왔다. 그는 밝은 귀가 쇼크에 빠질 뻔했다는 사실도 알았다. 긴 팔은 도와달라고 계단 아래로 소리쳤다. 지배인과 웨이터 두 명이 올라와 밝은 귀를 안으로 데려갔다.

"마치카 장군께 전화해서 우리가 단서를 잡았다고 말해 주세요. 아이들은 곤드와나 대사관에 있어요. 마스크 일당도 마찬가지고요."

긴 팔이 말했다.

"마스크 일당!"

지배인이 숨을 몰아쉬었다.

"서두르라고 전해 주세요. 텐다이를 제물로 바치려고 해요."

"어디 갑니까?"

긴 팔이 다시 지붕으로 올라가자 지배인이 소리쳤다.

"뒷문으로 몰래 숨어 들어갈 거예요."

긴 팔은 창고에서 끈을 더 풀어낸 뒤 바람이 휘몰아치는 지붕으로 올라갔다.

마치카 부인은 기절할 것만 같았다. 노발대발하며 협조해 주지 않는 남편을 뒤로하고 최고 속력으로 호텔로 날아와 막 별빛 공간에 들어서던 참이었다. 아이들이 메신저가 된다고 긴 팔이 전화로 말했을 때만 해도 그게 무슨 뜻인지 몰랐다. 곤드와나 대사관에 중요한 단서가 숨겨져 있고 긴 팔이 그 단서를 찾으러 갈 거라는 말만 알아들었다.

마치카 장군이 목이 쉬도록 고함을 칠지도 모른다. 하지만 마치카 부인은 그냥 집에 있지 않기로 했다. 이젠 지쳤다. 다른 사람들이 텐다이와 리타와 쿠다를 어딘가로 자꾸만 데리고 다니는데 어떻게 기다리고만 있겠는가. 긴 팔이 대사관 벽에 구멍을 뚫겠다고 해도 마치카 부인은 열 일 제치고 도울 것이다.

리무진이 비행하는 동안 바람이 더없이 심하게 불었다. 돌풍을 뚫고 날아야 했다. 구급차가 곳곳에 보였다. 유리 엘리베이터는 올라가다가 두 번이나 급정지를 했다. 하지만 마치카 부인을 섬뜩하게 한 것은 그런 것들이 아니었다.

지배인이 웨이터들과 함께 밝은 귀를 데리고 우르르 들어왔다. 멀리 보는 눈이 벌떡 일어나 달려왔다. 그리고 다친 밝은 귀를 소파에 눕혔다. 지배인이 소리쳤다.

"마치카 장군님께 전화해! 장군님께 전화해서 전해! 아이들은 대사관에 있어! 마스크 일당도 거기 다 모였는데, 텐다이를 제물로 바치려고 한대!"

바로 그 소리였다. 마치카 부인은 그 소리를 듣고 기절할 뻔했다. 하지만 심호흡을 하고 곧장 홀로폰으로 갔다. 홀로폰 화면은 비어 있었다. 컴퓨터가 다운된 것이다. 지배인이 말했다.

"건물이 흔들려서 그렇습니다. 그럴 때면 가끔씩 전기 배선이 느슨해지죠. 엘리베이터를 타고 누군가 내려가야 해요."

웨이터 두셋이 자원했다. 하지만 엘리베이터는 꼼짝도 하지 않았다. 지배인은 화물용 엘리베이터에서 양파와 감자 자루를 끄집어내고 직접 그 엘리베이터를 탔다. 거기도 전기가 나가긴 마찬가지였다.

"불은 왜 아직 켜져 있죠?"

마치카 부인이 물었다.

"긴급 발전기가 있습니다."

지배인은 감자 찌꺼기와 양파 껍질 사이를 기어 나오면서 숨을 헐떡였다.

"건물을 설계한 사람이 전등불과 요리 불만 필요할 거라 여겼지요. 젠장, 책상 앞에서만 일하는 사람들이란!"

지배인이 감자 자루를 찼다.

"이봐, 웨이터! 서비스는 없나?"

창문 옆에 앉은 남자 손님이 소리쳤다.

"크래커 상자를 통째로 던져 줘 버려!"

지배인이 소리쳤다.

"이보세요, 돈 많은 응석받이 손님들. 우리는 비상사태라고요. 마스크 일당이 곤드와나 대사관에 숨어 있어요. 그리고 마치카 장군의 아이들이 거기 잡혀 있어요. 우리가 들어가지 못하면 아이들은 죽을 거예요. 먹을 게 더 필요하면 주방에 가서 찾아다 먹어요!"

손님들은 충격을 받고 할 말을 잃었다. 다시키와 에티오피아 드레스를 우아하게 차려입은 손님들이 눈이 휘둥그레져서 지배인을 쳐다보았다.

"지, 진작 이야기해 주시 그랬소?"

서비스를 달라던 남자가 더듬거렸다.

"우리도 돕고 싶어요."

작은 다이아몬드들로 장식한 비단 옷을 입은 여자가 말했다. 다른 여자도 소리쳤다.

"와, 좋아요! 저녁 파티보다도 훨씬 더 재밌겠어요."

갑자기 모두가 법석을 떨었다. 의사가 의식을 잃은 밝은 귀를 살펴보았다. 그리고 소독약으로 상처를 살살 두드렸다. 웨이터들이 손님들에게 무기를 주려고 고기 자르는 큰 칼, 토스트 굽는 긴 포크, 쇠 주전자, 프라이팬을 부엌에서 들고 나왔다. 수석 요리사, 보조 요리사 세 명, 소스 요리사, 샐러드 담당자, 수플레 담당자, 설거지 담당자 열두 명도 참여했다. 모두가 문으로 달려갔다.

"기다려요! 곤드와나 경비원들은 소울스틸러 총을 가졌어요."

멀리 보는 눈이 소리쳤다. 그 순간 웨이터들, 요리사들, 샐러드 담당자, 수플레 담당자, 설거지 담당자들이 우뚝 멈춰 섰다.

"전략이 필요해요. 누구 총 가진 사람 있나요?"

마치카 부인이 물었다. 멀리 보는 눈이 대답했다.

"니어바너 총이 있어요. 밝은 귀도 가지고 있지만 그는 기절해서 쓸 수가 없겠어요."

그러자 마치카 부인이 요구했다.

"그걸 나한테 줘요. 유인 작전을 써야겠어요."

"저희에게 맡기세요."

수석 요리사와 샐러드 담당자가 말했다. 양상추 잎처럼 가벼워 보이는 샐러드 담당자가 앞서 달리고, 5코스 양식처럼 기름진 체격의 수석 요리사가 뒤쫓아 갔다. 두 사람은 복도를 지나 곤드와나 대사관으로 갔다.

"시금치에서 달팽이를 다 골라내지 않으면 혼낸다고 했지."

수석 요리사가 고함을 쳤다.

"때리지 마세요! 제가 씻은 거 아니에요."

샐러드 담당자가 맞을까 봐 프라이팬을 들어 올려 막았다.

"넌 할 줄 아는 게 없어! 네 형이 안내데스크 직원이라서 너도 고용된 거잖아."

수석 요리사는 휘웅 소리를 내며 고기 칼을 공중으로 날렸다.

"저길 봐."

곤드와나 경비원 하나가 웃으며 말했다.

"난 요리사에게 돈을 걸게. 덩치가 더 크니까."

옆에 있던 경비원이 제안했다.

"아냐, 아냐. 작은 녀석이 빠르다고. 저 발놀림 좀 봐."

경비원 다섯 명 모두가 수석 요리사와 샐러드 담당자를 따라 복도 이쪽으로 걸어왔다.

"'요리사가 꼬마를 잡는다'에 100달러!"

"꼬마에게 200달러! 난 저런 체격이 좋아."

멀리 보는 눈은 복도로 살금살금 다가가 대사관 문 앞에 갔다. 경비원들은 저만치 떨어져 있었다. 마치카 부인은 조용히 벽을 따라 움직였다.

"지금이에요!"

수석 요리사가 소리쳤다. 멀리 보는 눈과 마치카 부인이 곤드와나 경비원들에게 방아쇠를 당겼다. 두 명이 쓰러졌다. 수석 요리사가 큰 주먹으로 경비원 한 명을 쳤다. 샐러드 담당자는 프라이팬으로 한 명을 때려 눕혔다. 남은 경비원 한 명이 장식 꽃병 뒤로 몸을 던지며 멀리 보는 눈에게 총을 쏘았다.

소울스틸러 총에서 벼락 떨어지는 소리가 났다. 그 소리에 별빛 공간에 있는 웨이터와 손님들은 안전한 곳을 찾아 피신하다가 서로 걸려 넘어졌다. 샐러드 담당자는 프라이팬을 떨어뜨렸고 요리사는 칼을 놓쳤다. 소울스틸러 총에서 나온 총알이 멀리 보는 눈의 머리를 스쳐 지나가 벽에 맞았다. 총알은 눈부신 불꽃을 날름거리며 사방으로 번져 나가 벽지를 태우고 페인트를 녹였다.

멀리 보는 눈은 총을 떨어뜨리고 손을 들어 올렸다. 그리고 비명을 질렀다.

"앞이 안 보여!"

곤드와나 경비원이 웃으며 화병 뒤에서 일어났다. 그리고 어쩔 줄 몰라 하는 멀리 보는 눈에게 총을 겨누었다.

그러나 곧 마치카 부인의 총에 맞아 쓰러졌다.

"만세!"

별빛 공간에 있는 웨이터들과 손님들이 환호성을 질렀다. 그리고 즉시 몰려 나와서 경비원들을 묶었다. 수석 요리사와 샐러드 담당자는 둘만 통하는 사인을 주고받았다. 다이아몬드를 박은 드레스를 입은 여자와 의사가 멀리 보는 눈에게 달려갔다. 멀리 보는 눈은 무릎을 꿇고 앉아 몸을 앞뒤로 흔들고 있었다.

마치카 부인은 침착하게 곤드와나 대사관의 문을 살펴보았다. 밝은 귀와 멀리 보는 눈이 다친 것은 정말로 안타까웠다. 둘은 충분한 치료를 받게 될 것이다. 그러나 마치카 부인의 전쟁은 시작일 뿐이었다. 대사관의 금속 문은 벽에 딱 들어맞게 달려 있었다. 면도날 철사를 쑤셔 넣을 틈도 없었고 떼어 낼 경첩도 없었다. 짐바브웨 은행의 금고만큼이나 빈틈없었다.

'이건 또 뭐야?' 마치카 부인은 생각했다.

제38장

'자, 드디어 시작이야.'

긴 팔은 난간에 묶은 끈을 한 번 더 확인하며 말했다.

'좋아.'

음혼도로가 동의했다.

'그런데 제가 떨어지면, 만약 제가 떨어지면 당신은 어떻게 되죠?'

'아무 일도 없다. 나는 이미 영혼 세계에 있으니까.'

긴 팔은 휙 스쳐가는 구름을 바라보았다. 바람이 밀어닥쳐 셔츠가 풀로 붙인 듯 가슴팍에 딜라붙었다. 점점 더 추위졌다.

'저는 어떻게 되죠?'

'선조들의 품으로 갈 것이다. 가족 혼령인 무드지무의 일부가 된다. 아마 알고 있을 것이다.'

'제 자신이 얼마큼이나 가게 되죠? 제 말은, 제가 지금의 삶을 기억할까요? 세카이에게 찾아갈 수 있을까요?'

'니아오코레푸, 지금 시간을 벌어 보자는 속셈인가?'

'그런가 봐요.'

긴 팔은 매듭을 거듭 확인했다. 그리고 마일하이 맥일웨인의 지붕을 돌아보았다. 아까만 해도 무서움에 벌벌 떨게 했던 지붕이 지금은 안전한 피난처 같아 보였다.

'니아오코레푸, 위로가 될지 모르겠지만, 나도 위험이 크긴 마찬가지다. 떨어져서 다칠 일은 없겠지만 곤드와나 신들에 의해 다칠 수는 있다. 그 신들은 그릇되고 증오에 가득 찬 계획을 위해 나를 노예로 삼을 수 있다. 그러면 형제를 죽이고, 부모가 아이를 버리고, 노인들은 굶주리고, 나라는 붕괴될 것이다. 그러면 세카이가 어떤 나라에서 살게 되겠나?'

'맞아요. 우리는 싸워야 해요.'

'세카이는 지금 정말 좋은 꿈을 꾸면서 자고 있다.'

'고마워요.'

긴 팔은 건물이 다시 기울기를 기다렸다. 마일하이 맥일웨인이 비스듬히 기울자 아래쪽에 있는 착륙장이 가까워졌다. 긴 팔이 난간을 넘어가서 늘어뜨린 끈의 매듭에 발을 걸쳤다.

바람이 불었다! 긴 팔이 건물 꼭대기에서 겨우 몇 센티미터밖에 안 내려왔는데 바람이 불어닥쳤다. 바람은 그의 체온을 앗아갔다. 정상 체온을 유지하기 힘들 정도였다. 긴 팔의 몸은 남들보다 길고 얇았다. 체온을 유지할 1킬로그램의 지방도 없었다. 손이 얼얼해지면서 감각이 없어지기 시작했다.

마일하이 맥일웨인이 삐걱거리며 원래 자리로 돌아갔다. 끈은 1.6킬로미터 높이의 빈 공간에 매달려 시계추처럼 움직였고 건물 벽과 착륙장은 다시 멀어졌다. 그는 매듭을 지나고 또 지나며 조금씩 아래로 내려갔다. 손의 감각이 완전히 사라졌다. 끈을 잡고 있는 손아귀의 힘이 빠지지 않도록 정신을 집중해야 했다. 발이 매듭에서 미끄러지면서 다음 매듭까지 멀미 나도록 떨어져 내렸다.

'아주 좋다. 반쯤 왔다.'

음혼도로가 말했다.

긴 팔은 바람결에 그네를 타는 것 같았다. 밀리고 밀려서 멀리 깄다가 다시 되돌아왔다. 한 번 갔다 올 때마다 각도가 커졌고 점점 더 어지러워졌다. 손은? 정말 손이 아직 끈을 잡고 있기는 할까? 아마 그럴 것이다. 안 그러면 지금쯤 떨어졌을 테니까. 안간힘을 쓰다 보니 온몸이 쑤셨다. 위를 올려다볼 힘도 없었다.

'시간이 지체되고 있다.'

음혼도로가 말했다.

긴 팔은 밖으로 밀리고 밀리고 밀렸다. 건물이 엄청나게 큰 소리로 삐걱거렸다. 안으로 되돌아오고 되돌아오고 되돌아왔다. 쿵! 긴 팔이 건물 옆벽에 부딪혔다. 그는 끈을 놓치고 말았다. 발도 매듭에서 미끄러졌다. 긴 팔은 끈을 스쳐 떨어져 내리며 건물의 비탈진 면을 따라 미끄러졌다. 건물의 거친 표면에 부딪혀 옷이 찢어졌고 살갗이 벗겨졌다. 미끄러지는 속도가 더더욱 빨라졌다. 결국 우당탕 소리를 내며 곤드와나 착륙장에 떨어졌다.

리타와 쿠다는 암코끼리의 품에서 울고 있었다. 텐다이는 바닥에 고정된 의자에 꽉 묶여 있었다.

"이것 봐, 짐바브웨와 전쟁을 하려는 건 아니겠지. 산 제물로 쓸 좋은 염소를 내가 구해 주면 어떻겠어? 한푼도 안 받고 해 주지."

암코끼리가 말했다.

"큰머리 마스크는 염소를 싫어해."

치바리 대사가 말했다. 어디선가 숫돌에 칼 가는 소리가 들렸다. 치바리 대사가 계속 말했다.

"짐바브웨 사람들은 여기서 무슨 일이 일어났는지 절대 모를 거야. 사람을 믿는 바보들이거든."

스윽스윽 칼 가는 소리가 계속 났다. 누군가가 연장통을 휘젓기라도 하는 듯 금속이 쨍강거리는 소리도 났다.

"맘에 안 드는군!"

암코끼리가 소리쳤다.

"아하, 암코끼리가 맘에 안 든대. 착륙장에서 산책이라도 하고 싶은가 봐."

개코원숭이 마스크가 말했다.

"말썽을 일으키겠다는 뜻은 아니야!"

"아주 현명하군."

치바리 대사가 그렇게 말하며 텐다이의 셔츠 앞자락을 찢었다. 그리고 끓는 물에 덴 사람처럼 움찔하며 뒷걸음질을 쳤다.

"저건 뭐지?"

암코끼리가 몸을 앞으로 기울여서 보더니 대답했다.

"아, 그건 낡은 은도로일 뿐이야. 마을의 영매들이 걸고 다녔지. 거기서 힘을 얻는다고들 하지만, 내가 볼 때는 미신일 뿐이야. 저렇게 심상치 않게 생겼어도 말이야."

암코끼리가 가까이 다가왔다. 텐다이는 아버지에게서 배운 차갑고 매서운 눈빛으로 암코끼리를 쳐다보았다.

"이건 진품이야! 조개로 만든 은도로는 고대 왕들이나 걸고 다닐 수 있었지. 지금은 물론이고 그 시절에도 귀했지. 이걸 팔고 아이는 돌려보내지 그래? 내가 도와줄 수 있는—"

"이런 바보 같으니라고! 대체 언제쯤이나 네 머릿속에 우리가 돈을 바라지 않는다는 생각이 박힐까?"

치바리 대사가 으르렁거리더니 말을 이었다.

"이 아이는 우리 신들에게 보낼 이상적인 메신저야. 마치카 장군의 아들이고 사자의 심장을 가진 데다 짐바브웨 영혼의 상징까지 목에 걸고 있어. 이보다 완벽할 순 없어! 우리가 이 아이를 무너뜨리면, 이 아이의 영혼이 뜨거운 석탄처럼 타올라 우리 신들의 어두운 나라를 밝힐 거야. 아아, 신들이 분명 관심을 가질 거야."

텐다이는 암코끼리를 바라보던 매서운 눈빛을 치바리 대사에게 돌렸다.

"저걸 봐. 쏙 제 아버지 같군."

치바리 대사가 말했다. 그리고 텐다이가 볼 수 있는 탁자에 연장통을 올려놓았다. 길고 뾰족하고 갈고리처럼 구부러진 표면들이 검은 촛불에 비쳐 반짝였다.

조심하라!

나는 맹독을 가진 독사 맘바,

악착같이 싸우는 표범,

벌집 가득 윙윙대는 호박벌,

남자 중의 남자이노라!

텐다이는 머릿속으로 그 전쟁 노래를 읊었다. 은도로의 따뜻함이 온몸으로 퍼져 나갔다. 비록 팔과 다리를 움직일 수는 없지만 텐다이는 아직 전사였다. 정신으로는 마스크와 싸울 것이다. 결코 마스크의 메스꺼운 기도를 전하는 메신저가 되지는 않을 것이다.

"훌륭해!"

치바리 대사가 낄낄거리며 말했다.

뭔가 우지끈하는 소리가 착륙장에서 들렸다. 마스크 일당은 모두 소리 나는 쪽으로 돌아보았다.

"리무진 한 대가 부딪혔나 보군. 바람 탓이야. 오늘 밤엔 정말 건물이 춤을 춘다니까."

산미치광이 마스크가 말했다.

"준비해."

치바리 대사가 명령했다. 그러나 그 순간 다 찢어진 옷을 입은 놀랍도록 키 큰 사람이 유리문을 열어젖히고 안으로 총을 쏘기 시작했다.

긴 팔은 떨어져 내린 충격으로 부들부들 떨었다. 그러나 음혼도로가 즉시 일어서라고 명령했다.

'서둘러라! 안에서 굶주린 하이에나 떼가 기회를 노리고 있다.'

긴 팔은 휘청거리며 일어섰다. 긁힌 상처와 추위로 몸이 욱신욱신 쑤셨다. 그는 니어바너 총을 꺼내 들고 문을 박차고 들어가, 젖 먹던 힘까지 끌어내 빠르게 총을 쏘기 시작했다. 표적은 아주 넉넉했다. 마스크 셋이 막 덤벼들려다 그가 쏜 총에 맞고 쓰러졌다. 성난 동물 수천 마리의 죽음과 맞먹는 증오가 마스크 일당의 부푼 혼령들로부터 그에게로 끓어 넘쳤다. 방은 으르렁거림과 울부짖음으로 가득 찼다. 하지만 오직 그의 귀에만 들렸다. 혼령들이 동그라미를 그리며 돌았다. 그러면서 그의 발목을 잡아챘다. 긴 팔의 귀에 뜨거운 숨을 불어 넣었고 피부에 독이 든 침을 뱉었다. 그는 놀라서 어쩔 줄 모르며 빙빙 돌았다.

'싸워라! 널 혼란스럽게 만들도록 내버려 두지 마라!'

음혼도로가 소리쳤다.

그는 의자에 묶인 텐다이를 보았다. 리타와 쿠다는 암코끼리의 발치에 웅크리고 있었고 그 옆에 곤드와나의 차바리 대사가 서 있었다. 그는 총을 들어 올렸다. 하지만 의자 너머에 있던 그림자가 뭔가로 바뀌며 긴 팔의 시선을 끌었다.

그것은 욕망의 바다에 있는 구멍이었다. 긴 팔이 별빛 공간에서 느꼈던 것이었다.

'안 돼! 이 바보야.'

음혼도로가 소리쳤다.

'안녕, 긴 팔.'

벽에 기댄 마스크 속의 혼령이 말했다. 이 마스크는 커다랗고 이상하리만치 흐릿했다. 하지만 그는 자신이 또렷하게 보고 싶지 않아서 그런 건 아닐까, 라고 생각했다.

그 혼령이 속삭였다.

'너는 평화란 걸 전혀 몰랐어, 그렇지? 늘 다른 사람의 감정을 듣고, 늘 사람들의 시시한 불평을 몸소 느꼈지. 네게 필요한 건 휴식이야.'

그 혼령은 긴 팔을 친절하고 자상한 할아버지처럼 바라보았다.

'함정이야!'

음혼도로가 소리쳤다. 그러자 그 혼령이 말했다.

'너는? 이 선량한 척하는 고자질쟁이야. 너는 네 백성들을 줄도 못 세우잖아. 사람들은 너를 두려워하지 않아.'

'대사에게 총을 쏴.'

음혼도로가 명령했다.

긴 팔은 앞으로 걸어갔다. 하지만 피곤이 몰려왔다. 너무 피곤했다. 앞에서 구멍이 빙빙 맴돌며 멋지고 평온한 구렁으로 그를 유혹했다. 총이 그의 손가락에서 미끄러져 바닥에 떨어졌다. 그는 구멍 쪽으로 걸어갔다. 그의 마음속에 있는 음혼도로의 목소리가 자꾸만 약해졌다. 그가 큰머리 마스크의 뜬 눈을 보았을 때는 이미 늦어 버렸다. 그는 너무도 늦게 음혼도로가 해 주었던 말이 떠올랐다.

'그건 구멍이지 입구가 아니야.'

제39장

텐다이는 이상한 사람이 착륙장 문으로 들어
오는 것을 보았다. 거미처럼 길고 깡마른 사람이었지만 텐다이 편인 것은
확실했다. 니어바너 총으로 마스크를 셋이나 쏘았기 때문이다. 텐다이는
경찰 사격연습장에서 그 총으로 연습해 본 적이 있었기 때문에 쉽게 알
아보았다.

그 사람이 치바리 대사에게 총을 겨누었다. 그리고 갑자기 멈추었다.
그 사람은 고열이 있는 사람처럼 떨기 시작했다. 제발, 제발 지금 멈추지
말아요, 하고 텐다이가 기도했다. 그 사람은 최면에 걸린 것 같았다. 텐다
이 뒤로 큰머리 마스크의 자리를 보고 있었다. 모두들 손가락 하나 까딱
하지 않았다.

텐다이는 소리 없는 전투가 일어나고 있다는 것을 알았다. 그게 뭔지는

몰라도 모두가 느끼고 있는 것 같았다. 바람 한 점 없는데도 방의 끝에 있는 촛불이 탁탁 불꽃을 튀겼다. 웅얼거리는 소리가 커지더니 텐다이가 들을 수 있는 한계를 넘어섰다. 텐다이는 피부가 따끔따끔한 것을 느꼈다.

팽팽하던 긴장 상태가 뚝 끊어졌다. 그 사람은 총을 떨어뜨리며 바닥에 쓰러졌다. 바닥에 머리 부딪히는 소리가 엄청나게 컸다. 하지만 텐다이는 그 사람이 땅에 닿기 전에 죽었을 거라고 확신했다.

일이 이렇게 돌아가자 텐다이는 자포자기했다. 그런데 텐다이의 가슴 안쪽에서 뭔가가 생겨났다. 은도로에서 예전보다 백 배 천 배는 강한 따스함이 퍼져 나왔다. 그 힘에 텐다이는 소스라치게 놀랐고 두려워졌다. 하지만 그것은 자연의 장엄한 힘 앞에서 느낄 법한 순수한 두려움이었다. 화산 폭발을 볼 때 느끼는 것처럼 말이다.

'너는 영매가 되기에는 좀 어리지만 되어야 한다.'

텐다이의 몸속에서 어떤 목소리가 말했다.

'저, 저기, 누, 누구세요?'

텐다이가 더듬거렸다.

'난 음혼도로다, 꼬마 전사여. 오호! 이 은도로는! 이건 모노마타파가 걸고 다니던 은도로가 아닌가. 다시 그 속에 들어오게 되어 기쁘다.'

텐다이는 궁금증이 가득 생겼다. 음혼도로라니! 그것도 텐다이를 선택하다니! 텐다이는 놀라움과 두려움이 마음 가득 일었다. 지금 겪고 있는 절망적인 처지를 잊을 정도였다. 하지만 부족의 신 음혼도로가 얼른 텐다이를 깨웠다.

'우쭐해할 시간이 없다. 너는 이 사람들이 여기서 뭘 하려는지 알고 있느냐?'

'네.'

'니는 사람을 통해서 행동해야 한다. 혼령들은 늘 그렇다. 그러니 우리 둘이 힘을 합쳐서 곤드와나의 약점을 찾아내야 한다. 최악의 경우, 너는 죽게 될 것이다. 너도 잘 알 것이다.'

텐다이는 침을 삼켰다. 그렇다. 텐다이도 알고 있다. 하지만 전사라면 그런 각오로 부딪혀야 할 때도 있다. 중요한 것은 옳은 일을 위해 죽는다는 것이다. 위풍당당하게.

'맞다, 꼬마 사자. 내가 제대로 골랐군.'

텐다이는 자부심으로 가슴이 부풀었다. 그리고 자신을 에워싸고 있는 마스크 일당을 쳐다보았다. 보아 하니 니어바너 총을 맞은 마스크들이 깨어나길 기다리고 있었다.

"사람들을 완전히 깨워. 빠진 사람이 너무 많으면 이 의식을 치를 수 없어."

치바리 대사가 말했다.

시간이 흘러감에 따라 텐다이는 음혼도로가 정말로 무엇인지 어렴풋이 알 것 같았다. 여자 영혼이었든 남자 영혼이었든 그것은 세상 첫 인간에게로 거슬러 올라갔다. 먹이를 찾는 일에만 열중하다가 털북숭이 머리를 들어 올리던 첫 번째 인류 말이다. 그 첫 번째 인류가 이 땅을 알게 되었다. 기름진 붉은 흙과 흐르는 깨끗한 물을 보았고, 돋아나는 식물들과 뛰어다니는 동물들을 보았다. 이곳이 바로 그 첫 번째 인류가 뿌리를 내린 곳이었나. 섶이었다.

그 뒤로 이 땅을 돌보았던 모든 사람들이 음혼도로에게 목소리를 보태갔다. 텐다이는 멀리 어렴풋하게 난 길을 보았다. 백만 영혼들이 있는 짐바브웨의 시골이었다. 드넓은 풍경을 바라보던 텐다이의 주의가 이 방에 쏠리기 시작했다. 눈에 보이는 광경이 더 뚜렷해졌다. 쿠다가 바닥에 앉아 있었고 리타가 쿠다에게 팔에 두르고 있었다. 쿠다는 옆에 있는 마스크의 다리를 걸어 넘어뜨릴 기회를 엿보고 있었다. 리타는 어떻게 하면 니어버너 총을 손에 넣을지 생각하고 있었다.

끝으로 텐다이는 암코끼리를 보았다.

'암코끼리는요? 암코끼리는 당신의 백성이 될 수 없잖아요.'

'모두 다 나의 자손들이다.'

음혼도로가 말했다.

텐다이는 음혼도로가 이끄는 대로 암코끼리의 과거를 보았다. 버림받은 뚱뚱한 아이. 돌보아 주는 이도 없고, 친구가 되어 주는 이도 없는 아이. 배운 것 없고 상냥하지 못하고 사나웠던 그 아이는 집에서 뛰쳐나왔다. 어린 암코끼리가 말했다.

"이 세상을 잘 헤쳐 가는 유일한 길은 남이 때리기 전에 내가 먼저 때리는 거야."

텐다이는 암코끼리가 죽은 자의 땅에 세운 왕국을 보았다. 죽은 자의 땅 사람들은 암코끼리에게 진짜 가족이었다. 암코끼리가 사람들을 유인한 것이 아니라 사람들이 제 발로 온 것이었다. 암코끼리는 사람들을 괴롭히고 착취했지만 버림받고 슬픔에 잠긴 그곳 사람들에게는 암코끼리가 '집'이었다.

텐다이는 감탄하는 표정으로 암코끼리를 바라보았다. 음혼도로가 암코끼리를 어떻게 여기는지는 이해하기 어려웠다. 그 느낌을 가장 비슷하게 묘사하자면, 음혼도로는 암코끼리를 자손으로 인정하고 보듬어 준다는 것이었다. 바로 그때, 암코끼리는 텐다이가 자신을 쳐다보고 있는 것을 눈치챘다. 암코끼리의 눈이 휘둥그레졌다. 텐다이의 얼굴에 웃음이 퍼져 나고 있었다. 친절하고 정답고 보듬어 주는 진심 어린 미소였다. 암코끼리는 멋쩍은지 어깨를 으쓱하더니 돌아앉았다.

"의식 시간이다."

치바리 대사가 말했다. 마스크들이 경건하게 어둠 속에 있는 큰머리 마스크를 가져와 텐다이 앞에 놓았다. 마스크를 따라 어둠이 흘렀다. 촛불조차 불꽃 모양이 줄어든 것 같았다. 텐다이는 작은 이빨이나 머리의 상처처럼 작은 부분에만 집중하고 다른 부분은 무시하려고 마음먹었다. 텐다이가 시선을 옮기면 마스크 전체 모습을 보겠지만 눈 깜짝할 사이에 다른 것들이 흐릿해질 것이다.

'결코 이 세상에 존재하는 것이 아니다. 의식을 치러야 실체가 생기는 법이다.'

음혼도로가 설명했다.

"큰머리 마스크는 우리의 물신 중에서 가장 어른이고 강인한 신이다."

치바리 대사가 굵은 목소리로 말을 이어 갔다.

"그리하여 사람에서 사람으로 천 년 동안 전해 내려왔다. 큰머리 마스크는 다른 마스크의 힘이나 셀 수 없이 많은 산 제물의 힘으로 불러낼 수 있었다. 큰머리 마스크만이 곤드와나 신들을 오랜 잠에서 깨울 힘을 가지고 있다."

'곤드와나 신들은 잠든 게 아니다. 아주 게으를 뿐이다.'

음혼도로가 말했다. 텐다이가 얼굴을 험상궂게 찡그렸다. 음혼도로처럼 기운차게 느끼고 싶었다.

"너, 짐바브웨 아이는 우리 의식의 메신저가 될 것이다. 마스크를 쳐다보라. 그리고 두려움을 알라."

"나는 어떤 메시지도 전하지 않을 거야."

텐다이가 말했다.

"오빠는 조종되고 있─, 아악!"

산미치광이 마스크가 머리를 잡아당기자 리타가 비명을 질렀다.

"좋아, 좋아. 어디 한번 반항해 봐. 결국 반항하는 만큼 강력한 항복을 하게 될 테니까."

치바리 대사가 유쾌하게 말했다.

텐다이는 증오를 품고 치바리 대사를 노려보았지만, 심장은 아주 빨리 뛰고 있었다. 이제 정말 치바리의 말대로 될 것이다. 이제 고통스러워질 것이다.

마스크 일당은 의자를 중심으로 둘러섰다. 치바리 대사는 물러나 있었다. 혹멧돼지의 혼령을 잃었기 때문이었다. 마스크들은 주문을 읊조리기 시작했다. 텐다이가 생전 처음 들어 보는 찬트(기도문)였다. 지하 벌통에서 성난 벌들이 내는 소리처럼 낮게 윙윙거리는 소리가 시작되더니 서서히 지표로 올라오며 가까이 다가왔다. 텐다이는 사람들이 그 소리를 낸다는 사실을 알고 있으면서도 어느 방향에서 흘러나오는지 모르는, 허공에 떠 있는 소리로만 여겨졌다. 텐다이는 진땀이 났다. 그 소리는 어디로 보나 어두운 숲에 모여 있는 유령들이 낼 만한 소리였다.

'그만! 넌 유령 이야기나 떠올릴 만큼 어리지 않다.'

음혼도로가 말했다.

'죄송합니다.'

텐다이가 말했다.

하지만 시끄러운 그 소리가 여전히 용기를 빼앗아 갔다. 서서히 차례대로 마스크에 깃든 혼령들이 자신이 들어갈 사람을 선택했다. 혼령이 몸에 들어간 순간 사람들은 몸을 움찔했다. 찬트 소리가 더 커졌다. 사납게 짖는 소리, 슬프게 우짖는 소리, 하이에나의 웃음소리가 방 안 공기를 메웠다. 메신저로서 제물로 바쳐졌던 동물이었다. 그 동물 혼령들이 주인이 될 사람을 부르며 의자 둘레를 돌았다. 주인은 사람만 될 수 있었다. 큰머리 마스크 속에서 그림자에 깃들어 있던 혼령이 깨어나기 시작했다. 모양이 점점 또렷해졌다. 하지만 정말 또렷하게 보이는 순간이 되면 무언가가 사라질 것이다.

'네가 혹멧돼지를 없애 버린 덕분이다. 동물들의 목소리가 약해졌다. 아주 잘했다. 그런 생각을 어떻게 하였느냐?'

음혼도로가 말했다.

'모르겠어요. 그냥 마스크 일당이 자기들 멋대로 하는 게 싫었어요.'

텐다이가 대답했다.

치바리 대사는 큰머리 마스크가 모양을 갖추려고 몸부림치는 것을 바라보며 두 손을 움켜쥐었다. 동물 혼령들이 도는 속도가 더욱더 빨라져 헐떡거림이 공기를 가득 메웠다. 혼령이 들어간 사람은 병이라도 걸린 듯 나뒹굴었다. 큰머리 마스크가 불쑥 뛰어오르며 선명한 모습을 갖추며 살아났다. 세상 어떤 악몽보다 끔찍했다. 큰머리 마스크가 눈을 떴다.

텐디이는 비명을 실렀다. 큰머리 마스크가 말했다.

'또 너인가. 이번에는 훌륭한 전사를 지녔군. 요 앞전 전사는 맛이 아주 좋았다.'

'진짜로 끝나기 전에는 끝난 게 아니다.'

음혼도로가 말했다.

'입은 아직 살아 있군! 네가 데려올 수 있는 병사들이 돌연변이나 아이들뿐이라면, 짐바브웨가 먹혀 버리는 건 시간문제 아니겠나?'

치바리 대사는 칼을 하나 골라 들고 텐다이에게 다가왔다. 그리고 텐다이를 베려고 칼을 높이 들어 올렸다. 큰머리 마스크의 눈이 탐욕스럽게 칼날을 따라왔다.

슈욱!

섬뜩했던 그 순간, 방에 있던 모든 사람은 돌이 된 것 같았다. 정말 모두가 그랬다. 암코끼리만 빼고. 치바리 대사가 칼을 내리치는 순간 암코끼리가 칼을 향해 큰머리 마스크를 들어 올린 것이다. 암코끼리는 두 동강이 난 큰머리 마스크를 바닥에 던지고 무릎을 털었다.

'여자도 전사가 될 수 있다.'

음혼도로가 만족스러워하며 말했다.

그때 모두가 미친 듯 사나워졌다. 마스크 일당은 혼령들이 빠져나가자 허둥대며 소용돌이를 쳤다. 동물 혼령들은 울부짖으며 달아났다. 리타가 니어버너 총을 잡으려고 했지만 치바리 대사가 리타를 밀어젖혔다. 리타는 앙갚음을 하려고 개코원숭이 마스크가 밟고 있는 깔개를 홱 잡아당겼다. 개코원숭이 마스크가 바닥에 쓰러졌다. 쿠다까지도 작은 주먹을 꼭 쥐고 한 방을 노리며 주위를 맴돌았다. 암코끼리는 조각상을 한아름 그러모아서 미사일로 썼다. 훌륭한 솜씨였다.

'암코끼리는 큰머리 마스크를 무찌르지 못했다. 큰머리 마스크가 실제로 이 세상에 완전히 모습을 드러내야만 가능한 일이다. 내가 기다리는

게 그것이다. 그런데 너와 암코끼리는 소통이 아주 잘 되더구나.'

음혼도로가 설명했다.

'제가요?'

텐다이가 말했다. 마스크 일당은 자신들의 가장 강한 물신이 파멸하자 사기가 꺾인 것 같았다. 손을 머리에 얹고 바닥에 쪼그리고 앉아 있었다. 치바리 대사가 니어바너 총으로 암코끼리를 쏘려고 했다. 하지만 기껏해야 암코끼리가 던지는 무거운 황금 조각상을 피할 뿐이었다.

'네가 암코끼리를 보고 웃었을 때, 암코끼리는 오래전에 잊었던 일을 떠올릴 수 있었다. 암코끼리의 땅 그리고 자신의 백성들이었다.'

치바리 대사는 돌풍을 일으키며 암코끼리를 쏘아 맞혔다. 하지만 암코끼리는 모기에 물린 듯 총알을 털어 냈다. 그리고 으르렁거리며 곧장 치바리 대사를 향해 질주했다. 쿵!

"도움을 요청해야겠어!"

산미치광이 마스크가 마비된 몸을 간신히 일으키며 소리쳤다. 그리고 복도로 이어진 정문으로 달려가 세차게 열어젖혔다. 그런데 문밖을 보자마자 다시 닫으려 했다. 하지만 너무 늦어 버렸다.

흥분한 웨이터들, 요리사들, 접시닦이들이 나무망치와 요리 포크와 별로 반갑지 않은 무기들을 휘두르며 우르르 쏟아져 들어왔다.

"이 추악한 어린이 살인마들!"

수석 요리사가 소리쳤다.

"살인마들!"

샐러드 담당자가 소리쳤다.

"팁도 쥐꼬리만큼 주는 자린고비들!"

웨이터들이 소리쳤다. 마스크 일당은 미친 듯이 달아났다.

"치바리 대사님, 일어나세요."

마스크 일당이 간절히 부탁했다. 하지만 치바리 대사는 머리가 우스꽝스럽게 비스듬히 돌아간 채 바닥에 누워 있었다. 암코끼리는 주변에서 싸움이 한창일 때 태연하게 보석들을 주머니에 집어넣었다. 우아한 옷을 입은 여자들이 착륙장에서 들어온 이상한 남자 옆에 무릎을 꿇고 앉았다.

'이제 그만 너를 떠나야겠다. 영매가 되면 어떨지 한번 생각해 보거라. 넌 정말 재능이 있다.'

음혼도로가 텐다이에게 말했다.

'그리울 거예요.'

'난 짐바브웨가 존재하는 한 늘 네 주위에 있을 것이다, 꼬마 사자.'

그리고 음혼도로는 떠나갔다.

텐다이는 쓸쓸함이 밀어닥쳐 서 있기가 힘들 지경이었다. 은도로가 차가워졌다. 이젠 조개껍질일 뿐이었다. 눈물이 볼을 타고 흘러내렸다.

리타가 제물 바칠 때 쓰는 칼로 텐다이를 묶은 줄을 부지런히 끊으며 말했다.

"오빠도 참. 바보같이 울긴 왜 울어. 이제 다 잘 해결됐는 걸."

제40장

문이 열렸을 때 마치카 부인은 자신이 얼마나 운이 좋았는지 믿기 어려울 정도였다. 마치카 부인은 이미 임시 지원 부대를 준비해 둔 상태였다. 모두가 안으로 몰려 들어가며 좌우를 덮쳤다. 마치카 부인은 마스크 몇 명을 쏘아 넘어뜨렸다. 그리고 말도 못하게 길었던 몇 달 동안 한 시도 빠짐없이 기다려 왔던 아이들을 마침내 보게 되었다. 리타가 텐다이의 끈을 자르고 있었다. 쿠다도 스테이크용 칼을 들고 옆에서 거들고 있었다. 텐다이는 애써 일어서려다가 다리가 꺾이고 말았다.

마치가 부인은 눈 깜짝할 사이에 텐다이 옆으로 갔다. 그리고 텐다이가 쓰러지기 전에 얼른 잡았다. 마치카 부인은 텐다이의 무게에 깜짝 놀랐다. 키도 몇 센티미터 자란 듯했다. 텐다이를 바닥에 앉히자 텐다이는

439

멍한 표정으로 어머니를 바라보았다.

"어머니! 어머니!"

리타가 어머니를 안으며 환호성을 질렀다.

"어머니?"

쿠다가 말했다. 정말 쓰라린 순간이었다. 쿠다는 어머니를 알아보지도 못했다. 리타가 딱 잘라 말했다.

"그래, 이 바보야. 넌 트래시맨이 아빠인 줄 알았지?"

"아빠가 누구인지는 처음부터 알고 있었거든?"

쿠다는 어머니를 조심스레 안았다.

이윽고 텐다이의 정신이 돌아왔다. 텐다이는 일어서려고 했다.

"괜찮아. 일어서지 않아도 돼."

어머니가 말했다. 하지만 텐다이는 고집을 부렸다. 뒤쪽에서 프라이팬이 뎅그렁 하고 울리더니 마지막 마스크가 바닥으로 쓰러졌다. 암코끼리가 문 쪽으로 걸어갔다. 어머니는 몸을 긴장시키며 총을 들었다.

"안 돼요!"

리타가 어머니의 팔을 잡으며 소리쳤다. 총알이 엉뚱한 곳으로 날아갔고, 암코끼리는 도망쳤다.

도망치는 길에서 웨이터들과 저녁 식사 손님들을 맞닥뜨리자 암코끼리는 엘리베이터 쪽으로 달려갔다. 그런데 엘리베이터가 열리자 경찰관들이 쏟아져 나오는 게 아닌가! 엘리베이터가 드디어 움직였던 것이다. 경찰관들이 암코끼리에게 우르르 달려들었다. 먼지가 가라앉자 암코끼리는 면화 꾸러미처럼 깔끔하게 묶여 있었다. 그 옆에는 암코끼리의 주머니에서 나온 목걸이들, 팔찌들, 반지들이 한 무더기 쌓여 있었다. 어머니는 걸어 다니며 사람들을 살펴보았다.

두 번째 승객들을 내우고 온 엘리베이터가 열렸다. 이번에는 응급 대원들이었다. 응급 대원들 뒤에 마치카 장군이 못마땅한 얼굴을 하고 서 있었다. 장군은 복도를 보더니 어리둥절한 표정을 지었다. 그 모습을 보고 어머니는 하마터면 큰 소리로 웃을 뻔했다.

웨이터들이 끙끙대는 곤드와나 사람들을 끌고 나와 별빛 공간 앞에 쌓았다. 곤드와나 사람들은 옷도 다 찢어져 있었고 거의 얼이 빠진 듯했다. 웨이터들이 냄비를 들고 보초를 섰다. 벽에는 소울스틸러 총 자국이 나 있었다. 멀리 보는 눈과 밝은 귀는 다이아몬드 박힌 옷을 입은 우아한 여자들에게 간식을 받았다. 다른 여자가 손뼉을 치며 소리쳤다.

"어쩜 이렇게 재밌지? 이렇게 재밌기는 요즘 들어 처음이야."

지배인이 승리를 축하하려고 망고주스 쟁반을 들고 돌아다녔다.

"대체 이게 무슨 일이지?"

마치카 장군이 말했다.

"당신, 전갈을 못 받았다는 뜻인가요?"

어머니가 물었다.

"무슨 전갈? 당신이 집에서 폭풍같이 달려 나갔을 때 나도 따라 나오는 게 낫겠다고 생각했소. 당신이 호기심 때문에 어떤 무모한 일을 벌이는 건 아닌지 확인하려고 말이오."

"저 경찰관들과 응급 대원들은요?"

"아! 난 이 사람들이 별빛 공간의 안전 시스템과 보건 시스템을 점검하러 온 줄 알았지."

장군은 수줍은 표정을 지었다.

"아빠!"

리타가 소리쳤다.

"얼른 와, 이 바보야."

리타는 쿠다를 잡아당기며 곤드와나 대사관에서 달려 나왔다. 전투복을 입고 허리띠와 팔 다리에 무기를 갖춰 완전무장을 하고 온 남편을 보며, 어머니는 아빠라는 이름이 참 안 어울리는 차림이라고 생각했다. 하지만 리타와 쿠다는 상관없었다. 두 아이는 아버지에게 달려들었고 아버지는 무릎을 꿇고 두 아이를 꼬옥 껴안았다. 경찰관들이 돌아서서 빙그레 웃었다. 리타가 말했다.

"저희가 어디 갔었는지 말해도 못 믿으실 거예요. 파란 원숭이를 만났는데 그 녀석 때문에 플라스틱 광산의 노예가 되어 버렸어요. 오빠와 저는 마녀라는 누명도 썼어요. 아! 그리고 수두에도 걸렸다가 나았어요."

"저는 어른용 삽을 썼어요. 저 혼자서요. 그리고 흰개미도 먹었고, 저 마스크들 때문에 무지무지하게 놀랐어요!"

쿠다는 딱한 표정을 짓고 있는 남자들을 가리켰다.

"잠깐만, 꼬마 사자들아. 저쪽 사자도 좀 만나 봐야겠구나."

아버지가 일어났다. 텐다이는 대사관 복도에 서 있었다. 두 사람은 진지하게 서로를 쳐다보았다. 어머니는 숨이 멎는 것 같았다. 텐다이는 소년이었을 때 집을 나갔는데 청년이 되어 돌아왔다.

"아버지, 조금 전에 누군가 우리를 도우려고 했어요. 그런데 지금 죽어 가고 있어요."

텐다이가 말했다.

역시 피는 못 속인다니까. 임무를 위해 이렇게 기쁜 재회의 순간을 뒷전으로 여기다니, 하고 어머니는 생각했다.

두 사람은 응급 대원이 바쁘게 움직이고 있는 소파로 갔다. 긴 팔이잖아, 하고 마치카 부인이 애처롭게 생각했다. 긴 팔은 눈을 뜬 채 허공을 바라보고 있었다. 아버지가 천천히 그의 눈을 감겨 주었다.

"맥박이 뛰지 않아요."

응급 대원이 말했다.

텐다이는 은도로를 벗어 팔의 가슴 위에 올려 주고 눈을 감았다. 마치카 부인은 그제야 은도로가 눈에 들어왔다.

전율이 마치카 부인을 휘감고 지나갔다. 이 방에서 대체 무슨 일이 일어났던 걸까? 전투가 다 끝난 지금에서야 그녀는 방 안을 둘러볼 겨를이 생겼다. 소름끼치는 마스크들이 벽 옆에 한 무더기 쌓여 있었다. 바닥에도 뭔가가, 뭔지는 모르겠지만 뭔가가 있었다. 두 동강이 나서 따로 떨어져 있는데 두 조각이 스멀스멀 기어가기라도 하는지 조금씩 가까워지는 것 같았다. 그녀는 흔들리는 촛불 때문에 그렇게 보이는 것이라 여겼다.

끔찍한 촛불 같으니! 촛불은 단내와 썩은 냄새를 풍기며 타고 있었다. 두 동강난 조각의 거리가 점점 좁아졌다. 아니면 자신이 착각하는 것일까? 그 조각들이 무엇이 되려 하는지는 몰라도 자신으로서는 알 수 없는 물건이었다. 촛불 탓인지 그녀는 졸음이 밀려왔다. 꾸벅꾸벅 졸며 마치카 부인은 생각했다.

'저 조각들이 붙으면 아마……'

"이런!"

마치카 장군이 소리치며 거의 이가 맞물리려는 얼굴 마스크를 발로 찼다. 마스크는 다시 반쪽이 나며 각각 반대 방향으로 날아갔다. 그리고 곧바로 부서져 내려 먼지가 되었다. 다른 마스크들도 모두 부서지기 시작했다.

마치카 장군은 착륙장으로 가는 문을 열어젖혔다. 곤드와나 대사관으로 바람이 불어닥쳤다. 잿빛 파도가 바닥에서 일더니 먼지 회오리가 되었다. 마치카 부인은 먼지에 닿지 않으려고 움찔하며 뒤로 물러났다.

소용돌이치는 바람 위로 동물 울음소리가 요동쳤다. 사납게 짖는 소리, 슬프게 우짖는 소리, 염소들이 매애거리는 소리, 고양이가 날카롭게 야옹거리는 소리, 천둥 같은 으르렁거림. 거기에 남자, 여자, 아이들의 목소리도 들렸다. 하지만 화난 소리는 아니었다. 오히려 오랜 노예 신분에서 자유로워져 기뻐하는 듯한 소리였다.

"마스크들이 산 제물로 바친 사람들과 동물들이에요."

텐다이가 말했다.

잿빛 회오리는 방을 한 바퀴 휘 돌고는 착륙장으로 쓸려 나가 하늘로, 므와리의 나라로 사라졌다.

"지금 맥박이 잡혔어요. 우슴군. 아까는 왜 못 찾았지?"

응급 대원이 말했다. 긴 팔이 눈을 뜨고 텐다이를 쳐다보았다. 그리고 말했다.

"배가 고파."

"네가 지금 먹어야 할 건 맛있게 끓인 뜨거운 마늘 수프야."

복도 소파에 긴 팔을 앉히며 멀리 보는 눈이 말했다. 지배인은 어깨를 으쓱했다.

"당신들이 사는 곳에서는 어떤 꿀꿀이죽을 대접하는지 모르겠지만, 별빛 공간에서는 아무도 마늘 수프 따위는 먹지 않아요."

"안 됐군요. 그건 그 사람들 손해죠."

"주방에 감칠맛 나는 포타주 다리코는 있을 것 같군요."

지배인이 말했다.

"콩 수프를 말하는 거야."

밝은 귀가 통역했다. 지배인이 못마땅한 얼굴을 했다.

곤드와나 사람들과 암코끼리는 경찰 버스에 떠밀려 올라탔다. 치바리 대사는 돌아간 고개를 바로잡아 줄 의사가 있는지 알아보려고 감옥 병원으로 이송되었다. 텐다이는 복도 의자를 가지런히 정리하고 있는 웨이터들을 도우려고 했다. 하지만 웨이터들은 텐다이에게 그냥 앉아 있으라고 했다.

"너는 영광스러운 손님이란다."

그래서 텐다이, 리타, 쿠다는 어머니, 아버지와 함께 탁자에 둘러앉았다. 세 탐정은 부상 때문에 소파에 앉아도 된다는 허락을 받았다. 별빛 공간의 저녁 손님들과 직원들도 알아서 자리를 잡고 앉았다.

"내 눈은 거의 정상으로 돌아왔어. 나한테 정상이란 말이지. 곧 색안경을 써야겠어."

멀리 보는 눈이 말했다.

"내 귀는 아파. 하지만 의사가 며칠만 있으면 새 귀처럼 좋아질 거래."

밝은 귀는 귀에 붕대를 두껍게 감고 있었다. 귀마개 구실까지 해서 1석 2조였다.

"자네는 운이 좋았어. 내가 구급상자를 가져온 덕분에 응급치료를 했으니까."

의사가 말했다.

"긴 팔, 자네는 어떤가? 솔직히 자네를 어떻게 치료해야 할지 모르겠어."

"이상해요. 지금껏 살아오면서 저는 늘 다른 사람의 감정을 느꼈어요. 그런데 지금은 안 느껴져요."

"그럼 나빠진 건가요?"

마치카 부인이 물었다.

"글쎄요…… 좀 쓸쓸하네요."

"마스크의 나라 안에서 무슨 일이 있었던 거요?"

마치카 장군이 말했다. 텐다이는 아버지가 그 질문을 하지 말았더라면 좋았을 거라고 생각했다. 큰머리 마스크 뒤에 숨어 있던 혼령을 떠올리는 것만으로도 속이 메스꺼웠다.

긴 팔은 대답하기 전에 자신의 긴 손가락을 내려다보았다. 그리고 천천히 대답했다.

"마스크의 나라는 우리가 사는 세상과 비슷한 데가 하나도 없어요. 타오르고 있지만 따뜻하지 않은 불꽃을 상상해 보세요. 어두워서 앞이 안보이지만 빛을 보아도 마음이 놓이지 않죠. 제가 말씀 드릴 수 있는 것은 산성약품 통에 빠진 기분이었다는 점뿐이에요. 무언가가 진실을 만들어도 그 진실은 먹혀 버렸어요. 아, 끔찍했다는 것밖에는 설명을 못하겠어요!"

긴 팔은 손으로 얼굴을 감쌌다. 어머니가 조용히 말했다.

"마음을 더 이상 읽을 수 없게 되었다면 세카이를 키울 수 있겠군요."

긴 팔이 고개를 들었다.

"아, 정말 그렇군요. 그런데 세카이는 누가 돌보고 있죠?"

어머니는 난처한 표정을 지었다.

"아, 멜로워가 방에서 나왔어요. 오늘 처음으로."

"이제 끝이에요! 멜로워는 세카이의 우유에 소금을 넣을 거예요. 탁자에서 굴러 떨어지게 놔둘지도 몰라요."

긴 팔이 일어나려 했다. 하지만 아직 몸이 말을 듣지 않았다.

"아뇨. 멜로워는 아이들을 어떻게 돌보는지 잘 알 거예요. 우리 애들을 키웠거든요."

어머니가 말했다.

텐다이는 멜로워가 얼굴에 신문을 덮은 채 자고 있는 걸 동생들과 찾아낸 이야기를 굳이 늘어놓지 않았다.

"세카이가 누구예요?"

리타가 물었다. 세카이에게 얽힌 사연을 듣자 리타는 축하의 춤을 추었다. 레스트헤이븐에서 텐다이가 머리폭탄과 싸워 이기고 돌아오자 소녀들이 추었던 춤이었다.

"야호! 만세! 이야기는 해피엔딩이다!"

엘리베이터 옆에 걸린 골동품 시계가 끼익 하며 바늘을 옮겼다. 그러자 종소리가 귀엽게 울렸다. 리타가 소리쳤다.

"12시다! 생일 축하해, 오빠."

"정말이야?"

지배인이 물었다. 그러자 텐다이가 대답했다.

"이제 열네 살이 되었어요."

"그럼 축하파티를 해야지!"

지배인, 요리사들, 웨이터들은 요리를 하러 허둥지둥 달려갔다. 갖은 재료를 써서 차가운 햄과 닭고기 요리, 과일샐러드, 캐러멜 푸딩, 아이스크림을 만들었다. 그리고 양초 열네 개를 꽂은 케이크도 텐다이 앞에 놓였다.

"소원을 빌어! 소원!"

쿠다가 외쳤다.

텐다이는 작년 생일을 떠올렸다. 생각 없이 소원을 빌어서는 안 되겠다는 생각이 들었다. 어느 영혼이 듣고 있을지 모르는 일 아닌가? 텐다이는 잠깐 생각해 본 뒤 소원을 빌었다.

'용기를 얻게 해 주세요. 용기가 있으면 진실을 보는 것이 두렵지 않으니까요. 질문을 하거나 옳은 일을 하는 것도 두려워하지 않게 될 테니까요.'

'잘 선택했다. 꼬마 전사.'

멀리서 음혼도로의 목소리가 조그맣게 들렸다.

"자, 이제 생일 축하 노래를 불러요."

리타가 큰 소리로 말했다. 텐다이는 부담스러운 마음에 앓는 소리를 냈다. 리타가 의자 위에 올라서서 지휘를 했다. 가장 어린 접시닦이부터 지배인에 이르기까지 모두 함께 노래를 불렀다. 아버지의 노랫소리가 가장 컸다. 굵직한 저음이 모든 사람을 압도했다. 생일 축하 노래가 대성공을 거두자 모두들 신이 나서 다시 한 번 더 불렀다. 느지막이 저녁 식사를 하러 온 일행이 엘리베이터에서 내렸다.

"여기 왜 이렇게 지저분하지? 저기 복도에 뒤죽박죽 엉망진창인 소파들을 봐."

한 남자가 불평을 늘어놓았다.

"주방 직원들이 손님과 함께 식사를 하고 있잖아. 지배인의 운영 솜씨가 형편없다는 결론 아니겠어?"

한 여자가 호들갑을 떨었다. 지배인이 맞받아쳤다.

"그리고 저의 결론은, 얌전히 집에 가서 콩 통조림이나 따 드시라는 겁니다."

"어머나! 기가 막혀!"

여자가 발끈 화를 냈다. 그 일행은 엘리베이터를 타고 떠나 버렸다.

"트래시맨은?"

쿠다가 불쑥 물었다. 모두가 하던 말을 멈추고 쿠다를 바라보았다.

"그러게 말이야. 축하하기 바빠서 트래시맨을 잊고 있었어."

리타가 말했다. 아버지가 전화를 걸어 곤드와나 착륙장으로 경찰차를 불렀다.

아버지, 텐다이, 쿠다는 무파코세로 출발했고 나머지 사람들은 파티를 계속했다.

"높은 건물이었어요. 중앙 시장에서 그리 멀지 않았고요."

경찰버스가 낮게 날자 텐다이가 말했다. 무파코세는 벌써 어두워졌다. 시민들은 모두 잠들어 있었고 떠들썩하던 시장에는 고요함이 흘렀다.

"저기예요!"

텐다이가 자동차 전조등에 비친 유난히 높은 건물을 보고 소리쳤다.

"보이죠? 꼭대기에 착륙장이 있어요."

경찰차가 착륙했다. 경찰관 두 명이 쇠지레로 문을 열어 보려고 했다.

"트래시맨이 무사했으면 좋겠어요. 배도 고플 텐데."

텐다이가 말했다. 그러자 쿠다가 말했다.

"내가 커다란 케이크 조각 가져왔어."

경찰관들이 문을 떼어 냈다.

"어이쿠, 냄새! 문에 전등을 설치해."

아버지가 방에 손전등을 비추었다.

"좀…… 다른 것 같은데."

텐다이가 말했다. 하이에나 박제와 말린 올빼미들과 박쥐들이 가루가 되어 있었다. 검은 커튼은 갈기갈기 찢어진 채 바닥에 널브러져 있었다. 제단은 불에 타서 산산조각이 나 있었고 마른 약초들은 먼지가 되어 있었다. 트래시맨은 구석에 웅크리고 있었다. 소리로 보아 자는 것 같았다.

"트래시맨이 울화병이 났나 봐요. 저도 가끔씩 그렇거든요."

쿠다가 이리저리 살펴보며 말했다.

"양초를 먹었나 봅니다."

경찰관 한 명이 혐오스럽다는 표정으로 말했다.

쿠다가 다가가서 트래시맨을 흔들었다.

"케이크 좀 먹어."

트래시맨이 깨어났다.

"쿠다."

트래시맨은 활짝 웃었다. 두 사람은 케이크를 함께 나누어 먹으며 몇 시간 전까지 둘이 주고받던 알아듣지 못할 소리들을 웅얼댔다.

"여긴 훔친 물건들이 가득하군."

아버지는 숨겨진 비밀 문을 열고 불을 비추었다. 텐다이는 어마어마하게 많은 황금과 보석과 돈을 보았다. 그 건물 전체가 수년간 범죄로 부정하게 긁어모은 재물로 그득그득 쌓여 있었다.

"저걸 어떻게 하죠?"

텐다이가 아버지에게 물었다.

"주인을 찾을 수 있는 건 찾아 줘야지. 나머지는…… 글쎄다. 너도 이 나라에 불쌍한 사람들이 얼마나 많은지 알 거야. 카우즈 구츠의 거지들, 죽은 자의 땅 사람들, 버림받은 아이들 말이야. 그리고 정직하게 열심히 일하는 사람들에게도 필요할 것 같구나. 금세 없어지겠는 걸?"

텐다이는 고개를 끄덕였다. 아버지가 어른에게 말하듯 자신에게 말해 주자 기분이 우쭐해졌다.

"아니, 괜찮아. 난 배불러."

쿠다의 목소리였다. 트래시맨이 쿠다에게 양초 토막을 내밀고 있었다.

에필로그

치바리 대사와 곤드와나 사람들은 곤드와나
로 추방되었다. 그리고 마스크를 잃었다는 이유로 곤드와나의 다른 시민
들에 의해 비참한 최후를 맞았다.

암코끼리는 마스크를 무찌르는 데 기여한 것을 고려해 2년형을 선고받
았다. 감옥에서 지내는 동안 요리 강좌를 들어 상당한 기술을 갈고닦았
다. 감옥에서 나온 뒤에는 죽은 자의 땅으로 돌아갔다. 마치카 장군이 마
련해 준 새 피난처에서 지내던 죽은 자의 땅 사람들은 암코끼리에게 돌
아가기 시작했다.

텐다이는 열여섯 살이 되자 비행면허증을 땄다. 죽은 자의 땅으로 자
동차를 몰고 간 텐다이는 고도를 낮춰 땅 가까이 비행을 했다. 음식 솥들
이 김을 뿜고 있었다. 얼마 전에 형기를 마친 나이프와 피스트가 소파에

앉아 있었다. 하지만 할머니는 없었다. 할머니는 모잠비크의 어느 수녀원에 들어가서 죄지은 사람들의 이야기를 들어 주고 함께 기도하며 행복한 시간을 보내고 있었다.

죽은 자의 땅 사람들은 자취를 감추었다. 땅에 흐릿하게 보이는 아지랑이가 그들이 움직이는 모습 같기도 했다. 암코끼리가 땅굴에서 나와 조그만 스포츠카를 향해 주먹을 휘둘렀다. 텐다이가 날아올랐다.

멜로워의 어머니인 노부인은 사회봉사 1,000시간을 서약하고 풀려나 집으로 갔다. 그리하여 카우즈 구츠의 의류 자선행사일을 맡았다. 노부인은 자신의 몫을 남들과 비교하느라 늘 주위를 살폈다. 트래시맨은 이찌된 일인지 노부인의 정원으로 가는 길을 용케 기억해 내서 몇 달에 한 번씩 티본스테이크와 구아바를 찾으러 들르곤 했다. 노부인은 마치카 장군이 무서워서 트래시맨을 들여보내 주었다. 트래시맨이 우적우적 씹어 먹으며 정원을 돌아다닐 동안 노부인은 백포도주 병을 들고 별채로 물러나 있었다.

트래시맨에게는 어떤 보상도 해 줄 수가 없었다. 트래시맨은 무엇을 주든지, 받을 자격이 있든지 없든지, 천진난만하게 무조건 다 받았다. 하지만 마치카 가족이 아무리 친절하게 대해 주어도 어느 날 아침 일어나 보면 풀 더미에서 자고 있던 트래시맨이 어디론가 사라지고 없었다. 트래시맨은 도시 구석구석을 돌아다녔다. 때때로 완전히 사라져 버리기도 했다. 그럴 때면 텐다이는 트래시맨이 레스트헤이븐으로 가는 길을 찾았나 보다고 여겼다.

텐다이는 가끔 레스트헤이븐 대문에 찾아갔다. 거기서 귀를 쫑긋 세우고 집중해 보기도 했다. 하지만 들려오는 소리는 없었다. 대문도 전혀 열리지 않았다. 초인종을 눌러도 대답이 없었다. 트래시맨은 예외일지도 모른다는 가능성만 빼면 세상 그 누구도 레스트헤이븐 안에 사는 사람들이 아직 살아 있는지 어떤지 알 수 없었다. 하지만 텐다이는 레스트헤이븐 사람들이 살아 있을 거라고 생각했다.

모노마타파의 백성들은 시간을 초월한 채 계속 살아갈 것이다. 농사를 짓고, 사냥을 하고, 키다리 풀이 자라는 계절이 다가오면 둥그런 움막집 지붕에 이엉을 얹을 것이다. 그리고 밤이 되면 다레에 모여서 옛날이야기를 주고받을 것이다. 적어도 텐다이는 그렇게 믿었다. 언젠가 짐바브웨의 영혼이 비틀거리고 음혼도로가 약해지면, 그 대문이 다시 열릴 것이다. 그리고 바깥세상도 과거에는 이런 모습을 지녔었노라고 일깨워줄 것이다.

텐다이는 대학에 들어가 의학을 공부했다. 하지만 마일하이 맥일웨인에서 사자 영매와 같이 시간을 보내기도 했다. 사자 영매는 텐다이에게 특별 훈련을 시켜 주기로 했다. 그 훈련이면 텐다이는 땅의 신 음혼도로와 다시 만날 수 있을 것이다. 한번 음혼도로에게 선택되었다는 건 또다시 선택받을 수도 있다는 말이 아니겠는가.

리타는 수학경시대회에서 상을 받았다. 그리고 쿠다는 모두의 예상을 깨고, 유명한 전투기 조종사였던 고조 할아버지뻘 되는 혼령에게 홀려서 군사 전략을 모조리 배워 버렸다.

멀리 보는 눈은 아주 빠르게 예전의 시력을 되찾았다. 밝은 귀의 상처는 귀를 활짝 펴지 않는 한 표시도 안 날 정도로 싹 나았다. 귀를 활짝 폈을 때도 해를 등지고 섰을 때만 보였다. 하지만 긴 팔의 신체 능력은 돌아오지 않았다. 물론 보통 사람들보다는 훨씬 민감했다. 하지만 다시는 남의 마음을 읽을 수 없었다.

대통령은 세 탐정에게 '훌륭한 시민' 훈장과 평생 연금을 주었다. 탐정들이 유명해지자 갑자기 감당하기 어려울 정도로 고객들이 몰려들었다. 그래서 먹고살 만한 부자가 되어 무파코세에다 집을 살 수 있게 되었다. 그곳은 카우즈 구츠보다 세카이를 키우기에 훨씬 좋은 곳이었다.

멜로워는 새 임무를 받았다. 학교에 다니게 된 텐다이, 리타, 쿠다와 등하교를 함께하는 일이었다. 멜로워는 짐바브웨 옛날이야기로 학생들을 사로잡아 버렸다. 선생님들도 앞을 다투어 멜로워를 모셔가 이야기를 들었다. 하지만 멜로워는 학교든 집이든 찬양 시는 절대 읊지 못하도록 명령받았다.

마치카 장군은 모두가 찬양 시를 너무 오래 듣다 보니 현실 문제를 보는 눈이 멀게 되었다고 여겼다. 하지만 멜로워를 행복하게 해 주는 일이기에 이따금씩 탐정들을 방문하는 일은 허락해 주었다.

멜로워는 멀리 보는 눈의 현명한 천리안, 밝은 귀의 날카로운 청력을 칭찬했다. 그리고 긴 팔의 장점을 줄줄 읊으며, 세 탐정은 환상적인 재주를 가진 삼총사라고 묘사했다. 그들은 행복에 겨워서 다른 말은 들리지 않게 될 때까지 찬양 시를 들었다.

긴 팔은 칭찬을 너무 많이 듣는 건 좋지 않지만 조금쯤은 마음의 비타민이 된다며, 몸의 건강과 행복한 영혼을 위해 칭찬은 꼭 필요한 것이라고 말했다. 그리고 세카이가 자신의 깡마른 다리로 기어올라 아버지의 얼굴을 사랑스럽게 쳐다보자 이렇게 덧붙였다.

"세나가 슬겁잖아."

용어 사전

- 3중 티타늄 몰리브덴 면도날 철사 – 2194년도에 강도들이 집에 침입할 때 자물쇠를 잘라내는 데에 쓰던 아주 얇은 철사. 마치카 장군 집의 자물쇠는 4중 티타늄 프라세오디뮴 합금으로 만들어졌기 때문에 면도날 철사로 자르려고 해 보았자 소용없다. 면도날 철사가 지푸라기처럼 망가질 뿐이다.

- 거대한 독거미 – 고대 아프리카 타란툴라 종류로 거미줄을 치지 않고 사냥감을 덮쳐서 잡는 거대한 거미. 잘 발달한 송곳니를 사냥감에 꽂아 독으로 마비시킨다.

- 곤드와나 – 21세기 말에 유혈전쟁으로 아프리카 북부에 들어선 커다란 나라.

- 구관조 – 노란 부리의 검푸른 새. 말하기를 훈련시킬 수 있다.

- 니아오코레푸 – 쇼나 어로 팔이 긴 사람이란 뜻. 전통적인 찬양 이름.

- 니어바너 총 – 뇌의 수면 중추를 자극하는 진동을 내뿜는 무기. 15분 정도 효과가 지속된다.

- 다레(쇼나 어) – 남자 어른들이 모여 이야기를 나누고 식사를 하는 장소.

- 다시키(요루바 어) – 남자들이 입는 헐렁한 가운형 윗옷. 선명한 색상이 많다.

- 도에크(남아프리카 공용어) – 머리에 두르는 스카프.

- 드와알(남아프리카 공용어) – 공상에 잠기는 것. 무아지경에 빠지는 것.

- 땅 신령 – 영국 부족들이 식물을 잘 자라게 해 준다고 믿으며 신성하게 여기는 물건.

- 라포코(쇼나 어) – 수수.

- 로보사이클 – 말을 해서 조종하는 로봇 오토바이. 혼자서 간단한 심부름을 하기도 한다.

- 로오파 덩굴(이집트 아라비아 어) – 로오파 나무의 열매. 섬유질이 많고 스펀지같이 생겼으며 목욕할 때 쓴다.

- 루이보스 – 카페인이 없는 향기로운 차. 관목.

- 마이웨에(쇼나 어) – 글자 그대로, 아, 어머니! 슬프도다! 오호통재라!

- 마일하이 맥일웨인 호텔 – 2150년에 맥일웨인 호수 위에 지은 건물로 아프리카의 명물이다. 전체 도시의 중요한 시설들이 입주해 있다.

● 마타벨레 - 짐바브웨에서 두 번째로 인구가 많은 부족. 줄루 부족에서 나뉘어졌으며 은데벨레 부족이라고도 불린다.

● 마타벨레 개미 - 크고 공격적인 개미. 군대 개미와 비슷하다.

● 마헤우(쇼나 어) - 알코올 맛이 약간 나는 달콤한 음료. 오트밀, 기장, 물을 넣고 하룻밤 발효시킨다.

● 맘바(줄루 어) - 아프리카 열대림에 사는 독사.

● 모노마타파 - 15세기에 쇼나 제국을 세운 전설적인 인물.

● 모파니 파리 - 눈, 코, 입의 수분을 마시는 걸 좋아하는 침 없는 벌. 비위에 아주 거슬린다.

● 무능구나(쇼나 어) - 아우님. 일부다처제 사회에서 손위 부인이 손아래 부인을 부를 때 쓴다.

● 무드지무(쇼나 어) - 가족 혼령. 복수형은 비드지무이다.

● 무람위와(쇼나 어) - 부모가 버린 아이. 고아.

● 무타라(쇼나 어) - 맛있는 냄새가 나고 반짝이는 예쁜 흰 꽃이 피는 작은 나무.

● 무테요(쇼나 어) - 특정 약초의 껍질로 만든 독. 시련을 견뎌 낸 자를 무죄로 여기는 재판에 쓰임.

● 무투포(쇼나 어) - 아버지 쪽 집안의 숭배 신.

● 므와리(쇼나 어) - 최고 신. 으뜸 신.

● 바코마(쇼나 어) - 형님. 일부다처제 사회에서 손아래 부인이 손위 부인을 부를 때 쓰는 예의 바른 칭호.

● 바통카 - 쇼나 부족의 문화적 혈족 집단. 통가라고도 부른다.

● 반중력 착륙장 - 날아다니는 버스, 택시, 리무진이 착륙하는 반중력 공간.

● 밤원숭이 - 갈라고원숭이의 아주 작은 종. 눈과 귀가 크다.

● 블레이(남아프리카 공용어) - 쓰레기 매립지.

● 사드자(쇼나 어) - 되직한 옥수수 죽.

● 산까치 - 바구니 모양의 정교한 둥지를 짓는 자고 노린 새.

● 샤베(쇼나 어) - 적절한 장례의식을 치르지 못해 떠도는 혼령.

● 샤카줄루- 19세기 초에 살던 줄루 부족의 유명한 왕.

● 세쿠루(쇼나 어) - 외삼촌 또는 외할아버지.

● 소울스틸러 - 벼락이 내렸을 때와 비슷한 플라스마 폭발을 일으키는 레이저 무기.

2194년도에는 불법 무기로 간주된다.

- 쇼나 부족 – 짐바브웨에서 가장 영향력 있는 부족. 친족인 여러 부족들이 모여 만들어졌다.

- 쇼오페르(쇼나 어) – 말다툼을 계속하려는 의도로 한마디를 내뱉는 것.

- 숭배 신, 토템 – 종족의 상징이나 숭배하는 자연물.

- 쉬빈(아일랜드 어) – 밀주를 만들어 파는 곳.

- 쌍절곤 – 딱딱한 나무 두 개가 가죽 끈이나 쇠사슬로 이어진 방어 무기. 영화 〈닌자 거북이(Teenage Mutant Ninja Turtles)〉에서 선보였다.

- 쏙독새 – 귀에 거슬리는 울음소리를 내는 야행성 새.

- 오디새 – 볏이 달려 있고 '후움후움' 하고 아름답게 우짖는 중간 크기의 새.

- 은다바(마타벨레 어) – 논쟁. 토론.

- 은다우 – 쇼나 부족의 친척뻘 되는 부족. 하지만 전혀 다른 문화 속에 산다.

- 은도로 – 쇼나 어로 목에 거는 소용돌이 모양의 새하얀 고리. 짐바브웨의 도시 사람들에게는 원래 의미가 사라졌지만, 한때는 대단한 정신적 가치가 있는 물건이었다.

- 음비라(쇼나 어) – 공명판이나 호리병박에 엄지손가락으로 튕기는 평평한 금속 건반이 있는 손 피아노.

- 음사사 나무 – 근사한 그늘을 선사하는 나무. 봄이 되면 잎이 빨갛게 된다.

- 음혼도로 – 사자(lion) 영혼 또는 땅의 신.

- 응강가 – 전통 민간요법 치료사.

- 응고지 – 원한을 품고 있는 혼령.

- 자기장 철로 – 반중력 교통수단이 나오기 전에 쓰이던 방법. 기차가 절대 영도(-273.15℃)로 차가운 도자기 재질의 자기장 관 위에 떠서 간다.

- 자카란다 – 라벤더 색(엷은 자주색) 꽃이 풍성하게 피는 브라질 나무.

- 전기 방충망 – 공기는 통하고 모기는 못 들어오는 반투성 전기 방충망.

- 죽은 자의 땅 – 하라레 시 중앙에 있는 드넓은 지역. 21세기 초에 유독성 쓰레기를 폐기하는 데 주로 사용했다.

- 초치들 – 깡패, 폭력배들.

- 치다오 – 어머니 쪽 집안의 숭배 신.

- 치도마 – 마녀 종족이 아이 시체로 만든 괴물. 좀비와 비슷하며 복수형은 즈비도마이다.

● 칠리바이트 - 렌즈콩과 쌀가루에 매운 고추를 조금 넣어 만든 튀긴 빵. 만두와 비슷하며 맛있다.

● 카리바 호수 - 짐바브웨와 잠비아 사이에 있는 커다란 인공 호수. 잠베지 강에 댐을 쌓는 바람에 생겼다.

● 카차수 - 거의 모든 것을 재료로 써서 밀조한 위스키.

● 칼두베르데 - 포르투갈 전통음식 중 하나로 양배추와 감자에 마늘을 듬뿍 넣고 끓인 수프.

● 코사 부족 - 줄루 부족과 비슷한 언어를 쓰는 남아프리카 부족.

● 쿠두 - 갈색 영양. 수놈은 소용돌이 모양으로 굽은 뿔이 나 있고 가느다란 흰 줄무늬가 있다.

● 퀘레아 새 - 농작물에 엄청난 해를 끼치는 새.

● 크라알 - 소 우리. 주로 가시나무 덤불로 만든다.

● 토콜로셰스 - 작은 도깨비나 악마들.

● 티끌거미 - 놀라울 정도로 크지만(몸길이 2~3cm) 해롭지 않은 거미. 주로 집 안에 살며 천장의 널판 틈이나 방의 구석진 곳, 돌담 구석 등지에 지름 5~6밀리미터의 작은 집을 짓고 산다.

● 파란 원숭이 - 원숭이, 사람, 핏불(투견용으로 주로 길러온 땅딸막하고 못생긴 개—옮긴이)이 조합되어, 이상적인 경찰견을 만들겠다는 처음 의도와는 달리 더없이 못생긴 모습으로 탄생한 유전자 조작 원숭이.

● 파무소로 - 식사를 시작할 때 요리한 사람과 다른 손님들에 대한 존경을 나타내려고 하는 예의 바른 말.

● 합성음식 - 하수도 물탱크에서 자라는 박테리아로 만든 음식. 박테리아는 상층부에서 추출되어 가짜 햄버거나 핫도그 등으로 가공된다.

● 협죽도 나무 - 향기롭고 화려한 꽃이 피는 아메리카 열대 관목.

● 홀로비전 - 삼차원 화면이 달린 텔레비전.

● 홀로스크린 - 실제 형상이 나타나는 삼차원 화면.

● 홀로폰 - 삼차 원 화면이 달린 전화기.

노예제도

곤드와나의 노예제도에 대해 놀라운 정보를 얻고 싶다면 1993년 영국에서 발간된 「수단민주신문(Sudan Democratic Gazette)」 3월호에 실린 기사를 살펴보기 바란다.

이 신문에 따르면, 지난 3년 반 동안 수단의 남 코르도판 지방 누바 산악 지역은 청소 대상이었다. 수단의 하르툼 정부는 소수 민족 정화 정책을 집행해 왔다. 누바 사람들을 비옥한 농토에서 몰아내고 유목 아랍 부족을 그 땅에 이주시키려는 정책이었다.

60개 이상의 누바 마을이 파괴되었고 2만 5천 명의 아이들이 강제 징용되어 포로 수용소에 수용되었다. 그리고 이 아이들은 하르툼을 포함한 수단 북부에 걸친 마을과 아랍 마을 등 14개 마을에 노예로 배치되었다.

마력

마력은 집안 대대로 물려받는다고 알려져 있지만 배워서 익힐 수도 있다. 자신의 뜻과는 마녀 종족의 혼령에 씌어 마력을 소유할 수도 있다.

짐바브웨에서 누군가를 마녀 종족이라고 몰아붙이는 것은 중대한 범죄다. 엄청나고 끔찍한 결과를 불러올 수 있기 때문이다. 마녀 종족으로 의심받은 사람은 자살하기도 한다. 마녀가 되고도 자신은 모르고 있다가 질병을 앓거나 죽음에 이르는 경우도 있다.

마녀 종족은 많은 일들을 하지만 그중에서 많이 알려진 것은 아이 시체로 치도마(단수)나 즈비도마(복수)라는 이름의 괴물을 만들어 내는 일이다. 유럽의 마녀들이 이용하는 마법사를 섬기는 귀신(검은 고양이 같은)과 좀비를 섞어 놓은 것쯤 된다.

마녀의 냄새를 찾아낼 수 있는 전문 사냥꾼들이 마녀 종족을 발견하기도 하지만 마녀 찾는 독을 먹여서 찾기도 한다. 마녀 찾는 독, 무테요는 죽음에 이르는 맹독인 경우가 많다. 무테요를 먹고 죽으면 마녀 종족임이 증명된다.

모노마타파

모노마타파는 15세기에 살았던 왕이다. 모노마타파의 웅장한 이야기는 모잠비크 해안에 처음 상륙한 포르투갈 상인들을 통해 세상에 알려졌다. 모노마타파는 아프리카 대륙 서쪽의 칼라하리 사막에서부터 동쪽의 인도양에 이르는 거대한 왕국을 다스리고 있었을 것으로 본다. 왕국의 크기와 웅장함이 아무리 과장되었다고 해도 아서왕 이야기의 카멜롯만큼은 아닐 것이다.

블레이 사람들

21세기 초, 하라레에 있던 한 쓰레기 매립지는 유독성 화합물을 폐기하는 곳이었다. 이 유독성 화합물들은 예상하지 못한 위험한 부작용을 지닌 마녀의 술을 만들어 냈다. 이렇게 만들어진 화학 물질들은 원래 오염지역을 넘어 멀리 퍼져 나갔고, 도시 한가운데에 있던 넓은 지역을 영원한 황무지로 만들었다. 그 지역은 '죽은 자의 땅'으로 알려지게 되었다.

보통 사람들은 그 장소를 멀리했다. 하지만 정상적인 세상에서 거부된 사람들은 그곳이 자신들에게 적절하다는 사실을 알게 되었다. 해마다 이런 어둡고 스산한 쓰레기장으로 흘러들어 가는 사람들이 조금씩 나왔고, 해마다 세상을 떠나서 잿빛 더미에 묻히는 나이 든 거주자들이 몇몇씩 있었다.

세월이 흘러 블레이는 저절로 회복되었다. 식물들과 동물들은 돌아왔지만 사람들은 감히 그곳으로 돌아오지 못했다. 다만 세상에서 거부당한 사람들만 그곳에서 삶을 꾸려 갈 뿐이었다. 그들을 사람이라고 부를 수 있는지 모르겠지만.

수년 동안 고립되고 이상한 화학 물질에 노출되어 살아온 탓에 그 사람들의 신체에 변화가 일어났다. 그들은 말을 거의 하지 않았지만 다른 사람의 생각을 알아챘다. 한 사람이 화가 나면 다른 사람들이 감지할 수 있었다. 개미집처럼 일종의 집단 영혼으로 진화한 것이다. 그런데 그들의 생물학적 변이에는 한 가지 빠진 것이 있었다. 여왕벌에 해당하는 정신적 중추였다. 이 부분을 암고끼리가 제공했다. 햇볕이 겨울 추위에 떠는 벌들을 이끌듯 암코끼리의 생명력이 블레이 사람들을 이끌었다. 암코끼리는 그들을 노예로 삼기는 했지만 집과 가족을 제공했다.

블레이 사람들은 길고 음울했던 삶에서 처음으로 행복에 가까운 감정을 경험했다.

그리고 암코끼리는 생전 처음으로 자신이 필요한 존재라는 것을 느꼈다. 사랑받는 존재라는 느낌까지도.

쇼나 부족의 영혼 세계

쇼나 부족의 영혼 세계는 극도로 복잡하며, 짐바브웨에 대한 책에 종종 잘못 설명되기도 한다. 종교를 단순한 규칙으로 분류해 버리는 것은 옳지 않을 것이다. 각각의 부족들은 각기 다른 신앙을 가지고 있기 때문이다. 이 글은 단지 아프리카인이 아닌 사람들이 그들의 종교에 대해 조금이나마 이해할 수 있게 도와줄 뿐이다.

므와리는 으뜸신이다. 하지만 자연의 이치라는 설명이 더 나을 것이다. 자연의 이치가 혼란스러워지면 사악한 일이 일어나고 만다. 이는 바로잡아야 한다. 하지만 므와리는 일상적인 일에는 관심을 가지지 않는다.

음혼도로나 사자 영매는 땅은 물론 그 땅에 사는 사람들까지 전체적으로 다스린다. 쇼나 사람들은 정말 많은 부족들로 이루어져 있어서 부족마다 각각의 음혼도로와 사자 영매를 숭배하고 있다. 2194년의 짐바브웨에서, 나는 이 둘을 하나로 결합시켰다. 음혼도로는 강우량과 굶주림 같은 일반적인 문제를 다스린다.

무드지무는 가족혼령이며 다툼을 해결하거나 질병을 고치기 위해 접근한다. 사람들은 영매를 통해 남자든 여자든 특정한 선조와 만날 수 있다. 어떤 가족혼령들은 자손들에게 관심을 가지고 기술을 가르치기도 한다. 특별한 기술이 대대로 이어지는 이유가 바로 여기에 있다.

응고지는 원한을 품고 있는 혼령으로 사람을 미치게 하거나 아프게 하거나 죽게 한다. 누군가에게 살해된 사람이나, 자녀에게 학대받은 부모, 부당한 일을 당하고 죽은 사람들이 응고지가 된다. 잘못된 부분이 제대로 해결되고 원한이 풀려야 응고지가 떠나간다.

샤베는 집에서 멀리 떨어진 곳에서 객사하는 바람에 적절한 장례의식을 치르지 못한 혼령이다. 샤베는 자신이 맘에 드는 사람의 몸에 들어갈 수 있으며 가지고 있는 지식을 나누어 준다. 집안을 통틀어 좀처럼 보기 드물었던 능력이 한 사람에게 나타나는 경우가 여기에 해당된다. 예를 들어 사냥꾼 집안에 컴퓨터 전문가가 탄생하는 경우를 들수 있다. 샤베는 자신이 들어갈 사람의 인종이나 부족은 따지지 않는다.

고대 짐바브웨

이 고대 도시는 11~14세기 사이에 세워졌다. 누가 세웠는지 확실하게 아는 사람은 없지만 대부분 쇼나 부족이 세웠을 거라고 여긴다. 유적들은 언덕 위에 자리 잡고 있다. 언덕 아래에서 보면 유적들이 거의 보이지 않는다. 아마 적의 공격을 막기 쉬웠을 것이다. 유적들 주위에는 강우량이 충분하고 비옥한 농장지가 있다. 그 지역은 사시사철 체체파리(수면병 등의 병원체를 옮기는 피 빨아먹는 파리—옮긴이)가 없는 곳이다. 체체파리가 있고 없고는 소를 사육해서 살아가는 사람들에게는 아주 중대한 문제다. 고대 짐바브웨 사람들은 금광에서 금을 캐내어 중국처럼 먼 곳에서 생산되는 실크, 도자기, 유리구슬과 무역거래를 했다.

유적에서 기둥 위에 새가 앉아 있는 조각상이 여럿 발굴되었다. 그게 독수리인지 콘도르인지는 확실하지 않다. 어떤 조각상은 악어가 기둥으로 기어오르는 것도 있다. '짐바브웨 새'는 현대 짐바브웨의 상징이다.

고대 짐바브웨는 그 지역에 있는 여러 고대 도시들 중 하나일 뿐이다. 유적들은 모잠비크에서 남아프리카 공화국에 걸쳐 발견된다. 하지만 하나의 큰 왕국이 남긴 유적인지 여러 작은 왕국들이 남긴 유적인지는 알려지지 않았다.

은도로

은도로는 본래 의미가 사라지기는 했지만 지위와 권력을 상징하는 중요한 물건이었다. 모노마타파는 이마에 하나 걸고 다녔다고 한다. 고대 짐바브웨의 어떤 왕은 은도로 덕분에 전투에서 이겼다. 전쟁터에 나가는 모든 전사에게 은도로를 지니도록 하여, 적군의 왕이 그 위력 때문에 사기가 꺾였기 때문이다.

진품 은도로는 바다 고둥(학명 : Conus virgo)의 평평한 소용돌이 부분으로 만든 것이다. 도자기 재질로 만든 은도로는 포르투갈 사람들이 식민지로 삼았던 인도의 고아 지역에서 대량생산된 상품들이며 황금과 무역 거래가 되었다.

때때로 선조들의 영혼이 후손의 몸에 들어가려 할 때에도 은도로가 필요하다. 깨진 은도로는 점을 치는 패로 사용된다.

짐바브웨의 부족들

쇼나 부족 : 쇼나 부족의 선조들은 기원후 1000년에서 1200년 사이에 북쪽 지방에서 내려온 부족으로 같은 언어를 쓰는 여러 부족들의 모임이었다. 그 전에는 이 부족들을 한꺼번에 쇼나 부족이라고 부르지 않다가 19세기부터 쇼나 부족이라고 부르게 되었다. 여러 왕조의 역사들이 구전 시가로 보존되어 왔으며 그중 가장 유명한 왕은 모노마타파 왕이다. 짐바브웨가 1980년에 독립하면서, 인구의 80퍼센트를 이루고 있던 쇼나 부족이 가장 영향력 있는 정치 세력이 되었다.

마타벨레 또는 은데벨레 : 샤카줄루의 장군이었던 음질리카지는 줄루 부족의 허가를 받고 300명의 전사를 이끌고 떠났다. 음질리카지는 자신만의 부족(마타벨레)을 세웠지만 백인 이주자들의 침략을 받고 남아프리카 공화국으로 쫓겨 갔다. 그리고 1836년에 짐바브웨 남부로 옮겨왔다. 음질리카지는 줄루 부족의 강력한 군대를 이끌고 있었기에 쇼나 부족의 주민들을 희생시켜 왕국을 세울 수 있었다. 짐바브웨가 독립하던 때에 마타벨레 부족은 인구의 19퍼센트 정도를 차지했다. 쇼나와 마타벨레 두 부족은 오랫동안 서로를 적으로 여겨 으르렁거리며 지내 왔다.

영국 부족 : 영국 부족은 여러 부족으로 이루어져 있다. 스코틀랜드, 아일랜드, 웰시, 잉글랜드이며 이 중에서 잉글랜드가 권력을 장악하고 있다. 영국은 1890년 전후로 짐바브웨 통치권을 얻었다. 하지만 쇼나와 마타벨레의 극심한 저항이 있었다. 1965년 영국이 짐바브웨 통치권을 잃기까지 여러 번의 반란이 일어났다. 1965년부터 1979년까지는 소수 잉글랜드 부족민들이 짐바브웨를 다스렸다.

포르투갈 부족 : 포르투갈 사람들은 15세기에 처음으로 동 아프리카에 정착했다. 그 뒤 5세기 동안 내륙지방과 무역 정책 및 정복 정책을 폈고 1600년경부터 노예거래를 시작했다. 20세기에는 수많은 포르투갈 사람들이 식민지가 된 아프리카 땅으로 이주했다. 1975년에 모잠비크와 앙골라가 독립하자 많은 포르투갈 사람들이 남아프리카 공화국과 짐바브웨로 옮겨가거나 포르투갈로 돌아갔다.

다른 부족들 : 짐바브웨에는 여러 소수 부족들이 산다. 다른 나라에서 이주해 온 부족들도 있다. 남아프리카 태생 백인과 인도인을 비롯해서 통가, 코사, 츠와나, 벤다 그리고 유럽인과 남아프리카 공화국 사람들 사이에 태어난 갈색 혼혈인들의 부족 등 다양하다. 갈색 혼혈인들은 남아프리카 공화국의 케이프 지역에서 시작된 혼혈인이고 일부

는 수년 전 남아프리카 공화국으로 건너온 말레이시아 계약노예들의 자손이다. 갈색 혼혈인들은 음악, 문학, 요리법 분야에서 탁월한 기여를 했다. 이 책의 등장인물 중에는 멀리 보는 눈이 갈색 혼혈인이다.

찬양 시 낭송

찬양 시는 많은 아프리카 지역의 중요한 문화였으며 지금도 중요한 문화로 여겨진다. 이 책에 나오는 찬양 시는 대부분 전통시가다. 피스트와 나이프가 암코끼리를 묘사한 시도 마찬가지다. "오, 목이 긴 아름다운 그대여. 목에 붙은 이 한 마리가 중간에 쉬지 않고는 끝까지 기어오를 수가 없겠군요." 이 글이 찬양 시라는 생각이 안 들지도 모르겠다. 하지만 300년 전에는 대부분의 사람들이 이라는 벌레를 세상의 정상적인 한 부분으로 여겼다. 마찬가지로 오늘날엔 여자들이 암코끼리라는 별명에 별 관심을 갖지 않을지도 모른다. 암코끼리는 우아한 걸음걸이를 뽐내는 고귀한 생물이다. 찬양의 별명으로 그런 낱말이 쓰이는 것이 이상한 일은 아니다. 포동포동 살찐 모습이 인기가 없어진 것도 아주 최근의 일이다. 역사상 대부분의 문명화된 사람들은 살찐 모습을 매력으로 보았고 건강과 부유함의 상징으로 여겼다.

독서퀴즈

* 아래 독서퀴즈와 독서후 활동 자료를 이용하여 낸시 파머의 『사라진 도시 사라진 아이들』의 내용을 더 잘 이해해 봅시다.

1. 아버지는 아침에 아이들에게 어떻게 인사를 하나요? 텐다이는 아버지가 무척 '군대식'이라는 사실을 좋아하나요?

2. 무술 사부님은 텐다이에 대해 마치카 장군에게 뭐라고 말했나요? 그 말을 엿듣게 된 뒤에 텐다이는 왜 구관조를 풀어 주었을까요?

3. 텐다이와 리타가 집 밖으로 나가고 싶은 이유는 무엇이었나요? 아이들은 나가도 된다는 아버지의 허가를 어떤 방법으로 받았나요?

4. 마치카 장군과 멜로워의 차이점을 비교해 보세요. 아이들이 아버지 없이 멜로워하고만 있을 때와 멜로워 없이 아버지하고만 있을 때 어떻게 다른 행동을 보이는지 비교해 보세요.

5. 텐다이는 왜 리타가 피스트와 나이프에게 아버지의 이름을 말하지 않기를 바랐나요?

6. 블레이는 무슨 광산인가요? 블레이에 묻혀 있는 물건들이 왜 값비싸다고 여겨질까요? 그 사실로 미래 세상에 대해 무엇을 알게 되었나요?

7. 텐다이가 리타를 쇼오페르꾼이라고 했는데, '쇼오페르꾼'이 무엇인가요? 리타가 '쇼오페르꾼'으로 행동했던 구절을 찾아보세요.

8. 멀리 보는 눈, 밝은 귀, 긴 팔의 모습을 묘사해 보세요. 책 속에 묘사된 세 인물의 성격이 어떻게 다른지 비교해 보세요. 그것들이 인물 성격에 어떻게 나타나나요?

9. 쿠다는 이야기 속에서 유일하게 트래시맨의 말을 알아듣지요. 왜 그렇다고 보나요? 트래시맨은 왜 모두가 좋아할까요?

10. 텐다이는 레스트헤이븐의 어떤 점을 좋아하나요? 리타는 왜 레스트헤이븐을 싫어하나요? 리타가 남자였다면 다르게 느꼈을 거라고 보나요? 왜죠? 어떤 면에서는 레스트헤이븐이 마조에에 있는 아이들의 집과 비슷한가요?

11. 레스트헤이븐에서 쌍둥이가 태어난 일은 대단히 중요한 사건이었지요. 미안다는 왜 쌍둥이를 도우려고 했을까요? 쌍둥이에 대한 고대의 믿음이 바뀔 수 없다는 이유를 미안다는 뭐라고 설명했나요? 여러분도 미안다의 생각에 동의하나요? 여러분이 리타였다면 어떻게 했을까요? 텐다이였다면요?

12. 호스풀 가 25번지 '패덕'이 어떤 모습이었는지 묘사해 보세요. 사전에서 패덕이라는 말을 찾아보세요. 노부인의 집에 딱 들어맞은 이름 같나요? 이유를 설명해 보세요.

13. 책에 나오는 장소들 중에서 여러분이 살고 싶은 곳을 고른다면 어디를 고르겠어요? 그곳이 지금 여러분이 사는 곳보다 좋을까요? 또, 책에 있는 장소와 비슷한 곳이 지금 세상에 있나요?

14. 멜로워, 멜로워의 어머니, 암코끼리가 감옥에 가야 한다고 생각하나요? 그들이 감옥에 가야 할 일을 했다면, 그 일들은 각각 무엇인가요? 그들을 용서할 구실을 찾아본다면 무엇이 있을까요?

15. 낸시 파머는 이야기에 나오는 사람들과 장소가 아예 좋기만 하거나 아예 나쁘기만 한 것으로 그리지 않았지요. 등장인물과 장소를 뽑아내어 각각 장점과 단점을 표로 만들어 보세요. 그리고 똑같은 방법으로 칭찬 목록을 만들어 보세요. 여러분이 만든 표를 기준으로 봤을 때, 칭찬은 좋은 일일까요? 아니면 나쁜 영향을 주는 일일까요?

※ 이 독서퀴즈는 교육심리학 박사 벤자민 블룸 교수의 이론(Bloom's Taxonomy)을 기준으로, 지식(1-3), 이해 (4-5), 적용(6-7), 분석(8-10), 창작(11-13), 평가(14-15), 여섯 단계로 구성되었습니다.

독서 후 활동

1. 마조에에 있는 마치카 장군의 집, 음바레 무시카, 죽은 자의 땅, 레스트헤이븐, 카우즈 구츠, 보로데일, 마일하이 맥일웨인 등 이야기에 나오는 장소들을 지도로 그려 보세요. 장소마다 어떤 장소인지 누가 살고 있는지 여러분의 생각이 드러나도록 그림을 그려 넣어 보세요.

2. 만약 이야기 속 탐정들이 가진 '초능력'이 여러분에게 생긴다면 어떤 것을 선택하겠어요? 그 초능력을 선택한 이유는 무엇인가요? 그 초능력을 어떻게 쓸 생각인가요? 여러분의 삶은 지금과 어떻게 달라질까요?

3. 모험이 끝난 뒤 마치카 장군의 아이들은 어떻게 변했을까요? 미래에 그 아이들이 집에서 지내는 생활이 어떻게 달라질지 상상해 보세요. 이야기가 끝난 뒤의 장면을 이야기로 꾸며서 써 보세요. 아침 식사 장면이나 그 밖에 마치카 가족이 사는 모습이 어떠할까요?

사라진 도시 사라진 아이들

펴낸날	초판 1쇄 2010년 4월 8일
	초판 5쇄 2015년 4월 28일

지은이	낸시 파머
옮긴이	김경숙
펴낸이	심만수
펴낸곳	(주)살림출판사
출판등록	1989년 11월 1일 제9-210호

주소	경기도 파주시 광인사길 30	
전화	031-955-1350	팩스 031-624-1356
홈페이지	http://www.sallimbooks.com	
이메일	book@sallimbooks.com	

ISBN 978-89-522-1345-7 03840